Toi, mon destin

Cette irrésistible étincelle

CATHERINE MANN

Toi, mon destin

Passions

éditions HARLEQUIN

Collection : PASSIONS

Titre original : PLAYING FOR KEEPS

Traduction française de MARIE MOREAU

ÉDITIONS HARLEQUIN

83-85, boulevard Vincent Auriol, 75646 PARIS CEDEX 13.

Service Lectrices — Tél. : 01 45 82 47 47
www.harlequin.fr

ISBN 978-2-2803-1287-5 — ISSN 1950-2761

- 1 -

Alors qu'elle faisait répéter son chœur de collégiens, Celia Patel vit soudain toutes les jeunes filles du groupe qu'elle avait en face d'elle se figer. Elles cessèrent de chanter et se mirent à pousser des cris surexcités.

Elle eut à peine le temps de se retourner pour voir ce qui les mettait dans cet état, que déjà elles traversaient le gymnase en courant, faisant grincer le sol sous leurs pieds. Plus rien ne semblait exister hormis celui qui venait de faire son entrée dans la salle.

Malcolm Douglas.

Le chanteur et pianiste aux sept Grammy Awards, celui dont les albums étaient tous plusieurs fois disque de platine.

L'homme que Celia n'avait jamais oublié depuis ses seize ans. Depuis le jour où il lui avait brisé le cœur.

Après avoir essayé en vain de retenir les jeunes filles qui ignoraient ses appels dans leur course effrénée, elle se résolut à mettre son pupitre de côté. Les jumelles Valeria et Valentina manquèrent même de la bousculer en courant vers Malcolm.

Déjà, une vingtaine d'élèves l'entouraient sans retenir leurs cris stridents. A quelques pas de là, deux gardes du corps avancèrent pour intervenir, mais Malcolm les en empêcha d'un geste de la main.

Pendant toute la durée de la scène, il n'avait pas quitté Celia des yeux. Le charme de son sourire avait conquis des millions de fans dans le monde, et à cet instant elle se rappela ce qui l'avait tant séduite elle aussi, à l'époque de leur adolescence. Son expression n'avait pas changé ; seule son allure, plus assurée, magnifiquement virile, témoignait de la maturité qu'il avait acquise au cours de ces dix-huit années.

Comment aurait-elle pu rester insensible à la vue de son premier amour ? C'était si troublant de se trouver à quelques pas de l'homme fort et charismatique qu'était devenu l'adolescent irrésistible d'autrefois…

Si seulement il avait pu partir aussi vite qu'il était arrivé ! Mais il était bien là, et si elle était incapable d'une chose à cet instant, c'était de détourner le regard.

Il portait un pantalon de toile et des mocassins d'été, et les manches roulées de sa chemise laissaient paraître ses avant-bras musclés et bronzés. Et ses mains. Ses longues mains de musicien.

Non, elle ne devait pas regarder ses mains. L'empreinte indélébile qu'elles avaient laissée sur sa peau la troublait suffisamment.

Relevant les yeux, elle contempla la mèche châtaine qui lui couvrait le front, exactement comme dans ses souvenirs. Elle avait tellement aimé passer les doigts dans ses cheveux doux et épais… Mais, plus que tout, c'étaient ses yeux bleus qui réveillaient ses souvenirs. Les yeux dans lesquels elle avait vu briller une flamme incandescente juste avant qu'il ne l'embrasse, avec toute la passion et l'ardeur d'un adolescent découvrant le désir.

Il n'avait plus rien d'un adolescent aujourd'hui. C'était un homme, dans toute sa splendeur.

Mais que diable faisait-il ici ? Malcolm n'avait pas remis les pieds à Azalea depuis près de dix-huit ans, depuis le jour où un juge lui avait donné le choix entre une prison pour mineurs et un lycée militaire. Depuis le jour où il l'avait laissée avec sa peur, le bébé qu'elle portait, et, comme unique force, sa volonté de s'en sortir.

Bien sûr, sans quitter la ville du Mississippi où ils avaient vécu leur amour passionnel, elle avait malgré elle suivi son parcours à travers les photos et les articles qui se succédaient dans les journaux. Mais plus que tout, c'était d'entendre sa voix à la radio qui réveillait chaque fois la blessure que son départ avait laissée dans son cœur.

Et à présent il était bel et bien là, à quelques pas d'elle seulement.

Elle l'observa tandis qu'il plaquait un papier contre son genou pour signer un autographe à Valentina — à moins que ce ne fût Valeria. Personne n'arrivait à les différencier l'une de l'autre, même leur mère se trompait parfois. C'était encore plus douloureux de voir Malcolm à côté d'une jeune fille : quelle aurait été leur vie à tous les deux s'ils avaient pu garder leur bébé et l'élever ensemble ?

Mais ces considérations étaient vaines, elle le savait bien. Ils n'avaient plus seize ans, et elle avait mis de côté ses rêves insensés le jour où elle avait choisi de confier sa petite fille à un couple qui pourrait lui apporter tout ce dont elle aurait besoin. Tout ce que Malcolm et elle seraient incapables de lui offrir.

Elle prit une profonde inspiration, carra les épaules

et se dirigea vers lui, bien décidée à surmonter cette visite surprise avec dignité. Les garçons du chœur, eux, étaient trop heureux de profiter d'une pause imprévue.

— S'il vous plaît ! lança-t-elle à l'attention du groupe de fans. Je pense que M. Douglas voudrait bien respirer un peu.

Elle se fraya un chemin et repoussa les jeunes filles les plus agitées.

— Doucement, tenez-vous bien. Chacune son tour.

Quand il eut signé tous les autographes qu'on lui réclamait, Malcolm remit son stylo dans la poche de sa chemise.

— Merci, Celia, tu es plus efficace qu'une armée de gardes du corps.

— Il vous a appelée Celia, mademoiselle Patel ! s'exclama une de ses élèves. Alors vous le connaissez, et vous ne nous l'avez jamais dit !

Voilà un sujet sur lequel elle n'avait aucune envie de s'étendre.

— Nous étions ensemble au lycée.

Son nom apparaissait même sur le panneau qui annonçait l'entrée dans la ville : « Bienvenue à Azalea, ville natale de Malcolm Douglas. » Cette même ville qui avait voulu l'envoyer en prison.

— Retournez sur la scène, s'il vous plaît. Je suis sûre que M. Douglas voudra bien répondre à toutes vos questions, maintenant qu'il a interrompu notre répétition.

Elle lui lança un regard sévère et ne reçut en retour qu'un sourire satisfait.

La petite Sarah Lynn quitta Malcolm des yeux et vint se poster tout près de Celia.

— Est-ce que vous êtes sortis ensemble ? chuchota-t-elle.

Par chance, la sonnerie qui annonçait la fin de la leçon la dispensa de répondre.

— Bon, ne traînez pas ! lança-t-elle à ses élèves. Vous allez être en retard pour votre dernier cours.

Quand elle se retourna vers la porte, elle vit avec stupéfaction la directrice et sa secrétaire à l'entrée du gymnase, tout aussi fascinées que les adolescentes qui auraient pu être leurs petites-filles. Décidément, Malcolm séduisait toutes les générations. Mais comment avait-il réussi à arriver jusque-là sans provoquer une émeute ?

Comme elle marchait vers la sortie pour inciter ses élèves à quitter la salle, elle se rendit compte que les deux gardes du corps qu'elle avait vus n'étaient pas seuls. Dans le couloir, quatre hommes assuraient aussi la sécurité de Malcolm, tandis qu'une limousine à vitres teintées l'attendait devant la double porte vitrée. Une véritable escorte de véhicules l'avait accompagné pour faire le trajet jusqu'ici.

Il serra la main de la directrice et de la secrétaire, sans omettre de se présenter, ce qui paraissait pour le moins superflu étant donné que le monde entier le connaissait. Après avoir échangé quelques mots avec elles, il accepta avec le sourire de laisser des photos dédicacées pour les élèves avant de s'en aller.

Il fallut encore quelques instants avant que tout le monde ne soit parti. Finalement, la porte se referma sur la directrice, et Celia resta seule avec Malcolm… et ses deux gardes du corps.

Et pourtant, ce semblant d'intimité suffit à lui faire perdre tous ses moyens. Elle se sentait si fébrile qu'elle peinait à respirer. Mais il ne devait surtout pas voir à quel point elle était troublée de le revoir.

— J'imagine que tu es venu pour me parler ?

C'était assez évident, même si elle était tout à fait incapable de deviner pourquoi.

— En effet, mon trésor, répondit-il de sa voix suave et profonde. Y a-t-il un endroit où nous pourrions discuter tranquillement ?

— C'est ta garde rapprochée qui risque de nous compliquer la tâche, tu ne crois pas ?

Elle regarda en souriant les deux hommes à la carrure impressionnante, et dont le visage restait aussi impassible que celui des gardes de Buckingham Palace. Ce ne fut que lorsque Malcolm leur adressa un signe de la main qu'ils sortirent dans le couloir, toujours sans prononcer un seul mot.

— Ils vont attendre dehors, mais s'ils sont ici, c'est pour te protéger autant que moi.

— Me protéger ? Moi ?

Elle recula pour s'éloigner de son parfum envoûtant, délicieusement masculin.

— Je doute sérieusement que tes fans se mettent à m'adorer seulement parce que je t'ai connu dans une autre vie.

— Ce n'est pas à ça que je pensais.

Prenant une profonde inspiration, il sembla chercher ses mots, comme s'il craignait d'être maladroit.

— J'ai entendu dire que tu avais reçu des menaces. Une protection ne serait peut-être pas de trop, si ?

La seule protection dont elle avait besoin pour l'instant était celle qui l'empêcherait de retomber sous son charme. Pourquoi diable revenait-il maintenant bouleverser sa vie bien rangée ?

— Merci, mais ça ira. Je n'ai besoin de rien. Il ne s'agit que d'appels anonymes et de lettres bizarres. Ce genre de choses peut arriver quand mon père doit juger une affaire importante.

Comment Malcolm avait-il bien pu entendre parler de cette histoire ? Elle n'avait qu'une seule envie : oublier à jamais les souvenirs qu'il avait réveillés en elle. Il avait encore un tel pouvoir sur elle, c'était incroyable ! Depuis l'instant où elle l'avait aperçu à l'entrée du gymnase, elle sentait que son cœur battait à tout rompre et elle ne parvenait pas à retrouver son calme.

Mais elle refusait de perdre son sang-froid à cause de ce retour inattendu. Elle était adulte à présent, et ce territoire était devenu le sien. Même si elle avait envie de crier, de lui dire toute sa colère de le voir revenir ainsi comme s'il n'était jamais parti, elle allait prendre sur elle et agir avec sagesse.

Elle n'était plus la petite fille unique gâtée et impulsive d'autrefois, ni l'adolescente terrifiée à l'idée d'avoir un bébé. Pas plus qu'elle n'était la jeune femme bouleversée, le cœur brisé, qui avait dû abandonner son bébé. C'était au prix d'efforts surhumains qu'elle s'en était sortie, et grâce à l'aide des meilleurs psychiatres auxquels son père avait fait appel.

Rien ni personne, pas même Malcolm Douglas, n'avait plus le droit de menacer la paix qu'elle avait trouvée et l'avenir qu'elle s'était construit.

Malcolm regardait Celia, ébahi. L'amour qu'il avait éprouvé pour elle avait changé sa vie à jamais.

Seulement, il ignorait toujours s'il devait s'en féliciter ou le regretter.

Quoi qu'il en soit, ils étaient liés à jamais. Et s'il avait réussi à rester loin d'elle pendant dix-huit ans, il n'avait pas cessé pour autant de l'observer à distance, où qu'il se trouve dans le monde. C'était précisément à cause de tout ce qu'il savait sur elle qu'il se trouvait ici aujourd'hui, incapable de supporter l'idée qu'une menace pèse sur elle. Il devait la protéger à tout prix, il le savait, et à présent il n'avait plus qu'une seule idée en tête : la convaincre de le laisser l'aider. S'il y parvenait, peut-être pourrait-il réparer les erreurs qu'il avait commises et qui avaient brisé leur vie à tous les deux. Une fois que tout serait fini, peut-être pourrait-il enfin laisser derrière lui cet amour de jeunesse qui continuait à l'habiter sans qu'il comprenne pourquoi.

Ce qui était clair en tout cas, c'était qu'il ne s'était pas fait d'illusions en se remémorant son désir brûlant pour elle. A cet instant même, alors qu'il venait de la retrouver et qu'il ne l'avait pas vue depuis près de dix-huit ans, l'attirance qu'il ressentait pour elle était plus intense que tout ce qu'il aurait pu imaginer.

Même ses tournées dans des stades combles ne lui avaient pas permis de l'oublier. Comment aurait-il pu espérer rester indifférent alors qu'elle se tenait à un pas de lui ? Il mourait d'envie de caresser ses longs cheveux bruns ondulés, de poser les mains sur ses formes si bien mises en valeur par sa robe d'été jaune, exactement comme il l'avait fait des années plus tôt.

Respirant profondément, il la suivit tandis qu'elle traversait le gymnase, non sans jeter un regard en direction de la scène où il avait si souvent répété avec elle. C'était pour être avec elle que, indifférent aux sarcasmes des autres garçons, il avait intégré le chœur du collège. Aucune moquerie ne l'avait atteint, jusqu'au jour où un imbécile avait fait une remarque déplacée sur elle. Sans la moindre hésitation, il s'était jeté sur lui et lui avait asséné un coup de poing qui lui avait valu trois jours d'exclusion. Un faible prix à payer, pour lui qui s'était senti prêt à n'importe quoi pour elle.

Il n'avait pas changé manifestement, puisqu'il n'avait pu s'empêcher de réagir dès qu'il avait su qu'elle était peut-être en danger. L'un de ses contacts avait eu vent d'une affaire de trafic de drogue dans laquelle le père de Celia devait figurer comme juge. L'un des membres du réseau criminel avait fait d'elle une cible. Bien sûr, Malcolm s'était aussitôt adressé aux autorités locales, qui n'avaient même pas pris la peine de consulter les éléments qu'il leur avait transmis. Il avait pourtant relevé la trace d'un transfert d'argent entre le trafiquant en question et un tueur à gages !

Mais la police locale n'aimait pas les étrangers et, se considérant assez compétente pour mener ses propres enquêtes, n'avait pas estimé nécessaire d'approfondir les recherches. Il avait donc fallu que quelqu'un intervienne. Et il avait vite conclu qu'il était le seul à pouvoir le faire. Rien, absolument rien n'aurait pu le dissuader de venir au secours de Celia. Il avait le devoir de l'aider, ne fût-ce que pour réparer le mal qu'il lui avait fait en l'abandonnant dix-huit ans plus tôt.

Arrivée au fond de la salle, elle contourna la scène et ouvrit nerveusement la porte qui menait dans une petite pièce. C'était son bureau, à en juger par les partitions qui emplissaient les étagères et les étuis d'instruments de musique empilés le long des murs.

Comme il humait son parfum qui flottait autour de lui, elle se retourna et il sentit la caresse de ses cheveux sur sa main.

— C'est plus un placard qu'un bureau, précisa-t-elle. C'est là que je range mes affaires, mais pour donner mes cours je vais d'une classe à l'autre ou dans le gymnase.

Il fit mine de toucher sa montre pour effacer d'un geste la sensation troublante qu'avait laissée le contact de ses cheveux sur son poignet.

— En un mot, rien n'a changé, conclut-il en souriant.

Tout comme la police locale, l'école était restée la même.

— Si, Malcolm, beaucoup de choses ont changé. Moi, j'ai changé, répliqua-t-elle d'une voix froide qu'il ne lui connaissait pas.

— Alors, dit-il après un silence, tu ne me grondes pas ? J'ai interrompu ta répétition, pourtant.

— Ce serait grossier de ma part.

D'un geste machinal, elle faisait courir ses doigts sur le ukulélé posé sur son bureau.

— De toute évidence, poursuivit-elle, pour les élèves, cette rencontre avec toi a été le moment le plus fort de leur courte vie.

— Pas pour toi, apparemment.

S'adossant contre le mur, il enfouit les mains dans ses poches pour ne pas céder à la tentation de caresser les cordes avec elle. Ils avaient passé de si longues heures à jouer de la guitare et du piano ensemble… Finalement, leur passion commune pour la musique les avait menés à découvrir une passion d'un autre genre, et qui leur avait fait connaître le plaisir extrême. Les souvenirs qu'il gardait de leurs moments d'intimité étaient si exceptionnels… La mémoire de Celia les avait-elle sublimés ? Tant de temps s'était écoulé depuis son départ, qu'il ne pouvait plus être sûr de rien.

— Alors, qu'est-ce qui t'amène ici ? Tu n'as pas de concert prévu dans la région.

Il détacha brusquement les yeux des mains gracieuses de Celia pour les lever vers son visage.

— Tu suis le parcours de ma tournée ? s'étonna-t-il.

— La ville entière est suspendue à tes moindres faits et gestes, rétorqua-t-elle en riant. Tout le monde sait tout sur toi, ce que tu prends au petit déjeuner comme le nom des femmes que tu fréquentes. Il faudrait que je sois aveugle et sourde pour ne pas entendre tout ce que la ville raconte au sujet de son prodigieux citoyen. En ce qui me concerne, puisque tu me le demandes, il y a longtemps que je ne suis plus membre du fan-club de Malcolm Douglas.

— Ah, voilà la Celia que je connais, dit-il en souriant.

Mais elle gardait son air sérieux.

— Tu ne m'as toujours pas répondu. Qu'est-ce que tu fais ici ?

— C'est pour toi que je suis venu.

Il ne put contenir un frisson de désir en disant ces mots. Comment pouvait-elle être devenue encore plus belle et sensuelle qu'autrefois ?

— Pour moi ? Je ne te crois pas, répliqua-t-elle froidement. J'ai des choses à faire d'ici ce soir. Tu aurais dû téléphoner.

Elle ne cessait de faire chanter les notes sur l'instrument, avec un naturel qui lui rappela les moments les plus magiques de leur adolescence.

— Tu es devenue bien raisonnable.

Il crut voir passer une ombre dans son regard.

— Je ne suis plus une adolescente. Je suis une adulte, j'ai des responsabilités, alors pourrais-tu me faire gagner du temps et me dire enfin ce que tu veux ?

— Tu n'as peut-être pas surveillé le cours de ma vie, mais moi, j'ai suivi celui de la tienne.

Il savait tout des coups de téléphone menaçants qu'elle avait reçus, du pneu crevé de sa voiture et de tous les autres messages inquiétants. Il savait aussi qu'elle n'avait relaté à son père que la moitié des faits. Et la savoir en danger et si mal protégée le rendait fou.

— Je sais que tu as obtenu ton diplôme de musique avec les honneurs à l'université du Mississippi, et que depuis, tu enseignes ici.

— Je suis fière de ce que j'ai accompli, et qui ne pourrait se résumer à ces quelques faits. C'est pour me féliciter pour mon diplôme que tu arrives maintenant ? Désolée, mais c'est un peu tard. Alors je te suggère de retourner plutôt signer des autographes.

— Bon, je vais t'expliquer.

Il se redressa et se mit debout juste devant elle, ne fût-ce que pour se prouver qu'il pouvait résister à la tentation de la prendre dans ses bras.

— Je suis venu pour te protéger.

Surprise, elle se figea et lui lança un regard glacial.

— Je te demande pardon ?

— Tu sais très bien de quoi je veux parler. De ces appels auxquels tu as fait référence tout à l'heure.

Pourquoi cachait-elle à son père ce qui se passait

réellement ? Son inconscience le rendait furieux... Tout autant que la bêtise qu'il avait faite en s'approchant d'elle. Comme si cette pièce n'était pas déjà assez exiguë.

— Je parle de l'affaire sur laquelle travaille ton père. Le trafic de drogue, les menaces, ça te dit quelque chose ?

— Mon père est juge. Il condamne les criminels, et cela les contrarie. Les pressions de leurs réseaux ne sont pas rares.

Il croisa son regard. La froideur avait remplacé le malaise qu'elle avait laissé paraître quelques instants plus tôt. Cette jeune femme distante était si différente de l'adolescente enflammée d'autrefois !

— Je ne vois pas en quoi ça te concerne, Malcolm.

Après tout, elle avait raison, ce n'était pas à lui de prendre en charge sa protection. Et pourtant, comment pourrait-il la laisser seule, en sachant qu'elle courait un danger ? C'était tout simplement au-dessus de ses forces.

— Celia, voyons, je te croyais plus intelligente, lâcha-t-il nerveusement.

— Il est temps que tu partes.

La tension qu'il ressentait, il le savait, n'était due qu'à un désir irrépressible. Un désir pour Celia, un désir qu'elle seule pouvait éveiller avec une telle force. Il dut respirer profondément pour retrouver un calme apparent. Comment aurait-il pu prévoir que son attirance pour elle serait encore plus forte qu'autrefois ?

— Pardon pour mon manque de tact. Ecoute, j'ai entendu parler des menaces que tu avais reçues, et même si tu trouves ça idiot, je suis inquiet pour toi.

Il vit le regard de Celia se radoucir.

— Comment en as-tu été informé ? Mon père et moi avons pris garde à ce que la presse ne sache rien.

— Ton père a beaucoup d'influence, mais elle n'atteint pas tous les cercles du pouvoir.

— Ça ne m'explique pas comment tu l'as su.

Il ne pouvait pas lui dire la vérité. Elle ignorait certaines choses sur lui. Apparemment, il gardait mieux ses secrets que le père de Celia.

— Mais j'ai raison, conclut-il.

— Disons que l'une des affaires sur lesquelles mon père travaille en ce moment connaît quelques complications. La police mène son enquête.

— Tu as vraiment l'intention de t'en remettre à la poignée d'hommes qui constituent les forces de police de cette ville ? Le service de sécurité qui t'entoure est vraiment impressionnant, lâcha-t-il avec ironie. Je devrais dire à mes hommes de prendre des notes.

— Tu peux m'épargner tes sarcasmes. J'ai pris les précautions nécessaires. Ce n'est pas la première fois qu'un suspect cherche à intimider un membre de notre famille pour exercer une pression sur mon père.

— Mais aucun de vous n'a jamais reçu de menaces aussi sérieuses.

Il ne pouvait certainement pas lui dire qu'il avait vu lui-même les mots laissés çà et là pour l'effrayer, car cela reviendrait à lui expliquer comment. Et il ne voulait le faire qu'en cas d'absolue nécessité, si jamais elle continuait à refuser son aide. Pour l'instant, mieux valait ne pas lui parler du travail qu'il faisait en dehors de la musique.

— Tu as l'air très au courant de ce qui se passe dans ma vie.

Dans le regard brun pétillant qu'elle posa sur lui, il reconnut le charme qui l'avait envoûté des années plus tôt et qui, de toute évidence, avait toujours le même pouvoir sur lui.

— Je te l'ai dit, Celia, je prends des nouvelles parce que je tiens à toi. Et c'est pour la même raison que je veux m'assurer que tu vas bien.

— Merci. C'est… C'est gentil.

Il vit ses épaules se détendre légèrement, comme si elle était un peu moins sur la défensive. Enfin, elle semblait croire qu'il se souciait vraiment d'elle.

— Je suis touchée, je te promets de faire attention, dit-elle d'une voix troublée. Maintenant que tu as accompli ton devoir, ou quel que soit le nom que tu donnes à ta démarche, je te demande de me laisser rassembler mes affaires et rentrer chez moi. J'ai beaucoup à faire.

— Je vais te raccompagner jusqu'à ta voiture. Et tu n'as pas le droit de refuser, ajouta-t-il avec un grand sourire. Je vais porter tes livres, comme au bon vieux temps.

— Il y a tout de même une différence de taille : ton armée de gardes du corps.

— Tu seras en sécurité avec moi.

Elle ne pouvait se douter à quel point.

— C'est ce que nous pensions il y a dix-huit ans.

Dès qu'elle eut prononcé ces mots, elle se figea et se plaqua la main sur le front.

— Je te demande pardon. Je n'aurais pas dû dire ça, c'est injuste.

Des images de leurs étreintes brûlantes envahirent soudain son esprit, lui rappelant où les avait menés la passion qui les avait consumés.

— Tu n'as pas à me demander pardon, mais j'accepte tes excuses.

Il savait qu'il l'avait abandonnée, et il s'en voulait trop pour reproduire la même erreur aujourd'hui.

— Laisse-moi t'inviter à dîner. Nous pourrons parler de l'idée qui m'est venue pour assurer ta sécurité jusqu'à la fin du procès.

— Merci, mais c'est non.

Elle ferma l'ordinateur portable posé sur son bureau et l'enfouit dans une sacoche à fleurs.

— Je dois finir mes bulletins de fin d'année.

— Il faudra bien que tu dînes.

— Je le ferai. Il me reste une moitié de panini à réchauffer.

Sans doute était-elle devenue plus calme qu'autrefois, mais elle n'avait rien perdu de son entêtement. Il allait devoir se montrer très habile pour la convaincre.

— Bon, puisque tu ne me laisses pas le choix, je vais tout te dire maintenant. C'est ta vie qui est en jeu, et il n'est pas question de prendre ces menaces à la légère. Je suis bien placé pour savoir que la protection dont tu as besoin dépasse largement les capacités de la police locale, et même de ton père. Tu peux me faire confiance, j'ai des sources très haut placées.

Si seulement il avait pu lui révéler la vraie nature de ses sources… Elle n'aurait plus hésité à l'écouter ! Mais très peu de gens étaient au courant de ses activités, il n'avait pas d'autre choix.

— Tu exagères.

— Celia, les trafiquants de drogue ont des moyens illimités et sont dépourvus de tout scrupule.

Il le savait trop bien depuis le jour où il avait commis

la faute de les côtoyer, adolescent, en travaillant dans un club dans l'espoir de gagner assez d'argent pour prendre en charge Celia et leur bébé.

— Ils te feront autant de mal que nécessaire dans le but d'atteindre ton père.

— Tu crois que je ne le sais pas ? J'ai fait tout ce que je pouvais pour l'éviter.

Il voyait qu'elle faisait son possible pour afficher un parfait sang-froid, mais son anxiété ne faisait aucun doute.

— Non, pas tout.

— D'accord, monsieur Je-Sais-Tout, soupira-t-elle en se passant la main dans les cheveux. Dis-moi ce que je dois faire, alors.

Il s'approcha un peu plus d'elle et lui prit les poignets. Il résistait encore à l'envie de l'embrasser, mais si jamais il devait utiliser la passion pour la convaincre en dernier recours, il n'hésiterait pas une seule seconde.

— Accepte la protection de mes gardes du corps. Je pars en tournée en Europe, je te demande de venir avec moi.

- 2 -

Suivre Malcolm en tournée en Europe ?

Tétanisée par ce qu'elle venait d'entendre, Celia posa la main sur son bureau pour ne pas chanceler. Non, il n'avait pas pu lui proposer cela sérieusement. Pas après dix-huit ans d'absence et seulement quelques lettres et coups de téléphone échangés les premiers temps de leur séparation. Après son départ, ils s'étaient peu à peu éloignés l'un de l'autre et avaient finalement rompu tout contact une fois que leur bébé avait été adopté.

Quand elle avait eu vingt ans, alors qu'il faisait ses premiers pas sur les scènes internationales, elle s'était consacrée à ses études universitaires tout en poursuivant ses séances de psychothérapie, sans lesquelles elle ne se serait jamais remise. Elle avait rêvé de voir Malcolm apparaître sur le seuil de sa porte, ne cessant d'imaginer leur réaction à tous les deux le jour où ils se retrouveraient. Que serait-il arrivé s'il était revenu la chercher à cette époque pour qu'ils reprennent leur histoire là où elle s'était arrêtée ?

Oui, elle en avait rêvé mille fois, jusqu'au jour où elle avait compris qu'elle devait tourner la page si elle voulait avancer. Depuis lors, elle ne se fiait plus qu'à la réalité et ne faisait pour son avenir que des projets concrets.

Elle n'était pas sûre qu'elle serait partie avec Malcolm, même s'il était revenu la chercher des années plus tôt. C'était à l'issue d'une dure bataille qu'elle avait retrouvé son équilibre psychologique, et se lancer sur les routes avec une star de la musique aurait menacé sa stabilité encore fragile.

Néanmoins, elle aurait sans aucun doute été heureuse de pouvoir se poser la question. Et son retour aujourd'hui arrivait trop tard, elle avait eu le temps de faire une croix sur ses illusions.

Elle mit sa sacoche à fleurs en bandoulière et regarda fixement la petite porte qui donnait sur le gymnase.

— Trêve de plaisanterie, Malcolm. Non, bien sûr que je ne vais pas partir en Europe avec toi. Merci de m'avoir fait rire. Maintenant, je vais profiter de ne pas avoir d'élèves à raccompagner pour rentrer chez moi plus tôt. Tu as peut-être du temps à perdre pour t'amuser à ce genre de jeu, mais personnellement j'ai des bulletins à remplir.

Il l'interrompit en posant la main sur son bras nu.

— Je suis très sérieux.

En sentant un frisson la parcourir, elle dut se rendre à l'évidence : après toutes ces années, elle était toujours aussi sensible au contact de sa peau contre la sienne. Pourquoi fallait-il qu'il ait autant de pouvoir sur elle ?

— Tu n'es jamais sérieux. Il n'y a qu'à lire les articles sur toi pour savoir que tu ne fais que jouer, dans ta vie publique comme dans ta vie privée.

Il s'approcha d'elle et referma la main autour de son bras, attisant le feu qu'il venait de rallumer en elle.

— S'agissant de toi, dit-il en la regardant dans les yeux, je t'assure que j'ai toujours été sérieux.

Leur histoire avait du reste connu un retournement inattendu. C'était elle qui avait été l'adolescente impulsive et aventureuse, tandis que Malcolm s'était investi dans son travail pour leur assurer un avenir commun. Et, pourtant, c'était lui qui avait finalement été arrêté par la police.

— Dans ce cas, pour une fois, je vais jouer le rôle de l'adulte raisonnable, décida-t-elle en s'efforçant de masquer son trouble. Il n'est pas question que je parte en Europe avec toi. Je te remercie de m'avoir offert ta protection, mais je te libère.

Il inclina la tête, faisant danser la mèche qui lui retombait sur le front.

— Toi qui rêvais de faire l'amour à Paris en regardant la tour Eiffel…

Sa voix profonde lui fit l'effet d'une caresse sensuelle, aussi délicieuse que celles que lui avaient prodiguées ses mains autrefois.

Lentement, elle se détacha.

— Mais, aujourd'hui, je n'ai l'intention d'aller nulle part avec toi.

— Bon. Dans ce cas, je vais annuler mes concerts et te suivre comme une ombre jusqu'à ce que je sois sûr que tu ne risques plus rien.

Un sourire insolent se dessina sur ses lèvres, tandis qu'il enfouissait les mains dans ses poches. Décidément, il n'avait rien perdu de son charisme naturel… Il fallait qu'elle reste sur ses gardes, sinon elle risquait de tomber sous son charme. Une nouvelle fois. Et elle ne se le pardonnerait jamais.

— Bien sûr, mes groupies seront furieuses, reprit-il d'un air faussement dégagé. Elles sont enragées parfois, dangereuses même, mais tant pis. Mon objectif suprême est de te protéger.

Combien de temps son numéro allait-il durer ? Son obstination était incompréhensible.

— C'est tellement bizarre. Redis-moi comment tu as été mis au courant de l'affaire Martin ?

Il eut un moment d'hésitation.

— J'ai des contacts.

— L'argent peut tout acheter, n'est-ce pas, Malcolm ?

Comment oublier le mépris qu'il avait eu pour la fortune de son père, alors qu'il était aujourd'hui infiniment plus riche que lui ?

— Il nous aurait bien aidés il y a dix-huit ans en tout cas. C'est certain.

Ces quelques mots suffirent à lui rappeler leur dernière dispute. Il avait tellement insisté pour aller jouer dans ce bar sordide, simplement parce que le patron lui promettait un cachet important. Lui qui avait décidé de faire d'elle sa femme pour former une famille avec leur enfant. Bien sûr, elle aurait voulu croire au rêve qu'il avait entretenu, mais elle avait gardé la conviction qu'ils étaient trop jeunes pour réussir un tel projet.

La soirée avait abouti à l'arrestation de Malcolm par la brigade des stupéfiants, quant à elle, elle avait été envoyée en Suisse, dans un prétendu pensionnat, pour donner naissance à son bébé.

Aujourd'hui encore, elle voyait dans ses yeux le regret et la culpabilité qu'il ressentait. Seulement voilà, elle n'avait pas la force de parler de cela avec lui. Si seulement elle pouvait libérer les émotions qui bouillaient en elle, se laisser aller et dire tout ce qu'elle avait sur le cœur ! Mais il n'était pas question qu'elle s'effondre devant lui.

Elle devait quitter cette pièce et s'éloigner de lui avant de succomber à la tentation de se blottir entre ses bras, de se réfugier contre son corps puissant et rassurant.

— Tout se serait mieux passé pour toi si tu avais eu plus de moyens, reconnut-elle en se rappelant l'annulation de sa bourse pour la Juilliard School. Quoi qu'il en soit, rien n'aurait pu changer les choix que j'ai faits. Ce que nous avons partagé appartient au passé.

Serrant la bandoulière de son sac, elle marcha d'un pas décidé vers la sortie.

— Merci encore de t'être inquiété pour moi, mais nous n'irons pas plus loin. Au revoir, Malcolm.

Il pouvait bien rester dans son bureau ou la suivre à l'extérieur, songea-t-elle en traversant le gymnase, ce n'était pas son problème. De toute façon, le gardien allait bientôt venir fermer la porte à clé. Elle n'avait qu'une seule idée en tête à présent : s'enfuir loin de Malcolm pour être sûre de ne pas se ridiculiser devant lui.

Sans se retourner, elle sortit du bâtiment à toute allure pour rejoindre le parking des professeurs. Par chance, elle n'avait pas eu besoin de repasser par les couloirs du collège où les élèves n'auraient pas manqué de murmurer toutes sortes de conjectures sur son passage.

Elle ne tarda pas à percevoir derrière elle le bruit des pas de Malcolm, mais elle refusait d'y prêter attention. Ses oreilles bourdonnaient et sa vue se troublait dans la chaleur humide de l'après-midi. Tout ce qu'elle voulait, c'était rentrer chez elle et oublier l'épisode qui venait de se dérouler.

Il ne restait plus qu'une heure de cours, et elle trouva le parking presque vide. Non loin de là, les cris et les rires des enfants résonnaient dans la cour de récréation. C'était à la fois un bonheur de les côtoyer chaque jour, et une souffrance de se rappeler constamment ce à quoi elle avait dû renoncer.

Aveuglée par le soleil et par les larmes qui naissaient au coin de ses yeux, elle serra un instant les paupières. La voilà dans une belle situation ! Oui, elle en voulait à Malcolm d'avoir refait irruption dans sa vie au moment où elle s'y attendait le moins… Mais que dire d'elle, alors ? Pourquoi se montrait-elle aussi faible, au point d'être toujours attirée par lui ?

A bout de forces, elle s'essuya les yeux et avança jusqu'à sa petite voiture verte. La chaleur s'élevait du bitume tandis qu'une brise légère transportait dans l'air le parfum des magnolias.

Elle se figea : un prospectus coincé sous son essuie-glace. Etait-ce encore un message déposé par l'ennemi de son père ? Depuis une semaine, elle trouvait tous les jours une plaquette publicitaire faisant allusion à la mort. Celle d'une entreprise de pompes funèbres, une autre pour une assurance-vie… Selon la police, il s'agissait seulement d'une coïncidence. Pourquoi n'en était-elle pas si sûre ?

D'une main tremblante, elle saisit le papier qui claquait contre le pare-brise de sa voiture. Qu'allait-elle découvrir cette fois…

Un bon de réduction chez un fleuriste ! Malgré elle, elle laissa échapper un long soupir de soulagement. Un simple bon de réduction. Cette affaire commençait à la rendre paranoïaque, songea-t-elle en froissant le papier avant de l'enfouir au fond de son sac. De toute évidence, ceux qui avaient entrepris de lui faire peur avaient réussi.

Elle déverrouilla la serrure. Mais elle s'arrêta net en ouvrant la portière.

Une rose noire avait été déposée entre les deux sièges avant, dans le porte-gobelet. Cette fois, le message était on ne peut plus clair. Et celui qui avait voulu le lui transmettre avait réussi pour cela à pénétrer dans sa voiture.

Le cœur battant, elle repensa aussitôt au prospectus laissé sous son essuie-glace et le ressortit de son sac. Puis elle le posa sur son siège et le lissa pour mieux le regarder.

C'était bien un nouveau message qu'elle venait de recevoir, songea-t-elle, prise de panique. Elle était déjà fébrile depuis le moment où elle avait aperçu Malcolm à l'entrée du gymnase, mais cette fois elle sentait qu'elle était en train de perdre tout contrôle de ses nerfs.

D'un mouvement brusque elle s'écarta de sa voiture et chancela. Sur le point de tomber, elle heurta quelqu'un. Un homme était derrière elle. Etouffant un cri, elle fit volte-face. Malcolm.

— Que se passe-t-il ? lui demanda-t-il, inquiet, en l'enlaçant d'un geste protecteur.

Elle avait trop peur pour faire mine de rien. Sans parler du délicieux effet que lui faisait la caresse de ses mains sur ses hanches…

— Il y a une rose noire dans ma voiture. Je ne sais pas comment elle est arrivée là. Les portières étaient bien verrouillées, j'ai dû utiliser ma clé pour ouvrir.

— Il faut appeler la police.

Elle secoua la tête.

— Le chef se contentera de prendre note de l'incident et me dira qu'il s'agit forcément d'une plaisanterie de la part d'un élève.

Elle avait déjà suffisamment côtoyé cet homme, qui ne manquait pas une occasion de faire allusion à son instabilité psychologique passée en dépit des efforts qu'avait faits son père pour les garder secrets. Peu de gens étaient au courant, mais elle avait fait une dépression sévère après la naissance de son bébé. Pour eux, elle n'était pas vraiment guérie. C'était injuste, et surtout dangereux, car cela les empêchait de la prendre au sérieux.

Malcolm, lui, était loin de prendre cette situation à la légère. Elle le voyait dans ses yeux. D'un geste protecteur et rassurant, il posa les mains sur ses épaules et l'attira doucement vers ses gardes du corps. Il retourna ensuite près de sa voiture et examina la rose noire avant de s'agenouiller pour regarder sous la carrosserie.

Que cherchait-il ? Une bombe ?

— Malcolm, tu as raison. Appelons la police. Je t'en prie, éloigne-toi de cette voiture.

Il se releva et se rapprocha d'elle.

— Au moins, nous sommes d'accord sur ce point. Partons, ajouta-t-il en la prenant par le bras.

— Tu as vu quelque chose ?

— Non, mais je n'ai pas regardé sous le capot. Je vais t'emmener loin d'ici. Mes hommes auront le temps de s'assurer qu'il n'y a rien de dangereux avant la sortie de l'école.

Elle n'avait pas pensé au risque qu'elle faisait courir aux autres. A ses collègues, et aux enfants qu'elle entendait jouer dans la cour. Celui qui menaçait de s'en prendre à elle était-il prêt à mettre autant de vies en danger ? Difficile à croire. Et, pourtant, ce nouveau message était plus sinistre et plus inquiétant que tous ceux qu'elle avait reçus auparavant.

Mais Malcolm l'arracha à sa rêverie en l'attirant hors de l'enceinte de l'établissement.

— Où allons-nous ? Je dois prévenir tout le monde.

— Mes hommes vont s'occuper de tout. Je t'emmène dans ma limousine. Elle est blindée. Nous aurons tout le temps de parler de la suite une fois à l'abri.

Une limousine ? Blindée ? Apparemment, il avait des moyens bien plus élevés que tout ce dont il avait rêvé pour eux des années plus tôt. Ce qui expliquait pourquoi il se sentait plus apte que quiconque à la protéger, qu'elle en ait réellement besoin ou non.

Ce n'était peut-être que de l'intimidation, mais elle se sentait réconfortée par sa présence. Beaucoup plus qu'elle ne l'aurait voulu.

Malcolm recouvra son calme seulement une fois installé dans sa limousine, Celia assise à côté de lui. Son chauffeur les conduisait chez elle, tandis que deux de ses gardes du corps étaient restés près de sa voiture en attendant l'arrivée de la police. Il pourrait compter sur eux pour lui raconter l'intervention dans le détail. Sans doute n'y avait-il rien d'autre qu'une rose noire à l'intérieur du véhicule, mais il valait mieux en être sûr. Il avait mis tout en œuvre pour protéger Celia et le reste de l'école du danger qui les menaçait peut-être.

Il vérifia sur son portable la présence d'éventuels messages de ses gardes du corps restés sur place, mais le parfum de Celia tout près de lui produisait un effet incroyable sur ses sens. Une fois qu'il l'aurait ramenée en lieu sûr, il mettrait son réseau à contribution pour trouver des preuves qui ne laisseraient aucune chance à ce Martin, celui qui avait l'audace de la persécuter. Il n'avait pas su vers qui se tourner à l'époque où il avait eu affaire à des trafiquants de drogue tels que lui, et il avait accepté de faire ce qu'ils lui demandaient afin qu'ils laissent sa mère en paix.

Cette erreur lui avait coûté cher, mais il n'était plus le même aujourd'hui. Il avait suffisamment de ressources et de pouvoir pour prendre soin de Celia comme il n'avait pu le faire auparavant. S'il parvenait à mettre la main sur celui qui la menaçait, peut-être pourrait-il alors se pardonner de l'avoir abandonnée dix-huit ans plus tôt.

Il sentit son regard sur lui tandis qu'ils roulaient sur la rue principale d'Azalea.

— Qu'y a-t-il, Celia ?

— Je viens de penser à quelque chose. Est-ce que tu as mis cette fleur dans ma voiture pour me faire peur ? Pour que je vienne avec toi ?

Elle le scrutait avec suspicion. Seigneur, comment pouvait-elle imaginer une chose pareille ?

— Tu ne peux pas croire une chose pareille.

— Pour l'instant, je ne sais plus du tout ce que je dois croire. Je ne t'ai pas vu pendant presque deux décennies, et justement le jour où tu viens m'offrir ta protection, voilà ce qui se passe. Le seul fait de penser qu'ils sont venus à l'école, si près de mes élèves…

Elle s'interrompit et se pencha en avant, respirant avec peine.

— Je ne me sens pas bien.

Troublé, il dut faire un effort pour ne pas l'attirer contre lui. Il avait tellement envie de la réconforter, de la serrer dans ses bras… comme avant.

— Tu me connais. Tu sais combien je tenais à prendre soin de toi. Tu sais mieux que quiconque à quel point j'ai souffert que mon père ne soit pas présent pour ma mère. Alors, franchement, tu crois vraiment que j'ai mis cette rose dans ta voiture ?

Elle releva légèrement la tête et remit ses cheveux en arrière.

— D'accord, je te crois. Je te demande pardon. Même si, au fond de moi, j'aimerais mieux que ce soit toi. Au moins, je n'aurais aucune raison de m'inquiéter.

— Tu ne dois pas avoir peur. Quiconque voudra s'en prendre à toi devra d'abord passer par moi.

Si seulement il avait pu en dire autant à l'époque où il avait été si impuissant à les protéger, sa mère et elle… Mais les temps avaient changé. Et il était décidé à réussir là où il avait échoué auparavant.

— Les policiers vont examiner ta voiture, et s'il y a le moindre problème ils délimiteront une zone de sécurité tout autour du parking.

— Tu as dit toi-même il y a dix minutes que je ne pouvais pas compter sur eux.

Il sentit sur son bras la caresse de ses boucles brunes, aussi douces qu'autrefois. D'accord, il ne croyait plus au pouvoir de l'amour… Mais comment nier celui du désir ? Mieux valait qu'il garde un minimum de distances avec Celia s'il voulait rester maître de lui-même. Il devait se rendre à l'évidence : son attirance pour elle n'avait rien perdu de son intensité, aussi déroutant que ce fût. Et il allait devoir apprendre à la contenir. Ce n'était pas pour revivre le passé qu'il était revenu, mais seulement pour s'amender. Ce qu'il y avait eu entre eux était bel et bien fini.

— Nous sommes tout de même obligés de les faire participer à l'enquête. Où est ton père en ce moment ? Au tribunal ?

— Chez le médecin. Il avait un examen cardiaque à passer. Il se sent fatigué, il envisage même de prendre sa retraite après le procès Martin.

Elle soupira et s'adossa de nouveau contre le siège en cuir.

— C'est de la folie. Ce qui se passe est insensé.

— Personne ne t'atteindra tant que je serai là. Tu n'as rien à craindre.

— Si je comprends bien, les paparazzi ne te laissent aucun répit. Tu emploies tous les moyens imaginables pour leur échapper. Est-ce que ça vaut la peine de vivre dans une bulle ?

— Je fais absolument ce que je veux de ma vie.

La liberté et le pouvoir qu'il avait acquis allaient bien au-delà de ceux d'un musicien populaire. Ils venaient surtout de ses autres activités, beaucoup plus secrètes.

— Dans ce cas, j'en suis heureuse pour toi.

Elle parut plus détendue. Mais même si elle avait appris à masquer ses émotions, il savait à quel point cette situation la perturbait. Et elle avait toutes les raisons d'être inquiète.

— L'année scolaire prend fin demain. Tu vas être libre tout l'été. Viens avec moi en Europe. Fais-le pour ton père et pour tes élèves, ne laisse pas l'orgueil t'empêcher d'accepter.

Il la vit hésiter.

— Ce serait égoïste de ma part d'accepter ta proposition. Si je te mettais en danger ?

Ah, ponctua-t-il intérieurement en réprimant un sourire de satisfaction. Elle n'avait pas dit non. Enfin, elle commençait à envisager la possibilité de l'accompagner.

— La Celia que j'ai connue autrefois ne se serait jamais souciée de ce détail. Elle se serait lancée dans l'aventure et aurait accepté que nous résolvions ce problème ensemble.

Il lui prit instinctivement le bras et, lorsqu'elle leva les yeux vers les siens, il brûla de goûter de nouveau la saveur de ses lèvres.

De toute évidence, elle avait ressenti le même élan de désir que lui, car elle se détourna nerveusement et se rassit aussi loin de lui que possible.

— Mais nous sommes adultes désormais, Malcolm. Je ne peux pas partir en Europe avec toi. C'est tout simplement... impensable. Quant à mes élèves, tu m'as toi-même fait remarquer que l'école prenait fin, et si ces menaces sont effectivement liées au procès Martin, tout sera réglé d'ici la fin de l'été. Tu vois ? Il n'y a aucune raison de se lancer dans de grandes entreprises. Je te remercie néanmoins pour ta proposition.

— Arrête de me remercier, dit-il sèchement.

Le souvenir de son échec était beaucoup trop vif pour qu'il laisse passer sa chance de se racheter. La ville avait peu changé, et il avait le sentiment d'être revenu des années en arrière. Combien de fois avait-il emmené Celia dans la voiture qu'elle avait reçue pour ses seize ans, cherchant un endroit discret pour se garer et se livrer avec elle aux plaisirs qu'ils avaient découverts ensemble…

Mais il ne devait pas penser à ces souvenirs s'il voulait garder les idées claires.

Quand il avait entrepris de lui venir en aide, il n'avait pas prévu que son attirance pour elle se réveillerait à l'instant où il la verrait. Le temps, le succès et ses relations avec d'autres femmes n'avaient en rien altéré son désir pour Celia Patel, son premier amour.

Et si l'emmener avec lui en Europe n'était pas une si bonne idée, finalement ? La seule perspective de se trouver seul avec elle dans un grand hôtel, au cœur d'une ville romantique, faisait naître dans son esprit les rêves les plus sensuels.

La voix douce de Celia l'arracha à sa rêverie. Il devait se concentrer sur l'instant présent, rien ne comptait davantage.

— Malcolm ? Pourquoi as-tu pris de mes nouvelles justement récemment ? Je ne peux pas croire que tu aies surveillé mes moindres faits et gestes pendant presque dix-huit ans !

Elle avait raison. Même s'il pensait souvent à elle, c'était à cette période de l'année qu'il se sentait le plus proche, car c'était là que leur passé commun pesait le plus lourd sur sa conscience.

— J'ai particulièrement pensé à toi cette semaine. Tu sais bien pourquoi.

— Oui, murmura-t-elle en fermant les yeux. C'est son anniversaire.

Pour la première fois depuis son arrivée, il vit une réelle émotion s'inscrire sur les traits de son visage. Un chagrin immense qu'il partageait avec elle.

— Je suis désolée, et sa voix se brisa.

— Moi aussi j'ai signé les papiers pour l'adoption. Avait-il eu d'autre choix que d'abandonner tous ses droits sur sa petite fille ? Qu'aurait-il eu à lui offrir ? Il avait échappé à la prison, mais le lycée militaire de Caroline du Nord était tout de même un internat dans lequel il avait été condamné à passer plusieurs années.

— Mais tu ne voulais pas les signer. Et je te comprends, ajouta-t-elle en posant doucement la main sur son bras.

— Ç'aurait été égoïste de ma part de refuser en sachant que je ne pourrais pas être présent pour vous.

Il laissa passer un silence avant de lui poser la question qui le taraudait.

— Est-ce que tu penses à elle ?

— Tous les jours.

— Et à nous deux ? Est-ce que tu as des regrets ?

— Je regrette que tu aies souffert.

Il posa la main sur la sienne et l'enveloppa.

— Viens avec moi en Europe. Tu seras en sécurité et tu épargneras à ton père une angoisse supplémentaire. Il est temps pour nous de mettre un point final à notre passé, tu ne crois pas ? Laisse-moi t'aider comme j'aurais voulu pouvoir le faire il y a des années.

En voyant son air hésitant, il sentit que la victoire était proche. Mais elle se redressa brusquement lorsque la voiture s'arrêta devant chez elle, comme si elle venait de reprendre ses esprits.

— J'ai besoin de rentrer pour réfléchir. Tout va si vite… Je n'étais pas préparée à ça.

Il devrait se contenter de cela pour l'instant. Elle ne lui avait pas opposé un refus catégorique.

Convaincu qu'il finirait par obtenir ce qu'il était venu chercher, il descendit de voiture pour raccompagner Celia jusqu'à sa porte d'entrée. Bien sûr, elle n'allait tout de même pas l'inviter à passer la soirée chez elle, mais il avait besoin de s'assurer qu'elle était hors de danger.

Machinalement, il posa sa main sur le creux de son dos, comme autrefois, et se dirigea vers la petite maison qui se dressait derrière un grand hôtel particulier en brique.

Elle se retourna et le regarda avec surprise.

— Tu sais déjà où j'habite ?

— Ce n'est pas un secret.

En réalité, tous les détails de sa vie étaient beaucoup trop accessibles et il n'avait eu aucun mal à connaître son adresse. C'était du reste avec étonnement qu'il avait découvert son choix. Contrairement à ce qu'il avait d'abord cru, le grand hôtel particulier n'était pas la maison de son père, ce qui signifiait que, même en restant dans sa ville natale, elle avait tenu à être indépendante.

Sa maison avait un charme fou, mais pour ce qui était de la sécurité c'était un véritable cauchemar. Un escalier extérieur mal éclairé menait à l'entrée, sous laquelle se trouvait le garage. Et tout en observant les mille possibilités qu'avait un individu mal intentionné de s'introduire chez elle, il ne pouvait s'empêcher d'admirer le merveilleux balancement de ses hanches et la lumière du soleil dans ses cheveux.

Elle s'arrêta sur le perron et se tourna vers lui.

— Merci de m'avoir ramenée à la maison et d'avoir appelé la police. J'apprécie sincèrement ton aide.

Oh ! combien de fois l'avait-il embrassée sur le pas

de sa porte ? Son père avait alors l'habitude de faire clignoter la lumière extérieure, pour lui signaler qu'il fallait qu'il parte. Et, à cet instant, il rêvait de refaire la même chose. Poser ses lèvres sur celles de Celia, fermer les yeux et…

Mais il était devenu un homme sage. Et patient. Son unique objectif était de la convaincre de venir avec lui.

Comme elle sortait ses clés de son sac, il tendit la main pour qu'elle les lui confie.

— Une fois que j'aurai fait le tour de ta maison, je te laisserai tranquille pour la nuit.

Il se garda bien de lui dire qu'il ne s'éloignerait pas beaucoup.

Il n'était plus l'adolescent idéaliste qu'il avait été. Chaque jour qu'il avait passé au lycée militaire, il avait réfléchi à la manière dont il reviendrait sonner à la porte du père de Celia. A la manière dont il prouverait qu'il n'avait rien fait de mal et qu'il n'était qu'un garçon honnête à qui on avait enlevé sa famille. Il s'était accroché à ce but pendant toute la durée de ses études, faisant des concerts le soir pour compenser les maigres revenus que lui apportait sa bourse.

Jamais il n'avait imaginé que sa carrière prendrait un tel envol. Et surtout, jamais il n'avait imaginé que son ancien proviseur viendrait un soir le retrouver dans les loges pour lui faire cette incroyable proposition.

Sa vie de nomade et sa facilité à s'infiltrer dans les milieux les plus inaccessibles lui offraient une couverture parfaite pour travailler comme agent indépendant pour Interpol.

A partir de ce jour, il n'avait plus jamais dévié de la ligne qu'il avait décidé de donner à son existence.

Jusqu'à aujourd'hui. Et cette entorse aux règles qu'il s'était fixées lui avait fait découvrir que, dix-huit ans plus tard, il ne pouvait toujours pas détourner les yeux de Celia.

— Tes clés, s'il te plaît ?

Elle hésita un instant avant de laisser tomber son trousseau dans le creux de sa paume. Et lorsqu'il ouvrit la serrure, il se rendit compte qu'il aurait aisément pu la crocheter lui-même.

En entrant, il découvrit un espace lumineux, un décor simple au milieu duquel trônait un piano droit ancien. Un parfum frais et citronné flottait dans l'air.

Il avança dans le petit couloir qui menait à la pièce principale, afin de s'assurer qu'une rose, ou toute autre mauvaise surprise, ne l'y attendait pas. Pendant ce temps, elle désactiva l'alarme avant de le suivre à l'intérieur. Il ne voyait rien de particulier, et pourtant il n'était pas tranquille. Son instinct lui disait de se méfier. Mais pourquoi diable était-il incapable de mettre un nom sur ce mauvais pressentiment ? Décidément, il avait le plus grand mal à se concentrer lorsqu'elle était près de lui.

Il devait se reprendre. Il avait suivi un entraînement pour être performant sur le terrain. Pour être irréprochable.

A l'affût, il s'immobilisa et repensa à la scène qui venait de se dérouler, puis il balaya la pièce du regard. Mais oui, voilà ce qui l'avait mis en alerte !

Il se tourna vers Celia.

— Avais-tu laissé la lumière du salon allumée ?

Elle se figea à son tour.

— Non, j'éteins toujours en sortant.

Comme il l'attirait derrière lui pour la protéger, il avança vers le salon.

Un homme était assis sur le canapé.

George Patel. Le père de Celia.

Son apparence le surprit plus qu'il n'aurait su le dire. Bien sûr, il avait vieilli, mais le voir à ce point transformé était réellement troublant. Il en avait tellement voulu à cet homme ! Il lui était même arrivé de ressentir de la haine contre lui.

Aujourd'hui, cependant, il comprenait qu'ils partageaient depuis toujours la même obsession : protéger Celia. Le juge Patel allait seulement devoir se rendre à l'évidence que, désormais, Malcolm était bien plus apte que lui à le faire.

Cette fois, il ne lui permettrait pas de l'en empêcher.

- 3 -

Celia regarda son père et Malcolm. Quelle ironie ! Il ne lui restait plus qu'à attendre le moment où la dispute allait éclater.

Malcolm et son père ne s'étaient jamais entendus. Malcolm l'avait toujours encouragée à penser par elle-même, tandis que ses parents l'avaient trop longtemps dorlotée. A leurs yeux, il avait représenté un danger pour elle, et d'une certaine manière ils n'avaient pas eu tort. Elle avait perdu tout contrôle et toute raison avec lui.

Néanmoins, l'opposition de ses parents n'avait fait que la pousser dans ses bras, et, quant à lui, vexé par leur réaction, il avait cherché sans cesse à prouver sa valeur et sa force de caractère. Ce qui avait abouti à une situation de tension extrême.

Les années leur avaient-elles permis à tous de mûrir ? Elle ne pouvait que l'espérer car, après cette journée pour le moins éprouvante, elle ne supporterait pas d'assister à une nouvelle confrontation entre eux.

— Bonsoir, monsieur.

— Douglas, lâcha son père en se levant pour le saluer. Bienvenue.

Mais que se passait-il ? Ils se serraient la main, maintenant ! Un geste qui n'aurait jamais été possible dix-huit ans plus tôt... Bien sûr, ils se regardaient avec méfiance, mais au moins il ne semblait pas y avoir de rancune dans l'air. Voilà qui était étrange. La dernière fois qu'ils s'étaient retrouvés tous les trois dans la même pièce, c'était le jour où son père avait appris qu'elle était enceinte. Le jour où il avait frappé Malcolm, qui avait eu la jugeote de ne pas riposter, alors qu'il mesurait bien quinze centimètres de plus. Sa mère avait été présente elle aussi, mais, en larmes, elle s'était contentée de s'effondrer dans un fauteuil.

Mieux valait ne pas tenter le diable, songea-t-elle en se tournant vers Malcolm.

— Je ne risque plus rien maintenant. Tu peux y aller. Je te remercie beaucoup d'être venu.

Pourtant... elle n'aimait pas du tout qu'il s'en aille. Qu'aurait-elle fait, tout à l'heure, sans lui, face à la découverte macabre de la rose noire ? Comment imaginer d'expliquer cela à la police, qui aurait tourné son angoisse en dérision pour la énième fois ? Non, cet acte n'était pas celui d'un élève en colère à cause d'une mauvaise note, et Malcolm l'avait compris immédiatement. Elle ne s'était pas rendu compte avant ce moment à quel point son opinion était importante pour elle. A quel point elle avait besoin qu'il la croie.

— Nous nous reverrons demain pour reparler de ma proposition, dit-il doucement. Et, s'il te plaît, ne dis pas non sous prétexte que c'est moi.

Il retourna à la porte et posa la main sur la poignée avant de se retourner vers son père.

— Bonsoir, monsieur.

Elle avait l'impression de rêver. Etait-il bel et bien en train de partir, sans même une brève confrontation ?

Malgré elle, elle regrettait de ne pas pouvoir prendre le temps de lui dire au revoir. Et lorsqu'il fut sorti de chez elle, elle se répéta intérieurement ses derniers mots. Etait-ce vraiment parce que la proposition venait de lui qu'elle refusait de partir ? S'éloigner d'Azalea pendant quelque temps n'était-il pas la solution la plus prudente ?

Mieux valait ne plus y penser. Malcolm devait déjà considérer qu'elle était en sécurité dorénavant, que son devoir était accompli.

D'un geste nerveux, elle réenclencha l'alarme avant de se retourner vers son père. Cela lui faisait du bien d'être chez elle, elle se sentait en sécurité.

Cette maison était loin d'être aussi grande et luxueuse que celle dans laquelle elle avait grandi, mais elle en était fière. Avec un budget limité, elle avait réussi à l'aménager et à la décorer à son goût en parcourant les magasins en solde et les brocantes. Aujourd'hui, elle représentait parfaitement son amour de la musique et des objets anciens.

En fin de compte, elle avait élaboré ce décor pas à pas, exactement comme elle avait reconstruit sa vie. En rassemblant toutes ses forces physiques et mentales. Le parcours avait été difficile, mais la victoire en était d'autant plus grande. Elle avait appris à relativiser, ce qui lui permettait aujourd'hui, entre autres, d'entretenir une relation apaisée avec son père, de ne plus être sur la défensive. Au contraire, à présent, elle s'inquiétait même pour sa santé et pour son travail difficile.

— Papa, que fais-tu ici ? Je te croyais chez le médecin.

— Les nouvelles vont vite, tu sais.

Il se rassit sur le canapé en respirant avec peine, l'air plus soucieux que jamais.

— Quand j'ai appris que Malcolm Douglas était venu en visite impromptue à l'école, j'ai demandé au médecin de faire vite.

Elle ne s'était pas encore habituée à ses cheveux gris. Elle ressentait toujours le même choc quand elle le regardait avec attention, tout comme le jour où elle s'était rendu compte qu'il mesurait à peine plus d'un mètre soixante-cinq. Lui qui lui avait toujours paru si impressionnant ! C'était son charisme qui avait longtemps compensé sa taille, mais la mort de la mère de Celia l'avait vieilli et fragilisé.

Bien sûr, elle avait toujours su que ses parents étaient plus âgés que ceux de ses amis. Elle avait été un bébé tardif, né après la mort de sa grande sœur. L'idée d'avoir une sœur qu'elle n'avait jamais connue lui semblait si étrange…

Et si sa sœur avait survécu à son cancer, serait-elle née ? C'était une question qu'elle s'était souvent posée, même si elle n'avait jamais douté de l'amour de ses parents, qui s'étaient toujours montrés si dévoués. Le traumatisme qu'ils avaient subi les avait même conduits à la protéger et à l'entourer beaucoup plus que de raison. Et, de ce fait, elle s'était parfois comportée en enfant gâtée, ce qui avait blessé certaines personnes, dont Malcolm.

— Il est arrivé à l'école il y a moins d'une heure, expliqua-t-elle à son père. Tu n'as pas traîné, c'est le moins qu'on puisse dire.

— Notre ville n'est pas grande.

C'était bien vrai. Les secrets ne se gardaient pas longtemps à Azalea, ce qui rendait d'autant plus miraculeux le fait qu'elle ait pu accoucher et confier son bébé à l'adoption sans que toute la ville soit au courant. Malcolm avait été envoyé en maison de redressement, tandis qu'elle était partie dans un foyer en Suisse, au sein duquel elle avait reçu des cours à domicile jusqu'à la naissance de leur fille.

— Qu'a dit le médecin au sujet de tes récentes difficultés respiratoires ?

— Si je suis là, c'est bien qu'il m'a laissé partir, non ? Le Dr Graham n'est pas un irresponsable. Je t'assure que tout va bien.

Il remit ses lunettes rondes en place et elle aperçut des petites taches d'encre sur ses doigts. Elle soupira. Décidément, son père ne se résoudrait jamais à travailler à l'ordinateur et continuerait à rédiger ses notes à la main…

— Je suis bien plus inquiet pour toi, Celia. Je vis dans la crainte qu'il puisse t'arriver quelque chose.

La crainte ? Il avait donc lui aussi des doutes sur le sérieux de ces menaces ? Mais elle n'avait pas envie de parler avec lui de tout cela, de même qu'elle n'avait pas envie de répondre à la question qu'il allait bientôt, hélas, lui poser.

— Quelle dimension le procès Martin risque-t-il de prendre, papa ?

— Tu sais que je ne peux pas en parler.

— Mais c'est une grosse affaire.

— Tous les juges rêvent de finir leur carrière sur un procès majeur. Mais n'essaie pas de me distraire. Que fait Malcolm Douglas à Azalea ?

Voilà, la question avait été posée. Elle détourna le regard.

— Il a entendu parler de l'affaire que tu avais à juger, et je ne sais pas comment, il a su que j'avais rapporté des menaces à la police. Je me demande bien qui a pu raconter ça, étant donné que personne ne me prend au sérieux.

Les autorités allaient-elles enfin enquêter et assurer sa protection, après ce qui s'était passé aujourd'hui ?

— Et Malcolm Douglas, star internationale de la musique, a accouru alors qu'il ne t'avait pas vue depuis dix-huit ans ?

Il semblait plus soucieux que jamais, et elle voulait éviter de lui faire de la peine. Mais elle souffrait aussi.

— Ça paraît fou, je sais. Mais je crois que, s'il est venu, c'est surtout à cause du moment.

— Le moment de quoi ?

Le seul fait qu'il lui pose la question lui serra le cœur.

— Papa, elle a eu dix-sept ans aujourd'hui.

— Tu penses toujours à elle ?

— Oui, évidemment.

— Mais tu n'en parles jamais.

Au cours de ses séances de psychothérapie, elle n'avait fait que parler de son bébé. Pleurer et parler d'elle, voilà à quoi elle avait passé des heures entières, jusqu'au jour où elle avait commencé à trouver la force d'avancer de nouveau.

— A quoi bon ? Ecoute, papa, je vais bien. Crois-moi. Et je suis désolée, mais j'ai des bulletins de fin d'année à remplir.

Il se tapota nerveusement les genoux.

— Tu devrais revenir à la maison.

— C'est ici, ma maison, maintenant. Je t'ai laissé choisir et faire installer le système de sécurité, le même que chez toi. Alors, s'il te plaît, il est temps que tu rentres te reposer.

Elle se faisait du souci pour lui. Il était plus pâle que d'ordinaire, et il avait les épaules voûtées, lui qui se tenait toujours si droit. Cette situation l'éprouvait, et de toute évidence il serait beaucoup plus tranquille pour se concentrer sur son travail si elle s'absentait quelque temps. Refuser l'offre de Malcolm lui apparaissait tout à coup comme une décision terriblement égoïste.

— Papa, j'envisage de partir en vacances juste après la fin des cours.

— Si tu viens à la maison, tu seras accueillie à bras ouverts.

Mais elle déclina de nouveau son invitation. C'était à vingt-quatre ans, après l'obtention de son diplôme, qu'elle avait décidé de partir de chez son père. Elle avait travaillé dur pour son indépendance, et maintenant, des années après, elle n'y renoncerait pour rien au monde.

— J'ai quelque chose à te dire, et je ne voudrais pas que tu te fasses des idées ou que tu te mettes en colère.

— Alors dis-le-moi tout de suite, car tu ne fais que m'inquiéter davantage.

Elle prit une profonde inspiration pour se donner du courage.

— Malcolm pense que je devrais partir en tournée avec lui.

C'était dit. Comment allait-il réagir, maintenant ? Elle lui jeta un regard à la dérobade et le vit enlever ses lunettes pour les essuyer avec un mouchoir en tissu. Son regard était stupéfait.

— Ce sont les rapports de police qui l'ont poussé à te faire cette proposition ?

Elle hésita un moment à lui relater l'épisode de la rose noire. Mais s'il avait aussi vite été mis au courant de l'arrivée de Malcolm, il ne tarderait pas de toute façon à apprendre ce qui s'était passé sur le parking de l'école.

— J'ai reçu une nouvelle menace aujourd'hui.

Il se figea.

— Que s'est-il passé ?

— Quelqu'un a laissé une affreuse rose noire dans ma voiture.

Le prospectus n'avait été rien d'autre qu'un clin d'œil cynique de la part de celui qui voulait lui faire peur. Et elle avait beau essayer de faire bonne figure pour ne pas affoler son père, elle ne put empêcher sa voix de trembler légèrement.

— Si ça continue, je vais finir par trouver une tête de cheval dans mon lit, comme dans *Le Parrain*.

— Ce n'est pas drôle. Tu dois rentrer à la maison.

La voix de son père était tendue, et elle aurait parié que la présence de Malcolm lui rendait les choses beaucoup plus difficiles. Mais il fallait qu'elle lui dise tout.

— Malcolm me propose la protection de son propre service de sécurité. Les fans hystériques et les tueurs à gages ne doivent pas être si différents les uns des autres.

— Arrête de plaisanter, Celia.

— Il a raison sur un point, reprit-elle. C'est à toi que ces menaces font le plus de tort, je ne veux pas t'empêcher de travailler correctement. Sans compter que j'ai mis mes élèves en danger en attendant aussi longtemps avant de réagir. Si je le suis en Europe, tout sera plus simple pour tout le monde.

Elle ne voulait pas que son père s'inquiète, mais elle devait reconnaître que ce n'était pas la seule raison qui la poussait à prendre cette décision. Malcolm ne lui avait pas seulement offert sa protection. Il lui donnait une chance de refermer le chapitre de leur passé.

Mais arriveraient-ils à passer quatre semaines ensemble ? Car elle connaissait la durée de sa tournée. Depuis longtemps elle guettait ses dates de concert sur internet, ne fût-ce que pour savoir s'il viendrait jouer un jour dans une salle de la région. Il ne l'avait jamais fait.

— C'est la seule raison pour laquelle tu as pris cette décision ?

Elle n'était pourtant sûre de rien encore.

— Tu me demandes si j'ai toujours des sentiments pour lui ?

— C'est le cas ?

Curieusement, elle ne décela aucune trace de colère dans sa voix.

— Je n'ai pas eu le moindre contact avec lui depuis des années.

Elle laissa passer un silence.

— Tu n'as pas l'intention d'insister encore pour que je m'installe chez toi ?

— A vrai dire, non. Va en Europe, conseilla-t-il sur son ton détaché. Profites-en pour tirer un trait sur le passé, il est temps que tu avances dans la vie. Avant de quitter cette terre, j'aimerais tant te voir prendre un nouveau départ.

— Papa, ça fait longtemps que j'ai pris un nouveau départ. Je suis heureuse maintenant.

Il se leva en soupirant et s'approcha d'elle pour l'embrasser sur le front.

— Tu prendras la bonne décision.

— Papa…

— Bonne soirée, Celia. N'oublie pas de remettre l'alarme.

Il prit son manteau, et elle le suivit jusqu'à la porte d'entrée. Avait-elle bien entendu ce qu'il avait dit ? Son père l'encourageait à partir en Europe avec son premier amour, un homme qui avait la réputation d'avoir brisé le cœur des femmes du monde entier.

La réaction de son père l'étonnait tout autant que la sienne. Car, plus elle y pensait, plus il lui semblait qu'elle avait toutes les raisons de partir avec Malcolm. Elle s'éloignerait ainsi des menaces, sans compter que ce voyage représentait la dernière occasion pour elle de passer du temps avec celui qu'elle avait tant aimé. Et elle ne pouvait nier que, au fond d'elle, l'adolescente passionnée qu'elle avait été lui interdisait de laisser passer cette chance.

Par ailleurs, même la femme raisonnable qu'elle était devenue approuvait cette décision.

Quand son père fut sorti, elle referma la porte et la verrouilla avant de réactiver l'alarme. C'est alors qu'un bruit derrière elle la fit sursauter.

Prise de panique, elle se retourna brusquement et saisit une guitare pour la brandir comme une batte de base-ball. Comme elle tendait une main tremblante vers l'alarme, elle vit une grande silhouette sortir de sa chambre.

Celle d'un homme.

Malcolm.

Il lui adressa un grand sourire.

— Ton système de sécurité est vraiment nul.

Malcolm regarda Celia rougir de colère. Elle était encore plus sexy qu'autrefois.

— Tu m'as fait une peur bleue, lâcha-t-elle en posant sa guitare.

— J'en suis navré.

Il avança dans le salon, non sans regarder les instruments qui habitaient cette pièce et représentaient la plus délicieuse des tentations pour ses mains de musicien. Tout autant que le corps de Celia…

— Je croyais avoir été clair en te disant que j'étais inquiet de te savoir seule.

— Alors tu es entré chez moi par effraction ?

— Seulement pour te prouver que tu ne peux pas te fier à ton système de sécurité.

Il avait réussi à contourner l'alarme, à grimper dans un chêne et à se glisser par sa fenêtre en moins de dix minutes.

— Si un simple musicien comme moi a pu entrer, imagine ce qu'il en sera pour un malfaiteur professionnel.

— Merci, j'ai compris le message. Tu peux sortir maintenant.

— Mais tu seras toujours là, seule dans cette maison si peu sûre. Et cela pose un problème à mon code d'honneur. A en croire ta conversation avec ton cher papa, tu n'as pas envie d'aller chez lui.

— Parce que, en plus, tu écoutes aux portes ?

— Je plaide coupable.

Il prit une flûte ancienne et joua une gamme dessus.

— Tu devrais avoir honte.

Elle lui prit la flûte des mains et la reposa sur son support fixé au mur.

— Je me fais du souci pour toi, Celia.

S'arrêtant devant un pupitre en cuivre, il vit des partitions écrites à la main avec des commentaires ajoutés en haut de page. C'étaient apparemment des morceaux de travail pour les élèves.

Finalement, il se tourna et alla s'asseoir au piano.

— Puisque nous nous parlons en toute honnêteté, sache que j'ai tout entendu. Même ton père t'a donné son consentement pour que tu viennes avec moi.

— Je n'ai pas besoin de sa permission.

— Tout à fait d'accord.

Il la regarda, assise maintenant dans un fauteuil à bascule situé près du piano. Ses yeux étaient méfiants.

— Tu essaies de me manipuler.

— J'essaie de te protéger. Et, oui… peut-être déposerons-nous quelques vieux fardeaux en chemin.

Soudain, il lui prit la main. Seigneur, la douceur de sa peau… Quel plaisir il avait eu à la caresser des heures durant ! Il aurait tout donné pour redécouvrir les sensations d'autrefois, les plus intenses de toute sa vie.

— C'est trop pour une seule journée, soupira-t-elle.

— Tu n'es pas obligée de décider ce soir.

— Nous pourrons en reparler demain matin ?

— Autour d'un bon petit déjeuner.

Il resserra la main autour de la sienne avant de la libérer.

— Où puis-je trouver des draps pour le canapé ?

Elle lui lança un regard interloqué.

— Tu t'invites chez moi pour la nuit ?

En réalité, il avait prévu de dormir dans sa limousine, mais les mots étaient sortis sans qu'il puisse les retenir.

— Tu t'attendais à ce que je dorme sur le pas de ta porte ? Je te proposerais bien de prendre deux chambres à l'hôtel, mais des gens risqueraient de nous voir. Mon agent adore qu'on parle de moi dans les médias, mais personnellement, si je peux l'éviter, j'aime autant.

— Etre vue à l'hôtel avec toi ne ferait rien pour me faciliter les choses.

— C'est certain.

Il s'agenouilla devant elle, et dut faire un immense effort pour ne pas la toucher. Il aurait pu perdre tout contrôle, tellement il avait envie de poser les mains sur elle, de l'embrasser, de la porter dans sa chambre et de lui faire l'amour jusqu'au matin…

— Alors laisse-moi dîner avec toi et je camperai sur le canapé. Nous ne parlerons pas de l'Europe, à moins que tu en aies envie.

— Qu'est-ce que pense ta petite amie de ta présence ici ?

Sa petite amie ? Pour l'instant, le seul fait de penser à une autre femme que Celia lui paraissait impossible.

— Ah, les paparazzi… Non, je n'ai pas de petite amie. C'est mon agent qui a mis en scène cette histoire pour donner l'impression que j'étais prêt à me ranger.

Il n'avait pas le courage de s'engager dans des relations sérieuses, et son intégrité l'empêchait même de céder aux avances des admiratrices qui l'attendaient à la sortie des concerts. Il s'affichait avec certaines femmes pour soigner son image, et avait des liaisons passagères avec d'autres qui croyaient aussi peu en l'amour que lui.

— C'est pour ça que tu es venu ? Parce que tu es célibataire en ce moment et que tu n'avais rien de mieux à faire ?

Sa remarque le décontenança.

— Pourquoi est-ce si difficile de croire que je m'inquiète pour toi ?

— C'est juste que… Je suis bien ici. J'apprécie la paix que me donne cette solitude.

— Alors il n'y a aucun homme dans ta vie ?

Mais qu'avait-il dans la tête ? Pourquoi cette question ? Il n'allait quand même pas être jaloux ! Il n'en avait pas le droit, il le savait bien.

Il la vit hésiter, et son sang se mit à bouillonner.

— Qui ?

Sa voix avait pris un ton glacial. Et pourtant, à bien y songer, c'était étrange : si elle avait quelqu'un, pourquoi n'était-il pas ici pour veiller sur elle ?

— J'ai juste passé quelques soirées avec le proviseur du lycée.

Voilà une information sur elle qu'on avait omis de lui transmettre.

— C'est sérieux entre vous ?

Le simple fait qu'il éprouve le besoin de lui poser la question le dérangeait. D'autant plus qu'il craignait la réponse.

— Non.

— Ça pourrait le devenir ? C'est en vieil ami que je te demande ça, bien sûr.

— Dans ce cas, ne prends pas ce ton d'amant jaloux.

Comment avait-il pu croire qu'il pourrait la duper, elle qui le connaissait mieux que personne ?

— D'accord... Alors ?

Elle haussa les épaules.

— Je ne sais pas.

— Après l'effort qu'il m'a fallu pour poser cette question, c'est la seule réponse à laquelle j'aie droit ?

— Je n'ai rien de plus à dire.

Elle soupira et se leva.

— D'accord, tu as gagné.

— Gagné quoi ?

— Tu peux dormir ici ce soir. Sur le canapé.

Il retint un cri de victoire.

— Je suis ravi que nous ayons trouvé un accord.

— Tu seras moins ravi quand tu sauras ce qu'il y a au menu pour le dîner. Il ne me reste qu'une moitié de panini, j'avais prévu d'aller faire des courses après la fin des cours.

— Le repas est en route.

Il n'avait pas oublié ce qu'elle lui avait dit au sujet du dîner qui l'attendait, si bien qu'il avait donné quelques instructions à son chauffeur avant de grimper dans le chêne. A présent, il était impatient de s'asseoir en tête à tête avec elle, d'écouter le récit de la vie qu'elle avait menée pendant toutes ces années.

— Mon chauffeur va nous le livrer. Je te rassure, il est extrêmement discret.

— Tu avais déjà prévu que j'accepterais ? Tu es encore plus arrogant que dans mon souvenir.

— Merci.

— Ce n'était pas un compliment.

— Tant mieux.

Il plongea dans son regard brun si pétillant. Elle avait le souffle court. Ressentait-elle la même excitation que lui, le même désir de retrouver les délicieuses sensations de leurs étreintes passées ?

— Il vaut mieux que nous évitions d'échanger des politesses, Celia.

— Et pourquoi ça ?

Elle se mordillait la lèvre, ce qui finit par le troubler complètement.

— Parce que j'ai déjà bien trop envie de t'embrasser, et que je suis à deux doigts de céder à la tentation.

- 4 -

La voix suave de Malcolm… La voix qu'elle avait souvent entendue dans ses rêves, pendant ces longues années.

Celia sentit un frisson de désir la parcourir. Malcolm était là, à présent, tout près d'elle, si beau, si… viril.

Qu'en était-il advenu de leur désir d'adolescents ? Il semblait s'être changé en un sentiment beaucoup plus profond, attisé par le souvenir de la passion qu'ils avaient vécue des années plus tôt.

Et cette attirance la rendait de plus en plus nerveuse. D'autant qu'elle ne pouvait oublier qu'ils étaient seuls dans sa maison, à quelques pas seulement de sa chambre.

Elle se redressa et rassembla ses forces pour résister à la tentation.

— Tu as déjà utilisé cette stratégie avec moi il y a dix-huit ans. Tu n'as donc pas amélioré ton jeu depuis tout ce temps ? La célébrité t'a rendu paresseux, apparemment.

Un rire grave s'échappa de sa gorge.

— Si je me souviens bien, ce jeu ne te déplaisait pas à l'époque.

— Inutile de préciser que mes attentes ont quelque peu évolué avec les années.

Malcolm était un séducteur, et même si elle sentait ses jambes se liquéfier, il fallait tout de même qu'elle résiste, qu'elle soutienne son regard lourd de sensualité.

— Tu veux que je fasse plus d'efforts.

Ses yeux brillants montraient qu'il était prêt à relever le défi.

— Ce n'est pas ce que je voulais dire !

Mais que lui arrivait-il ? Le sang lui montait aux joues, et son cœur battait de plus en plus vite, de plus en plus fort.

— Alors que voulais-tu dire ?

Il effleurait les touches du piano du bout des doigts, et elle ne put s'empêcher de songer à ses caresses, au plaisir qu'elles lui avaient donné.

— J'avais seize ans, commença-t-elle en posant la main à l'autre bout du clavier. Je ne me ferai plus avoir.

— Aïe, lâcha-t-il en portant la main à son cœur.

— Pardon de t'avoir blessé, le taquina-t-elle.

Comme il se mettait à égrener des notes, elle joua une mélodie en miroir, ainsi qu'ils l'avaient fait si souvent par le passé.

— Non, j'apprécie ta sincérité. Vraiment. C'est vital pour moi d'avoir quelqu'un de terre à terre dans mon entourage. Quelqu'un en qui je puisse avoir confiance.

— Est-ce que je suis censée pleurer sur le sort de la pauvre pop star ?

— Pas du tout.

Il se rassit sur le tabouret de piano et développa le morceau qu'il avait commencé à improviser. Et rien ne lui parut plus naturel que de venir s'asseoir à côté de lui pour jouer à quatre mains.

— Tu sais, une chose me plaisait particulièrement chez toi, commença-t-elle sans cesser de jouer. Le fait que tu n'aies jamais eu l'air impressionné par la fortune et le pouvoir de mon père.

— J'ai du respect pour ton père, en dépit du mal qu'il m'a fait en m'éloignant de toi. Si j'avais une fille et…

Il s'interrompit et laissa échapper un soupir rageur.

— Pardon. Je vais reformuler.

— C'est bon, j'ai compris ce que tu voulais dire.

Cette fois, elle abandonna le clavier et laissa tomber les mains sur ses genoux.

— Aucun parent ne souhaiterait voir son enfant se lancer dans une relation passionnelle à seize ans. Encore moins une relation non protégée.

Elle lut la culpabilité dans son regard tandis qu'il levait la main pour lui caresser la joue.

— Je n'aurais jamais dû te faire prendre de risques.

— Nous avons tous les deux nos responsabilités.

Instinctivement, elle posa la main sur la sienne. En moins d'une journée, ils avaient retrouvé l'harmonie qui les avait si intensément unis, et cela l'angoissait au plus haut point. Elle avait eu des aventures au cours des années, mais aucun autre homme ne lui avait donné ce sentiment d'évidence et de plénitude.

Une force magnétique l'attirait vers lui, et elle était incapable d'y résister.

Comme il approchait son visage du sien, elle entrouvrit spontanément les lèvres. Son cœur battait à tout rompre. Elle pouvait à peine respirer. Il lui semblait être plongée dans un rêve…

Mais ce fut la sonnette de la porte d'entrée qui la rappela à la réalité. Comment quelqu'un avait-il pu arriver chez elle sans qu'elle l'entende ?

Malcolm se leva et lui effleura de nouveau la joue.

— C'est le dîner. Et mon portable qui vibre.

— Le dîner ?

Elle ne reconnut pas sa propre voix, et ce ne fut qu'après quelques secondes qu'elle se rappela qu'il avait envoyé son chauffeur chercher un repas. Sa vie était devenue si différente de la sienne, maintenant qu'il avait toute une équipe à son service de jour comme de nuit.

Tout en marchant vers la porte, il se retourna pour lui parler.

— Mon chauffeur va tout installer pendant que je réponds à cet appel. Je te demanderai juste une couverture et un oreiller pour le canapé.

Sans lui laisser le temps de répondre, il ouvrit à son chauffeur avant de sortir pour décrocher. De toute évidence, il ne voulait pas qu'elle entende sa conversation.

De quoi devait-il donc parler, et surtout avec qui ?

Laissant échapper un soupir, Malcolm saisit la balustrade du perron devant la porte de la maison de Celia. Il avait été à deux doigts de l'embrasser ! Comment avait-il pu se laisser aller à ce point ?

Il regarda les gardes du corps postés autour du jardin et respira profondément. A l'intérieur, son chauffeur était en train d'installer le dîner. Son téléphone vibrait toujours, et il savait qu'il devait répondre, mais il avait besoin de recouvrer ses esprits.

Il rappellerait dès qu'il serait calmé.

C'était pour racheter ses fautes envers Celia qu'il était revenu. Il se sentait si coupable de n'avoir pas pu la protéger autrefois… Les problèmes qu'elle rencontrait étaient pour lui l'occasion de l'aider, mais aussi de retrouver une certaine paix intérieure.

Il n'avait absolument pas envisagé de rentrer dans un jeu de séduction avec elle. Jusqu'au moment où il l'avait revue.

Depuis des années, il maîtrisait totalement ses sens. Il savait quand et avec qui il pouvait se permettre d'avoir une relation, sans lendemain bien sûr.

Alors pourquoi était-il tellement déstabilisé devant elle ? Il ne devait pas laisser la nostalgie lui faire oublier le but de son retour. Il devait la protéger.

Et, à ce propos, le moment était venu de rappeler son correspondant. Le colonel Salvatore, l'ancien proviseur du lycée militaire, qui était aujourd'hui son contact chez Interpol. L'homme qui avait échangé son uniforme de l'armée contre celui qu'il s'était choisi : un costume gris et une cravate rouge.

— Allô ?

— Bonjour, monsieur. Vous venez de me téléphoner. Des nouvelles concernant la voiture de Celia Patel ?

— J'ai jeté un œil au rapport des policiers. Ils ont relevé des indices, mais avec tous les élèves qui fréquentent l'établissement, il y a des dizaines d'empreintes différentes.

— Et les caméras de surveillance ?

Il fallait qu'il ronge son frein et qu'il fasse preuve de patience, malgré sa frustration.

— Rien de concret. Nous savons à quelle heure le prospectus a été déposé, mais il est impossible d'identifier le suspect. C'était à l'heure du déjeuner et un groupe d'enfants est passé devant la caméra à ce moment-là. Lorsqu'ils se sont déplacés, le tract était sur le pare-brise.

Malcolm observa la rue de l'autre côté du mur de brique, à la recherche d'un signe inquiétant.

— Celui qui a déposé ce papier connaissait donc le système de surveillance de l'école.

— Apparemment, oui. J'ai demandé à l'un de mes hommes de se pencher sur la question.

— Merci, monsieur.

Salvatore était à la tête d'une équipe d'agents indépendants, dont la plupart étaient comme Malcolm des anciens élèves du lycée militaire. Des individus qui savaient repousser les frontières de la légalité et occupaient une position sociale leur permettant de s'infiltrer dans les cercles les plus inaccessibles. Ils pouvaient ainsi recueillir des informations sur certains suspects poursuivis par Interpol.

Aujourd'hui, néanmoins, c'était Malcolm qui avait besoin de l'aide de Salvatore et non l'inverse. Il n'aimait pas avoir à solliciter les autres, mais puisque c'était pour Celia…

— J'ai un service à vous demander.

— Je t'écoute, répondit le colonel sans la moindre hésitation.

— J'ai besoin d'une voiture et de papiers d'identité d'ici ce soir.

Son instinct lui disait qu'il valait mieux qu'il dispose d'un moyen de s'échapper à tout moment avec Celia.

— Tu les auras. Mais je peux savoir pourquoi tu ne

demandes pas ça à ton personnel privé ? Il est parfaitement compétent.

Comme d'habitude, la voix du colonel ne laissait transparaître aucune émotion.

— C'est trop important.

Même s'il faisait confiance à ses hommes, dont certains étaient d'anciens agents de terrain, il voulait les meilleurs dispositifs possibles pour Celia.

— S'il ne s'agissait que de moi, monsieur, je me débrouillerais tout seul. Mais les menaces qu'a reçues Celia ont l'air très sérieuses.

En disant ces mots, il sentit sa gorge se serrer.

— Entendu.

Soulagé, il ferma les yeux. Salvatore lui faisait suffisamment confiance pour ne pas lui poser davantage de questions.

— Tu auras tout ce dont tu as besoin.

— Merci, monsieur. Merci beaucoup.

Ce geste était plus important à ses yeux qu'il n'aurait su le dire, même s'il ne comptait plus tout ce qu'il devait au colonel Salvatore. Cet homme était une véritable figure paternelle pour lui, le seul père qu'il ait jamais connu depuis que le sien était parti en pleine nuit pour un concert dont il n'était jamais revenu. Après l'avoir lâchement abandonné, il avait osé lui envoyer une carte postale de Floride pour son onzième anniversaire. Depuis, il n'avait plus jamais entendu parler de lui.

— Malcolm, poursuivit Salvatore, je peux assurer sa sécurité aux Etats-Unis pour que tu partes en tournée en toute tranquillité.

— Il vaut mieux qu'elle reste avec moi.

Il entendit le rire de Salvatore à l'autre bout du fil. Un rire moqueur…

— Tu n'es prêt à la confier à personne, hein ? Tu es sûr de te sentir à la hauteur pour la protéger ?

Décidément, le colonel lisait en lui comme dans un livre ouvert. Et ce depuis toujours.

— Monsieur, je suis prêt à tout pour la mettre à l'abri. A tout.

En promenant les yeux sur son parterre de fleurs, il reconnut la lavande qu'elle aimait tant. Il tourna la tête et remarqua une petite table de jardin et une chaise. Une seule chaise. Il savait qu'il n'avait aucun droit de se poser des questions sur sa vie privée, mais il ne pouvait nier sa satisfaction de voir que son ami le proviseur n'avait pas encore son siège attribué chez elle.

— Et si je décidais de t'envoyer en mission urgente ? le défia Salvatore.

— Ne me demandez pas de faire un choix.

— Apparemment, ta décision est déjà prise.

— En effet.

Celia serait toujours sa priorité, même s'il devait pour cela s'opposer à Salvatore. Evidemment, il espérait ne pas avoir à en arriver là.

— Monsieur, je serais curieux de savoir pourquoi les rapports concernant Celia étaient incomplets.

— Je ne vois pas de quoi tu parles.

Etait-ce bien une pointe de réticence, celle qu'il avait perçue dans sa voix ? Il fallait qu'il en ait le cœur net.

— Sauf votre respect, monsieur, je désapprouve votre façon de faire. Vous essayez de me faire dire ce que j'ai appris pour savoir ce que vous pouvez continuer à garder pour vous.

— Nous pouvons jouer ce jeu pendant longtemps, Malcolm.

— Etes-vous de mon côté, monsieur ? Parce que, très franchement, je commence à en douter.

— Il y a plus de monde de ton côté que tu ne l'imagines. Le père de Celia t'a rendu un immense service le jour où il t'a fait envoyer dans mon lycée. Sans son intervention, tu aurais été incarcéré dans une prison pour mineurs.

Malcolm se figea. Avait-il bien entendu ? Il avait toujours été convaincu que le juge Patel avait utilisé son influence pour l'éloigner de Celia. Alors que c'était tout le contraire. Il lui avait évité une peine de prison.

Que ressentait-il, maintenant, envers l'homme à qui il en avait tellement voulu ? Le comportement de son propre père l'avait sans doute encouragé à se méfier de tous les autres hommes dont il croisait le chemin… Mais ce n'était pas le moment de se laisser aller à ses rêveries, il fallait avancer, et vite.

— Monsieur, parlons de ce que vous ne m'avez pas dit. La relation entre Celia et le proviseur du lycée.

— Si nous ne l'avons pas mentionnée dans le rapport, c'est seulement parce qu'elle ne nous paraissait pas sérieuse. Mais, apparemment, c'est important pour toi. J'espère que tu sais pourquoi.

— Il y a plusieurs raisons de prendre cette relation au sérieux. Et si c'était un homme jaloux ?

Ce qu'il ne comprendrait que trop bien, hélas.

— Ou si leur relation contrariait quelqu'un d'autre ? Tous les détails comptent. Vous avez cru que j'allais m'en prendre à lui ? Vous savez pourtant que je ne suis plus l'idiot que j'ai été.

— Tu n'as jamais été idiot. Tu étais jeune, c'est tout. Ecoute, dit-il en soupirant, je suis désolé de ne pas avoir parlé du proviseur dans le rapport. Si je découvre autre chose, je te le dirai. En attendant, si tu as besoin de quoi que ce soit, tu n'as qu'à le demander.

Malcolm sentit son irritation se dissiper. Il imaginait Salvatore à l'autre bout du fil, en train de gratter ses cheveux gris coupés court avec un air de profonde réflexion.

— Merci, monsieur.

— C'est normal. Bonsoir, sois prudent.

Après avoir raccroché, Malcolm remit son portable dans sa poche mais il ne rentra pas tout de suite. Il ne pouvait plus ignorer la vérité qui s'imposait à lui. Il venait de prétendre qu'il n'était plus l'imbécile qu'il avait été, et pourtant, il s'était montré brusque à l'instant avec le colonel Salvatore. L'homme qui l'avait toujours soutenu, et qui disposait des ressources et du pouvoir dont il avait besoin pour protéger Celia. Tout cela parce qu'il avait failli échanger un baiser avec elle, et que ce simple petit moment lui avait fait perdre sa lucidité.

Mais rien n'était simple avec Celia.

Il en avait toujours été ainsi.

Les mains serrées sur la balustrade, il fixa le petit coin de jardin qu'elle avait aménagé. Comme il aurait voulu dîner ici avec elle, enveloppé par le parfum des fleurs et apaisé par le doux bruit de la fontaine…

Seulement, quelqu'un risquait de les voir. Le sale type qui la traquait, ou les paparazzi qui ne le quittaient pas d'une semelle.

Il était inutile d'avoir des regrets. Mieux valait profiter de ce qu'il avait obtenu : une soirée en tête à tête avec

Celia. Et, demain matin, elle serait convaincue qu'elle devait partir avec lui en Europe.

D'ici là, il ne devait penser qu'à une chose : garder une distance de sécurité avec elle.

Tandis que Malcolm vérifiait la fermeture des volets pour la énième fois, Celia mettait les assiettes dans le lave-vaisselle. Mais ses pensées étaient ailleurs : seulement quelques heures auparavant, elle aurait pu s'attendre à tout sauf à ce dîner en tête à tête avec lui. Surtout un dîner comme celui-ci. Quand ils étaient passés à table, elle s'était dit qu'il continuerait son jeu de séduction après ce moment suspendu où ils avaient failli s'embrasser. Mais, contre toute attente, c'était en toute simplicité qu'ils avaient partagé le repas, au point qu'elle avait presque oublié le gouffre qui les séparait maintenant qu'il menait ce train de vie de millionnaire. Loin de chercher à l'impressionner avec des huîtres et du vin hors de prix, il avait fait apporter des sandwichs grillés et des frites, avec une tarte aux noix de pécan en dessert. Un dîner aussi simple que succulent.

Elle referma la machine à laver et la fit démarrer. A présent qu'elle n'avait plus rien pour se distraire, comment faire face à Malcolm et au désir implacable de le toucher, de l'embrasser, de sentir ses bras autour d'elle ?

Le souvenir du plaisir qu'ils avaient su se donner des années plus tôt envahit son esprit, allumant un feu en elle.

— Merci pour le dîner, Malcolm. C'était vraiment mieux qu'un demi-panini réchauffé.

Il se retourna et fixa sur elle son regard bleu intense.

— J'espère que tu ne m'en veux pas d'avoir fait ce choix égoïste. A force de voyager, j'ai besoin de retrouver le goût des mets de chez moi. Promis, je te laisserai choisir le prochain menu. Tu auras tout ce que tu voudras.

Tout ? Mieux valait ne pas lui faire part de ce dont elle avait envie à cet instant précis. Elle lui avait déjà dévoilé tout à l'heure l'attirance qu'elle éprouvait pour lui, et la meilleure chose à faire était sans doute d'essayer de la lui faire oublier.

— Le seul fait de disposer de tout ce qu'on veut est très étrange à imaginer, dit-elle en s'asseyant dans un fauteuil individuel, pour être sûre de ne pas se trouver de nouveau tout près de lui. Est-ce que tu as des caprices de star ? lui demanda-t-elle après une pause.

— Je n'espère pas, répondit-il en reprenant place sur le tabouret de piano. Je me plais à penser que je suis toujours le même, avec plus d'argent sur mon compte en banque. Un caprice ? Oui, je devrais peut-être engager un cuisinier de la région qui m'accompagnerait partout.

— Tu as toujours adoré la tarte aux noix de pécan.

— Et la tourte aux mûres. Oh ! ça me manque… Et les biscuits au babeurre !

— Tu as dû faire des découvertes culinaires au cours de tes voyages. Tu as forcément changé. C'est si long, dix-huit ans.

— Bien sûr, j'ai changé. Tout comme toi.

— Ah oui ?

A quel point le regard qu'il portait sur elle comptait pour elle ! Cela l'intriguait de se voir à travers ses yeux.

— Ça, par exemple. Ce que tu viens de dire et la

façon dont tu l'as dit. Tu es plus prudente, plus en contrôle.

— En quoi la prudence est-elle négative ?

Sa nature impulsive, sa détermination à obtenir tout ce qu'elle désirait, lui y compris, à n'importe quel prix, avaient bien failli détruire leur vie à tous les deux.

— Je n'ai pas dit que c'était négatif. C'est différent. Et puis, il y a autre chose. Tu ne ris plus autant qu'avant. Ton rire me manque, il est plus beau que toutes les musiques du monde. J'ai bien essayé de le traduire dans des chansons, mais…

Il secoua doucement la tête, et l'intense émotion qui emplit soudain son regard la troubla, au point qu'elle peina à parler après ce qu'il venait de lui dire.

— C'est triste.

— Ou niais, dit-il avec un sourire ironique. Mais que veux-tu, ce sont des chansons niaises qui me permettent de gagner ma vie.

— C'est grâce à elles que les femmes tombent amoureuses de toi !

Pourtant, elle avait eu envie de tout sauf de rire en le voyant en photo au bras d'innombrables conquêtes. Chaque fois, elle n'avait pu s'empêcher de se demander quelle aurait été sa vie si leur couple avait duré.

— Les femmes ne tombent pas amoureuses de moi. C'est une image créée de toutes pièces par mon agent. Tout le monde sait que ce n'est que de la promotion, que rien de tout ça n'est réel.

Elle comprenait ce qu'il lui disait, mais son attitude blasée l'amenait à se poser certaines questions.

— Tu disais autrefois que la musique était une partie

de toi. Ton jeu et tes chansons te passionnaient, tu ne vivais que pour ça.

— J'étais un idéaliste à l'époque. Je suis devenu réaliste.

Il prit un paquet de partitions sur le pupitre resté à côté du piano et se mit à les feuilleter. C'étaient des morceaux qu'elle avait écrits pour faire travailler les élèves à qui elle donnait des cours particuliers. Elle espérait pouvoir un jour publier un manuel pédagogique.

— Quand j'ai quitté cette ville, poursuivit-il, j'étais décidé à gagner de l'argent. A acquérir le double de la fortune de ton père. La musique, c'était tout ce que je savais faire.

— Tu as atteint ton objectif, j'en suis heureuse pour toi.

— Je l'ai largement dépassé, à vrai dire. Les gens ont envie de croire à ce que je chante, alors ils achètent mes disques.

— Tu es bien cynique.

C'était triste de l'entendre parler ainsi, lui qui avait eu une telle foi en la musique.

— Pourquoi continuer à chanter des choses auxquelles tu ne crois pas toi-même ? Tu n'as plus aucune contrainte matérielle qui t'oblige à le faire.

— Tu aimais que je chante pour toi, avant.

Il se mit face au piano et posa les mains sur le clavier. Les notes qu'elle entendit lui rappelèrent une ballade familière.

— J'étais l'une de ces filles niaises que tu fais craquer.

Pendant son séjour en Suisse, elle avait rêvé de renouer les liens avec lui à son retour. Elle avait imaginé que, le jour où il quitterait le lycée, ils pourraient reprendre leur relation là où elle s'était arrêtée.

Mais ses lettres avaient été de plus en plus espacées, jusqu'au jour où elle avait compris que ce que tout le monde lui avait dit était vrai. Leur histoire n'avait été qu'un amour de jeunesse.

Il continua à jouer la mélodie qu'il avait commencée. C'était l'une des chansons qu'il avait composées pour elle des années plus tôt. Il avait eu l'habitude de lui dire que les chansons étaient tout ce qu'il avait à lui offrir, et elles avaient été pour elle les cadeaux les plus romantiques du monde. Celle-ci avait toujours été sa préférée. Il l'avait appelée *Une mélodie éternelle*.

Il la joua jusqu'au bout, développant le thème jusqu'à ce qu'elle sente son cœur se serrer dans sa poitrine. En le regardant assis au piano, dans sa maison, après toutes ces années, elle ressentit une émotion si forte que des larmes naquirent au coin de ses yeux. Elle brûlait de l'enlacer et de poser la joue contre lui, de revenir en arrière pour ne plus avoir à vivre le cœur empli de regrets et d'illusions perdues.

— Est-ce que c'était réel, ce que nous avons ressenti ? osa-t-elle lui demander lorsque la dernière note de la chanson eut fini de résonner.

Il resta silencieux un long moment avant de se retourner. Son regard ému la bouleversa.

— Assez réel pour que nous en souffrions terriblement. Et pour que le fait de nous retrouver après toutes ces années n'ait rien d'anodin.

S'il avait souffert autant qu'elle, cela voulait dire qu'ils avaient ressenti la même chose, avec la même force. Elle se sentit tout à coup moins seule. Le temps n'était-il pas venu de tirer un trait sur leur histoire, de mettre un accord final à leur chanson ?

— Malcolm, comment va se passer la tournée si le seul fait d'être assis là tous les deux nous est difficile ?

— Alors tu as décidé de venir ?

Elle se leva et s'approcha de lui.

— Je crois que je n'ai pas le choix.

— A cause des menaces ?

Elle fixa son visage irrésistible et posa les mains sur ses joues mal rasées.

— Parce qu'il est temps pour nous de clore ce chapitre.

Sans se donner le temps de réfléchir, elle s'autorisa à faire ce dont elle avait tellement envie. Tellement besoin. Elle se pencha et pressa les lèvres contre les siennes.

- 5 -

Malcolm avait décidé plus tôt de ne pas embrasser Celia, mais à l'instant où sa bouche toucha la sienne, il sut qu'il était incapable de la repousser. La saveur de ses lèvres était à la fois si familière et si nouvelle… Si exquise…

Il sentit sa langue sur la sienne, et une vague de désir intense le traversa au point que le besoin de la tenir de nouveau entre ses bras devint presque insoutenable. L'envie de lui faire l'amour, ici et maintenant, le consumait. Car le plaisir que lui procurait ce baiser signifiait une seule chose : leur étreinte, à présent, serait encore meilleure que les innombrables corps-à-corps impatients des adolescents qu'ils avaient été.

Mais, déjà, les lèvres de Celia abandonnaient les siennes.

Elle posa une main tremblante sur sa bouche.

— Voilà qui n'était pas très intelligent, murmura-t-elle. Moi qui croyais avoir acquis une certaine sagesse…

Une chose était sûre : elle n'allait pas l'inviter à partager son lit ce soir.

— Nous ne désirons pas toujours ce qui est bon pour nous.

— C'est vrai. Je crois que ce sont les souvenirs réveillés par la musique qui m'ont déstabilisée. Le fait que tu te souviennes de cette chanson… Il faudrait que je n'aie pas de cœur pour ne pas être émue. Mais soyons raisonnables. Si nous allons au-delà de ce baiser, notre voyage en Europe sera vraiment bizarre.

— Celia, tout va bien. Tu n'as pas besoin de te justifier. Je ne t'en voudrai pas de ne pas m'inviter dans ta chambre.

Cela ne l'empêchait pas d'imaginer l'asseoir sur le piano et lui ôter ses vêtements pour venir se placer entre ses jambes… Cette issue serait-elle inévitable entre eux ? Aucune autre femme n'avait éveillé son désir comme elle le faisait, et manifestement dix-huit années n'avaient rien changé à l'attirance qu'ils éprouvaient l'un pour l'autre.

Il vit le doute dans ses yeux, comme si elle hésitait à se laisser aller. Mais, finalement, elle secoua la tête et se détourna de lui.

— Je ne peux pas faire ça, murmura-t-elle en laissant glisser sa main de sa joue.

Elle marcha jusqu'au couloir et ouvrit un placard dont elle sortit une pile de draps et un oreiller. Puis elle prit une couette et posa le tout sur le canapé.

— Bonne nuit, Malcolm.

Sans lui laisser le temps de répondre, elle fit volte-face et s'éloigna. S'il était sûr d'une chose, c'était qu'elle était aussi ébranlée que lui. Mais de tout évidence elle avait décidé qu'ils n'iraient pas plus loin ce soir, et il eut seulement le loisir d'observer sa démarche sensuelle jusqu'à ce qu'elle disparaisse derrière la porte de sa chambre.

Finalement, il resta seul dans le silence de sa petite maison. Depuis combien de temps n'avait-il pas dormi sur un canapé… Cela devait remonter à l'époque de ses premiers pas dans le monde de la musique, lorsqu'il retrouvait chaque matin les bancs de l'université après de courtes nuits passées sur les banquettes des bars dans lesquels il jouait tous les soirs. Il avait suivi des études de comptabilité en parallèle de son cursus musical, pour être sûr de pouvoir profiter lui-même de l'argent qu'il gagnerait au lieu de se faire manipuler par son entourage comme cela arrivait à nombre de musiciens à succès. Il avait connu la pauvreté et en avait souffert, car elle l'avait amené à prendre de mauvaises décisions, qui avaient fait du mal à ses proches.

Tout avait changé aujourd'hui. Il avait le contrôle sur son existence. Mais il n'oublierait jamais d'où il venait. C'était pour lui le meilleur moyen de ne jamais revivre des moments semblables à celui où il s'était retrouvé en prison, arrêté pour détention de drogue, torturé par la crainte de ce que Celia allait penser de lui et par le remords d'avoir laissé tomber sa mère.

Curieusement, ses ennuis passés avec la justice ne semblaient le rendre que plus attirant aux yeux des fans. La presse s'était plu à le présenter comme un mauvais garçon converti en gendre idéal, mais il refusait d'être glorifié pour ce qu'il avait fait.

Il ne demandait qu'à assumer ses actes. Ce qu'il faisait pour se racheter était une démarche personnelle, il ne cherchait pas à se faire applaudir pour cela. Il lui semblait que les éloges dévalorisaient ce qu'il faisait de bien.

Et puisqu'il pensait à cela…

Il prit la sacoche en cuir que lui avait déposée son chauffeur et en sortit son ordinateur portable, dans l'espoir de trouver sur sa messagerie un e-mail de Salvatore à propos de l'enquête. Après le baiser qu'il avait échangé avec Celia, il ne trouverait pas le sommeil de sitôt. Alors mieux valait qu'il utilise son énergie pour démasquer celui qui la menaçait.

Celia était réveillée depuis au moins dix minutes, mais elle gardait les yeux fermés. Il y avait longtemps qu'elle n'avait pas passé une nuit aussi agitée. La musique de son radioréveil emplissait sa chambre, mais elle se blottit sous la couette en essayant de chasser la tension qui habitait son corps depuis la veille. Un seul baiser avait suffi à réveiller tout son désir pour Malcolm Douglas.

A présent, la perspective de se retrouver face à lui la tétanisait. Parviendrait-elle à garder ses distances en le voyant ce matin ? Elle avait l'impression d'être revenue dix-huit ans en arrière, tant elle se sentait incapable de maîtriser le désir qu'elle éprouvait pour lui. A l'époque déjà, c'était elle qui avait fait le premier pas, un jour de retour des grandes vacances d'été. Ils s'étaient connus longtemps auparavant, avaient suivi les mêmes cours de musique et étaient montés sur scène ensemble.

Ce jour-là, elle avait vu à quel point son ami d'enfance était devenu sexy.

Elle n'avait pas été la seule de son groupe d'amies à l'avoir remarqué, du reste. Mais elle avait décidé que ce garçon était pour elle. Personne ne lui avait jamais rien refusé, et elle se rendait compte aujourd'hui à quel point son égoïsme avait été déterminant pour le début de leur histoire.

Il avait insisté sur le fait qu'il n'avait ni temps ni argent à investir dans une relation, mais la lueur qu'elle avait vue dans ses yeux avait confirmé qu'il avait la même envie qu'elle. Il avait eu beau lui dire que ses moyens matériels ne leur permettaient pas d'être autre chose que des amis, elle lui avait répondu qu'elle n'avait pas besoin de cadeaux ni de sorties dans des endroits prestigieux. Qu'elle ne voulait qu'une seule chose : lui.

Leur histoire durait depuis cinq mois quand elle avait commencé à craindre de le perdre. Terri Ann Douglas avait rempli des dossiers de demande de bourse afin de faire suivre de grandes études musicales à son fils. Bien sûr, Celia avait compris sa démarche, mais elle avait eu le sentiment que c'était avant tout pour l'éloigner d'elle que la mère de Malcolm avait décidé de l'envoyer loin d'Azalea.

Elle ne saurait jamais si c'était sa tendance égocentrique qui l'avait poussée à penser cela.

Pendant toute la durée de leur relation, ils avaient eu le plus grand mal à trouver du temps pour se voir entre le travail de Malcolm, leurs cours de musique et la surveillance de leurs parents. Dès les premiers temps, ils avaient tout de même trouvé des moments pour s'évader ensemble, apprendre à se connaître… en allant de plus en plus loin.

Elle se rappelait chaque détail de la journée qui les avait amenés à faire l'amour pour la première fois. Elle se souvenait de son jean rose et de son T-shirt à l'effigie d'un groupe de rock, du bol de céréales qu'elle avait mangé le matin et de la joie qu'elle avait eue à le retrouver. Plus que tout, elle se remémorait son émotion le soir, à l'instant où elle s'était allongée avec Malcolm à l'arrière de sa voiture, garée au bord du fleuve. Ils n'avaient pas tardé à se retrouver tous les deux presque nus, comme ils en avaient déjà l'habitude, pour se donner du plaisir.

Sauf que, cette fois, elle avait été égoïste. Elle avait eu peur de le perdre. Et, surtout, elle avait été stupide.

Elle avait eu sa première relation avec lui, sans protection.

Néanmoins, ce n'était pas ce soir-là qu'ils avaient conçu leur bébé. Si bien qu'ils ne s'étaient pas montrés plus prudents les fois suivantes, lorsqu'ils avaient appris à voyager ensemble au-delà du plaisir extrême. Les semaines qui avaient suivi avaient été les plus exquises de sa vie.

Jusqu'au jour où tout s'était écroulé. Pendant des années, elle s'était dit qu'il ne l'avait peut-être pas aimée autant qu'elle l'avait aimé. Qu'ils n'avaient eu cette relation que parce qu'elle avait voulu le séduire, et que le jeune garçon qu'il était n'avait pas pu dire non.

Mais hier soir, en l'entendant jouer cette chanson, elle avait compris que c'était pour se rassurer qu'elle en était venue à penser cela. Pour se convaincre qu'elle était la seule à avoir souffert de leur séparation et qu'elle n'avait pas à se sentir coupable.

Et cette découverte lui rendait la perspective de ce voyage en Europe beaucoup plus troublante. Cette idée était une folie, et elle avait décidé de ne plus suivre son impulsivité le jour où elle avait dû confier sa petite fille à des parents en mesure de lui offrir ce dont elle avait besoin. La douleur avait été tellement forte…

Depuis lors, elle agissait avec prudence. Pour Malcolm autant que pour elle-même, elle devait faire preuve de sagesse cette fois.

Mais comment faire, alors que la seule perspective de le retrouver dans le salon la faisait frissonner d'appréhension ? Si seulement elle n'avait pas laissé la nostalgie s'emparer d'elle, si seulement elle ne l'avait pas embrassé la veille… L'existence tranquille qu'elle menait depuis des années lui convenait parfaitement, et si elle voulait continuer à vivre de cette façon, elle n'avait pas le choix. Elle devait garder son sang-froid face à ses peurs et au sentiment de culpabilité qui l'habitait.

Mais il était temps de se lever, le radioréveil sonnait depuis tout à l'heure. Elle l'éteignit d'un geste las, et c'est alors qu'un bruit continu venant de l'extérieur attira son attention. Intriguée, elle marcha jusqu'à sa fenêtre et entrouvrit les volets.

Ce qu'elle vit lui coupa le souffle. Elle resta un moment figée de stupeur, puis fit un bond en arrière.

Son jardin avait été littéralement envahi. Des voitures, des camionnettes et de dizaines de gens entouraient sa maison, ne laissant pas un seul espace libre sur la pelouse ou sur le trottoir.

Inquiète, elle claqua les volets. Si elle devait faire face au harcèlement depuis quelque temps, c'était tous les jours de l'année que Malcolm, lui, y était confronté. Et à une échelle bien supérieure.

Elle enfila son peignoir à la hâte et courut dans le couloir en nouant sa ceinture. Mais lorsqu'elle entra dans le salon, le spectacle qu'elle découvrit lui fit un choc bien plus grand que l'invasion de son jardin.

Malcolm était étendu sur le canapé, vêtu seulement de son jean. Dans son sommeil, il avait presque rejeté la couverture, si bien que son torse était complètement découvert.

Elle sentit sa gorge se nouer. La vue des muscles qu'elle avait sentis la veille à travers sa chemise la fit frissonner de désir. Pourquoi diable n'était-il pas devenu affreux et détestable ? Non. Au lieu de cela, le charmant adolescent s'était transformé en un homme superbe et plein d'assurance.

Peut-être un peu trop sûr de lui, c'est vrai. Mais il n'avait rien perdu de sa sensibilité ni de son humour, et il était plus sexy que tous les hommes qu'elle avait connus.

Et voilà. A peine deux minutes après avoir pris la résolution de ne pas se laisser ensorceler par son charme, elle échouait déjà. Elle avait été tellement captivée par la vue qu'il lui offrait malgré lui qu'elle avait oublié quelques secondes la foule qui occupait son jardin.

Elle s'agenouilla à côté du canapé et posa la main sur son épaule, sans pouvoir contenir un frisson d'excitation.

— Malcolm ? Malcolm, il faut que tu te réveilles…

Il se leva d'un bond, et, faisant tomber la couverture qui cachait son bras, il brandit son poing vers le plafond.

Son poing dans lequel il serrait un pistolet.

Elle laissa échapper un cri aigu.

— Malcolm ? Qu'est-ce que tu fais avec ça ?

— J'ai un permis, ne t'inquiète pas. C'est le meilleur moyen de protection qui soit, surtout lorsqu'on est menacé comme tu l'es. Je t'assure que ce sera plus efficace pour se défendre que de taper sur la tête d'un agresseur avec un rouleau de partitions.

Avec un sourire ironique, il posa son arme sur la table basse.

— Il vaut mieux que tu évites de me réveiller en sursaut.

— Il t'arrive souvent d'être réveillé par des fans dangereux ?

Elle se frotta les bras pour dissiper le frémissement d'effroi qui la traversait.

— Quand j'ai connu mon premier grand succès, une admiratrice a réussi à franchir le système de sécurité pour entrer chez moi. Mais c'est la seule fois où c'est arrivé. Ça ne m'empêche pas de me méfier pour autant, et j'ai un mur de gardes du corps infranchissable.

— Alors pourquoi dors-tu avec une arme ?

— Parce que ta vie est précieuse, je dois être sûr que tu es bien protégée.

La gorge serrée, elle s'éclaircit la voix et fit un geste en direction de la fenêtre du salon.

— Jette un œil dans le jardin.

Il se leva et traversa la pièce. Entrouvrant à peine les volets, il poussa un soupir rageur et s'écarta aussitôt de la fenêtre.

— Je voudrais pouvoir dire que je suis étonné, mais je craignais quelque chose de ce genre-là. J'aurais dû insister pour que nous partions hier soir, avant qu'ils aient le temps d'arriver.

C'était le moment de lui parler de ses doutes.

— Justement, à propos de ce voyage en Europe, je…

— Oui, je suis d'accord.

Il prit sa chemise posée sur le dossier d'une chaise et enfila ses mocassins à la hâte.

— Il faut partir tout de suite.

Elle baissa les yeux et se mit à jouer nerveusement avec la ceinture de son peignoir.

— Je n'en suis pas si sûre.

Il arrêta un instant de boutonner sa chemise et leva les yeux.

— Nous n'avons plus le choix, grâce aux charmantes personnes qui sont postées devant chez toi avec des appareils photo.

— En réalité, tu ne le craignais pas. Tu savais que ça arriverait, c'est ça ?

— Je ne pouvais pas en être sûr, dit-il en prenant son ordinateur portable pour le mettre dans une sacoche en cuir. Mais j'ai dû prévoir une issue de secours au cas où.

— Comment ça, une issue de secours ?

— Un moyen pour nous de nous en aller avant que ça n'empire.

Il mit son pistolet dans un étui et l'enfouit dans son sac.

— Nous partirons dès que tu seras prête, ajouta-t-il.

— Je ne vois pas comment la situation pourrait empirer. Il n'y a plus la moindre place autour de la maison.

— Il reste toujours de la place. Habille-toi, je vais faire du café et remplir deux tasses isothermes. Nous nous arrêterons en route pour le petit déjeuner.

— Et si je décide de rester ici et de te laisser partir seul ?

Sa volonté d'affronter ses peurs s'était bien vite dissipée…

Mais le regard fixe de Malcolm ne tarda pas à lui faire comprendre qu'elle n'avait pas le choix. Une fois que les journalistes l'auraient vu partir, ils resteraient devant chez elle jusqu'à ce qu'elle sorte et qu'ils puissent l'interroger.

— D'accord, soupira-t-elle. Je viens avec toi. Mais pourquoi est-ce si urgent ? Je peux au moins prendre le temps de faire mes bagages, non ?

— C'est inutile. Tout est arrangé.

— Oui, évidemment.

Il pouvait commander ce qu'il voulait et à toute heure désormais, grâce à sa fortune et à son pouvoir. Et elle devait se rendre à l'évidence : elle ne pouvait pas s'offrir le luxe de décliner sa proposition à cet instant. Ses gardes du corps contenaient la foule de paparazzi, mais pour combien de temps ?

— Je ne sais pas quoi faire, lâcha-t-elle en se passant nerveusement la main dans les cheveux. Je dois finir de remplir mes bulletins, et il y a le concert de fin d'année ce soir.

— Dis-moi ce que tu veux et ce sera fait, assura-t-il en prenant son téléphone portable. Je peux faire placer une armée de gardes du corps autour de l'école, si c'est ce dont tu as besoin.

Ce n'était pas de gaieté de cœur, mais il n'y avait qu'une seule solution, elle le savait.

— Ce scénario paraît effrayant, et dangereux. Je vais plutôt appeler le chef de chœur du lycée. Elle peut diriger le concert à ma place. Je remplirai mes bulletins en ligne. Etant donné ce qui se passe ici, je pense que la direction de l'école comprendra très bien mon absence.

Il tendit la main vers elle.

— Celia, je suis tellement désolé que…

— Ce n'est rien, je t'assure, dit-elle avec un mouvement de recul. Tu as voulu m'aider et je t'en suis reconnaissante.

Sans attendre une seconde de plus, elle s'éloigna pour rejoindre sa chambre. Elle ne voulait pas risquer de se laisser troubler une fois de plus par le contact de ses mains sur elle.

Pourquoi diable s'était-il montré en public s'il avait su que cela provoquerait un tel attroupement ? Elle prit dans son placard une robe d'été et une paire de sandales. C'était insensé. Il n'avait aucune raison de trouver un subterfuge pour la forcer à venir avec lui.

S'efforçant de chasser les questions qui assaillaient son esprit et les souvenirs de leur soirée dont elle avait rêvé toute la nuit, elle fit sa toilette à la hâte et prit sa sacoche d'ordinateur avant de sortir de sa chambre. Dans le couloir flottait une délicieuse odeur de café.

— Je crois qu'il est temps de faire appel à tes gardes du corps pour nous frayer un chemin jusqu'à la limousine, dit-elle en le rejoignant dans la cuisine.

Il lui tendit une tasse isotherme.

— Nous n'allons pas prendre la limousine. Nous allons descendre directement dans le garage pour ne pas avoir à sortir.

— Ma voiture est restée à l'école, lui rappela-t-elle en mettant son sac sur son épaule.

La perspective de se jeter dans la foule des fans et des paparazzi l'angoissait au plus haut point.

— Je devrais téléphoner à mon père. Et il faut que tu saches que ce n'est pas parce que je pars avec toi qu'il va se passer quelque chose entre nous. Tu dois comprendre que…

— Celia, c'est bon. J'ai bien compris. Maintenant écoute-moi, s'il te plaît. Comme la limousine ne rentre pas dans ton garage, j'ai fait venir une voiture hier soir au cas où nous aurions besoin de partir précipitamment. Tu pourras passer tous les appels que tu voudras une fois que nous serons en route.

Il lui effleura le bras avant de refermer la main sur la sienne.

— Fais-moi confiance, dit-il d'une voix qui ne la fit que frissonner davantage. Je ne laisserai personne te faire de mal. Personne, y compris moi-même.

Lui serrant doucement la main, il l'attira vers le petit escalier et descendit avec elle. Quand il ouvrit la porte, elle n'en crut pas ses yeux.

La voiture trônant dans son garage n'était autre qu'une Maserati rouge.

— Eh bien, voilà une jolie voiture.

— C'est surtout une voiture rapide.

Il lui ouvrit la portière passager avant d'aller s'asseoir au volant. Puis il tendit la main devant elle pour prendre une casquette bleue dans la boîte à gants.

— Tu es prête ?

— Non, pas vraiment.

Elle ignorait si elle était plus troublée par la folie de cette situation ou par la présence de Malcolm à côté d'elle. Elle ne cessait de le revoir étendu torse nu sur son canapé, et cette image lui paraissait aussi irréelle que délicieusement tentante.

— Mais je pense que ça ne change rien.

— Je suis désolé.

Il se couvrit de sa casquette et prit la télécommande pour ouvrir la porte du garage avant de démarrer. Le contraste entre son aisance et la tension que ressentait Celia au son du ronflement du moteur prouvait à quel point il avait l'habitude d'affronter ce genre de situations.

Lorsque la porte se souleva, la foule apparut devant leurs yeux, et malgré elle elle mit la main sur son bras pour s'y cramponner. Seule la tension de sa mâchoire révélait sa nervosité au moment où les hordes de fans vinrent se coller contre les vitres teintées de la voiture, faisant céder la barrière de protection que formaient les gardes du corps. C'était difficile à concevoir, mais tandis qu'il se frayait un passage au milieu de la foule, elle comprit que ceci n'était rien d'autre que sa vie de tous les jours.

Une heure après avoir quitté Azalea, Malcolm savourait le plaisir de rouler à pleine vitesse sur une route déserte. Grâce à la puissance de sa Maserati, il n'avait pas tardé à distancer les paparazzi qui avaient dû renoncer à les suivre, et il se délectait maintenant de la vue des champs qui s'étendaient à perte de vue.

Celia avait téléphoné à son père pour le rassurer et à son amie chef de chœur pour lui demander de la remplacer lors du concert, si bien qu'elle se tenait maintenant silencieuse à côté de lui. Tout à lui, et en sécurité. Bien sûr, il savait que sa voiture serait facile à repérer, c'est pourquoi il avait déjà réfléchi à un plan pour s'échapper en toute discrétion.

Mais, pour l'instant, il voulait seulement profiter d'être seul avec elle. Il sentait qu'il avait besoin de la rassurer, à propos de cette situation autant que de lui-même. S'il voulait avoir une chance de clore pour de bon le chapitre de leur relation, il devait trouver un moyen de la rasséréner et de regagner sa confiance.

Ce voyage en Europe lui faisait peur, c'était évident. Surtout depuis qu'elle avait découvert des hordes de fans et de paparazzi tout autour de sa maison. Mais il devait reconnaître que cet événement lui avait fourni l'occasion rêvée pour l'emmener loin d'Azalea et…

Et quoi ?

Bien sûr, il ne cessait de penser à ce baiser qui avait donné une tournure pour le moins inattendue à leurs retrouvailles. Et en dépit de ce qu'elle lui avait dit ce matin, il était conscient de la tension sensuelle qui grandissait entre eux à chaque instant. Une attirance aussi intense que celle qu'ils avaient ressentie des années plus tôt, mais à présent c'était celle de deux adultes qui avaient pris leur vie en main.

Même s'il avait passé la nuit à penser à elle, il comprenait ses doutes et ses craintes. Il ne lui avait pas menti en disant qu'il refusait que quiconque lui fasse du mal, et pour rien au monde il ne l'aurait poussée à admettre le désir qu'ils avaient l'un pour l'autre. Il allait garder ses distances avec elle. Jusqu'au moment où elle se rendrait compte qu'ils avaient besoin de se retrouver une dernière fois pour tourner la page.

Car il ne s'agissait que de désir entre eux. Ils avaient eu des sentiments sincères l'un envers l'autre, mais ce qu'ils avaient partagé était seulement un amour de jeunesse. Il ne croyait pas à la notion d'âme sœur, contrairement à ce que pouvaient laisser croire ses chansons. Et, pour cette raison, il était convaincu que Celia et lui pouvaient céder à la tentation sans risquer de se faire du mal.

Il ne lui restait plus qu'à l'en convaincre.

S'efforçant de se concentrer sur la route, il lutta pour ne pas se laisser troubler par la vue de ses jambes nues.

— Je suis désolé que tu manques le concert à cause de moi.

— Je ne vais pas t'en vouloir de m'aider.

— Tu dois quand même être triste de ne pas participer à l'événement pour lequel tu t'es donné tant de mal.

Il sentit sur lui son regard étonné.

— Qu'y a-t-il ?

— Je suis touchée que tu comprennes à quel point c'est important pour moi. Tu pourrais considérer cet événement comme insignifiant.

— L'importance d'un concert ne se mesure pas à la taille de la salle ou au nombre de spectateurs. Ce qui compte, c'est de parvenir à toucher le cœur des gens.

Pour la première fois depuis qu'ils étaient sortis de chez elle, un sourire se dessina sur son visage.

C'était elle qui lui avait appris cela. Il se rappelait encore le soir où, s'accompagnant à la guitare, il lui avait chanté des ballades au clair de lune. Il n'avait pu lui offrir que ce pique-nique sous les étoiles, rêvant du jour où il pourrait l'inviter à dîner dans de grands restaurants. Elle avait voulu le rassurer en lui disant qu'elle n'avait que faire du luxe et de l'argent, que son cœur était ce qu'il avait de plus précieux à lui donner.

Il aurait dû l'écouter. Aujourd'hui comme hier, c'était une vie simple qu'elle désirait. Il pouvait seulement se réjouir d'être en mesure de lui apporter l'aide dont elle avait besoin en ce moment.

— Cette fuite m'a donné des frissons, confia-t-elle en lissant le tissu de sa robe. J'ai bien cru que quelqu'un allait se faire renverser quand nous sommes sortis du garage. Mais tu as réussi à partir sans blesser personne. Où as-tu appris à conduire comme ça ?

— Cela fait partie de ma vie professionnelle.

Evidemment, cela relevait davantage de son entraînement pour Interpol que de sa préparation en tant que musicien. Il essayait de lui répondre en restant au plus près de la vérité. Comment aurait-il pu lui annoncer brutalement la réalité de son existence ?

— J'ai dû manquer les cours de conduite pendant mes études musicales, observa-t-elle en riant.

— L'un de mes amis est pilote professionnel. C'est lui qui m'a donné des leçons, précisa-t-il en toute sincérité.

— Comment s'appelle-t-il ?

— Elliot Starc. Nous étions à l'école ensemble.

Elle se tourna vers lui et le dévisagea avec stupeur.

— Tu es allé à l'école avec Elliot Starc ?

Elle semblait avoir du mal à le croire.

— Tu connais Starc ? C'est incroyable ! Tu es bien la seule femme que je connaisse qui s'intéresse à la Formule 1.

Elle laissa échapper un rire grave, infiniment sensuel.

— Tu as oublié ce que c'était de vivre dans un Etat du Sud. Tout le monde suit les courses automobiles ici. En tout cas, il t'a bien entraîné pour que tu arrives à conduire comme ça. Je ne suis pas encore remise.

— Tu te sens mal ? Je suis désolé, je n'ai pas voulu te faire peur.

— Ne t'inquiète pas, tout va bien. J'aimais aussi les sensations fortes quand j'étais au volant de ma première voiture. Heureusement, je suis beaucoup plus prudente maintenant.

— C'était il y a si longtemps…

— Et te voilà de retour, après toutes ces années. Nous voilà de nouveau assis côte à côte.

Sa voix était emplie d'une telle émotion qu'il voulut dire quelque chose, mais elle ne lui en laissa pas le temps.

— Je ne veux pas que tu sois blessé parce que tu as cherché à me protéger.

— Tu n'as rien à craindre. Je te l'ai dit, tout est sous contrôle.

Non, tout n'était pas sous contrôle… Il était toujours incapable de maîtriser l'attirance qu'il éprouvait pour elle.

— D'accord. Alors c'est le moment que tu m'exposes ton plan. Où allons-nous ?

Pour l'instant, il n'y avait qu'un seul endroit où il était sûr que personne ne les trouverait.

— Chez ma mère.

- 6 -

Chez sa mère.

Une demi-heure après avoir appris où l'emmenait Malcolm, Celia n'arrivait toujours pas à se faire à cette idée. Elle savait grâce à la presse qu'il avait tenu à offrir une vie de luxe à sa mère, après tous les sacrifices qu'elle avait faits pour lui, mais elle ignorait où elle s'était installée après son départ d'Azalea quatorze ans plus tôt.

De toute façon, le savoir ne l'aurait pas intéressée outre mesure. Terri Ann Douglas n'avait jamais considéré la relation de son fils avec Celia d'un bon œil, sans doute avec raison. Celia, l'adolescente gâtée, égoïste et impatiente de découvrir les secrets de l'amour avec Malcolm, avait représenté tout ce qu'elle pouvait craindre pour son fils.

Aujourd'hui, elle avait beau avoir changé et être devenue adulte, la perspective de la revoir l'angoissait au plus haut point.

L'estomac noué, elle regarda le portail massif qui s'élevait devant eux. Elle distingua une petite caméra entre les plantes grimpantes au moment où Malcolm baissait la vitre pour taper le code d'entrée.

Le portail s'ouvrit, dévoilant une allée qui avançait au milieu d'un bois épais. Aucun bâtiment n'était visible, et, en remarquant le dispositif de sécurité digne de celui d'une zone militarisée, elle se demanda s'il avait renoncé à l'emmener en Europe pour l'enfermer ici avec sa mère.

Elle ne put contenir le sentiment de déception qui l'envahissait. En dépit de ses réticences à partir en Europe avec lui, elle ne pouvait nier son émotion de le revoir après toutes ces années. Son retour avait bousculé les habitudes de sa vie quotidienne, et elle devait bien reconnaître que ce séisme était aussi angoissant qu'excitant. Sans compter qu'elle ne voulait pas manquer l'occasion d'obtenir des réponses aux questions qu'elle ne cessait de se poser depuis leur séparation.

— Malcolm, pourrais-tu me dire ce que nous faisons ici ?

— Nous venons de pénétrer là où personne ne peut nous trouver.

Après le premier virage, elle resta bouche bée en découvrant le cœur de la propriété. Devant elle s'élevait une grande maison entourée de colonnes, ainsi qu'une piscine, un court de tennis, et même un étang sur lequel avançait un ponton de bois.

Ce domaine était superbe. Et pourtant, à cet instant, il avait tout d'une prison à ses yeux.

— Tu as décidé de m'installer ici finalement ?

Il lança vers elle un regard déconcerté.

— Non, pas du tout. Nous allons toujours en Europe. Je ne t'ai pas menti quand je t'ai dit que mon équipe se chargerait de ta sécurité. Nous allons seulement décoller d'ici, ce sera plus discret qu'un aéroport public.

Elle s'en voulut de ressentir un tel soulagement. Ces retrouvailles étaient censées lui apporter la paix et non lui donner envie de passer plus de temps avec lui.

— Mais je ne vois pas de piste de décollage.

C'est alors qu'il lui montra un hélicoptère blanc qui venait d'apparaître au-dessus des arbres.

— Les paparazzi nous ont déjà retrouvés ?

— Non, c'est pour nous.

Il roula jusqu'à un vaste espace goudronné et coupa le moteur de son bolide. Muette de stupeur, elle regarda l'hélicoptère s'approcher et descendre pour atterrir à quelques mètres d'eux.

— Tu n'es pas sérieux…

— Si. Nous allons monter pour rejoindre l'avion privé qui nous emmènera en Europe. On ne peut malheureusement pas se contenter de voyager du point A au point B quand on veut échapper aux médias.

C'était concevable. Mais ce qu'elle comprenait surtout, c'était que ses ressources dépassaient tout ce qu'elle aurait pu imaginer.

— Je croyais que nous devions retrouver ta mère, lui rappela-t-elle, de plus en plus perdue.

— J'ai dit que nous allions chez elle. Mais elle n'est pas là en ce moment, elle est dans son appartement de Londres.

— Eh bien, on peut dire que tu es un fils reconnaissant.

— Ce que je fais pour elle n'est rien en comparaison de ce qu'elle a sacrifié pour moi.

Son regard s'assombrit.

— Que ce soit cette maison ou l'appartement londonien, reprit-il, rien ne vaudra jamais ce que j'ai reçu de sa part. Elle a dû cumuler deux emplois pour pourvoir à mes besoins, et elle faisait en plus le ménage chez mon professeur de piano pour payer mes leçons. Ma mère a bien mérité une retraite anticipée. Alors, tu es prête ?

Elle n'était pas plus prête que la veille à partir avec lui. Elle ressentait un tel mélange d'excitation et d'angoisse !

— Malcolm ? Je ne voudrais pas que tu donnes à ce baiser plus de sens qu'il n'en avait.

Elle voulait être certaine qu'il n'y ait aucun malentendu.

— Quel sens lui donnes-tu, toi ?

— Je suis toujours attirée par toi et, surtout, nous avons partagé beaucoup de choses tous les deux. Mais cela ne veut pas dire que nous avons un avenir ensemble ou que nous devons céder à cette attirance.

Elle devait être honnête avec elle-même : si elle se laissait aller une deuxième fois, elle n'était pas sûre de trouver la force de remettre de la distance entre eux. Ils devaient profiter de ce voyage pour parler de ce qu'ils avaient vécu durant leur adolescence, pour avoir la conversation que leur immaturité les avait empêchés d'avoir à l'époque. Leur immaturité, mais aussi le fait qu'il avait été envoyé en Caroline du Nord et elle en Suisse.

— Ce baiser était une façon de dire adieu à notre passé. Tu as déjà écrit une chanson sur les baisers d'adieu, non ?

— C'est un auteur qui l'a écrite pour moi. Mon agent était sûr qu'elle séduirait le public, ajouta-t-il avec un sourire cynique.

— Il ne s'est pas trompé.

Elle se rappelait avoir changé de station de radio des dizaines de fois pour ne pas se mettre à pleurer en l'écoutant.

— Je vais te paraître blasé, mais j'ai parfois l'impression de vendre une illusion à mes fans.

— Comment peux-tu nier que l'amour existe ? Nous l'avons connu. La chanson que tu as jouée hier soir en est une preuve. Même si tout est fini, nos sentiments n'étaient pas une illusion.

— Ce n'était qu'un amour de jeunesse.

Renversant la tête en arrière, elle laissa échapper un rire amer.

— C'est pour être désagréable que tu dis ça ?

— Non, c'est pour t'aider à résister à ton envie de m'embrasser.

Il se pencha au-dessus d'elle et ouvrit sa portière.

— Notre hélicoptère nous attend.

Comme elle descendait de voiture, elle sentit sur son visage le vent violent provoqué par les hélices. Elle attrapa la sacoche qu'elle avait pour unique bagage et suivit Malcolm en courant. Elle avait beau voir l'hélicoptère à quelques pas seulement, elle avait encore du mal à croire qu'elle allait monter à bord.

Tout était pourtant bien réel, et Malcolm ne tarda pas à lui indiquer sa place.

— Installe-toi à l'avant, cria-t-il pour couvrir le bruit assourdissant.

L'estomac noué, elle s'assit tout en regardant avec inquiétude le pilote assis à côté d'elle. Elle avait bien changé depuis ses années de lycée… Aujourd'hui, la simple idée de se lancer dans cette aventure la terrifiait.

Elle ferma les yeux et se força à respirer calmement

pour étouffer la crise d'angoisse qui la menaçait. Elle pouvait y arriver. Elle devait le faire. Elle allait clore une fois pour toutes le chapitre de sa vie dont avait fait partie Malcolm Douglas.

Bouclant sa ceinture de sécurité, elle regarda devant elle les dizaines de commandes, ce qui ne fit que l'angoisser davantage. Mieux valait qu'elle change de place.

Elle décida de demander au pilote si elle pouvait passer à l'arrière. Mais comme elle se tournait pour lui parler, elle resta bouche bée en le voyant échanger son casque contre la casquette de Malcolm et lui laisser sa place pour courir vers la Maserati.

Malcolm s'installa devant le tableau de bord et tendit un deuxième casque à Celia. Elle le mit sans dire un mot et entendit des voix venues d'autres appareils.

— Si tu veux que nos échanges restent privés, appuie sur ce bouton pour me parler, expliqua-t-il.

Sur ces mots, il prit les commandes et elle l'entendit dans son casque s'adresser à ce qui devait être une tour de contrôle. Son interlocuteur savait-il qu'il était en ligne avec Malcolm Douglas ?

— Malcolm, balbutia-t-elle, glacée d'effroi. C'est vraiment toi qui vas… ?

L'hélicoptère décolla. Cramponnée à son siège, elle regarda la maison qui devenait de plus en plus petite à mesure qu'ils s'élevaient.

— Ça répond à ma question, conclut-elle après quelques instants. Tu as un permis, au moins ?

— Oui, madame.

— Tu ne vas pas me dire que c'est Elliot Starc qui t'a appris à piloter cet engin.

— Non, j'ai eu un autre moniteur.

Elle ne pouvait plus faire marche arrière à présent. Elle allait bel et bien s'envoler pour l'Europe avec l'homme qui lui avait brisé le cœur dix-huit ans plus tôt.

Aux commandes de son hélicoptère, Malcolm se sentait plus libre que jamais. Cette vie était si éloignée de celle qu'il avait vécue avec sa mère à Azalea ! Aujourd'hui, heureusement, il avait enfin le pouvoir de protéger les deux femmes qui comptaient tant à ses yeux.

Il se réjouissait un peu plus à chaque avancée qui éloignait Celia de la menace. Bien sûr, il ne pouvait s'empêcher de rêver du moment où il pourrait de nouveau la tenir entre ses bras, une dernière fois... Mais sa priorité absolue était de la mettre hors de danger.

En la voyant agrippée à son siège comme à une bouée de sauvetage, il comprit qu'elle avait mis de côté sa témérité d'autrefois. Il commençait même à se sentir coupable de l'avoir entraînée là, tant elle pâlissait de seconde en seconde.

— Tu ne dois pas avoir peur, Celia, tout va bien se passer. Nous allons en Floride où nous retrouverons l'un de mes amis du lycée. Grâce à lui, nous pourrons décoller en toute discrétion pour nous rendre en Europe.

— Un ami du lycée ?

— Oui, nous sommes quelques-uns à être restés en contact.

Il s'agissait des anciens élèves du lycée militaire que Salvatore avait recrutés. Ils avaient eux-mêmes baptisé leur groupe la « Confrérie Alpha ».

— Ce sont des amis proches ?

— Oui. En fait, il y avait deux types d'élèves au lycée militaire, lui expliqua-t-il. Ceux qui voulaient se préparer à une carrière dans l'armée, et ceux qui avaient besoin d'apprendre à respecter les règles de la société.

— Je ne vois pas quelles règles tu avais à apprendre. Tu savais déjà très bien te prendre en main.

Sa voix douce lui fit l'effet d'une caresse exquise.

— Apparemment pas. Traîner dans les bars alors que je n'étais pas majeur, faire un bébé à ma petite amie… Je n'appellerais pas ça me prendre en main.

— Je suis aussi responsable que toi.

Elle semblait éprouver autant de regrets que lui, et cela le blessait plus qu'il n'aurait su le dire.

— J'ai eu de la chance d'entrer dans ce lycée. J'y ai rencontré des gens très bien.

— Ce devait être dur. Je me suis fait du souci pour toi pendant que tu étais là-bas.

— La prison aurait été bien pire. Grâce à cette école, j'ai reçu la meilleure instruction possible. J'avais même droit à des cours de musique. Et j'ai appris la discipline.

Evidemment, il n'aurait jamais fait ce choix de lui-même. Mais il avait réussi à tirer profit de cette expérience et à prouver qu'il pouvait faire quelque chose de sa vie.

— Ce qu'il y avait de plus précieux, c'était que ma mère ne m'avait plus à sa charge. Elle a pu quitter l'un de ses emplois.

— Ah ! C'est donc pour ta mère que tu es allé dans cette école.

— Ça n'a pas changé, tu lis en moi comme dans un livre ouvert, s'amusa-t-il.

Il s'interrompit pour s'assurer que leur conversation ne le déconcentrait pas et que tout était bien en ordre.

— J'ai été tellement furieux, le jour où le juge m'a proposé ce marché. J'avais l'impression qu'il se moquait de moi, je mourais d'envie de refuser. J'étais innocent, personne n'avait le droit de m'accuser de trafic de drogue. Mais il m'a suffi de regarder ma mère pour comprendre que je devais accepter.

— Alors tu es parti.

— Oui.

Il était parti. Loin d'elle et du bébé qu'elle portait. Et cela, il n'avait jamais pu s'en remettre ni se le pardonner.

— De toute façon, je n'aurais pas pu m'en tirer sans aucune sanction pénale.

Elle lui avait tout de suite dit qu'elle voulait confier leur bébé à l'adoption et, même si cette décision l'avait fait souffrir, il avait su qu'il n'avait rien à lui proposer pour la convaincre de changer d'avis.

— Parle-moi de ces amis du lycée à qui tu as fait appel pour nous aider.

Voilà un sujet de conversation qui ne risquait pas de le compromettre. Tout le monde savait qui étaient ses amis ; ce qui était moins connu était la nature des liens qui les unissait en dehors de l'amitié.

— C'est Troy Donovan qui nous accueillera à notre arrivée en Floride.

— Le Robin des Bois de l'informatique… Je ne m'attendais pas à ça.

A l'adolescence, Troy avait piraté le système informatique du ministère de la Défense pour révéler des faits de corruption au grand public et à la presse. C'était pour cette raison qu'il avait été envoyé en maison de redressement. A son grand regret, lui qui aurait préféré être mis en prison !

— Nous retrouverons Conrad Hughes un peu plus tard.

— Un magnat des casinos aux relations douteuses ? Et Elliot Starc, un pilote de courses et séducteur notoire ? Je ne suis pas sûre de me sentir très en sécurité, observa-t-elle en riant.

Si seulement il avait pu tout lui expliquer en détail…

— C'est vrai, ce n'est pas sans raison que nous avons été inscrits dans ce lycée. Mais nous en sommes ressortis meilleurs. Si ça peut te rassurer, notre confrérie comporte aussi le Dr Rowan Boothe.

— Un médecin humanitaire aux allures de top model ? J'ai lu qu'il avait inventé une nouvelle technique chirurgicale…

— Il a travaillé avec Troy, notre expert en électronique, pour y arriver. Alors, est-ce que tu fais confiance à mes amis maintenant ?

Il se tourna légèrement vers elle et vit une lueur briller dans ses yeux. Elle avait réussi à lui en faire dire bien plus qu'il n'avait prévu de lui dévoiler. Et pour cause. Celia Patel était peut-être devenue une femme sage et raisonnable, mais elle n'en était pas moins irrésistible. Au contraire.

En regardant Malcolm faire descendre l'hélicoptère vers la propriété de Floride où les attendait Troy Donovan, Celia se rendit compte que tout ce qu'elle avait appris sur lui pendant ce trajet l'avait rendu encore plus attirant à ses yeux. Elle avait poussé la conversation aussi loin qu'elle avait pu dans l'espoir de trouver une faille quelque part, mais elle devait se rendre à l'évidence : elle ne pouvait qu'admirer tout ce qu'il avait accompli depuis son départ d'Azalea.

S'efforçant de détourner les yeux de son profil irrésistible, elle contempla la mer qui bordait le domaine sur lequel ils étaient sur le point d'atterrir.

Elle avait du mal à croire qu'il partageait une telle amitié avec Troy Donovan. Elle l'avait connu si droit, si soucieux de respecter la loi ! Elle n'avait bien sûr aucun doute sur son innocence et savait que c'était par erreur qu'il avait été accusé. Mais savoir qu'il avait accepté la sanction par sacrifice pour sa mère la bouleversait.

Que risquait-elle encore de découvrir au cours de ce voyage inattendu ? Elle allait de surprise en surprise depuis qu'il était venu la chercher.

Avec la légèreté d'un oiseau, l'hélicoptère se posa sur la pelouse, le battement des hélices faisant onduler l'herbe sur le vaste terrain. Un garde en uniforme accourut vers elle et lui ouvrit la porte avant de tendre la main pour l'aider à descendre. Saisissant son sac, elle sauta à terre et s'éloigna de l'engin assourdissant.

Malcolm fut auprès d'elle en une fraction de seconde. Passant le bras autour de sa taille, il la guida non vers la grande maison qui s'élevait devant eux, mais vers le petit avion garé au bout d'une longue piste goudronnée.

Tout allait si vite qu'elle avait à peine le temps de se rendre compte à quel point ce qui lui arrivait était incroyable. Comment aurait-elle pu imaginer seulement hier matin qu'elle serait aujourd'hui aux côtés de Malcolm, sur le point de le suivre en tournée en Europe ?

Elle essayait encore de se convaincre que tout cela

était bien réel lorsqu'elle monta avec lui dans le luxueux appareil, à bord duquel les attendait un jeune couple.

La superbe femme aux cheveux auburn et au visage orné de taches de rousseur se leva et lui tendit la main.

— Bonjour, vous devez être Celia. Je suis Hillary, la femme de Troy.

L'épouse de Robin des Bois.

Hillary paraissait étonnamment simple et naturelle. Vêtue d'un jean et d'un T-shirt qui dévoilaient sa silhouette époustouflante, elle arborait un sourire sincère et sa voix était douce et chantante.

En se tournant vers l'homme que saluait Malcolm, elle n'eut aucun mal à reconnaître le visage qu'elle avait vu maintes fois dans les journaux. Celui de Troy Donovan, le génie de l'informatique.

— Pardon pour notre retard, lui dit Malcolm. Nous avons eu un peu plus de mal que prévu à quitter Azalea.

— Ce n'est rien, répondit Troy.

Elle lui serra la main à son tour et regarda Malcolm tandis qu'il s'éloignait avec lui vers un recoin de l'avion occupé par des écrans d'ordinateurs. Tout cela semblait si naturel pour eux…

— Vous avez l'air sous le choc, devina Hillary en posant une main chaleureuse sur son bras. J'imagine que Malcolm n'a pas vraiment pris le temps de tout vous expliquer. Il devait faire vite pour échapper aux fans et aux paparazzi.

Celia hocha la tête avant de se laisser tomber sur un siège en cuir. Ils partaient déjà ? Mais elle n'avait ni bagage ni passeport, et elle n'avait prévenu personne ! Dans quoi s'était-elle donc lancée ? Elle ne savait même plus qui était l'homme à qui elle s'était fiée avec si peu de résistance, songea-t-elle en observant Malcolm.

— Malcolm nous a beaucoup parlé de vous, dit Hillary en s'asseyant à côté d'elle.

— Que vous a-t-il dit ? l'interrogea-t-elle avec inquiétude.

— Que vous étiez une amie de longue date et que vous aviez des problèmes avec un déséquilibré. Et qu'il voulait vous aider.

— C'est ce qu'il fait. J'ai de la chance, reconnut-elle en attachant sa ceinture au moment où le moteur de l'avion se mettait en marche.

La voix du commandant de bord résonna dans les haut-parleurs tandis qu'il leur adressait un mot d'accueil à tous les quatre. Les amis de Malcolm allaient donc faire le voyage avec eux. Avait-elle si mal interprété les signes qu'elle avait lus dans l'attitude et les regards de Malcolm ? De toute évidence, il ne s'agissait pas d'un séjour romantique en tête à tête !

D'ailleurs, c'était bien elle qui l'avait embrassé et non l'inverse. Elle ne devait pas l'oublier.

En réalité, elle avait toutes les raisons de se réjouir de la présence de Troy et Hillary. Cela lui éviterait d'être de nouveau tentée, et elle aurait tout le temps durant le vol de revenir à la raison. Elle ne devait pas confondre nostalgie et désir.

Il n'était pas question qu'elle cède à la passion brûlante que son retour avait réveillée en elle.

- 7 -

A leur arrivée en France, Celia eut toutes les peines du monde à se remettre de cette longue traversée de l'Atlantique. Même si, grâce à Malcolm, elle venait de faire l'expérience du voyage le plus luxueux de toute sa vie. Grâce au confort de la cabine, elle avait pu remplir ses bulletins en toute tranquillité avant d'avoir le plaisir de faire la conversation avec Hillary.

L'avion était maintenant arrêté sur le tarmac de l'aéroport de Paris-Charles-de-Gaulle. D'ici quelques heures, Malcolm allait donner le premier concert de sa tournée européenne dans la capitale française, et ses fans étaient déjà là pour l'accueillir. Il faisait nuit, mais elle distinguait dans la lumière des halogènes des dizaines de jeunes filles qui brandissaient des pancartes en criant.

Malcolm, je t'aime.

Malcolm, épouse-moi.

Des policiers et des agents de sécurité de l'aéroport formèrent une barrière humaine le long du tapis qu'on déroulait sur le tarmac. Des femmes lançaient déjà des fleurs sur le passage qu'allait emprunter leur idole.

Le pilote coupa le moteur de l'avion et ils défirent

tous leur ceinture de sécurité tandis que le steward ouvrait la porte. Il était impossible de distinguer les mots que hurlaient ses admiratrices, mais leur adoration était évidente. On le comparait souvent, et à raison, à Harry Connick Jr. et à Michael Bublé, mais son succès était dix fois supérieur à celui de ses deux confrères réunis. Elle avait beau le savoir, assister à cette scène était à peine croyable.

Avec un rire moqueur, Troy se couvrit de son chapeau de feutre.

— Mon frère, je crois qu'il y a une femme ici qui voudrait que tu lui signes un autographe sur la poitrine.

— Il faudra lui dire que j'ai oublié mon feutre, répliqua-t-il en enfilant sa veste.

— J'en ai sûrement un à te prêter, le taquina Hillary.

— Très drôle.

Celia se sentit mal en imaginant toutes ces femmes se ruer sur lui.

— Voyons, Malcolm, où est passé ton sens de l'humour ? renchérit Troy. Tu es toujours le premier à plaisanter quand quelqu'un d'autre est nerveux.

C'était difficile de l'imaginer dans ce rôle, lui qui avait été un adolescent si sérieux et concentré.

— Je serai beaucoup moins nerveux quand nous serons arrivés à l'hôtel. Alors allons-y.

Il prit la sacoche à fleurs de Celia et la lui tendit.

Troy étouffa un rire.

— Qu'est-ce qu'il y a encore ?

— Je ne pensais pas te voir un jour porter le sac à main d'une femme.

— Ce n'est pas mon sac à main, rectifia-t-elle en

le mettant sur son épaule. C'est un cartable pour mon ordinateur. Mon sac préféré, d'ailleurs. Je l'ai acheté à…

Elle s'interrompit.

— Je ne t'aide pas du tout, là, Malcolm, c'est ça ?

— Aucune importance. Je suis assez sûr de ma virilité pour porter ce sac à fleurs devant tout le monde, ajouta-t-il en posant la main sur son dos avec un naturel déconcertant.

— Tu me garderas une photo ? le défia Troy. Je suis prêt à payer cher pour l'avoir.

En les regardant marcher jusqu'à la porte en riant, elle se rendit compte qu'elle ne l'avait jamais vu avec des amis auparavant. A l'époque où elle l'avait connu, il ne s'était jamais autorisé à prendre du temps pour se distraire. Il avait consacré toute son énergie à atteindre son objectif de réussite, refusant que sa mère se donne tout ce mal pour rien. Pour cela, il avait été prêt à renoncer à la vie sociale à laquelle tenaient tous les adolescents.

A quels autres changements devait-elle encore s'attendre ?

Comme ils s'arrêtaient en haut des marches, les cris se firent encore plus aigus et plus puissants. C'était à force de travail qu'il avait atteint la notoriété, et il méritait tout ce qui lui arrivait. Pourtant, il se comportait avec simplicité.

Il fit signe à la foule, qui se mit à hurler encore plus fort. C'est alors qu'elle sentit sa main glisser le long de son dos et son bras se refermer autour de sa taille.

— Malcolm ? balbutia-t-elle en se tournant vers lui. Qu'est-ce que tu fais ?

— Ça.

Sans lui laisser le temps de comprendre, il se pencha vers elle et plaqua les lèvres contre les siennes. Et, d'un seul coup, toutes ses résolutions s'envolèrent. C'était si bon de sentir de nouveau sa bouche sur la sienne…

A quoi bon réfléchir ? Il était près, trop près. Elle mit alors la main sur son torse et saisit le revers de sa veste.

Un murmure parcourut la foule, et par chance il la tenait encore par la taille lorsqu'il mit fin à leur baiser. Sans cela, ses jambes se seraient sans doute dérobées sous elle.

— Tu peux m'expliquer ce que tu viens de faire ? glissa-t-elle entre les dents.

Elle avait le plus grand mal à ignorer le sourire de Troy et Hillary.

— Je tiens à proclamer au monde entier que tu es avec moi, répondit-il en serrant sa main dans la sienne. Et que celui qui voudra te faire du mal a intérêt à être prêt à souffrir.

Le regard intense qu'il fixa sur ses yeux la fit frissonner de désir. Les jambes tremblantes, elle se cramponna à son bras pour descendre les marches de peur de chanceler.

Pourquoi l'avait-il embrassée là, devant ses fans, les appareils photo et les caméras, alors qu'il avait craint la veille d'être vu avec elle dans un hôtel ? Avait-il établi cette stratégie pour la convaincre de partir avec lui ?

Elle se mit à trembler malgré la chaleur.

— Je croyais que nous devions donner l'impression d'être deux amis en voyage ensemble, souligna-t-elle en marchant avec lui vers la limousine blanche qui les attendait. Je croyais que tu avais peur qu'on nous voie ensemble à l'hôtel ? le pressa-t-elle.

— Je ne voulais pas m'afficher avec toi tant que tu n'étais pas en sécurité.

En sécurité ? Elle ne se sentait pas du tout en sécurité à l'heure qu'il était. Ses sentiments et ses émotions étaient beaucoup trop bouleversés pour cela.

— Ce n'est pas toi qui te moquais de notre amour de jeunesse ?

Il se tourna vers elle et la caressa du regard.

— Mon trésor, ceci n'a absolument rien à voir avec un amour de jeunesse. Il s'agit d'une passion entre deux adultes. Durant les semaines à venir, des caméras seront braquées sur nous en permanence. Il nous sera impossible de cacher l'évidence. Tout le monde se rendra compte à quel point j'ai envie de toi.

Elle sentit sa gorge se serrer.

— Je ne sais plus quoi dire.

S'arrêtant à côté de la limousine, il fit un dernier signe à la foule survoltée avant de se retourner vers Celia pour la contempler avec adoration.

Il jouait un rôle, c'était évident.

Finalement, il lui ouvrit la portière et monta juste après elle sur l'immense banquette.

— Celia, dit-il avant que Troy et Hillary ne les rejoignent, mentir à propos de nous ne servirait à rien. Plus nous essaierons de cacher l'attirance que nous éprouvons l'un pour l'autre, plus la presse à scandale cherchera à en donner la preuve. Alors soyons honnêtes. J'aime mieux te prévenir, je n'hésiterai pas à te toucher et à t'embrasser en public chaque fois que j'en aurai envie. C'est-à-dire très souvent.

Elle ne put contenir le frisson d'excitation qui la traversait. Comment était-elle censée réagir ? Elle devait protester, s'opposer à lui, même si elle mourait d'envie de se jeter dans ses bras.

— Malcolm, je te l'ai déjà dit. Nous ne pouvons pas faire ça. Nous ne pouvons pas revenir en arrière. Il ne se passera plus rien entre nous.

Elle devait absolument s'en convaincre, si elle voulait avoir une chance de s'y tenir.

— Peu importe.

Il posa les lèvres sur son cou et murmura tout contre sa peau.

— Il suffit de regarder tes yeux pour le voir. Les objectifs capteront la vérité.

— Quelle vérité, Malcolm ?

— Mon trésor, tu as envie de moi autant que j'ai envie de toi.

Il se tut et étendit le bras sur ses épaules alors que Troy et Hillary venaient s'asseoir en face d'eux.

Hillary les regarda avec un grand sourire.

— Bienvenue à Paris, la ville de l'amour.

Debout sur le balcon de sa chambre d'hôtel, Malcolm admirait la tour Eiffel qui brillait dans la nuit. Celia, Troy et Hillary étaient déjà allés se coucher dans l'espoir de récupérer le décalage horaire. Il aurait voulu en faire autant, mais il était bien trop agité pour trouver le sommeil.

Il ne pensait qu'à une chose : aller rejoindre Celia dans sa chambre. Il avait si souvent rêvé de l'emmener en France, de l'inviter au concert et de la demander en mariage dans un endroit aussi romantique que celui-ci…

Un rêve qu'il n'avait jamais pu réaliser, parmi tant d'autres.

Pendant toute la durée du voyage, il n'avait cessé de l'observer à la dérobée. Il ne se lassait pas de regarder ses longs cheveux onduler sur ses épaules, de guetter chacun de ses gestes infiniment gracieux. Il avait remarqué avec fascination les signes de nervosité qu'elle avait laissés échapper en remplissant ses bulletins, comme si elle hésitait à remonter les notes de certains élèves pour les encourager.

Tout en elle l'enchantait, et ce depuis toujours. Déjà à l'époque de leur enfance, il avait senti qu'elle avait une personnalité unique. Les gens avaient envie d'être auprès d'elle, de profiter de son sourire lumineux et de son rire mélodique, de son énergie et de son enthousiasme.

Il n'oublierait jamais le jour où elle était venue au secours du petit garçon qu'il avait été, l'aidant à attraper son inhalateur pour faire passer sa crise d'asthme. Il avait tout de suite senti la différence de milieu social qui les séparait, et son impression s'était confirmée le jour de la kermesse : la mère de Celia avait fait venir un clown et un comptoir à glaces, tandis que sa mère à lui avait apporté des petits gâteaux préparés dans leur modeste cuisine.

Pourquoi pensait-il à cela maintenant, à l'heure où il avait réussi à gommer ce fossé ?

Il se tourna brusquement en sentant une présence derrière lui. Mais il se détendit aussitôt en voyant le colonel John Salvatore debout sur le pas de la porte, vêtu comme toujours d'un costume gris et d'une cravate rouge. Malcolm n'était pas surpris de le voir ici, étant donné qu'il travaillait au siège d'Interpol à Lyon. Ce qui était plus étonnant était de le voir apparaître ainsi au milieu de la nuit.

— Bonsoir, monsieur, dit-il sans prendre la peine de lui demander comment il était entré. Vous auriez pu vous contenter de me téléphoner, vous savez. Il y a du nouveau ?

— Non, rien.

L'ancien proviseur vint le rejoindre sur la terrasse de sa suite.

— Je suis venu pour ton concert, Mozart. J'ai voulu passer te dire bonjour.

Ce surnom fit remonter ses souvenirs du lycée militaire. Ses camarades avaient pris l'habitude de lui donner tour à tour le nom de tous les compositeurs qu'ils connaissaient, à force de l'entendre travailler des morceaux classiques au piano.

— J'en profite pour vous remercier pour votre aide. Je suis soulagé de savoir Celia en sécurité, en attendant que l'enquête soit bouclée à Azalea.

Le colonel desserra sa cravate et l'ôta pour l'enfouir dans sa poche.

— Tu es sûr de ce que tu es en train de faire ?

Tout à coup, Salvatore avait perdu son air sévère de patron pour celui d'un père qui se faisait du souci pour son fils. Et, en effet, il avait été comme un père pour lui, le père qu'il n'avait jamais eu.

— Non, monsieur. Mais je ne peux plus faire marche arrière.

— Il s'agit d'une vengeance envers elle ?

— Pardon ?

Il regarda Salvatore avec stupeur.

— Je pensais que vous me connaissiez mieux que ça.

— Je sais à quel point tu étais perturbé quand tu es arrivé au lycée militaire.

— Nous l'étions tous.

Ils avaient été une bande de garçons en colère, rebelles et furieux d'être là.

— Tu as essayé trois fois de te sauver.

— Je ne supportais pas d'être enfermé, prétexta-t-il pour éviter d'aborder la vraie raison de son mal-être.

Celle qui l'avait poussé à prendre tous les risques, y compris celui de mettre en danger la paix qu'il avait apportée à sa mère en acceptant d'entrer dans cette école.

— Tu aurais pu être envoyé en prison à cause de tes fugues.

Le colonel s'appuya contre la balustrade et regarda la rue presque vide, sept étages plus bas.

— Mais vous ne m'avez jamais dénoncé.

Pourquoi, d'ailleurs, le colonel l'avait-il protégé ?

— Je savais que tu étais l'un des rares élèves à être vraiment innocent.

Avait-il lu dans ses pensées ? Interloqué, Malcolm se redressa d'un bond. Il n'avait jamais clamé son innocence, et tout le monde l'avait toujours cru coupable. Tout le monde à part Celia, mais cela ne l'avait pas empêchée de se détacher de lui au bout du compte. Il ne pouvait pas lui en vouloir, évidemment, mais le fait d'entendre les mots de confiance du colonel le touchait profondément.

— Comment pouvez-vous en être aussi sûr ?

— J'avais vu assez de consommateurs et de trafiquants de drogue au cours de ma vie pour reconnaître ceux qui croisaient mon chemin. Il était évident que tu n'en faisais pas partie. Je sais aussi tout ce qu'un homme peut faire pour son enfant. Je serais prêt à mourir pour mon enfant, ajouta-t-il, ouvrant exceptionnellement une mince fenêtre sur sa vie privée. J'ai compris que tu avais accepté de travailler dans ce bar dans l'espoir de gagner assez d'argent pour prendre en charge Celia et votre bébé. Tu ne voulais pas que vous l'abandonniez. Cela te traumatisait peut-être plus que tout autre, étant donné que ton propre père t'avait abandonné.

— Je croyais que vous aviez un doctorat en histoire, pas en psychologie.

Il avait revécu suffisamment d'épisodes de son passé depuis ses retrouvailles avec Celia. Il n'était pas prêt à plonger dans les profondeurs de ses sentiments et de ses regrets.

— Il n'y a pas besoin d'être psychanalyste pour savoir que tu es très protecteur avec ta mère, et tu as des raisons d'en vouloir à ton père. Alors ? As-tu une vengeance à accomplir ? C'est par esprit de revanche que tu as attiré Celia auprès de toi ?

— Non ! Bien sûr que non.

La voir souffrir était bien la dernière chose au monde qu'il désirait.

— Celia et moi sommes tous les deux adultes aujourd'hui. Notre fille aussi est presque adulte, désormais. Il n'est question ni de revivre le passé, ni de me venger sur quiconque.

— Si tu en es si sûr…

Soudain il avait envie de couper court à cette conversation.

— Pourquoi ne parlerions-nous pas de votre enfant ? Vous n'êtes pas censé aller assister à l'un de ses matches ou de ses spectacles artistiques ?

— D'accord, céda Salvatore en levant les mains en signe de reddition. Je vais me contenter de formuler les choses à ta place. C'est très bien que tu veuilles protéger Celia. Mais tu dois faire face à la réalité de tes sentiments pour elle si tu veux avoir une chance d'avancer dans la vie.

Sur ces mots, il disparut comme il était arrivé, le laissant seul sur le balcon.

Il savait qu'il était temps qu'il aille se coucher pour être en forme demain sur scène, et pour protéger sa gorge de l'air frais de la nuit. Et, pourtant, il était incapable de bouger. Il restait là, à contempler la tour Eiffel en ressassant ses remords et en se demandant s'il parviendrait un jour à tirer un trait sur son passé. Il ressentait une telle culpabilité…

Mais, surtout, Salvatore ne s'était pas trompé. Il avait toujours des sentiments pour Celia, et ce n'était pas en les niant qu'il parviendrait à les faire disparaître.

Il ignorait tout de ce qu'il devait faire, alors pourquoi ne pas commencer par obtenir ce qu'il voulait le plus en ce moment ?

Il voulait que Celia revienne à lui, qu'elle s'abandonne à lui. Et, pour la reconquérir, le concert de demain paraissait un très bon départ.

Touchant nerveusement son collier de perles, Celia regardait la scène depuis les coulisses en compagnie de Troy et Hillary. Malcolm venait d'abandonner son piano pour venir chanter au-devant de la scène, et le public des premiers rangs semblait vivre une véritable transe. Elle avait donné de nombreux concerts dans sa vie, si bien que le bal des musiciens et des techniciens qui travaillaient dans l'ombre ne lui était pas inconnu. Mais jamais elle n'avait perçu une intensité aussi palpable, ni une énergie semblable à celle qui émanait des milliers de gens qui étaient venus écouter Malcolm Douglas.

Il avait absolument tenu à ce qu'elle assiste au concert depuis les coulisses, par souci de sécurité. Si bien qu'elle avait tout le loisir de l'observer de près, plus beau que jamais dans son costume noir et sa chemise blanche. Et tandis qu'il enchaînait ses propres compositions et les reprises de standards plus anciens, elle se sentait fondre sous l'effet de sa voix enchanteresse.

Heureusement, Hillary était là pour la distraire, ainsi qu'une autre de leurs amis, Jayne Hughes, qui était mariée elle aussi à un ancien élève du lycée militaire. Apparemment, c'était autant pour veiller sur elle que pour assister au concert de Malcolm qu'ils s'étaient retrouvés ici en nombre. Elle n'avait plus le moindre doute sur leur loyauté à présent.

Jayne n'avait pas l'allure simple et accessible d'Hillary. Elle était plutôt intimidante au premier abord, mais, Celia le pressentait, elle devait être tout aussi chaleureuse. Heureusement elle portait une élégante robe de soie, sinon elle aurait eu l'air négligée à côté de Jayne et de son fourreau haute couture. Car si Malcolm avait été absent toute la journée pour participer à des réglages de son, il n'avait pas omis de faire monter dans sa chambre un large choix de tenues pour la soirée.

Quoi qu'il en soit, c'était difficile de se sentir à l'aise sous le regard curieux de Jayne. Autant ne pas y aller par quatre chemins et être aussi franche que possible avec elle.

— Allez-y, Jayne, vous pouvez me poser la question.

— Quelle question ?

— Vous vous demandez ce que je fais ici, avec Malcolm. A moins que vous ne connaissiez déjà toute l'histoire, ajouta-t-elle sans quitter Malcolm des yeux tandis qu'il se rasseyait au piano.

— Je sais seulement que Malcolm et vous avez passé votre enfance ensemble et que vous êtes venue ici pour vous mettre à l'abri des menaces d'un déséquilibré.

Jayne passa la main dans ses longs cheveux blonds et lui adressa un sourire amical. Elle avait tout d'une femme épanouie et heureuse. D'une femme aimée et choyée par son mari.

— C'est vrai, nous nous connaissons depuis très longtemps. Nous sommes sortis ensemble au lycée.

Elle le regarda et se laissa pénétrer par sa voix profonde, si sensuelle qu'elle provoquait des frissons dans tout son être. L'écouter chanter lui rappelait tant de souvenirs.

— Vous êtes différente des autres femmes avec qui je l'ai vu.

Faisait-elle référence à ses véritables conquêtes, ou aux femmes avec qui il s'était fait photographier pour les biens de la promotion ?

— Comment ça, différente ? ne put-elle s'empêcher de lui demander.

— Vous êtes intelligente.

— Raffinée, ajouta Hillary.

— Indépendante, reprit Jayne.

— Cultivée.

Elle avait l'impression de leur donner l'image de la femme la plus ennuyeuse du monde.

— Merci pour, euh…

— Le compliment, confirma Hillary. C'est un vrai

compliment. Malcolm est beaucoup moins superficiel qu'il ne veut le montrer.

Ce qu'elle disait correspondait en effet au Malcolm qu'elle avait connu, mais elle ne savait presque rien de l'homme qu'il était aujourd'hui. Et elle n'osait pas leur poser toutes les questions qui lui venaient à l'esprit.

— J'ai rencontré Malcolm il y a sept ans, reprit Jayne. Et, pendant tout ce temps, il ne s'est fait aucun nouvel ami. Même son agent vient du lycée militaire.

— En dehors de ses amis de l'école, renchérit Hillary, il n'est proche que de sa mère.

Les yeux bleus de Jayne se fixèrent sur elle, exprimant une sympathie sincère.

— Vous avez dû compter beaucoup pour lui.

— Nous avons partagé beaucoup de choses, répondit-elle évasivement.

Elle ne voulait pas penser au passé, pas maintenant, et fut soulagée quand Jayne mit fin à la conversation avec un sourire.

— Pardon, Celia, nous sommes beaucoup trop curieuses. Ignorez-nous et profitez plutôt du concert.

Comme elle se concentrait de nouveau sur la scène, elle vit la salle s'assombrir et remarqua un tabouret de bar isolé, éclairé par un unique projecteur. Une guitare était posée contre le siège.

Malcolm prit place dessus et mit la guitare sur ses genoux.

— Je voudrais partager une nouvelle chanson avec vous ce soir, dit-il à son public. Une chanson qui vient tout droit du cœur.

Tout droit du cœur ? Lui qui parlait de ses chansons d'amour avec tellement de cynisme…

Il joua les premiers accords, et elle sentit son estomac se nouer. Ce qu'elle entendait à présent ne faisait que confirmer ses craintes, et elle ressentait ce moment de fausse intimité comme un coup bas destiné à l'anéantir. Elle ne sut si elle avait envie de pleurer ou de hurler lorsqu'il entonna les premiers mots de la chanson qu'il avait écrite pour elle des années plus tôt.

Il était en train de jouer *Une mélodie éternelle.*

- 8 -

Lorsque Malcolm eut achevé son dernier rappel, il entendait encore les accords d'*Une mélodie éternelle* résonner dans sa tête. Cette chanson qui ne faisait que lui rappeler qu'il y avait eu une époque où il avait cru que l'amour durait pour toujours. Quelle illusion !

Quittant la scène côté jardin, il ne tarda pas à douter d'avoir eu raison de jouer ce morceau pour amadouer Celia. Il distinguait mal l'expression de son visage dans l'obscurité des coulisses, mais, ce qu'il savait, c'était qu'il était beaucoup plus bouleversé qu'il n'aurait dû l'être.

Heureusement, ses amis de la confrérie étaient là pour veiller sur elle en attendant qu'il ait recouvré ses esprits.

Ce voyage dans le temps était à double tranchant, mais il refusait de perdre de vue son objectif. Celia et lui avaient besoin d'aller au bout de leur histoire, s'ils voulaient pouvoir repartir de l'avant chacun de leur côté. Les cris et les applaudissements qui s'élevaient derrière lui n'auraient aucun sens tant qu'il ne trouverait pas une issue à sa relation avec elle.

Subjugué, il ne put s'empêcher de la contempler dans sa robe bleue de soie, ainsi qu'il l'avait fait ce soir aussi souvent que possible. Comment détourner les yeux de ce décolleté infiniment sensuel, de cette silhouette qui le rendait fou de désir depuis toujours ?

Il avait besoin de la tenir de nouveau dans ses bras. De sentir son corps nu contre le sien, de s'abandonner aux sensations qu'il n'avait jamais retrouvées depuis leur séparation.

Le cœur battant, il s'approcha d'elle.

Mais elle avait le visage fermé, et il vit briller dans ses yeux quelque chose qui ressemblait à de la colère. Et pire encore, à du chagrin. Hélas, quelle erreur avait-il commise en jouant cette chanson !

Il avait voulu l'émouvoir, et il n'avait réussi qu'à la blesser.

— Celia…

Elle leva les deux mains pour l'interrompre et l'empêcher de l'approcher davantage.

— C'était un très beau concert. Tes fans ont adoré ta nouvelle chanson d'amour. Maintenant, si tu veux bien m'excuser, je vais aller me coucher. Ne t'occupe pas de moi, j'ai plus de gardes du corps qu'il ne m'en faut.

Son ton froid et ironique lui fit l'effet d'un coup de poignard.

Avec un sourire crispé, elle fit volte-face et s'éloigna d'un pas précipité.

Hillary Donovan prit tout juste le temps de se tourner vers lui avec un regard plein de sympathie, avant d'entraîner Jayne avec elle pour rejoindre Celia. Bientôt, elles disparurent toutes les trois derrière un groupe de gardes du corps.

Avec un long soupir, il ferma les yeux et se laissa tomber contre une pile de palettes. Comment arrivait-il à séduire des stades entiers alors qu'il était incapable de comprendre cette femme ?

Quand il rouvrit les paupières, il manqua sursauter en voyant Troy Donovan et Conrad Hughes tout près de lui, l'un à sa gauche et l'autre à sa droite. Celui qui dirigeait plusieurs casinos dans le monde entier n'était plus le même homme depuis qu'il s'était réconcilié avec sa femme, Jayne. Il semblait plus heureux que jamais.

— Des problèmes avec une femme ? le taquina Troy.

— Comme toujours.

— Tu veux un conseil ? Laisse-la respirer un peu.

— Mais pas au point qu'elle pense que tu l'évites, intervint Conrad.

— Juste assez longtemps pour qu'elle se remette de ce que tu lui as fait, conclut Troy. Quel que soit le problème.

— Je ne peux pas me permettre de la laisser respirer, avec ce…

— Ce fou qui la harcèle ? compléta Troy. Ecoute, elle a des gardes du corps, et nous serons dans la chambre voisine de la sienne. Nous allons jouer aux cartes toute la nuit, nous serons prêts à intervenir à tout moment. Allez, souris aux journalistes et viens avec nous. Rentrons à l'hôtel.

Cette offre était trop tentante pour qu'il la décline.

La traversée de Paris en limousine aurait dû être un moment magique et romantique. Les plus beaux monuments s'élevaient dans la lumière des projecteurs, et la ville brillait de mille feux. Pourtant, ce trajet fut un supplice. Celia évitait à tout prix de regarder Malcolm, si bien que leurs quatre amis se forçaient à parler pour essayer de détendre l'atmosphère.

Enfin, la voiture s'arrêta devant l'hôtel.

Les trois femmes descendirent en premier et passèrent devant la rangée de journalistes avant de regagner leur chambre. Malcolm les suivit et essaya de rattraper Celia pour obtenir une explication, mais elle lui claqua sa porte au nez.

Désemparé, il resta dans la pièce commune qui donnait sur toutes les chambres. Il savait d'ordinaire apprécier le confort et le luxe dans lesquels il vivait depuis quelques années, mais ce soir le mobilier ancien et la vue époustouflante n'étaient rien à ses yeux. Surtout au moment où ses deux amis ne cherchaient pas à cacher leur sourire moqueur.

— Messieurs, il n'y a aucune raison pour que vous restiez éveillés avec moi à faire le guet. Dormez, amusez-vous, faites ce que vous voulez. Servez-vous dans le minibar, c'est moi qui offre.

— Nous n'allons sûrement pas te laisser tout seul ici, pas plus que tu ne le ferais pour nous, rétorqua Troy. D'autant que le reste des convives est sur le point d'arriver.

Le reste des convives ?

Ce fut à cet instant que la porte de l'ascenseur privé s'ouvrit sur trois hommes, tous anciens élèves du lycée militaire de Caroline du Nord. Tous membres de la Confrérie Alpha et agents indépendants au service d'Interpol.

Il sourit. Ses concerts leur offraient toujours de bons prétextes pour se retrouver. Le premier à descendre de l'ascenseur fut Elliot Starc, le pilote de Formule 1 qui venait d'être quitté par sa femme car elle ne supportait plus son mode de vie débridé. Derrière lui apparut le

Dr Rowan Boothe, qui consacrait sa vie à soigner des malades du sida en Afrique. Enfin, il y avait Adam Logan, surnommé le Requin. L'agent de Malcolm, prêt à tout pour qu'il reste en tête des ventes de disques.

— Nous allons avoir besoin d'une plus grande table, observa simplement Malcolm en ôtant sa veste.

— La nourriture et les boissons sont en chemin, l'informa Adam. Beaucoup de groupies vont avoir le cœur brisé, quand elles comprendront que c'est sérieux avec Celia, ajouta-t-il avec un grand sourire.

Encore Celia…

— Logan, je ne vois absolument pas de quoi tu parles.

— Tu comptes vraiment nous faire croire ça ? le taquina Conrad en mélangeant un jeu de cartes.

— Je croyais que c'était fini entre vous, et depuis longtemps, observa Boothe.

— Apparemment pas.

Et il en était sincèrement persuadé.

Elliot passa derrière le bar pour se servir un verre.

— Alors pourquoi es-tu resté loin d'elle pendant dix-huit ans ? J'espère ne pas en arriver là avec Gianna !

— C'est Celia qui l'a voulu. Aujourd'hui, notre vie à tous les deux a changé. Nous avons pris des directions différentes.

— Vous êtes quand même toujours attirés l'un par l'autre, non ?

Il soupira. L'amertume lui serrait la gorge, mais en parler avec ses amis lui ferait du bien. De toute façon, ils n'allaient pas le laisser tranquille.

— La séparation était ce qu'il y avait de mieux pour elle. Je lui ai déjà fait du mal une fois. Je lui dois de ne pas le faire une deuxième fois.

— Alors tu as accepté de partir, mais tu as quand même tout fait pour prouver à ton père ce que tu valais.

— C'était peut-être seulement pour savoir enfin ce que c'était que d'être un enfant gâté. Commencez, ajouta-t-il en allant vers la fenêtre, je vous rejoins.

Une fois sur la terrasse, il prit son téléphone dans l'espoir de trouver un message de Salvatore. Il l'avait croisé à son concert en compagnie d'une femme très élégante, mais il savait qu'il continuait sans cesse à travailler. Les nombreuses mises à jour qu'il lui avait envoyées étaient là pour en témoigner. Des données à propos du proviseur qu'avait fréquenté Celia, qui était manifestement un homme tout à fait fiable.

Il y avait tout de même un élément étrange dans sa biographie : pourquoi n'avait-il pas la garde, au moins partagée, de ses enfants ?

Intrigué, Malcolm envoya une réponse à Salvatore avant de remettre son téléphone dans sa poche. Comme il se retournait pour rentrer, il sursauta en voyant Boothe debout dans l'encadrement de la porte.

— Rowan, tu m'as fait peur, lâcha-t-il.

— Tu n'as pas l'air en grande forme. Est-ce que le voyage t'a fatigué, tu veux que je t'examine ?

— Non, merci. Tout va bien. Tu avais autre chose à me dire ? ajouta-t-il après un silence.

— Oui, il y a autre chose. Pourquoi te fais-tu du mal en passant de nouveau du temps avec elle ?

— Je l'ai déjà laissée tomber une fois. Et puis je dois mettre cette histoire au clair.

— Et tu repartiras quand tu auras découvert qui la menaçait ? l'interrogea-t-il avec ironie.

— Elle ne veut pas du genre de vie que je mène

aujourd'hui, et je ne pourrais pas non plus vivre comme elle.

Retourner s'installer à Azalea était tout simplement impensable.

— Je me suis promis de ne jamais m'engager dans une relation. Ce que nous avons partagé n'était qu'un amour de jeunesse.

— Que se passera-t-il si quelqu'un s'introduit chez elle le mois prochain ? Tu accourras de nouveau à son secours ?

— Arrête de me provoquer, répondit-il, les nerfs à vif.

Sur ces mots, il retourna dans le salon. Mais il ne trouva pas davantage la paix là-bas.

— Il est temps que tu fasses un choix, lança Adam. Etre avec elle ou non.

— Tu devrais parler encore plus fort, répliqua Malcolm en prenant place à table. Je ne suis pas sûr que tout l'hôtel t'ait entendu.

Il avait beau chasser d'un revers de la main les remarques de ses amis, il ne pouvait s'empêcher de réfléchir à leurs paroles. Et il savait qu'il avait besoin de reconquérir Celia. Il allait la laisser tranquille ce soir, mais dès demain il ferait tout pour la séduire de nouveau. Elle pouvait aussi bien que lui faire la distinction entre le désir et les sentiments amoureux, et rien ne les empêchait de retrouver ensemble le plaisir d'autrefois.

Debout sur le bateau qui naviguait sur la Seine, Celia se tourna vers le soleil pour sentir la douceur des rayons sur son visage. Hillary Donovan lui avait dit qu'ils avaient réservé ce bateau afin de faire une promenade privée avant de partir pour la deuxième date de la tournée et, tout en regardant les amis de Malcolm et leurs femmes, elle se demandait pourquoi il n'était entouré que d'anciens du lycée militaire. Des hommes qui étaient loin d'être ordinaires, qui plus est ! Si la plupart des stars aimaient être sans cesse le centre de leur cercle, lui semblait aimer au contraire la compagnie d'autres fortes personnalités. Et cette humilité ne le rendait que plus attirant.

Respirant profondément, elle essaya de retrouver le calme nécessaire en prévision du moment où elle le reverrait. Elle s'en voulait encore de la déception qu'elle avait ressentie en voyant qu'il n'était pas dans la limousine ce matin. Sans doute avait-il eu besoin de repos au lendemain d'un concert aussi intense.

Du reste, elle manquait elle aussi de sommeil après la nuit agitée qu'elle venait de passer. Elle n'avait pas encore réussi à se remettre de l'affront qu'il lui avait fait en chantant sur scène la mélodie qu'il avait composée pour elle.

Dans le seul but de la bouleverser.

— Pourquoi est-ce que tu m'évites ?

La voix de Malcolm la fit sursauter.

Et frissonner d'émotion.

Lentement, elle se tourna vers lui. Il portait une casquette et des lunettes noires pour se dissimuler, mais elle l'aurait reconnu au milieu de la foule la plus dense.

Hélas, ils étaient bel et bien en tête à tête à cet instant, puisque tous ses amis étaient regroupés de l'autre côté du bateau.

— J'ai cru que tu étais resté à l'hôtel.

— Je suis monté à bord avant vous, avec le capitaine, pour éviter d'être repéré.

Il s'approcha d'elle et tendit la main pour prendre une mèche de ses cheveux entre ses doigts et la glisser derrière son oreille.

— J'en reviens à ma question. Pourquoi m'as-tu fui hier soir, après le concert ?

Elle n'en revenait pas. Comment osait-il penser cela, alors qu'il avait tout fait pour la déstabiliser ?

— Pourquoi je t'ai fui ? Mais je ne t'ai pas fui. Pourquoi j'aurais fait ça ? Nous ne sommes plus à l'école.

— Tu m'as à peine adressé la parole après la fin du concert. Tu es fâchée parce que je t'ai embrassée en descendant de l'avion ?

— Tu crois que je devrais être fâchée que tu m'aies embrassée sans mon accord ? Que des photos de nous remplissent les pages des journaux ? Tu crois vraiment ?

— Alors c'est ça.

— Non, ce n'est pas ça. A vrai dire, tout ça m'est égal. Mais la manière dont tu t'es moqué de moi en jouant une chanson que tu avais écrite pour moi au lycée… Une chanson que tu as raillée ! Ça, je ne peux pas le supporter.

— Oh ! Celia…, murmura-t-il en la prenant par la taille pour l'attirer contre lui. Je ne voulais pas te blesser.

— Alors qu'est-ce que tu voulais ?

Elle n'arrivait pas à voir son regard derrière les verres de ses lunettes de soleil. Le cœur battant, elle posa les mains sur son torse pour s'empêcher de se jeter dans ses bras.

— Je voulais rendre hommage à ce que nous avions vécu autrefois. Je n'ai pas cherché à glorifier notre histoire, mais à aucun moment je n'ai souhaité la tourner en ridicule. Ce que nous avons partagé était précieux, et je pense que nous pouvons le partager de nouveau.

Elle le regarda et fut envahie par une douceur infinie. Les traits de son visage trahissaient la sincérité, et elle l'attira plus près, si bien qu'il appuya son front contre le sien.

— Tu n'avais pas besoin de faire ça, murmura-t-elle. Tu m'aides à fuir les menaces qui pèsent sur moi, c'est déjà plus que je ne pouvais te demander. Je te dois beaucoup.

— Je ne veux pas que tu aies l'impression d'avoir une dette envers moi.

Elle leva son visage vers le sien. Elle avait beau se répéter toutes les raisons pour lesquelles elle ne devait pas l'embrasser, elle se sentait irrésistiblement attirée par lui.

Après tout, pourquoi continuer à résister ?

C'est alors qu'il se redressa brusquement et laissa échapper un juron.

— Les paparazzi sont là.

Elle regarda la rive et vit en effet des objectifs d'appareils photo braqués sur eux.

— Douglas ! entendit-elle crier.

— Embrasse-la ! lança quelqu'un d'autre.

Elle se détourna et courut avec lui vers la cabine du capitaine.

— Je croyais que tu voulais que nous nous embrassions en public.

— J'ai changé d'avis. Te rendre heureuse est tout à coup devenu ma priorité absolue.

Le capitaine les regarda avec surprise tandis qu'il l'attirait à l'intérieur de la cabine.

— Et maintenant, qu'est-ce qu'on fait ? l'interrogea-t-elle en s'efforçant d'ignorer ce qu'il venait de dire.

Il regarda son sac à fleurs et fit un signe de tête.

— Tu pourrais décrocher ton téléphone pour commencer.

Elle le prit et le regarda avec stupeur. Le numéro affiché était celui de son père.

— Je ne l'avais même pas entendu sonner. Allô, papa ?

— Bonjour, ma chérie, je voulais seulement prendre de tes nouvelles, dit-il d'une voix soucieuse. J'ai vu les journaux ce matin et… Je voulais m'assurer que tu allais bien.

— Oui, je vais bien. C'était, euh… C'était une mise en scène, ajouta-t-elle en baissant les yeux. Une mise en scène destinée à montrer que je suis sous la protection de l'entourage de Malcolm.

— Une mise en scène ? répéta son père d'une voix sceptique. Je ne connaissais pas tes talents de comédienne, tu es très convaincante.

Elle laissa passer un silence.

— Que veux-tu que je te dise d'autre ?

— Rien. Sache quand même que j'ai dû répondre au téléphone toute la journée.

— Qui t'a appelé ? Les journalistes ?

Elle se sentait de plus en plus mal à mesure que leur conversation avançait.

— Ils n'ont pas mon numéro. Non, ce sont tes amis de l'école qui ont téléphoné. Et même le proviseur de l'école avec qui tu es sortie.

— Je ne suis pas vraiment sortie avec lui.

Elle regarda machinalement Malcolm au moment où elle comprenait ce qu'impliquait pour elle le fait d'être avec lui. C'était un tel bouleversement dans son existence !

— Nous nous sommes seulement trouvés assis l'un à côté de l'autre lors de sorties officielles.

— Il t'a raccompagnée ?

— Arrête, papa.

Elle regretta aussitôt de lui avoir parlé aussi sèchement.

— Ecoute, je suis touchée que tu t'inquiètes pour moi, mais vraiment je sais prendre soin de moi.

— Malcolm est à côté de toi en ce moment, c'est ça ?

— Qu'est-ce que ça peut faire ?

Pourquoi fallait-il qu'elle soit une fois de plus prise en étau entre eux deux ? Elle mourait d'envie de raccrocher.

— Fais attention à toi, Celia, soupira-t-il après un silence. Tu seras toujours ma petite fille.

Elle savait qu'il souffrait encore de la perte de sa fille aînée, et elle s'en voulait de lui causer des soucis. Elle aussi, sa fille lui manquait, mais au moins elle savait qu'elle était vivante et entourée d'une famille aimante.

— Oui, papa, je te promets de faire attention, dit-elle en faisant son possible pour masquer son émotion. Et toi, comment vas-tu ? As-tu reçu des menaces ?

— Non, tout va bien.

— Tant mieux. Merci de m'avoir appelée. Je t'embrasse, papa.

Son cœur battait la chamade, et elle prit le temps de ranger son portable dans son sac pour cacher son trouble. Elle savait ce qui la menaçait à présent, elle connaissait trop bien ces symptômes. Oh ! non… Il fallait absolument qu'elle se reprenne.

— Apparemment, ton plan fonctionne à merveille, Malcolm. Le monde entier croit que nous avons une liaison, y compris mon père.

Elle respira profondément pour chasser la panique qui prenait possession de son être. En vain.

— Tu crois que nous pourrions rentrer à l'hôtel maintenant ?

— Tu ne te sens pas bien ?

Elle n'eut pas le temps de lui répondre. Déjà, elle sentait le sol se dérober sous ses pieds et elle put tout juste attraper la main de Malcolm avant de tomber dans un trou noir.

- 9 -

Celia entrouvrit les yeux et essaya de comprendre où elle était. Etait-ce le matin ? Pourtant, elle ne reconnaissait pas sa chambre…

Non, elle était dans une voiture. Et elle sentait le parfum de Malcolm près d'elle.

Les sensations qui l'envahissaient lui rappelèrent une autre fois où elle s'était évanouie. A seize ans, elle s'était échappée de sa chambre à minuit pour rejoindre Malcolm à la sortie de son travail, devant le restaurant qui l'employait comme serveur. Les nausées l'avaient empêchée de se nourrir correctement, mais elle avait eu besoin de le voir pour lui parler. Pour lui annoncer la nouvelle avant que ses parents ne comprennent ce qui se passait.

Une fois auprès de lui, elle s'était évanouie avant d'être arrivée au bout de ce qu'elle avait eu à lui dire.

Malcolm l'avait immédiatement conduite aux urgences, où les médecins avaient appelé ses parents. Elle n'oublierait jamais la scène qui s'était déroulée à l'hôpital lorsque tout le monde avait appris sa grossesse. Son père avait donné un coup de poing à Malcolm, qui avait affirmé qu'il voulait épouser Celia, pendant que sa mère sanglotait.

Celia, elle, avait eu envie de disparaître.

Au moins, elle savait que ce n'était pas pour les mêmes raisons qu'elle s'était évanouie cette fois. Tandis qu'elle se rappelait s'être sentie mal à bord du bateau, elle comprit qu'elle avait dû être portée jusqu'à la limousine où elle se trouvait maintenant. La limousine dans laquelle se trouvait Malcolm, mais aussi tous ses amis.

Il se pencha au-dessus d'elle et lui caressa doucement les cheveux. Le Dr Rowan Boothe lui tenait le poignet et prenait son pouls pendant que les autres chuchotaient avec inquiétude.

Elle n'aurait pas pu imaginer situation plus embarrassante.

— Quelle heure est-il ? demanda-t-elle en se redressant. Combien de temps ai-je été…

— Oh ! doucement, murmura Malcolm avant de se tourner vers Rowan. Docteur, ton diagnostic ?

— Son pouls est normal. Ce n'est pas la peine d'aller aux urgences, conclut-il en reposant sa main sur la banquette en cuir. De toute façon, je suis là au cas où elle se sentirait mal, et le vol pour l'Allemagne ne sera pas long.

— Tu es sûre que ça va aller ? lui demanda Malcolm en s'approchant d'elle. Que s'est-il passé sur le bateau ?

— Tout va bien. Je n'ai pas pris de petit déjeuner, ce doit être à cause de ça.

Elle n'aimait pas mentir, mais avouer la vérité était tout simplement inconcevable. Les crises d'angoisse qu'elle avait eues par le passé étaient un secret qu'elle n'était pas prête à partager.

Heureusement, Malcolm sembla accepter son explication.

— Ne le prends pas mal, ma beauté, mais tu n'as pas l'air d'aller si bien que ça, dit-il en lui tendant un verre de jus d'orange.

C'était plutôt d'exercices de respiration ou de médicaments d'urgence qu'elle avait besoin, mais elle se hâta de boire pour rendre son histoire crédible.

Elle sentit son regard sur elle tandis qu'elle regardait la Seine qui défilait sous ses yeux. Finalement, le trajet jusqu'à l'aéroport se déroula dans un silence lourd et embarrassant, et elle fut presque soulagée de monter à bord de l'avion privé qui allait les emmener à Berlin. Quand ils eurent décollé, elle sortit sa liseuse électronique dans l'espoir de se distraire et de retrouver un semblant de calme intérieur. Même si elle faisait semblant de lire, cela dissuaderait sans doute Malcolm de venir près d'elle et de mettre une fois de plus ses nerfs à rude épreuve.

Malcolm garda ses distances en effet, mais au bout de quelques instants ce fut le Dr Boothe qui vint la voir.

— Vous voulez me dire ce qui ne va pas ? lui demanda-t-il.

Elle leva les yeux et vit que tous les autres passagers étaient à l'écart, occupés par du travail ou des conversations. Hillary, qui était organisatrice d'événements, était en train de parler avec Jayne d'un gala de charité en faveur de l'hôpital du Dr Boothe, au sein duquel Jayne travaillait aussi. Même le steward était concentré sur la préparation du déjeuner.

— Je l'ai déjà dit à Malcolm, répondit-elle finalement. J'ai dû faire une crise d'hypoglycémie, mais je me sens mieux maintenant. Je vais lire en attendant le déjeuner. Merci.

Il lui prit le poignet.

— Votre pouls est très rapide et vous avez du mal à respirer.

— Tout à l'heure, dans la voiture, vous avez dit que mon pouls était normal, souligna-t-elle en ôtant sa main de la sienne.

— Parce que cela ne regarde que vous. Vous pourrez en parler vous-même à Malcolm si vous le souhaitez.

— Ah. Je vous remercie pour votre discrétion. Et je vous promets de vous prévenir si je fais une crise cardiaque.

— A vrai dire, je ne pense pas que cela vous menace, dit-il en prenant place à côté d'elle.

Elle s'en doutait, mais elle avait honte de parler de ses problèmes et de reconnaître qu'elle avait laissé son traitement chez elle. Il y avait si longtemps qu'elle n'avait pas eu besoin de le prendre…

— Considérez-moi comme un médecin et non comme un ami de Malcolm, si vous préférez. Je n'en parlerai à personne.

En le regardant, elle se rendit compte qu'il lui inspirait confiance. Il n'allait pas la juger.

— Je lutte contre une crise d'angoisse, confia-t-elle, préférant éviter de risquer un nouvel incident. Je suis partie si vite de chez moi que je n'ai pas pensé à emporter mes médicaments. Je ne prends plus de traitement régulier, seulement des comprimés en cas de problème.

Curieusement, ce n'étaient pas les menaces qui avaient réveillé ses crises, mais le retour de Malcolm dans sa vie.

— Voilà qui n'est pas insurmontable, la rassura-t-il. Votre médecin n'a qu'à vous envoyer une ordonnance.

— J'y ai pensé, mais Malcolm est tellement inquiet à cause des menaces que je ne peux pas faire un pas sans qu'il soit au courant. Et je ne suis pas prête à lui en parler.

— D'accord. Si vous voulez bien me donner les coordonnées de votre médecin, je vais l'appeler et je vous ferai moi-même l'ordonnance.

— Merci, dit-elle avec un profond soulagement.

— Puis-je vous demander quand ces crises ont commencé ?

Cela lui faisait du bien d'avoir quelqu'un à qui se confier, à l'heure où elle était si loin de chez elle.

— Après ma rupture avec Malcolm. J'ai eu des problèmes de dépression, d'anxiété... Ce n'est pas permanent, mais dans des situations de stress...

Elle s'interrompit et respira profondément.

— On peut sans aucun doute qualifier la situation actuelle de stressante, entre les menaces que vous avez reçues aux Etats-Unis et la folie qui entoure la vie de Malcolm.

Elle se sentit honteuse en songeant aux patients qu'il soignait en Afrique.

— Vous devez être agacé par une fille aussi gâtée que moi, incapable de maîtriser ses émotions. Vous qui vous occupez de gens qui ont des maladies et des conditions de vie tellement difficiles...

— Oh ! attendez, il ne s'agit pas d'une compétition.

Votre médecin a dû vous dire que la dépression était une maladie comme une autre. Elle a des origines biologiques, tout comme le diabète, par exemple.

— Mais vos patients…

Elle s'interrompit en voyant Malcolm passer près d'eux.

— Merci, docteur, dit-elle en reprenant sa liseuse. C'est gentil d'avoir voulu savoir comment j'allais.

Elle fit mine de se plonger dans sa lecture, tout en réfléchissant à l'absurdité de la situation. Elle ne pouvait pas continuer ainsi, à trembler dès qu'elle sentait la présence de Malcolm et à lutter désespérément contre son désir pour lui.

Il était temps qu'elle rentre chez elle.

Malcolm contempla sa chambre située au cœur de Berlin. Evidemment, il ne pouvait que se réjouir de séjourner dans les plus grands hôtels. Mais il ne profitait de rien quand il voyageait pour ses tournées. Et sa tentative de promenade touristique avec Celia ne s'était pas très bien terminée.

S'il voulait avoir une chance, il devait se retrouver seul avec elle. Il était touché que ses amis soient tous venus à son secours pour protéger et soutenir Celia, mais leurs routes se sépareraient quand ils quitteraient l'Allemagne.

Au moins, son concert de ce soir s'était très bien passé. Il avait retenu la leçon et s'était bien gardé de jouer *Une mélodie éternelle*, si bien que Celia était à présent assise avec ses amis dans le salon de sa suite, en train d'écouter une anecdote de Troy au sujet d'Elliot Starc, qui était déjà reparti.

Bientôt, Malcolm aurait de nouveau Celia pour lui seul. Et même s'il se sentait coupable, il devait reconnaître qu'il avait hâte que ses amis s'en aillent.

A vrai dire, ce qui l'irritait le plus était de voir à quel point elle semblait s'entendre avec Rowan Boothe. Il était aux petits soins avec elle, et il les avait vus plusieurs fois en grande conversation tous les deux.

Oui, il était jaloux. Tout semblait si facile pour Rowan, alors que lui ne savait plus du tout comment se comporter avec elle. Tout ce qu'il avait tenté pour se rapprocher d'elle n'avait fait que l'éloigner davantage de lui.

Alors, à cet instant, il préférait se réfugier dans ce qu'il savait faire de mieux. La guitare sur les genoux, il égrainait des accords sans quitter des yeux la femme à qui il avait consacré toutes ses pensées et toute son énergie ces derniers jours. En observant la complicité que Conrad et Troy avaient avec leur femme, il sentit son cœur se serrer.

Elle lui rappelait celle qu'il avait eue autrefois avec Celia. Et qu'il avait perdue.

— Pourquoi Elliot a-t-il été envoyé au lycée militaire ? demanda-t-elle à Malcolm quand Troy eut fini de raconter son histoire. Enfin, si ce n'est pas trop indiscret.

— Non, c'est de notoriété publique, répondit-il en se levant pour s'asseoir plus près d'elle. Beaucoup de gens disent qu'il a été condamné pour vol de voitures. Mais ce n'est pas vrai. En réalité, il a pris la Cadillac de son beau-père pour aller faire un tour et il a foncé dans une glissière de sécurité.

— C'est un peu sévère pour une bêtise d'adolescent, non ?

— Il se trouve qu'il n'a pas fait ça qu'une seule fois, expliqua Troy. Son beau-père le battait et il a fait tout ce qu'il a pu pour être envoyé loin de chez lui. Il était même prêt à mourir pour lui échapper.

— Pourquoi n'est-ce pas son beau-père qui a été poursuivi, dans ce cas ?

— Il avait des relations. Il a reçu de nombreux avertissements, mais n'a jamais été vraiment inquiété par la justice.

— Sa mère aurait dû le protéger.

— C'est certain, mais je ne connais pas les détails de leur histoire, reconnut Troy.

La dernière remarque de Celia bouleversa Malcolm. Elle avait dû tant souffrir de ne pas pouvoir veiller sur leur bébé... Il en avait été tellement malade lui-même qu'il n'avait sans doute pas assez pensé à elle.

Cette fois, il avait perçu l'émotion dans sa voix. Et il avait plus envie que jamais de trouver un moyen de réparer ses erreurs passées. Même si, pour l'instant, il se sentait toujours aussi impuissant.

Le lendemain soir, après le concert de Malcolm aux Pays-Bas, Celia cherchait de quoi préparer un en-cas dans la suite qu'ils partageaient. Elle rassembla des boissons et différents fromages, ainsi que des crackers et du raisin.

Elle devait reconnaître qu'elle était encore plus nerveuse depuis le départ de ses amis. Seul Adam Logan, son agent, était encore là, mais il s'était retiré dans sa propre chambre située à un autre étage de l'hôtel.

Si bien qu'elle se trouvait seule avec lui. Pourtant, il n'en avait pas profité pour se rapprocher d'elle. Au contraire, depuis sa crise d'angoisse à Paris, il gardait ses distances, comme s'il avait peur de la brusquer. Elle aurait dû se réjouir de constater qu'il avait renoncé à la séduire, mais elle n'aimait pas qu'il la voie comme une personne fragile et malade.

Elle se concentra sur les préparatifs pour ne pas l'imaginer nu sous la douche. Devait-elle ôter sa petite robe noire et mettre quelque chose d'autre ? Elle aurait tant voulu savoir ce qu'il pensait de la femme qu'elle était devenue… La trouvait-il toujours attirante ?

Après une hésitation, elle se contenta d'enlever ses escarpins à talons avant d'emporter le plateau qu'elle avait préparé sur la table basse. Cette suite était la plus belle des trois qu'elle avait vues depuis leur arrivée en Europe. Elle aimait ses couleurs, sa lumière, son raffinement.

S'installant sur le canapé, elle prit l'une des deux tasses de thé qu'elle avait préparées. Dans l'autre, elle avait ajouté du miel et du citron pour Malcolm, qui venait d'enchaîner trois concerts dans trois pays différents.

Elle se figea en le voyant sortir de sa chambre. Pieds nus, il portait un jean et un T-shirt, et ses cheveux mouillés étaient coiffés en arrière. Comme elle aurait voulu poser les mains sur ce corps de rêve…

Pourquoi le nier ? Elle brûlait de refaire l'amour avec lui, et à cet instant elle était incapable de trouver le moindre argument pour s'en dissuader. Restait à savoir si elle trouverait le courage d'aller au bout de son désir.

— Oh ! merci pour le thé. Mais tu n'aurais pas dû m'attendre.

— Ce sont les ordres de ton agent. Tu dois te nourrir et boire quelque chose de chaud pour être en forme.

— Et toi, comment te sens-tu ? Tu n'as pas eu de malaise aujourd'hui ? Tiens, dit-il en lui coupant un morceau de gouda. C'est pour toi.

— Tout va bien. Rowan m'a confirmé avant de partir que j'étais complètement remise.

— Vous avez l'air de bien vous entendre, tous les deux.

— C'est quoi sa spécialité, exactement ? demanda-t-elle en lui tendant sa tasse de thé.

— Il a créé avec Troy une machine qui facilite et améliore les diagnostics. Ils ont déposé un brevet et ont fait fortune avec cet appareil. Rowan pourrait prendre sa retraite, s'il le voulait.

— Mais il a choisi de travailler dans une clinique en Afrique de l'Ouest.

— Tu peux rejoindre son fan-club, tu sais. Tu ne serais pas la première.

Elle le regarda avec étonnement.

— Tu ne l'aimes pas ?

— Si, bien sûr. C'est un ami très proche. Je ferais n'importe quoi pour lui. Je suis énervé parce que je suis jaloux que vous vous entendiez aussi bien, c'est tout.

Il reposa sa tasse et alla chercher une bouteille d'eau fraîche.

Il était jaloux de Rowan ? Alors tous les espoirs étaient permis.

— J'ai beaucoup entendu parler des dons que tu faisais. Chaque fois que je te voyais en visite dans un orphelinat ou un hôpital pour enfants, j'étais en admiration. Tu as réussi ta vie, Malcolm.

— Rowan est l'homme sage et stable qui serait parfait pour toi, mais, tu vois, j'ai terriblement envie de toi. Alors si tu préfères quelqu'un d'autre, dis-le-moi tout de suite, parce que dans cinq secondes je serai en train de t'embrasser.

— Que tu es bête, murmura-t-elle en se levant pour le rejoindre. Tu n'as aucune raison d'être jaloux, je lui demandais son aide en tant que médecin.

— Pardon ? Est-ce que… tu es malade ? demanda-t-il avec un regard inquiet. Et moi qui t'ai fait voyager d'un pays à l'autre !

— Ecoute-moi, Malcolm. J'ai quelque chose à te dire.

Elle voulait être sincère avec lui avant d'aller plus loin. Avec lui, mais aussi avec elle-même.

— J'ai fait une crise d'angoisse, et ce n'était pas la première fois.

Il laissa passer un long silence.

— Celia, enfin, pourquoi tu ne m'as rien dit ?

— Parce que je ne voulais pas que tu en fasses toute une histoire.

— Tu as raison, je suis stupide. Moi qui croyais que Rowan et toi…

— Tu n'es pas stupide. Il se trouve que j'avais laissé mes médicaments à la maison, poursuivit-elle, soulagée de lui dire la vérité, et qu'il a téléphoné à mon médecin pour me faire une ordonnance.

— Et tu as souvent ce genre de crises ?

— J'en avais régulièrement à une époque. Mais c'est de plus en plus rare.

Il se passa nerveusement une main sur le front.

— Cette tournée était sans doute une mauvaise idée. Je ne sais pas ce qui m'est passé par la tête.

— Tu ne pouvais pas deviner ce que j'avais.

Elle refusait qu'il se sente coupable.

— L'idée de rester chez moi avec des criminels et des roses noires n'était pas très attrayante non plus, souligna-t-elle en posant les mains sur son front pour le masser. Je n'aurais pas été moins angoissée là-bas. Tu as bouleversé ton emploi du temps pour me venir en aide.

— Et maintenant, tu te sens bien ?

Il tendit les mains vers elle, mais elle avait l'impression qu'il avait peur de la toucher. Peur de la casser.

— Je t'en prie, ne prends pas tant de précautions avec moi, dit-elle en s'asseyant sur le tabouret de piano. Je me sentais déjà beaucoup mieux ce matin, après une bonne nuit de sommeil.

Il s'assit à côté d'elle et elle sentit le contact de sa cuisse contre la sienne.

— Quand tes crises d'angoisse ont-elles commencé ? Tu n'es pas obligée de répondre, bien sûr.

Elle avait de plus en plus de mal à rassembler ses idées à mesure qu'il s'approchait d'elle.

— Tu sais… Après la naissance de notre bébé… Je n'allais pas bien. Mais ce n'était pas la seule raison, tu ne dois pas te sentir responsable.

— Ce n'est pas si facile, dit-il en lui prenant la main.

Comment avait-elle cru qu'elle pourrait lui résister ?

— Alors dis-toi que tu es pardonné.

— Après ce qui s'est passé hier, je ne suis pas sûr de te croire.

Elle leva la main et lui caressa la joue en plongeant les yeux dans les siens.

— Je ne te laisse pas le choix. Parce que j'ai désespérément envie de faire l'amour avec toi, et que rien ne se passera tant que tu te sentiras coupable, ou que tu éprouveras de la compassion envers moi.

- 10 -

Malcolm n'arrivait pas à croire à ce qu'il venait d'entendre. Il avait tant cherché à séduire Celia depuis leurs retrouvailles… Et c'était au moment où il arrivait à la conclusion qu'elle serait mieux avec Rowan qu'elle lui faisait des avances pour le moins explicites.

— Tu es sûre que c'est ce que tu veux ? Tu as subi beaucoup de stress ces derniers jours, il faut que tu sois sûre.

— Je t'assure que tout va bien et que je sais parfaitement ce que je veux. Tu l'as dit toi-même, c'est inutile de lutter contre l'inévitable.

— C'est vrai.

Sans attendre une seconde de plus, il l'enlaça et la serra contre lui, comme il rêvait de le faire depuis le début. En l'embrassant, il eut la sensation de retrouver l'oxygène dont on l'avait longtemps privé et, à en croire ses murmures de plaisir, elle ressentait la même chose que lui. Non, pendant toutes ces années, il n'avait jamais oublié la sensation délicieuse de la tenir entre ses bras et de lui donner du plaisir.

Il se leva sans la libérer de son étreinte, et sentit son corps se plaquer contre le sien. Alors, lui caressant le dos, il trouva la fermeture Eclair de sa robe et la fit glisser pour caresser sa peau infiniment douce. Il ne résista pas à l'envie de mettre les mains sous le délicat tissu noir afin de refermer les mains sur ses fesses. Elle pressa les hanches contre les siennes, et il comprit qu'ils ressentaient tous les deux trop d'urgence pour qu'il prenne son temps.

Il lui ôta alors sa robe, se délectant des frissons qu'il sentait sous ses doigts. La vue de son corps presque nu, à peine couvert par ses sous-vêtements en dentelle, le fit frissonner à son tour. Elle était encore plus belle que dans ses souvenirs.

Lui caressant les épaules, elle l'encourageait à continuer, à aller plus loin, plus vite.

— Attends, pas si vite, la supplia-t-il en s'écartant d'elle pour reprendre le souffle.

— Tu plaisantes ?

Elle s'appuya contre le piano. Cette position lui inspirait de telles idées… Il fut parcouru par une vague brûlante de désir. Pourquoi attendre encore ?

— Je vais chercher des préservatifs. Je t'en prie, ne bouge surtout pas. Ne change rien.

Lorsqu'il revint une fraction de seconde plus tard, il resta subjugué devant le tableau qui s'offrait à lui. Celia était la femme la plus sensuelle qu'il ait jamais vue.

Impatient de la sentir de nouveau contre lui, il se débarrassa de son jean et de son caleçon avant d'accourir vers elle. Et le regard ardent qu'elle lui lança ne fit qu'attiser son excitation. C'est alors que, plongeant les yeux dans les siens, elle défit l'attache de son soutien-gorge et l'enleva doucement avant de faire glisser sa petite culotte le long de ses jambes.

— Celia, tu me rends fou.

Il s'approcha d'elle et posa les mains sur ses seins pour les caresser tandis qu'elle refermait les doigts autour de son sexe. Décidément, faire durer l'attente plus longtemps aurait été impossible.

Il mit un préservatif avant de l'embrasser une nouvelle fois. Et puis, il ferma le couvercle du clavier.

— Tu peux me dire ce que tu as en tête ?

Il l'assit doucement sur le couvercle de bois noir.

— Ça. Est-ce que tu y vois une objection ?

— Certainement pas.

Il avança entre ses cuisses et sentit ses jambes et ses bras se refermer autour de lui tandis qu'elle l'embrassait avec toute la passion d'une femme épanouie.

Il brûlait d'entrer enfin en elle, mais il voulait être sûr qu'elle soit aussi prête que lui. Alors il continua à la caresser et se mit finalement à l'embrasser dans le cou, sur les seins et sur le ventre. Il descendit progressivement, jusqu'au moment où elle s'allongea sur le piano pour s'offrir à lui.

Jamais il n'oublierait cette image.

Fou de désir, il se pencha et posa la bouche contre son sexe pour la mener au plaisir suprême. Ses gémissements se firent de plus en plus forts et, finalement, il frissonna de bonheur quand il entendit son ultime cri de jouissance.

Encore transporté par le chant de sa voix, il se redressa et la pénétra enfin, entrant dans un monde de féerie qui lui offrait plus de sensations qu'il n'aurait cru imaginable. Après un instant, il se mit à aller et venir en elle, suivant le rythme des ondulations de son corps. Elle ne tarda pas à se cramponner aux rebords du piano et à se cambrer pour le faire glisser plus profondément en elle, pour bouger avec lui.

Bientôt, ils gémirent à l'unisson jusqu'à atteindre ensemble l'extase, dans un mouvement d'harmonie totale.

Il resta un moment immobile avant de s'étendre sur elle avec un soupir de bonheur. Il enfouit le visage dans ses cheveux, respira son parfum envoûtant. Le parfum dont il ne se passerait plus.

Car il savait à présent qu'il ne pourrait plus jamais la laisser partir.

Assise sur les draps de soie du lit de Malcolm, Celia ne comptait plus le nombre d'endroits où elle avait fait l'amour avec Malcolm. Sur le piano, sous la douche, au lit… Chaque instant passé dans ses bras avait été magique.

Il s'était levé pour apporter l'en-cas qu'ils n'avaient pas pris plus tôt et, pendant ce temps, elle ne cessait de repenser au plaisir qu'il lui avait donné, aux fous rires qu'ils avaient eus après, lorsqu'il avait improvisé les chansons les plus stupides possible.

Ils devaient partir pour Londres ce matin. Elle était épuisée, mais elle savait qu'elle dormirait dans l'avion. Elle voulait encore profiter de Malcolm, tant elle savait aussi que l'avenir était incertain.

Du reste, elle refusait d'y penser.

Prenant la guitare posée à côté du lit, elle se mit à jouer un morceau qu'elle avait composé. Bien sûr, ses chansons n'étaient pas aussi sophistiquées que celles de Malcolm, mais elle se plaisait à croire qu'elles avaient un certain charme. Celui de l'amour de la musique qu'elle partageait avec lui.

La nuit qu'elle avait passée avait été trop parfaite pour qu'elle laisse les souvenirs des menaces ou les craintes de l'avenir assombrir son humeur.

Il entra dans la chambre avec un grand plateau dans les mains. Lui laissant tout le loisir d'admirer sa nudité, il s'approcha du lit et le posa au milieu du matelas.

— J'aime t'entendre jouer, dit-il d'une voix rauque, infiniment sensuelle.

— Eh bien, nous jouerons plus tard, plaisanta-t-elle en reposant la guitare. Pour l'instant, je meurs de faim.

— Je suis désolé que tu n'aies pas pu visiter Amsterdam. Notre première soirée à Londres sera rien qu'à nous, puis nous nous envolerons pour Madrid.

— Je n'aurais pas voulu faire autre chose que ce que nous avons fait à Amsterdam.

— Tu veux savoir la vérité ? Moi non plus.

— A Londres aussi, je veux que nous restions enfermés dans la chambre d'hôtel et…

— En fait, nous n'irons pas à l'hôtel à Londres.

— Ah, oui, c'est vrai, se souvint-elle. Il y a l'appartement de ta mère.

Terri Ann allait-elle se montrer aussi hostile qu'autrefois ?

— Pas seulement. J'ai une maison là-bas. Je l'ai achetée pour passer du temps auprès d'elle quand elle y est tout en préservant les habitudes de chacun. Ne t'inquiète pas, ajouta-t-il en riant, je ne t'emmène pas chez ma mère. Nous n'aurons pas besoin de traverser le couloir à pas de loup pour nous retrouver la nuit.

— Tu sais, je comprends que ta mère ne m'ait

jamais beaucoup aimée. Elle voulait te protéger. En toute honnêteté, j'admire l'énergie qu'elle a trouvée et les sacrifices qu'elle a faits pour t'offrir la meilleure existence possible.

Personne à Azalea n'ignorait la façon dont son père les avait tous les deux abandonnés, un soir de concert.

— Tu te rappelles les cours de musique que nous prenions ensemble quand nous étions encore petits ? dit-il. C'était magique quand tu te mettais au piano. Avec toi, la musique prenait vie.

Elle rit et frissonna en même temps en sentant sa caresse légère sur son bras.

— Tu voulais toujours jouer plus vite que moi pour m'impressionner, tu te souviens ?

— Je voulais seulement que tu me remarques. J'avais une bonne technique, mais je n'ai jamais réussi à sentir et à comprendre la musique comme tu le fais.

— Je croyais que tu m'avais choisie comme faire-valoir pour être ta partenaire de quatre mains.

— Tu es sérieuse ? Tu étais la seule à accomplir ce dont rêvaient les professeurs. Bien sûr, je suis reconnaissant à ma mère pour tout ce qu'elle a fait, mais rien ne serait arrivé, ni les disques, ni les concerts, sans toi.

Oui, sauf que sans elle il n'aurait pas non plus été envoyé en maison de redressement… Elle avait fait beaucoup d'efforts pour changer, pour agir avec plus de sagesse, mais le passé ne pourrait jamais être effacé. Elle savait à quel point Malcolm lui en avait voulu de confier leur bébé à l'adoption, et elle ignorait s'il ressentait toujours la même colère à ce sujet.

Elle n’osait pas lui poser la question, de peur de briser ce moment magique.

— Tu y serais très bien arrivé tout seul. Il se trouve seulement que j’ai été sur ton chemin au moment où tu as atteint une certaine maturité musicale.

Elle se rappelait parfaitement le jour où elle avait observé cette transformation dans son jeu. Tout à coup, c’était comme s’il avait parlé avec son cœur et non avec sa tête.

— Si tu préfères croire ça…

Il mit le plateau de côté et revint vers elle pour la serrer contre lui. Soudain, elle ne put retenir la question qui lui brûlait les lèvres.

— Pourquoi tu n’es pas revenu vers moi quand tu es sorti ? Je n’étais pourtant pas difficile à retrouver.

Il reposa le menton sur sa tête.

— J’avais déjà brisé ta vie une fois. Je ne voulais pas recommencer.

— Mais tu es avec moi maintenant parce que tu penses que je suis en danger. Sinon, tu ne serais jamais revenu, c’est bien ça ?

— Et toi, tu serais revenue vers moi ?

Il marquait un point.

— Tu es une star internationale. Je n’aurais pas pu franchir le mur de tes gardes du corps. C’est justement pour ça que je suis là en ce moment, tu as oublié ?

— Je ne t’aurais pas rejetée, assura-t-il en serrant les bras autour d’elle.

— Nous ne pouvons plus en vouloir à nos parents cette fois. C’est à cause de nous seuls que nous sommes restés loin l’un de l’autre. Je crois que j’ai cherché à punir l’horrible enfant gâtée que j’étais.

— L'horrible enfant gâtée ? Où es-tu allée chercher ça ?

— J'étais insupportable.

Il inclina la tête et la fixa de ses yeux si profondément bleus.

— Tu étais rebelle, drôle, gâtée et absolument magnifique. Tu l'es toujours.

— Gâtée ?

— Magnifique.

Il plaqua la bouche sur la sienne et l'embrassa avec passion.

— Je ne veux pas que ça s'arrête, ni à la fin de la tournée, ni quand tous les ennemis de ton père seront sous les verrous.

Muette de stupeur, elle le dévisagea un long moment.

— Tu es sérieux ?

Elle arrivait à peine à accepter leurs retrouvailles, et il lui parlait déjà de l'avenir.

— Très sérieux. Passons l'été ensemble, prenons le temps de laisser nos sentiments nous guider.

Que feraient-ils après son dernier concert ? Où passeraient-ils la fin de l'été ? Il avait soigneusement évité de fouler le sol d'Azalea pendant dix-huit ans, tandis qu'elle y avait construit sa vie. Avaient-ils encore des choses en commun ?

— Et si je te dis que je voudrais passer la fin de l'été à Azalea après la tournée ?

Pourquoi lui posait-elle cette question ? Une chose était certaine : elle ne voulait pas penser au jour où ils devraient se séparer.

— Si c'est là que tu veux être… Je pourrai peut-être supporter d'y passer quelques semaines, dit-il, amusé.

Il lui semblait bien loin de déborder d'enthousiasme. Ou se trompait-elle ?

— Et cet automne ?

Elle savait qu'ils ne faisaient que retarder l'inévitable. Ils avaient choisi des chemins différents pour leur existence, ils étaient séparés par tant de choses... Le sentiment de culpabilité qui ne la quittait pas et son attachement à la simplicité, la colère qu'il ressentait et son affection pour le luxe et le voyage.

Elle avait rêvé de son retour, mais maintenant qu'elle l'avait retrouvé, elle se rendait compte que la vie qu'il avait choisi de mener ne ressemblait pas du tout à la sienne.

— C'est un engagement que tu attends de ma part ? Une preuve que tu comptes vraiment pour moi ? Je peux te donner ça.

Non, ce n'était pas ce qu'elle attendait. Mais que se passerait-il s'il la demandait en mariage et qu'elle acceptait ? Pouvait-elle être avec lui sans que leur relation soit hantée par le passé ? Après s'être donné tant de mal pour acquérir une certaine stabilité, elle n'était pas sûre d'avoir la force d'abandonner la vie qu'elle s'était construite pour se lancer dans une aventure aussi périlleuse. Comment envisager de mener la vie normale à laquelle elle aspirait avec un homme aussi célèbre que lui ?

— Celia, je ne suis pas seulement musicien.

— Je sais, tu es aussi un talentueux compositeur.

— Ce n'est pas ce que je voulais dire.

— Oh ! Qu'est-ce que tu voulais dire ?

Il prit une profonde inspiration.

— Je ne pourrai pas t'en dire plus que ce que je

m'apprête à te confier, mais je veux que tu saches que je te fais confiance. Que je suis prêt à m'engager.

Cette notion d'engagement la faisait trembler de peur.

— Je travaille pour le colonel Salvatore. Et le colonel Salvatore travaille pour Interpol.

- 11 -

Celia essayait de donner un sens à ce que Malcolm venait de lui dire, mais cela paraissait trop irréel.

— Interpol ? Il faut que tu m'aides à comprendre, Malcolm, j'ai du mal à te suivre.

— Je sais que tu garderas pour toi tout ce que je vais te dire. Salvatore est à la tête d'une équipe d'agents indépendants qui sont au service d'Interpol. Des agents à qui il fait appel une à deux fois par an pour rassembler des preuves dans le cadre d'enquêtes bien spécifiques. Mon métier me permet d'accéder aux cercles d'influence les plus fermés de la société, ce qui épargne à Interpol la difficulté de mettre des mois à établir une couverture crédible pour un agent régulier.

A mesure qu'il parlait, certains mystères commençaient à s'éclaircir.

— C'est comme ça que tu as été mis au courant des menaces que je recevais. Tu as des contacts haut placés. En réalité, tu m'as fait surveiller, comprit-elle avec effroi.

— Je t'ai seulement observée de loin, pour m'assurer que tu allais bien. J'ai demandé à mon patron de me tenir au courant si tu avais des ennuis. Tu es la première à qui je parle de cette activité.

— Tu veux me faire croire que ton agent n'est pas au courant ? Tes amis non plus ?

Tous ces hommes célèbres qui s'étaient connus à l'école du colonel Salvatore. Etait-ce vraiment pour veiller sur elle qu'ils s'étaient réunis, ou pour parler du métier qui les unissait ?

— Ce sont tous des agents comme toi, c'est ça ?

Il posa les lèvres sur les siennes pour la faire taire.

— Ne me pose pas de questions auxquelles je n'ai pas le droit de répondre. Je t'ai confié tout ce que je pouvais te dire pour te prouver à quel point je prends au sérieux ce qui se passe entre nous. Tu es tellement importante pour moi. Te sens-tu en mesure de me faire confiance comme je te fais confiance ?

Ses paroles lui rappelaient celles qu'ils avaient déjà échangées des années plus tôt, au point qu'elle avait l'impression de revivre le passé. Il avait voulu qu'elle lui fasse confiance pour qu'il assure un avenir à leur famille. Elle lui avait demandé de lui faire confiance au sujet de l'adoption. Finalement, chacun était parti de son côté de peur de souffrir encore plus.

Ils étaient plus âgés et plus mûrs aujourd'hui, mais les réponses ne semblaient pas plus faciles à trouver pour autant. Décidément, même s'éloigner autant que possible de sa ville natale ne lui permettait pas d'échapper à son passé.

Une fois arrivé en Angleterre avec Celia, Malcolm prit le volant de son Aston Martin pour l'emmener dans la campagne qui bordait la capitale. Il avait montré à Celia à quel point il lui faisait confiance, mais malheureusement ses révélations n'avaient pas eu l'effet escompté. Si elle se sentait plus en sécurité, elle comprendrait qu'il cherchait à la faire entrer dans sa nouvelle vie. Mais apparemment ce n'était pas le cas.

A en croire son silence, elle ne s'était pas rendu compte que le fait d'admettre ses sentiments pour elle lui avait demandé un effort. Et, à présent, il était incapable de deviner ce qu'elle était en train de penser. Il ne savait même pas si cette activité lui faisait peur, si elle lui en voulait de ne pas lui en avoir parlé tout de suite…

Au moins, elle n'avait pas semblé trop angoissée.

— Tu es bien silencieuse depuis que nous avons quitté Amsterdam.

Elle se tourna vers lui et lui adressa un sourire forcé.

— Je croyais que les hommes aimaient avoir la paix.

— Je me suis découvert un penchant pour la conversation, avec le temps.

— Surtout grâce à ton métier secret, ajouta-t-elle avec cynisme.

— Travailler pour Interpol n'est pas aussi mystérieux que cela peut paraître.

— Tu peux me parler de certaines affaires ?

Il ne demandait pas autre chose que la rassurer, et clore ce sujet afin qu'ils puissent parler d'autre chose. De ce qui le taraudait le plus. Leur avenir.

— Tu imagines aisément les affaires de corruption qui peuvent survenir dans le monde de la musique.

— Et de drogue ?

— Oui, bien sûr.

— C'est pour assurer ta couverture que tu vas dans les soirées mondaines ?

— Non, ce n'est pas ça.

Il lui prit la main et la caressa doucement avec le pouce.

— Je ne me suis pas conduit comme un saint depuis que je suis parti de chez moi, mais je n'ai jamais touché à la drogue. Je ne le ferai jamais, surtout pas après ce que mon père a fait subir à ma mère.

— Ton père était toxicomane ? lui demanda-t-elle avec stupeur.

— Il prenait des méthamphétamines. Il dépensait tout ce que ma mère et lui gagnaient, ce qui ne faisait déjà pas beaucoup. Il aurait vendu son âme, et même sa famille, pour avoir une dose.

— Ta mère a dû supporter beaucoup de choses. Je suis désolée de t'avoir mis en position de lui faire du mal à ton tour.

Il sentit sa main serrer la sienne.

— Cesse de t'accuser de tout ce qui est arrivé. Je suis capable d'assumer mes responsabilités.

Il attira sa main vers ses lèvres pour l'embrasser.

— Tu as l'air de dire que je n'étais pas libre de mes actes. Mais j'avais mon mot à dire. Je voulais être avec toi, et j'aurais tout donné pour que tu fasses partie de ma vie.

— Pas n'importe quoi, non.

Elle se tourna vers la vitre et ses yeux se perdirent dans le vague.

— Comment ça ?

— Rien. Oublie ce que j'ai dit. Alors, est-ce que ta maison est encore loin ?

De toute évidence, elle n'était pas aussi calme qu'elle voulait le lui faire croire, songea-t-il en la voyant se mordiller la lèvre. Mieux valait ne pas insister pour l'instant.

— Non, nous serons bientôt arrivés. Le portail est juste derrière ces arbres.

Ils l'aperçurent au moment où il franchissait la crête.

— Tu es locataire d'un château ?

— Il s'agit plutôt d'un manoir.

Il repensa à l'émotion qu'il avait ressentie en découvrant ce lieu pour la première fois. C'était un véritable havre de paix, une construction de brique rouge du XVIIe siècle qui contrastait à merveille avec Los Angeles où il avait élu domicile.

— Et, euh... Je ne suis pas locataire, ajouta-t-il. Je l'ai acheté.

— Ainsi qu'un appartement à Londres pour ta mère. Je me demande bien de quel genre de palace il s'agit.

— Ce n'est pas un palace à proprement parler, mais il offre une belle vue sur Buckingham Palace.

Pendant dix ans, sa mère avait suivi son père sur les routes, voyageant dans des conditions difficiles avec un enfant en bas âge. Et puis ils étaient arrivés à Azalea, dans le Mississippi, où son père les avait quittés avec un mot laissé sur l'oreiller. A le croire, se déplacer avec une femme et un enfant lui était devenu impossible.

Pendant longtemps, Malcolm s'était demandé si sa mère l'aurait abandonné elle aussi si elle avait eu le choix.

Elle ne l'avait pas fait. Bien au contraire, elle avait tout sacrifié pour encourager son talent, même si cette passion pour la musique avait dû réveiller de bien sombres souvenirs pour elle. Elle avait décidé que, puisqu'il voulait s'y consacrer, il ne passerait pas sa vie dans les bars comme son père. Il ferait une grande carrière.

— Ma mère et moi avons besoin de disposer chacun de notre espace, après les années que nous avons passées dans notre petit deux pièces.

— Oui, on peut dire que tu ne manques pas d'espace ici.

— Tu trouves que c'est trop grand ?

— Tu fais ce que tu veux de ton argent. Je suis seulement étonnée de découvrir tout ce que tu possèdes.

Il se rendit compte que son opinion comptait énormément pour lui, et cela lui fit peur.

— J'ai toujours rêvé de t'offrir un château de conte de fées.

— Une histoire d'amour éternelle, comme dans tes chansons, dit-elle avec un sourire tendu.

— Tu n'as pas le droit d'utiliser mon propre cynisme contre moi, se défendit-il en riant tout en roulant sur l'allée sinueuse. Ce n'est pas juste.

— J'étais très sérieuse.

Elle se pencha par la vitre et prit une profonde inspiration.

— Il y a des fleurs partout ! C'est magnifique !

Il avait fait dessiner ce jardin en pensant à elle, et le fait qu'elle l'aime était infiniment précieux à ses yeux. Le nom de la plupart des fleurs plantées ici lui échappait, il s'était limité à montrer au paysagiste les photos de celles qui l'intéressaient. A l'exception des roses grimpantes et de la lavande, qu'il connaissait si bien, parce qu'elles lui rappelaient Celia.

— Je suis heureux que ça te plaise.

Il était fier d'avoir réussi au moins cela. Faire rêver la femme qu'il cherchait désespérément à séduire.

— Il faudrait être fou pour ne pas aimer cet endroit. C'est superbe.

Le compliment lui fit plaisir, mais la distance et la réserve dans le ton de sa voix le mirent mal à l'aise. Il aurait voulu la forcer à se livrer davantage. Mais ce n'était pas le moment d'engager la conversation. Sa mère venait de sortir sur le perron pour les accueillir.

Gênée par le regard de Terri Ann Douglas qui pesait sur elle, Celia se concentra sur le paysage qu'elle voyait à travers les vitres de la véranda. Malcolm les avait laissées seules le temps d'aller garer sa voiture.

Apparemment, il avait demandé à sa mère de tout préparer pour leur arrivée. Les placards de la cuisine étaient pleins, les lits étaient faits et la maison était rutilante.

— Madame, merci de vous être occupée de tout.

— Bonjour, Celia. Vous pouvez m'appeler Terri Ann, dit-elle avec une certaine douceur.

— Alors, merci, Terri Ann.

Cette situation était si embarrassante… Malcolm ne l'avait absolument pas préparée à cette rencontre ! Et elle ne cessait de revoir les images de leurs étreintes de la veille, ce qui ne risquait pas de l'aider à la mettre à l'aise. En réalité, elle était incapable de penser à autre chose qu'au moment où elle pourrait de nouveau faire l'amour avec lui.

Perdue dans la contemplation du jardin, elle admira la beauté de la lumière de fin de journée sur la grande fontaine. Le vent portait le parfum des fleurs et lui caressait le visage. Tout était parfait ici, et pourtant elle ne parvenait pas à apprécier cet instant. C'était si étrange de voir la mère de Malcolm lui servir du thé et des sandwichs, comme si le passé n'avait jamais existé !

Mais jamais elle n'oublierait les derniers mots que cette femme lui avait dits. Elle l'avait accusée en pleurant d'être responsable d'avoir gâché la vie de son fils.

Terri Ann avait beaucoup changé depuis ce jour. Ses traits s'étaient adoucis, et ses yeux bleus n'étaient plus marqués par la fatigue. Restait à savoir si elle lui gardait rancune.

Celia arbora un sourire gêné devant le goûter qu'elle avait disposé sur la table.

— Merci de vous être donné tant de mal.

— Ce n'est rien. Après tout ce que Malcolm a fait pour moi, c'est bien la moindre des choses. Surtout qu'il me demande très rarement des services, ajouta-t-elle en lui proposant une part de cake.

Comment l'atmosphère pouvait-elle être si irrespirable dans un tel environnement ? Elle devait mettre fin à cette situation maladroite et avoir une conversation sincère avec Terri Ann.

— Je vous demande pardon, commença-t-elle, reposant sur la table sa petite assiette en porcelaine. Seriez-vous d'accord pour que nous profitions de ce moment pour mettre les choses au clair, avant que Malcolm ne revienne ?

— Je ne comprends pas.

— Il y a dix-huit ans, vous m'avez dit très clairement ce que vous pensiez de moi.

Elle se mit à jouer nerveusement avec l'ourlet de sa robe. Pourquoi fallait-il que cette femme lui donne l'impression d'avoir de nouveau seize ans ? Elle était adulte à présent ! Elle n'avait aucune raison de se laisser intimider.

— Je ne m'attends pas à ce que nous devenions les meilleures amies du monde simplement parce que Malcolm m'a amenée ici.

— C'est bon à savoir. Je ne tiens pas à mettre mon fils en colère, ajouta Terri Ann.

— Et je n'ai aucune intention de réveiller les conflits du passé. Je sais que vous n'avez aucune raison de me faire confiance, mais sachez que je ne suis plus la fille gâtée et capricieuse que j'étais autrefois.

— Puisque nous nous parlons en toute sincérité, je ne vais pas nier que vous étiez une enfant gâtée. Mais mon fils est libre de ses choix. Avec le temps, je dois admettre que vous ne lui avez pas gâché la vie. Etre envoyé dans ce pensionnat militaire a été la meilleure chose qui pouvait lui arriver. Les mêmes chances ne se seraient jamais présentées à lui s'il était resté avec moi, même si je m'étais donné tout le mal du monde.

Ses paroles la touchèrent autant qu'elles la surprirent. Jamais elle n'avait vu les choses comme cela, et le fait que ce soit Terri Ann qui lui ouvre les yeux sur cette réalité était d'autant plus déconcertant.

— C'est grâce à votre père que c'est arrivé. Il s'est servi de son influence pour décider de cette sanction avec le juge chargé de l'affaire. Sans lui, Malcolm serait allé dans une prison pour mineurs ou dans une autre maison de redressement qui l'aurait enfoncé dans la délinquance.

Celia demeura bouche bée. Pourquoi son père ne lui avait-il jamais dit ce qu'il avait fait pour Malcolm ? Elle qui avait continué à croire pendant toutes ces années qu'il avait été victime d'une décision injuste…

— Mon père ne m'en a jamais parlé. Mais il faut dire que je devais faire face à des problèmes assez sérieux à ce moment-là.

La dépression dans laquelle elle avait sombré pendant sa grossesse n'avait fait que s'aggraver après la naissance de leur bébé. Et se remettre de cette maladie lui avait pris toute son énergie.

Son père avait-il eu peur de réveiller son mal-être en lui reparlant de Malcolm ? Peut-être était-ce le bon moment à présent de reparler de tout cela. Enfin, elle se sentait prête. Et cette prise de conscience était plus précieuse qu'elle n'aurait su le dire.

Un sourire se dessina sur le visage de Terri Ann.

— Je ne vais pas nier que j'étais satisfaite que vous soyez sortie de la vie de mon fils. Je sais ce que cela signifie d'être parent trop jeune, et je voulais qu'il ait davantage de la vie par rapport à ce que je pouvais lui donner.

— Son parcours est incroyable. Qui aurait pu imaginer qu'il en arriverait là ? Vous avez beaucoup de mérites de l'avoir élevé seule.

— Ce fut difficile, mais c'était moi qui l'avais mis au monde. Je lui devais tout. Je ne voulais pas qu'il traverse les mêmes épreuves que moi. Mais vous êtes bien placée pour comprendre ce que veut dire faire le meilleur choix pour son enfant. A l'impossible nul n'est tenu.

Terri Ann n'était pas une femme chaleureuse, mais ce qu'elle venait de dire était bel et bien une parole de soutien. Aussi étonnant que cela pût paraître.

— Non, nous ne sommes pas obligées de devenir les meilleures amies du monde. Je ne vous connais pas en tant qu'adulte, alors autant que nous repartions sur de bonnes bases.

Terri Ann se leva et enveloppa deux sandwichs dans une serviette en papier.

— Je vais vous laisser tranquilles, Malcolm et vous. Vous pourrez lui dire qu'il trouvera ses brochettes préférées et une tarte aux noix de pécan dans la cuisine.

En faisant visiter sa maison à Celia, Malcolm se sentait plus nerveux que le jour de son premier concert dans un stade. Mais, heureusement, elle avait l'air d'apprécier les lieux. Les meubles anciens de la salle à manger, la salle de musique, le jardin d'hiver, tout avait suscité son admiration, à en croire ses yeux brillants et ses murmures ébahis.

Néanmoins, il se demandait toujours ce que sa mère et elle avaient bien pu se dire. Car, de toute évidence, leur conversation n'avait pas laissé Celia indifférente.

Finalement, la curiosité fut trop forte.

— De quoi avez-vous parlé, ma mère et toi ? demanda-t-il en la guidant vers l'escalier qui menait au sous-sol.

L'endroit de la maison dont il était le plus fier depuis la rénovation qu'il avait orchestrée.

— De toi, bien entendu. Au fait, elle t'a laissé des bonnes choses dans la cuisine, dit-elle en caressant le mur en pierre du couloir. Sinon, nous avons parlé de la raison pour laquelle tu t'étais retrouvé au pensionnat militaire de Caroline du Nord. D'après elle, mon père t'a rendu service en t'envoyant là-bas.

— Ah, d'accord. Je n'imaginais pas que vous aborderiez ce sujet.

— Est-elle au courant de ton travail pour Interpol ?

— Non, je n'ai pas envie qu'elle s'inquiète. Je ne t'ai pas menti en te disant que t'en parler était un signe d'engagement.

Il vit passer une ombre sur son visage. Comme si elle ne savait plus quoi penser. Avait-il tort d'aller aussi vite ? Peut-être devait-il patienter, la rassurer davantage. Oui, il attendrait de la sentir prête pour lui parler des sentiments qu'il avait pour elle.

Arrivé en bas de l'escalier, il s'effaça pour la laisser entrer dans le lieu qu'il avait conçu pour la femme qu'il voulait choyer autant qu'il le pouvait. Un lieu qu'il avait fait transformer en luxueux centre de détente et de soin, tout en conservant le décor historique de la cave. Un bain à remous alimenté par une fontaine d'eau chaude occupait un coin de ce vaste espace, dont les briques toujours apparentes contrastaient avec la modernité des installations. Au plafond, des ventilateurs dissimulés entre les pierres permettaient d'évacuer la vapeur qui s'échappait de ce bassin si tentant. Et des cabines équipées de serviettes et de peignoirs permettaient de se changer en toute intimité.

Dans un autre coin de la pièce, des fauteuils en cuir entouraient un bar récupéré d'un pub ancien, sur lequel trônaient des bougies, des bouquets de fleurs et une bouteille de champagne plongée dans un seau à glace en argent.

C'était pour elle qu'il avait lui-même préparé cela. Il y avait des choses qu'un homme ne pouvait pas demander à sa mère…

Cet endroit était un refuge à l'écart du monde, pour lui qui avait tant de mal à trouver la paix et la solitude.

— Ce lieu est incroyable, murmura-t-elle avec émerveillement.

— J'ai visité plusieurs manoirs, et même des châteaux. Mais à l'instant où je suis entré ici et où j'ai découvert cette source d'eau chaude, j'ai su que c'était ici que je devais habiter.

Il avait reconnu la maison dont il avait rêvé pour Celia et lui. Et même s'il n'avait pas osé imaginer qu'il la retrouverait un jour, il avait acheté le domaine pour ne jamais oublier ce qu'ils avaient partagé. Pour ne jamais oublier qu'il devait consacrer sa vie à se rattraper pour ses erreurs du passé.

— Mais tu as dû faire beaucoup de travaux, non ? demanda-t-elle en regardant les appliques fixées aux murs. Je suis sûre que c'est toi qui as eu toutes ces idées.

— J'ai eu recours à des professionnels, bien sûr. Mais c'est vrai, je savais assez précisément ce que je voulais. Comment as-tu deviné ?

Il sortit le magnum de champagne du seau à glace, le déboucha et lui servit une flûte.

— Tu as toujours eu un bon instinct et un goût très sûr.

— C'est l'un de mes amis qui m'a recommandé ce spécialiste en rénovations de bâtiments anciens. Il sait parfaitement installer le confort moderne en conservant l'authenticité de lieux historiques comme celui-ci. Je ne voulais rien perdre du charme de cette maison, mais je voulais que nous y soyons bien. Toi et moi.

— Tu ne savais pas que nous nous reverrions quand tu l'as achetée.

— Et pourtant, c'est toi qui as inspiré toutes les décisions que j'ai prises. Quand nous sortions ensemble, je faisais des listes de tout ce que je rêvais de t'offrir un jour.

— Je suis désolée de t'avoir donné l'impression que ce que tu me donnais ne me suffisait pas. C'était cruel.

— Tu étais adolescente, tes parents étaient fortunés et ils étaient généreux avec toi parce qu'ils t'aimaient.

— Tu veux dire que j'étais pourrie gâtée.

— Moi, j'étais sur la défensive. J'étais un garçon plein d'orgueil et furieux de ne même pas pouvoir t'inviter au cinéma.

Elle lui sourit et fit teinter sa flûte contre la sienne.

— Qu'est-ce qu'il y avait d'autre sur ta liste ?

— Des bijoux. Des maisons. Une voiture qui n'aurait pas été achetée par ton père. Et des fleurs. Des milliers de bouquets de fleurs, ajouta-t-il en caressant les pétales de celles qu'il avait disposées sur le bar.

— Toutes celles qui sont ici sont merveilleuses.

— J'ai pensé à quelque chose à propos de ces fleurs, dit-il en prenant une rose blanche dans le vase.

— Ah, oui ? A quoi ?

— A des lits de pétales. A des bains de pétales. A toi, nue au milieu des pétales, acheva-t-il en en jetant dans le bassin d'eau chaude.

— C'est possible, murmura-t-elle en posant son verre sur le rebord de la baignoire. A condition que tu sois nu, toi aussi.

— Je dois pouvoir y remédier.

Sous le regard ardent de Malcolm, Celia se tourna pour lui sourire tandis qu'il posait leurs flûtes de champagne sur le rebord du bassin. Lentement, elle descendit les marches en pierre qui menaient dans le délicieux bain d'eau chaude. C'était si bon de se laisser masser, caresser par les remous de ce cocon bienfaiteur…

— C'est encore meilleur que ce dont j'aurais pu rêver, murmura-t-elle en s'allongeant dans l'eau. Bien plus efficace que les antidépresseurs !

Elle regretta ses paroles en remarquant l'expression d'inquiétude qui apparaissait sur son visage.

— Pardon, c'était une mauvaise plaisanterie.

Comme il entrait à son tour dans le bassin, elle se rapprocha de lui pour pouvoir le regarder dans les yeux.

— J'ai besoin d'être sûre que tu n'es pas gêné de savoir que j'ai fait une dépression nerveuse. Et que tu ne crains pas mes éventuelles crises d'angoisse.

Il mit les mains sur ses épaules avant de les faire glisser le long de son dos.

— J'ai toujours ressenti le besoin de te protéger, ce bien avant que tu me parles du traitement que tu as dû suivre après… après la naissance du bébé.

— D'accord, murmura-t-elle, émue par ses paroles.

Il l'attira vers un siège en pierre installé dans l'eau et s'assit pour la prendre sur ses genoux.

— Quand nous étions ensemble, j'étais fou de rage de ne pas avoir les moyens de t'inviter à sortir. Je rêvais du jour où je pourrais te faire la cour.

— Le temps que nous avons passé ensemble était plus précieux pour moi que tu ne peux l'imaginer. Tu étais tellement attentionné, exactement comme aujourd'hui.

Tout en savourant le contact de son corps nu contre

le sien, elle tendit la main pour attraper sa flûte de champagne.

— A l'époque, reprit-elle, je savais déjà que ce que tu faisais avait plus de valeur que ce qu'aurait pu acheter tout l'argent du monde. Je n'oublierai jamais le jour où tu as planté un tournesol à l'endroit où nous nous étions embrassés pour la première fois.

— Je l'avais arraché dans le champ qui bordait la route.

— C'était adorable. Ne réduis pas ces beaux souvenirs à néant.

Elle sentit ses mains couvrir ses seins et ses pouces caresser ses mamelons, lui arrachant un long soupir de plaisir.

— Je voulais t'offrir des fleurs et t'emmener dans des soirées chic.

— Je me moque des soirées chic. Tout ce que je voulais, c'était être avec toi, dit-elle, frissonnant sous l'effet de ses caresses. Et c'est aussi ce que je veux maintenant, ajouta-t-elle en se pressant contre son érection.

— Ah, si c'est ce que tu veux…

Elle se pencha pour reposer son verre et prendre l'un des préservatifs qu'il avait rassemblés sur le rebord, non sans se caresser contre lui au passage. C'était si bon de sentir son torse musclé contre ses seins.

Après avoir pressé son sexe durci entre ses cuisses pour attiser leur excitation, elle prit tout le temps nécessaire pour lui mettre le préservatif en le caressant sous l'eau.

— Celia, soupira-t-il d'une voix rauque, tu me rends fou…

— Est-ce que tu as envie de moi ? le provoqua-t-elle en massant les muscles de ses bras.

— Tu sais que je n'ai jamais désiré personne autant que toi.

— Si tu savais combien de nuits j'ai passées à penser à toi, à souffrir tellement tu me manquais. Et quand j'entendais ta voix à la radio le matin, le besoin de me serrer contre toi était encore plus fort.

Elle se redressa, prit son sexe et le guida en elle. Elle l'entendit alors gémir de plaisir, et en le sentant s'abandonner entre ses bras, elle comprit qu'il ne pouvait pas plus qu'elle contrôler cette attirance si passionnelle. Se cambrant pour se rapprocher encore de lui, elle soupira lorsqu'il posa la bouche sur ses seins pour les embrasser l'un après l'autre. Chaque mouvement de sa langue faisait croître la tension en elle, la menant à chaque instant un peu plus près de la jouissance. Personne ne la connaissait comme lui, aucun homme ne savait comme prendre soin des parties les plus sensibles de son corps. Il n'avait rien oublié de leurs étreintes passées, et il lui semblait que leur maturité leur permettait de se donner mutuellement encore plus de plaisir qu'auparavant.

L'eau chaude les caressait tandis qu'ils bougeaient ensemble, la flamme des bougies faisant danser leur ombre sur la pierre. Fixant les yeux sur son regard brûlant, elle sentit ses mains puissantes se refermer sur ses fesses et la soulever légèrement au-dessus de lui. Il inclina alors les hanches et entra plus profondément en elle, la menant vers une extase plus intense que tout ce qu'elle aurait pu imaginer.

S'agrippant à ses larges épaules, elle se laissa envahir

par le plaisir extrême tandis qu'il bougeait plus vite en elle, jusqu'au moment où il atteignit à son tour la jouissance.

Elle fut alors emplie d'un immense sentiment de bonheur intense. Elle sentait son souffle chaud dans son cou, ses bras fermement serrés autour d'elle, et les sensations qui l'envahissaient étaient encore plus magiques qu'autrefois. Même lorsqu'ils eurent tous les deux recouvré leur respiration, elle ne put s'écarter de lui, tant elle avait besoin d'être unie à lui. Autant et aussi longtemps qu'elle pouvait l'être.

La bouche contre sa peau humide et chaude, elle laissa échapper un long soupir. Elle désirait cet homme plus que jamais. Elle n'avait jamais cessé de le désirer.

Tout comme elle n'avait jamais cessé de l'aimer.

Cette vérité s'imposait tout à coup à elle comme une évidence. Seulement, était-elle prête à aller plus loin avec lui ? Etait-elle faite pour cette vie de notoriété, de danger, loin d'Azalea ? Elle n'en était pas sûre.

Et pourtant, elle avait tellement envie de trouver sa place auprès de Malcolm, le musicien, l'agent d'Interpol, l'homme sans cesse en voyage ! Comment faire, alors que tout ce qui constituait son existence était si loin de ce qu'elle avait envisagé pour elle-même ?

Tout, hormis ce manoir.

Troublée, elle se serra contre lui, envahie par un sentiment d'amour et de désir. Il devait y avoir une façon de vivre avec lui. Si elle ne parvenait pas à la trouver, elle ne ferait que repousser le moment où ils devraient se séparer une nouvelle fois.

Et elle n'avait pas la force de subir de nouveau une telle souffrance.

- 12 -

Malcolm s'installa dans un fauteuil de la véranda et prit sa tablette pour consulter ses e-mails. Deux membres de son personnel habituel, prévenus par sa mère, étaient venus discrètement préparer leur petit déjeuner, et il attendait maintenant Celia qui prenait une douche.

Celia.

Il ne put s'empêcher de lever les yeux de son écran pour contempler les parterres de fleurs qu'il avait fait planter pour elle — sans même savoir si elle les verrait un jour.

Son regard se posa sur la tonnelle ornée d'un magnifique rosier grimpant. Combien de fois l'avait-il imaginée assise là, sur le banc, en train de lire ou de chanter ? Depuis des années, elle occupait sans cesse ses pensées. Tous les choix qu'il avait eu à faire avaient été guidés par ce qu'il avait toujours rêvé de lui offrir.

Il avait fait tout ce que lui avait dit son agent pour développer sa carrière. Mais, à présent, il se rendait compte que c'était pour Celia qu'il avait accompli tout cela. S'il avait fait en sorte de prendre de ses nouvelles, c'était dans l'espoir inconscient de la voir de nouveau faire partie de sa vie. La protéger n'avait été qu'une excuse, un prétexte pour la revoir enfin.

Désormais, il se sentait tout près d'atteindre ce dont il avait tellement rêvé. Mais il ne devait pas se laisser distraire pour autant. Ce qui comptait plus que tout pour l'instant, c'était de la mettre à l'abri en attendant que Salvatore ait mis l'auteur des menaces hors d'état de nuire.

— Bonjour, Malcolm.

Il se tourna vers la porte-fenêtre et vit Celia apparaître à l'entrée de la véranda, un sourire illuminant son visage. Le soleil faisant danser les reflets de ses cheveux rassemblés sur son côté droit en une longue queue-de-cheval.

Elle avança vers lui. Elle était divinement gracieuse dans sa simple robe bleue, et lorsqu'elle se pencha pour l'embrasser le parfum de rose qu'il respira lui rappela les heures qu'ils avaient passées la veille à faire l'amour dans le spa. Si seulement ils avaient pu arrêter le temps encore plus longtemps.

Mais, malgré les moments de plaisir qu'il partageait avec elle, il ne pouvait oublier la première raison qui l'avait poussé à retourner auprès d'elle. Et il ne cessait de se faire du souci pour elle. Pourquoi diable était-ce si difficile de mettre la main sur celui qui l'avait menacée ?

— Bonjour, ma beauté, répondit-il en lui caressant les cheveux. Tu as faim ? Il y a tout ce qu'il faut.

Il lui présenta la chaise qui l'attendait à côté de lui, devant la table sur laquelle était disposée une poêlée aux œufs, au pain grillé, au bacon, aux saucisses et aux champignons. Mais elle se contenta d'un scone, sur lequel elle mit un peu de crème au citron.

Comme il ne pouvait détacher les yeux de son visage, il se rendit compte qu'elle avait une expression quelque peu soucieuse.

— Que se passe-t-il ?

Elle prit une bouchée de son scone.

— J'essaie encore d'assembler les pièces du puzzle de ta nouvelle vie. De reconstituer l'existence que tu as menée depuis ton départ d'Azalea.

— Qu'est-ce que tu voudrais savoir ?

Il avait envie de la faire entrer dans son monde, mais il n'aimait pas beaucoup parler de lui. Il avait pris l'habitude de garder une certaine distance avec les autres, même avec ses proches.

— Je sais que tu ne peux pas me donner de détails sur tes amis et sur Interpol, mais si tu me parlais des années que tu as passées au lycée militaire ? Les premiers temps où nous étions éloignés l'un de l'autre.

Il ne comprenait pas très bien pourquoi elle voulait qu'il lui parle de cette époque, mais au moins il était libre de lui raconter cette période de sa vie.

— Mes amis et moi, contrairement à la plupart des autres garçons, nous n'étions pas dans cette école pour nous préparer à une carrière militaire. Instinctivement, nous nous sommes regroupés, cherchant à reconstituer une nouvelle famille puisqu'on nous avait privés de la nôtre. Nous avons donné à notre groupe le nom de Confrérie Alpha. C'est ce qui nous a donné de la force, parce que nous savions que nous pouvions compter les uns sur les autres. Bien sûr, cela ne nous a pas empêchés d'enfreindre les règles et d'essayer sans cesse de repousser les limites.

— Quel genre de bêtises faisiez-vous ?

— Un soir, Troy a piraté le système de sécurité pour désactiver le bracelet électronique de Conrad. Nous nous sommes échappés de l'enceinte de l'école, nous avons acheté des pizzas et nous sommes rentrés.

Elle se mit à rire et le dessin de sa bouche sensuelle réveilla en lui les souvenirs des merveilles qu'elle lui avait fait découvrir cette nuit.

— De vrais rebelles, plaisanta-t-elle.

— C'était un simple jeu, destiné à montrer à notre ennemi que nous étions plus forts que lui.

— Et votre ennemi, c'était le proviseur ? Le colonel Salvatore ?

— A l'époque, oui. C'était lui. Et lui jouer un tour était la plus belle des victoires pour une bande d'adolescents convaincus d'être les victimes d'un monde cruel.

Ils n'avaient compris que plus tard qu'ils avaient parfaitement suivi l'enseignement de Salvatore, dont la stratégie avait été de les amener à faire équipe.

— Qu'est-ce qui vous a fait changer d'avis à son sujet au point de travailler pour lui ?

Prenant une gorgée de thé, elle le regarda fixement par-dessus le rebord de sa tasse en porcelaine.

— Il faut croire qu'il était meilleur stratège que nous, s'amusa-t-il en reposant sa fourchette en argent. En ce qui me concerne, il a découvert ma faiblesse et s'en est servi.

— Je ne suis pas sûre de comprendre.

Elle posa délicatement sa tasse sur la soucoupe et reprit son scone.

— Qu'est-ce qu'il a fait exactement ?

Il se remémora ce jour où John Salvatore était venu le trouver pour lui proposer de travailler pour Interpol.

Il lui avait révélé le pouvoir que cette activité lui donnerait. Le pouvoir de savoir ce que devenait Celia, de veiller sur elle.

Le pouvoir de savoir tellement de choses.

— Il m'a montré une photo de notre fille.

Celia ne pouvait contrôler le tremblement de ses mains. Les paroles de Malcolm avaient provoqué un tel choc en elle qu'elle ne put s'empêcher de serrer le poing, faisant tomber son scone en miettes. Tout ce temps, il avait su. Et il n'avait rien dit. Jamais il n'avait pensé à partager avec elle une information qui aurait pu lui apporter tellement de réconfort.

Prenant sur elle, elle s'efforça de garder son sang-froid.

— Tu avais accès à… ce genre de choses ?

Il baissa les yeux sur son assiette encore pleine.

— Je ne l'ai jamais vue en personne, je n'ai eu aucun contact avec elle. Je m'en suis tenu à la décision que nous avions prise de lui laisser ce choix.

La douleur qui l'habitait depuis des années se réveilla brutalement, lui faisant l'effet d'un coup de poignard.

— Je sais que tu m'en veux de l'avoir confiée à l'adoption, lâcha-t-elle d'un coup, abandonnant le calme qu'elle s'était efforcée de garder.

Elle ferma les yeux en serrant les paupières pour empêcher ses larmes de couler.

— Moi aussi, j'ai signé les papiers, poursuivit-il quand elle rouvrit les yeux. Je suis capable d'assumer mes propres décisions. J'aurais été incapable d'être père à ce moment-là, j'étais enfermé dans un internat militaire à des centaines de kilomètres de vous. Et ce pour plusieurs années.

— Alors pourquoi tu ne m'as pas pardonné ? Pourquoi nous ne pouvons pas être heureux ensemble, tout simplement ?

— J'ai des regrets. Ça ne veut pas dire que j'en veux à qui que ce soit.

Il lui serra la main pour la réconforter, mais son geste ne dissipa pas son désarroi.

— Est-ce que j'aimerais que les choses se soient passées différemment ? Oui, bien sûr. J'aurais voulu être en mesure de prendre soin de vous deux.

Elle se figea, en proie à la méfiance.

— Alors, tout ça, c'était pour cette raison ? Tu es venu à mon secours pour rattraper ce que tu n'avais pas pu faire dix-huit ans plus tôt ?

— En partie, oui.

Elle comprit alors que rien ne serait jamais facile entre eux. Le passé qu'ils partageaient était trop lourd à porter.

— Comment était-elle quand elle est née ? lui demanda-t-il après un silence.

— Tes contacts chez Interpol ne t'ont pas donné des photos de la maternité ? rétorqua-t-elle sèchement, avant de lever la main pour effacer ce qu'elle venait de dire. Pardon d'être sur la défensive. Elle était… Elle avait la peau toute fripée, et des cheveux bruns et soyeux. Elle était si douce… Je voulais la garder avec moi.

Elle sentit sa voix se briser.

— Je voulais tellement. Toute ma vie, j'avais eu ce que je voulais. Mais à l'instant où je l'ai regardée dans les yeux, quelque chose s'est transformé en moi. J'ai compris que, en dépit de ma volonté, je ne pourrais pas lui donner ce dont elle avait besoin.

Terrifiée à l'idée de voir le jugement et le reproche dans ses yeux, elle se détourna de lui.

— Elle s'appelle Melody.

Interloquée, elle se figea et se tourna pour le regarder.

— C'est étrange. Ses parents adoptifs m'ont demandé quel prénom j'aurais voulu lui donner. Je ne pensais pas qu'ils le garderaient.

— Eh bien, ils l'ont gardé. La seule photo que j'ai vue d'elle a été prise quand elle avait sept ans. Elle te ressemblait déjà.

Elle plaqua les mains sur ses oreilles.

— Tais-toi. Si elle veut nous retrouver, elle le fera. Ce sera son choix. Nous nous étions mis d'accord.

— Mais je pourrais faire en sorte que cela arrive.

Il se leva et la rejoignit pour poser les mains sur ses épaules.

— Nous sommes un couple maintenant. Nous pourrions nous marier et entrer en contact avec elle.

— Non, Malcolm. C'est à elle de décider. Nous lui devons au moins ça, lui laisser le choix de nous connaître ou non. Et cette demande en mariage est tout aussi irréfléchie que celle que tu m'as faite quand nous étions adolescents.

— Et tu m'opposes un refus tout aussi brutal.

— Tu es en train de changer ma vie.

Elle mit les mains sur les siennes pour les ôter de ses épaules.

— Tu dois comprendre que je ne suis plus l'adolescente impulsive et irresponsable d'autrefois. Je suis fière de la vie que je mène et je n'ai aucune raison de l'abandonner. Je ne suis pas faite pour les tournées, et encore moins pour les enquêtes internationales.

Malcolm, je t'en prie, réfléchis un peu. C'est tout simplement impossible.

— Reconnais que ton refus n'a rien à voir avec l'endroit où nous pourrions habiter ou avec notre mode de vie. Ce qui te gêne, c'est de t'engager avec moi.

En voyant son regard empli de déception et d'amertume, elle reconnut celui qu'il lui avait déjà adressé dix-huit ans plus tôt.

— Celia, tu n'as pas plus envie d'essayer que la première fois.

Pourquoi ne comprenait-il pas qu'elle ne le rejetait pas, qu'elle cherchait seulement à trouver un compromis ?

— Ce n'est pas vrai. Tu le saurais si tu essayais un instant de te mettre à ma place. J'ai changé, Malcolm. Je ne te laisserai pas me briser le cœur une deuxième fois.

Tenant à garder la tête haute, elle fit volte-face et manqua heurter la mère de Malcolm, qui les rejoignait sous la véranda.

Puis elle se précipita à l'intérieur et monta le magnifique escalier de bois en courant. Arrivée dans la chambre ornée de meubles anciens et de tissus délicats, elle claqua la porte derrière elle et se laissa tomber contre le mur, essayant de recouvrer ses esprits.

C'était alors qu'elle se rendit compte qu'elle n'était pas seule dans la pièce.

Un homme grand et large d'épaules était penché au-dessus de sa valise, et il se retourna brusquement. Il avait sa sacoche à fleurs dans une main et une feuille de papier dans l'autre.

En reconnaissant l'agent de Malcolm, elle avança vers lui.

— Que faites-vous ici ?

Son regard se posa machinalement sur la feuille qu'il tenait. Une phrase y était tapée en lettres capitales, les mêmes caractères que ceux qu'elle avait vus sur les lettres de menaces ces dernières semaines. Les mêmes lettres, mais aussi la même tonalité.

« GARE A TOI, SALE GARCE. »

Malcolm se passa la main sur le visage et respira profondément. Il ne voulait pas montrer à sa mère le trouble qu'il ressentait à cet instant. Pourvu qu'elle n'ait pas entendu l'échange qu'il venait d'avoir avec Celia.

— Maman ? Je suis surpris de te voir ici. Tu as besoin de quelque chose ?

— A vrai dire, j'espérais vous parler, à Celia et toi, mais le moment est peut-être mal choisi.

— Non, maman, c'est bon. Celia et moi avons besoin d'un peu de temps pour retrouver un certain apaisement.

Y parviendraient-ils, alors que dix-huit ans n'avaient pas suffi à leur apporter cet apaisement ?

— Viens t'asseoir, ajouta-t-il, il reste des scones.

— Bon, si tu es sûr que je ne te dérange pas.

— Que voulais-tu me dire ?

— Je profite de ton soutien financier depuis assez longtemps, lâcha-t-elle d'un coup, comme si elle avait retenu ces mots en elle au maximum.

— Maman, voyons, c'est ridicule. Je te dois bien ça. C'est un plaisir pour moi de t'apporter tout ce dont tu as besoin et envie.

— Tu es mon fils. C'était naturel que je prenne soin de toi. Tu ne me dois rien du tout.

— De toute façon, ce n'est pas comme si je devais me sacrifier pour t'offrir ces choses.

En réalité, il avait depuis longtemps les moyens d'arrêter sa carrière en continuant à vivre aussi confortablement.

— Ce n'est pas la question !

— Peut-être pas pour toi, mais pour moi oui. Je ne pourrais plus te voir travailler aussi dur que tu le faisais.

Il doutait de voir disparaître un jour la culpabilité qu'il ressentait encore aujourd'hui.

— Ce serait insupportable.

— Tu sais, je ne cherche pas particulièrement à retourner vivre dans la pauvreté. Je me suis habituée au confort. Et peut-être un peu trop.

— Comment ça ?

Décidément, il avait toutes les peines du monde à comprendre les deux femmes qui comptaient le plus pour lui aujourd'hui.

Sa mère respira profondément, comme pour se donner le courage d'aller au bout de sa pensée.

— Malcolm, crois-tu pouvoir financer mes études ? Je voudrais monter une entreprise de traiteur, spécialisée pour les budgets limités. Je ne plaisantais qu'à moitié en te disant que je m'étais trop habituée au confort. Je voudrais rendre accessible un service de qualité que des personnes ne croient pas pouvoir s'offrir.

Il fut aussi surpris qu'heureux de l'entendre exposer son projet.

— Maman, je trouve que c'est une excellente idée. Mais je suis curieux de savoir ce qui t'a donné envie d'opérer un tel changement dans ta vie.

— Les médias se sont mis à parler de Celia et toi et

j'ai entendu tout ce qu'elle avait accompli. Elle aurait pu se contenter de profiter de la fortune de son père, mais elle a tenu à se faire une place dans la société. Je trouve son attitude admirable.

Il ne pouvait qu'approuver les paroles de sa mère. Mais avait-il vraiment écouté ses attentes ? Il avait la sensation de comprendre seulement maintenant à quel point elle était différente aujourd'hui. Elle était plus forte, plus confiante, et c'était bel et bien grâce à son parcours de ces dix-huit années. De toute évidence, il n'était jamais trop tard pour recevoir des leçons de la part de sa mère.

— Les photos d'elle avec ses élèves que les journaux ont publiées montrent à quel point elle aime son travail. C'est peut-être étrange, mais je n'ai jamais pensé qu'un métier pouvait être épanouissant. Bien sûr, j'étais fière de travailler autrefois, mais je ne voyais mes emplois que comme un moyen de pourvoir à tes besoins. Je n'ai pas pu les choisir à l'époque. Mais, à présent, grâce à toi…

Un cri aigu l'interrompit brusquement.

Celia.

Malcolm bondit de sa chaise et courut vers l'escalier pour monter les marches quatre à quatre. Celia continuait à hurler, et il entendait une voix masculine lui répondre sur le même ton. Où étaient donc les gardes du corps ? Il s'en voulait tellement d'avoir laissé retomber sa vigilance… Ce n'était pas parce qu'il l'avait emmenée sur un autre continent qu'elle était hors de danger !

Arrivé à l'étage, il fut dans sa chambre en trois foulées, franchissant la porte juste au moment où

Celia brandissait un énorme vase empli de fleurs et le fracassait sur la tête de…

Adam Logan ?

Son agent ?

Adam chancela et tomba à genoux.

— Mais, enfin, qu'est-ce qui se passe ici ? s'écria-t-il. Celia, tu n'as rien ?

Elle recula, pointant sur Adam Logan un doigt accusateur.

— Je l'ai trouvé dans ma chambre en train de fouiller dans mes affaires. Il allait mettre un message menaçant et une rose fanée dans mon sac.

Abasourdi, Malcolm se tourna vers celui qu'il avait toujours considéré comme son ami. Jusqu'à cet instant.

— Adam ? C'était toi qui menaçais Celia ? Mais pourquoi ?

Logan redressa péniblement la tête.

— Je voulais que vous soyez de nouveau ensemble.

C'était insensé. Il se tourna vers Celia, il aurait voulu la prendre dans ses bras pour la réconforter, mais elle se tenait toujours à l'autre bout de la pièce. Comme lui, elle semblait attendre une explication.

— Tu te doutes bien que nous n'allons pas nous contenter de cette réponse, lâcha-t-il, bouillant de colère.

— Ton image de mauvais garçon commençait à te porter préjudice. Tu es bien obligé de reconnaître que le retour de ton premier amour dans ta vie a fait grimper ta cote de popularité. C'était une astuce facile à monter, sans compter que jouer un tour au colonel Salvatore comme au bon vieux temps m'a bien amusé.

Mais cela n'amusait pas Malcolm. Pas du tout. Celia

avait été terrifiée à cause de lui, il lui avait fait peur sans aucune raison. Comment avait-il osé ?

Incapable de retenir plus longtemps sa colère, Malcolm lança un coup de poing à Adam. Mais Celia, visiblement furieuse, l'avait déjà frappé et pris le contrôle de la situation. Adam s'effondra sur le sol.

En la regardant, droite et fière, Malcom comprit qu'il s'était trompé depuis le début. Celia n'avait besoin de personne pour la protéger. Ainsi que le lui avait fait remarquer sa mère, elle avait accompli beaucoup de choses pour mener la vie qu'elle avait choisie. C'était lui qui ne cessait de ressasser le passé, essayant de modifier l'issue de leur histoire ou d'occulter les souvenirs les plus douloureux. Au lieu de faire face à ses sentiments, il avait préféré fuir, évitant soigneusement de revenir à Azalea pendant toutes ces années. Evitant de mettre son cœur à l'épreuve.

Elle avait toutes les raisons d'être en colère contre lui. Il avait refusé de reconnaître qu'elle était devenue une femme incroyablement forte et épanouie. Une femme qu'il aimait encore plus qu'autrefois.

Tout à coup, la perspective de la perdre de nouveau lui fit l'effet d'un gouffre terrifiant. Tout ce qu'il avait accompli, il l'avait fait pour elle. Il n'avait jamais cessé de penser à elle depuis leur séparation. Il avait besoin d'elle.

Et il était prêt à tout pour devenir l'homme qui aurait le droit de passer le reste de sa vie avec elle.

Ce soir-là, debout au fond du théâtre, Celia repensait à l'agent de Malcolm dans sa chambre. C'était dans le seul but de faire de la publicité à Malcolm qu'Adam

Logan avait imaginé cette sinistre mise en scène. Et elle ne pouvait s'empêcher de frémir en songeant à quel point sa vie avait été manipulée.

Néanmoins, sa colère n'était rien en comparaison de la terrible déception que ressentait Malcolm après la trahison de son ami. Ils n'avaient pas eu le temps d'en parler depuis leur découverte, tellement il s'était affairé pour gérer cet événement si inattendu et si blessant à la fois. Il avait passé beaucoup de temps au téléphone avec Salvatore, essayant d'anticiper les conséquences de ce qu'avait fait Logan. Elle savait que la presse ne l'épargnerait pas en apprenant qu'il avait été trompé par son fidèle agent.

C'était pour cette raison qu'elle n'était pas encore partie. Pour tout ce qu'elle ressentait pour Malcom, pour tout ce qu'elle avait partagé avec lui, elle avait décidé d'assister à son concert de ce soir. Si Adam Logan avait eu raison de penser que sa présence faisait du bien à son image publique, elle tenait à être là pour essayer d'adoucir la réaction des médias.

Restait à savoir ce qui se passerait une fois qu'il aurait joué les dernières notes de la soirée. Elle n'avait plus aucune idée de ce qu'elle devait faire. Accepter de changer de vie et épouser Malcolm, ou retourner à Azalea pour suivre le simple cours de son existence ?

Fascinée par son charisme, elle ne quittait pas la scène des yeux tandis qu'il chantait assis sur un tabouret de bar. Le public était suspendu à sa voix. Elle n'aurait su dire pourquoi, mais elle sentait qu'il était meilleur que jamais, ce soir. Etait-il plus impliqué que d'habitude parce que les recettes étaient destinées à des œuvres de bienfaisance ?

Lissant avec nervosité sa longue robe rouge en satin, elle eut soudain l'impression d'être dans la peau de Cendrillon et de savoir que minuit n'allait pas tarder à sonner. Et Malcolm était le plus beau prince charmant qu'elle aurait pu imaginer. Elle se surprit même à regretter qu'il ne joue pas *Une mélodie éternelle,* mais elle ne pouvait pas lui en vouloir, étant donné la réaction qu'elle avait eue la première fois. Elle lui avait tellement reproché de vendre à ses fans des paroles auxquelles il ne croyait pas.

C'est alors que, l'entendant chanter la dernière ballade de la soirée, elle comprit ce qui était différent. Ce soir, il ne faisait pas semblant. Il avait réellement l'air de croire à ce qu'il chantait lorsqu'il parlait d'amour perdu, de joie et de peine. Oui, il émanait de lui une telle émotion qu'elle sut qu'il croyait vraiment en l'amour éternel.

La proposition qu'il lui avait faite n'était donc pas seulement née d'un élan de désir ou d'un besoin de protection. Il avait retrouvé sa confiance en l'amour d'autrefois. Enfin, elle découvrait le signe qu'elle avait attendu. Le signe que sa demande en mariage n'avait pas été qu'un hommage au passé.

Et dire qu'elle l'avait rejeté sans la moindre délicatesse.

Il était temps à présent qu'ils cessent de se faire du mal. Ils avaient assez souffert, ils méritaient d'être enfin heureux.

Relevant légèrement sa robe, elle courut vers le salon privé pour rejoindre les coulisses. Comme elle regrettait à présent d'avoir refusé le badge passe-partout qu'on lui avait proposé ! Sur le moment, elle avait seulement cherché un moyen de garder ses distances avec Malcolm, et voilà qu'elle craignait maintenant qu'on ne la laisse pas passer.

Par chance, l'un des vigiles se souvenait d'elle et la fit entrer en lui adressant un sourire amical. Il lui montra même le chemin qu'elle devait suivre pour accéder au côté de la scène.

Quand elle fut arrivée, elle vit la silhouette de Malcolm qui, debout sur le devant de la scène, saluait le public en extase. Elle sentait son cœur cogner dans sa poitrine.

Après quelques secondes, il se dirigea vers elle, mais les projecteurs devaient encore l'empêcher de la voir. Elle avait l'impression que le sol allait se dérober sous elle.

Il sortit de scène et tendit machinalement la main pour que son assistante lui passe une bouteille d'eau avant qu'il ne retourne jouer un dernier bis. Mais ce fut Celia qui lui donna la bouteille.

Quand elle effleura sa main, elle le vit alors se tourner et fixer son regard surpris sur elle. Des étoiles brillaient déjà dans ses yeux.

— Tu es là.

— Où voudrais-tu que je sois ? Je suis là, parce que je t'aime.

Le régisseur, debout non loin d'eux, tourna discrètement la tête pour cacher son sourire tandis que Malcolm lui prenait la main pour l'attirer à l'écart.

— Celia, est-ce que je t'ai bien entendue ?

Il reposa la bouteille d'eau, comme s'il avait besoin de se concentrer uniquement sur elle.

— Oui. Et je regrette de ne pas te l'avoir dit plus tôt, au lieu de fuir.

— Oh ! Celia. Moi aussi, je t'aime. Je t'ai toujours aimée.

C'était ce qu'elle avait compris en l'écoutant chanter ce soir. Mais c'était encore plus merveilleux de l'entendre le lui dire.

Il se redressa et prit son visage entre ses mains.

— Je te demande pardon d'avoir attendu toutes ces années pour revenir auprès de toi. J'ai laissé la fierté entraver l'avenir que nous pouvions construire ensemble. Et je te demande pardon de ne pas avoir été à l'écoute de tes attentes, de ne pas t'avoir fait suffisamment confiance. De ne pas avoir su voir ce que j'avais devant les yeux.

— Quoi donc ?

— Il y a dix-huit ans, j'étais fasciné par toi. Mais, aujourd'hui, je suis subjugué. Emerveillé. Tu es tellement belle, tellement forte. Je ne sais pas ce que j'ai fait pour mériter d'avoir une deuxième chance avec toi.

Le bourdonnement qui emplissait ses oreilles l'empêchait presque d'entendre les acclamations de la foule qui réclamait une dernière chanson.

— Il est temps pour nous de nous donner une chance d'être heureux. Nous méritons d'être de nouveau ensemble.

Elle passa la main dans ses cheveux, envahie par l'émotion.

— Mon amour, je n'ai jamais été aussi d'accord avec toi, dit-il en l'embrassant tendrement. Dis-moi, que dirais-tu si je prenais ma retraite ?

Le régisseur lui fit signe de revenir, mais Malcolm l'ignora.

— D'Interpol ? Je sais qu'Adam Logan t'a blessé, mais…

— Non, ce n'est pas ce que je voulais dire. Je me disais que cette tournée pourrait être la dernière pour moi.

— Pardon ?

— Qu'en penses-tu ?

— Je croyais que la musique était ta raison de vivre. Et l'émotion que tu as exprimée ce soir a envoûté tout le monde.

— Celia, c'était pour toi. Tout a toujours été pour toi. J'ai cherché le succès pour prouver ma valeur à ton père, mais je sais que ce n'est pas ce qui compte à tes yeux. Ni aux miens du reste. J'ai appris tellement de choses sur toi ces derniers jours. Rien ne m'empêchera de continuer à composer, et j'ai les moyens de vivre sans travailler à présent.

Alors il était sérieux. Il était prêt à suivre un autre chemin pour elle.

— Malcolm, tes fans vont être désespérés.

— Je connais des dizaines de chanteurs qui attendent de prendre ma place.

— Tu penses vraiment ce que tu dis ?

— Oui. On m'a proposé récemment d'écrire la musique d'un film. Adam m'avait déconseillé de le faire…

Il s'interrompit et soupira.

— Je peux le faire n'importe où, reprit-il. Même à Azalea.

Emue, elle lui sourit. Si lui était prêt à tout pour elle, elle aussi pour lui.

— Malcolm, nous pourrions partager notre temps

entre Azalea et Londres. Je pourrais continuer à donner des cours particuliers, et travailler sur mes manuels pédagogiques.

— Alors c'était ça, les partitions que j'ai vues chez toi.

— Je crois que nous avons déjà de bonnes bases pour notre organisation future. Nous en reparlerons plus tard. Pour l'instant, tu as un concert à finir.

Elle vit une lueur briller dans ses yeux.

— Et si nous leur offrions un dernier bis ?

— Mais… c'est toi qu'ils appellent !

— C'est peut-être fou, mais je ne veux pas m'éloigner de toi. Tu pourrais peut-être m'accompagner à la guitare. J'ai envie de chanter avec toi, comme avant. Nous formions une bonne équipe.

Sans la moindre hésitation, elle prit le bras qu'il lui offrait et le suivit sur scène. Le public hurla ses acclamations en les voyant ensemble, et le silence se fit dès qu'il lui indiqua le tabouret haut pour qu'elle y prenne place avec la guitare. Il lui semblait que la salle entière retenait son souffle.

En regardant le premier rang, elle vit la mère de Malcolm qui les contemplait avec un sourire lumineux. Elle lui sourit à son tour avant de se tourner vers Malcolm. Puis, approchant les lèvres du micro qu'elle allait partager avec lui, elle joua les premiers accords d'*Une mélodie éternelle*. La chanson qui symbolisait l'amour infini qu'ils éprouvaient l'un pour l'autre.

VICTORIA PADE

Cette irrésistible étincelle

Passions

éditions HARLEQUIN

Titre original : A BABY IN THE BARGAIN

Traduction française de MARINA BRANCHE

83-85, boulevard Vincent Auriol, 75646 PARIS CEDEX 13.
Service Lectrices — Tél. : 01 45 82 47 47
www.harlequin.fr

- 1 -

Cela faisait exactement deux heures et vingt-huit minutes que January Camden attendait dans sa voiture ce lundi après-midi. Ou plutôt ce lundi soir, puisqu'il était déjà 18 h 23. Elle n'était vraiment pas faite pour la chasse à l'homme.

Mais traquer Gideon Thatcher jusqu'en bas de son bureau était la dernière option qui lui restait.

Elle referma le livre qu'elle lisait quand il faisait encore jour, le rangea dans son immense sac à main et mit le contact de sa berline afin d'allumer le chauffage. On était fin janvier, le mois de sa naissance et l'origine de son prénom. Et même si, durant la journée, les températures de Denver étaient restées bien au-dessus des normales saisonnières, maintenant que la nuit tombait l'hiver reprenait ses droits.

Jusqu'à quelle heure ce type peut-il bien travailler ?

Elle savait qu'il se trouvait à son bureau car elle avait appelé sa réceptionniste afin de s'en assurer, avant de commencer sa surveillance. Et cette dernière lui avait confirmé qu'il serait là jusqu'à 17 heures.

Jani était arrivée dans le centre-ville à 16 heures et avait fait le tour du pâté de maisons pour vérifier que le vieux bâtiment industriel reconverti en bureaux ne possédait pas d'autres sorties avant de se garer devant l'entrée principale.

A ce moment, elle avait rappelé une seconde fois la réceptionniste pour demander si M. Thatcher était toujours présent. « Présent, mais injoignable », lui répondit-elle. Et, depuis, elle attendait toujours qu'il tombe dans son piège.

Elle avait vu des photos de lui sur son site internet et dans un article de presse récent, aussi était-elle certaine qu'il n'avait pas pu sortir sans qu'elle le reconnaisse. Gideon Thatcher était le président du groupe Thatcher, une compagnie privée spécialisée dans l'aménagement urbain. L'article avait attiré l'attention de sa grand-mère, Georgianna Camden, soixante-quinze ans. Celle-ci avait aussitôt recruté Jani pour participer à son projet d'apporter des compensations à tous ceux qui avaient été victimes de la manière dont les Camden avaient mené leurs affaires dans le passé.

Les Camden étaient les propriétaires du groupe du même nom, qui comprenait une chaîne mondiale de supermarchés, des usines, des ateliers de production, ainsi que des entrepôts et de nombreuses fermes. Un empire construit par son arrière-grand-père, H.J. Camden.

H.J. avait été un homme dévoué à sa famille qu'elle avait profondément aimé. Malheureusement, sur le terrain des affaires, il s'était avéré différent de celui qu'elle avait connu.

Il y avait toujours eu des rumeurs prétendant qu'il était impitoyable et qu'il n'avait pas hésité à piétiner et à sacrifier de nombreuses personnes pour construire son entreprise. Et aussi qu'il avait inculqué les mêmes valeurs à son fils et héritier Hank ainsi qu'à ses petits-fils, Howard, le père de Jani, et à son oncle Mitchum.

La famille avait espéré que ces rumeurs étaient infondées. Cela ressemblait si peu à l'homme affectueux et protecteur qu'elle et ses cousins avaient connu. Mais du jour où ils avaient retrouvé le journal de H.J., leurs pires craintes avaient été confirmées.

Georgianna avait alors décidé d'envoyer ses dix petits-enfants en mission, afin de trouver la meilleure façon d'offrir une forme de réparation aux victimes et à leurs familles. Et ils étaient tous déterminés à faire de leur mieux pour se racheter auprès de ceux auxquels les Camden avaient injustement fait du tort.

Mais Gideon Thatcher ne lui facilitait pas la tâche. Il avait refusé de lui accorder un rendez-vous et n'avait répondu à aucun de ses messages. Aussi en était-elle réduite à le traquer pour le contraindre à l'écouter.

Elle se redressa et dégagea ses longs cheveux afin d'enfiler son caban qu'elle boutonna par-dessus son col roulé crème. *Allez, arrête de travailler, Gideon ! Et rentre chez toi !* Mais son vœu ne fut pas exaucé.

Fatiguée et nerveuse, elle prit le gloss qu'elle avait remisé dans son sac et fixa le rétroviseur. Elle n'avait besoin d'aucun mascara pour souligner les yeux bleus qu'elle partageait avec ses cousins et qu'ils avaient surnommé le bleu Camden. Puis elle prit son peigne et brossa ses cheveux couleur sable qui lui descendaient jusqu'au milieu du dos avant de secouer la tête afin qu'ils tombent vers l'avant.

Elle avait pris cette habitude depuis que Larry Driskel s'était moqué d'elle en sixième. Sa grand-mère avait beau lui répéter que ses cheveux lui cachaient le visage et qu'elle était beaucoup trop jolie pour cela, elle se sentait bien plus confiante avec ce rideau de protection entre elle et le monde.

Et, à cet instant, elle avait besoin d'être sûre d'elle tant il était perturbant de devoir forcer quelqu'un qui ne portait pas les Camden dans son cœur à la rencontrer. Mais peut-être se trompait-elle en interprétant le rejet de Gideon Thatcher. Peut-être était-il simplement un homme débordé qui n'avait pas de temps à lui accorder. Et peut-être que ce que H.J. avait fait subir à sa famille il y a tant d'années n'était pas vraiment important à ses yeux. C'était en tout cas ce qu'elle choisit d'espérer même si elle avait le plus grand mal à y croire.

Elle prit une profonde inspiration et coupa le moteur en songeant qu'elle attendrait jusqu'à 19 heures et que, s'il ne sortait toujours pas, elle entrerait et se présenterait à son bureau. Mais, tandis qu'elle y réfléchissait, la grande porte en acajou s'ouvrit et il apparut.

Elle le reconnut instantanément grâce aux photographies qu'elle avait observées et s'aperçut qu'aucune d'elles ne lui rendait justice. Immobile, elle ne put retenir un *Ouah !* involontaire.

Gideon Thatcher était grand, impressionnant et large d'épaules sous son long manteau en laine noire. Les lampadaires illuminaient ses cheveux d'un châtain un peu plus soutenu et doré que le sien qu'il portait courts sur le côté et coiffés en arrière sur le dessus. Et même si, à cette distance, elle ne pouvait détailler chacun de ses traits, il ne faisait aucun doute qu'il était terriblement séduisant.

Mais tandis qu'elle restait immobile à le contempler,

il sembla se souvenir de quelque chose, fit demi-tour et franchit de nouveau l'entrée. Ce qui lui offrit une seconde chance car elle aurait déjà dû l'approcher plutôt que de rester tétanisée par son apparition.

Elle saisit alors son sac, sortit d'un bond de sa berline et s'apprêtait à grimper les sept marches qui la séparaient de la porte du bâtiment quand il apparut de nouveau.

— Monsieur Thatcher ? dit-elle avec un grand sourire.

Il se figea au son de sa voix. Bien sûr, il ne pouvait pas la reconnaître et il la dévisagea d'un air intrigué avant qu'un léger sourire ne se dessine sur ses lèvres et qu'un de ses sourcils ne se soulève. Un signe d'intérêt flatteur qu'elle n'avait pas reçu d'un homme depuis quelque temps et qui lui fit ressentir un frisson de contentement. D'autant plus que cet hommage venait d'un des hommes les plus attirants qu'elle ait rencontré.

Il avait un front large, des yeux pénétrants dont elle n'arrivait pas à déterminer la couleur, un nez parfaitement proportionné et une mâchoire masculine et volontaire. Mais voilà qu'elle restait de nouveau bouche bée.

— C'est bien moi, répondit-il en venant la rejoindre.

Maintenant qu'il était tout près, elle s'aperçut qu'il mesurait vingt bons centimètres de plus que son mètre soixante-dix et que ses yeux étaient d'un vert irisé incroyablement clair.

— Je suis January Camden.

Ces quatre mots changèrent tout. Les yeux magnifiques s'assombrirent, les sourcils se froncèrent et le visage séduisant devint aussitôt hostile. Mais elle fit semblant de ne pas s'en apercevoir.

— J'ai essayé de vous contacter en vain…

— J'ignore ce que vous faites ici et je m'en moque, répondit-il en se dispensant de toute politesse. Je n'ai rien à dire à un Camden, quel que soit le lieu ou le moment !

Pas exactement un accueil chaleureux. « Dans quoi m'as-tu fourrée, Gigi ? » demanda-t-elle en silence à sa grand-mère.

Mais au sein du conseil d'administration des Camden, Jani était responsable du marketing et des relations publiques. Et une partie de son travail consistait à ne jamais perdre son calme face à des clients et partenaires mécontents. Aussi, même si quelque chose chez Gideon Thatcher la troublait plus qu'elle ne l'aurait voulu, elle parvint à le cacher.

— Si vous pouviez juste m'accorder ne serait-ce que quelques minutes…

— Quel que soit le mauvais coup que vous gardez dans votre manche, vous, les Camden, cela ne m'intéresse pas, même si l'emballage du paquet qu'on m'a envoyé pour me tenter est aussi joli.

Il lui fallut un instant pour comprendre qu'il parlait d'elle et qu'il lui faisait une sorte de compliment. Mais, pendant cette seconde de confusion, Gideon Thatcher avait déjà fait volte-face et s'éloignait d'elle.

— Je vous en prie ! Si vous pouviez m'accorder ne serait-ce qu'une minute, implora-t-elle en se lançant à sa poursuite.

Mais, quand elle se tourna, l'anse de son sac accrocha la rambarde de l'escalier, tout son contenu se dispersa sur le trottoir et une partie roula même sous la voiture, lui arrachant un soupir de découragement.

Gideon Thatcher se figea et se retourna.

Tandis qu'elle rassemblait ses affaires, la vue périphérique dont elle disposait lui permit de s'apercevoir qu'il semblait agacé. Mais plutôt que de continuer son chemin, il grommela quelque chose et revint sur ses pas pour l'aider. Et, pendant qu'elle ramassait son portefeuille et son téléphone portable, il s'agenouilla pour récupérer le reste des affaires qui avaient roulé sous la voiture.

Donc vous voulez un bébé : tel était le titre du livre qu'elle lisait en l'attendant dans sa berline. Et il avait eu le temps de le déchiffrer avant de le lui tendre, elle en était certaine.

Elle lui prit l'ouvrage des mains et l'enfouit aussitôt au fond de son sac. Puis il lui rendit son poudrier et le calepin sur lequel elle prenait ses notes de lecture.

— Merci, répondit-elle en essayant de cacher son embarras maintenant qu'il connaissait son secret.

Mais elle n'avait pas l'intention d'en discuter avec lui et choisit plutôt de mettre à profit le délai que lui avait offert l'incident. Alors elle se lança.

— Nous avons lu l'article qui a paru sur votre projet de réhabilitation de Lakeview et nous aimerions financer un parc pour honorer votre arrière-grand-père.

Gideon Thatcher parut se crisper tandis qu'il la dévisageait d'un air incrédule. Puis il secoua la tête et émit un bruit sourd, comme s'il allait s'étouffer.

— H.J. Camden a utilisé et trompé mon arrière-grand-père avant de s'arranger pour faire croire au public que mon bisaïeul avait trahi la confiance que lui portaient des centaines de personnes, répondit-il d'un ton vindicatif. Il a ruiné sa réputation, sali notre nom et transformé Lakeview en quelque chose qu'il n'avait jamais souhaité. Vous n'imaginez pas les efforts que j'ai dû déployer pour convaincre le conseil municipal de Lakeview de donner ce projet à un Thatcher. Et vous avez le toupet de penser que je laisserais un Camden s'approcher du chantier en plus de croire qu'un minable parc pourrait racheter tout le mal que vous nous avez fait ?

— H.J. et votre arrière-grand-père ont été amis pendant quinze ans. Je sais que les choses ont mal tourné, mais à certains égards ce n'était pas la faute d'H.J. Il voulait réellement tenir ses promesses…

— C'est moi qui tiens maintenant ses promesses ! H.J. Camden n'a jamais rien fait pour qui que ce soit d'autre que lui-même…

Elle ne pouvait pas le contredire. Et, tandis qu'elle affrontait le mépris et le dédain de Gideon Thatcher, elle se demanda s'il existait vraiment quelque chose à lui offrir pour le faire changer d'avis.

Mais sa famille lui avait donné carte blanche afin qu'elle mène sa mission à bien. Alors elle releva fièrement le menton et le dévisagea.

— Si vous ne voulez pas d'un parc, alors que souhaiteriez-vous ?

— Vous plaisantez, j'imagine ? Vous croyez vraiment que quelque chose pourrait réparer ce qu'H.J. Camden a fait à ma famille ?

— Je crois seulement que vous voyez cette situation de votre propre perspective et que vous ignorez certains événements qui se sont passés il y a des décennies de cela. Mais H.J. regrettait la manière dont les choses ce sont terminées. Il regrettait que son amitié avec votre arrière-grand-père soit irrémédiablement brisée et que

Lakeview soit resté une zone purement industrielle, plutôt que la banlieue de rêve qu'il s'était engagé à construire. Et maintenant que nous avons appris votre intention de mener ce projet à terme, nous savons qu'H.J. aurait voulu honorer votre arrière-grand-père en vous aidant d'une manière ou d'une autre.

— D'une manière symbolique, en me permettant de construire un parc minable ?

Un parc ou ce qu'il voudrait. Tout ce qu'elle souhaitait, c'était réussir à créer une relation suffisante avec cet homme qui lui permettrait d'apprendre ce qui était arrivé à sa famille après la trahison d'H.J. et de trouver s'il existait un moyen de réparer les erreurs du passé.

— L'article vous mentionnant parlait d'un parc, et c'est l'unique raison pour laquelle nous vous faisions cette suggestion. Mais si vous pensez à autre chose pour y graver le nom des Thatcher, nous sommes prêts à vous écouter.

— Oh ! « Vous seriez prêts », répéta-t-il d'un ton sarcastique. Les arrogants Camden me feraient cette grâce ?

Elle ne l'avait pas dit de cette façon et ne le pensait certainement pas non plus.

— Monsieur Thatcher, dit-elle en espérant que cette appellation lui montrerait son respect

Mais elle n'eut pas l'occasion d'aller plus loin.

— Gideon ! la corrigea-t-il comme si elle l'insultait en restant formelle.

— Gideon, reprit-elle patiemment. Nous voulons simplement faire ce que nous pouvons pour aider Lakeview à devenir ce qu'il aurait dû être. Et nous souhaitons agir au nom de votre arrière-grand-père.

— Vous pouvez être sûre que ce ne sera pas au nom des Camden.

— Tout ce que nous entreprendrons pourra rester anonyme. Nous ne cherchons pas à obtenir une quelconque reconnaissance.

— Et vous n'en aurez pas !

Il leur en voulait vraiment à mort. Et elle se dit que son frère Cade avait eu beaucoup de chance avec sa propre mission qui lui avait permis de rencontrer la femme de sa vie. Tandis qu'elle se tenait debout au coin d'une rue de Denver, sous le regard d'un homme que la seule mention de son nom de famille rendait furieux. A une période de sa vie où elle avait par ailleurs quelque chose de bien plus important à réaliser, quelque chose en quoi elle aurait voulu investir tout son temps et son énergie.

Mais tout comme ses cousins, elle était totalement dévouée à la grand-mère qui les avait élevés. Et puisque Georgianna leur avait demandé d'accepter chacun une mission, elle était coincée. Alors autant faire du mieux qu'elle le pouvait.

— Nous ne voulons pas de reconnaissance, je vous l'assure. Nous souhaitons simplement contribuer à honorer votre arrière-grand-père de la manière qui vous conviendra.

Gideon Thatcher la dévisagea comme s'il cherchait à déceler le piège que cachaient ses paroles.

Mais il n'y avait rien à trouver, car elle ne disait que la vérité.

— Si vous pouviez juste y réfléchir. Cela pourrait être accompli à vos conditions.

— Mes conditions ?

— Absolument.

Les sourcils se froncèrent un peu plus tandis qu'il la fixait et elle comprit qu'il n'était pas convaincu.

Mais il avait dû percevoir quelque chose dans ses yeux car il s'apaisa un peu et concéda, après une interminable minute de silence :

— Je vais y réfléchir.

Elle sauta sur cette mince ouverture et prit dans son sac l'une de ses cartes de visite sur laquelle elle nota son numéro de portable ainsi que celui de son domicile. Ce dernier était-il bien nécessaire ? Elle l'inscrivit tout de même. Pas pour des raisons personnelles, mais juste pour qu'il sache qu'elle pensait réellement tout ce qu'elle lui avait dit et qu'elle souhaitait être la plus conciliante possible. Et le fait qu'il soit terriblement séduisant ne changeait rien à cette affaire, car elle ne fréquenterait jamais quelqu'un qui la méprisait avant d'avoir pris le temps de la connaître. Et elle n'avait plus de temps devant elle.

— Voici les numéros où vous pouvez me joindre à l'heure qui vous arrangera, dit-elle en lui tendant la carte.

Gideon Thatcher fixa la carte qu'il tenait dans sa main large et puissante, l'une des mains les plus sensuelles qu'il lui ait été donné de voir, même si elle n'était pas certaine de savoir ce que cela signifiait.

— January Camden, lut-il à voix haute.

— Appelez-moi Jani. C'est ce que font mes amis et ma famille.

Il leva de nouveau ses yeux vert irisé sur elle et même si l'hostilité semblait avoir disparu de son regard, ce qui l'avait remplacée lui fit comprendre que, s'il acceptait son offre, il ne lui faciliterait pas la tâche.

Elle eut d'ailleurs la confirmation de son intuition quand il répondit :

— Vous allez regretter de m'avoir abordé, January… Si je décide d'accepter l'argent de votre mauvaise conscience, ce sera pour bien plus qu'un parc. Car, pour rendre justice à Lakeview et à ma famille, je m'assurerai que votre budget ne s'en sorte pas indemne.

— Nous ne souhaitons rien d'autre que de rendre hommage à votre arrière-grand-père et de la manière qui vous plaira, répondit-elle sans sourciller. J'espère que nous nous reverrons rapidement.

— Bien assez tôt, déclara-t-il d'un air étrange.

Elle ne savait pas vraiment ce qu'elle devait répondre à cela mais, comme il s'obstinait à la dévisager, elle pensa qu'il était temps de mettre fin à cette rencontre.

— Dans ce cas, je vais vous laisser reprendre votre chemin. Je suis garée juste là.

Il regarda la voiture, puis la fixa de nouveau. Elle pensa lui serrer la main comme elle en avait l'habitude à la fin d'un rendez-vous professionnel, mais elle s'arrêta en prenant soudain conscience qu'elle était un peu trop enthousiaste à l'idée d'un contact physique avec lui. Quelque chose en elle mourait d'envie d'éprouver la chaleur de cette main qu'elle avait trouvée si sensuelle. C'était un sentiment si étrange qu'elle ne jugea pas prudent d'y céder et se contenta d'une formule polie.

— Merci pour votre attention.

Il ne fit que grommeler, sans cesser pour autant de la fixer. Il devait attendre à contrecœur qu'elle soit en sécurité dans sa voiture pour partir, de la même façon dont il l'avait galamment aidée à ramasser ses affaires. Alors elle se mit à marcher.

C'était troublant de sentir son regard tandis qu'elle ouvrait sa portière et s'installait au volant. Et encore plus perturbant de constater qu'il ne cessait de la regarder alors qu'elle était désormais en sécurité.

Lui faisait-il si peu confiance qu'il pensait ne plus la revoir une fois qu'elle aurait démarré ? Car tout son visage n'exprimait que de la méfiance, comme s'il se demandait quel mauvais coup elle pouvait bien préparer.

Ne t'en fais pas, je suis quelqu'un de bien…

Elle voulait qu'il le comprenne. Elle fut surprise de découvrir à quel point cela lui importait. Presque autant qu'elle aurait souhaité que sa manière de la regarder n'ait pas changé après qu'elle eut dit son nom.

Mais cela n'était pas important. Elle avait un devoir à accomplir envers sa famille et c'était tout ce qui comptait. Quand ce serait terminé, elle pourrait alors entièrement se consacrer à son désir de devenir maman et n'entendrait plus jamais parler de ce Gideon Thatcher.

Pourtant, quand elle se mit en route et le vit tourner la tête dans la direction opposée, elle sentit un pincement de regret à l'idée qu'un homme tel que lui la déteste à cause de son nom.

Un homme comme lui… Cela aurait été vraiment merveilleux si un homme comme lui était entré dans sa vie quand elle pouvait encore prendre le temps de s'engager et de construire une relation.

Parce que, avec cet homme, ils auraient pu avoir les plus beaux des bébés.

Quelle stupide idée !

Mais si elle avait traversé son esprit, c'était justement

parce qu'elle ne pensait qu'à avoir un enfant depuis des semaines.

Certainement pas parce que Gideon Thatcher avait quelque chose de spécial.

- 2 -

— Tu es en retard.

— Excuse-moi, répondit Gideon à Jack Durnham, son meilleur ami et second du groupe Thatcher. J'étais si préoccupé que je ne me suis pas endormi avant 4 heures du matin et je n'ai pas entendu mon réveil. Mais peut-être que le patron ne remarquera pas notre retard si nous entrons en nous cachant sous nos manteaux…

— Bonne idée, patron ! s'exclama Jack en riant.

Ils étaient amis depuis le collège, avaient fait leurs études universitaires ensemble et chacun avait été le témoin de l'autre à son mariage. Puis Jack avait quitté son emploi pourtant grassement rémunéré quand Gideon avait fondé son groupe. Techniquement, Gideon était donc le chef de Jack, mais il le considérait plus comme son partenaire que comme son employé.

— Qu'est-ce qui te troublait au point de t'empêcher de dormir ?

— Tu ne vas pas me croire, mais toi d'abord, raconte. Comment s'est passé ton week-end avec Sammy ?

Jack grimaça et secoua ses cheveux blonds.

Sammy était son fils de deux ans. Sa femme et lui

venaient de se séparer et il avait passé son premier week-end en tête à tête avec son tout jeune enfant.

— Pas terrible, répondit-il. Tiffany fait de son mieux pour me compliquer la tâche. Et je ne sais même pas pourquoi. Après tout, c'est elle qui a décidé que notre mariage stagnait et m'a quitté. Mais, pour une raison qui m'échappe, elle a décidé de me punir. Et après les sept longues semaines qu'elle a passées en Floride chez ses parents avec Sammy, elle est allée s'installer à Colorado Springs plutôt que de revenir à Denver. Et ce, uniquement pour pouvoir me faire du chantage ! Selon elle, si je veux que Sammy ne vive pas trop loin de moi, alors je devrai lui payer un appartement. Sinon elle m'obligera à faire un aller et retour de deux heures pour le récupérer et la même chose pour le ramener.

Jack était devenu agressif et commençait à élever la voix, mais son besoin d'évacuer sa colère était si évident que Gideon ne le lui fit pas remarquer.

— Et la visite en elle-même ? Tout s'est bien passé ?

— Etant donné ce qui t'est arrivé avec Jillie, tu dois penser que j'ai de la chance de pouvoir voir Sammy, mais tout cela est si triste. Il n'a que deux ans ! Il m'a regardé comme si j'étais un étranger après cette longue séparation et s'est accroché aux jambes de sa mère. Puis il s'est mis à pleurer quand je l'ai emmené et m'a dévisagé en silence durant tout le trajet de retour. Et comme si ce n'était pas suffisant, je me suis aperçu que Tiffany n'avait pas mis son doudou dans ses affaires quand j'ai voulu le coucher.

— Mince ! s'exclama Gideon. Quoi qu'il se passe, ils ont absolument besoin de leur doudou pour dormir !

— Oui, et j'ai dû le remettre dans la voiture alors

qu'il était épuisé et qu'il m'en voulait de l'avoir séparé de sa mère pour explorer trois différents supermarchés Camden et dénicher une couverture identique à la sienne. Mais vu qu'il était à bout de nerfs, il a continué de pleurer en appelant sa mère et…

— Vous étiez tous les deux malheureux.

— Nous commencions à peine à retrouver notre rythme quand j'ai dû le ramener.

— Tu as raison, c'est vraiment triste.

— Pardonne-moi, reprit Jack en baissant la voix, je sais bien que je m'en tire cent fois mieux que toi, mais c'est tout de même très dur.

— Je comprends, acquiesça Gideon qui pouvait voir à quel point son ami souffrait d'une situation qu'il ne connaissait que trop bien.

Et cela lui rappela la raison pour laquelle il avait pris une décision irrévocable, un serment en quelque sorte.

La serveuse apporta leur petit déjeuner et, quand elle fut partie, Jack changea de sujet.

— Bon, si tu me laisses faire, je vais ronchonner toute la journée, alors raconte-moi plutôt ce qui t'a empêché de dormir.

— Puisque tu as commencé à parler des supermarchés Camden…, commença-t-il d'un ton sarcastique.

— Je sais bien ce que tu ressens à leur égard. Mais aucun de nous ne peut éviter de fréquenter les boutiques qui ont fait leur fortune, pas même toi.

— Mais que penserais-tu d'utiliser leur argent pour le projet Lakeview ?

Jack se figea, sa fourchette en l'air.

— Quand je suis sorti du bureau hier soir, il y avait un joli petit lot qui m'attendait sur le trottoir, January

Camden pour ne pas la nommer. Elle m'avait déjà laissé des messages, mais je les avais ignorés. Il semblerait que les Camden souhaitent faire une donation afin de construire un parc en l'honneur de mon arrière-grand-père.

— L'argent de la mauvaise conscience ? devina Jack.

— C'est ce que je lui ai dit.

— Je connais à peu près l'histoire, murmura Jack comme pour se la remémorer. H.J. Camden était ami avec ton arrière-grand-père qui était le maire de Lakeview, c'est cela ? A l'époque où Lakeview était une communauté de fermes en train de dépérir, mais assez proche de Denver pour qu'H.J. souhaite y implanter des usines et des entrepôts. Or le conseil municipal de Lakeview ne souhaitait pas que leur ville devienne uniquement une zone industrielle. Alors H.J. a adouci son offre et s'est engagé à transformer Lakeview en un rêve de banlieue. De nouveaux immeubles d'habitation, des commerces de proximité, des écoles, des parcs…

— Et il a convaincu mon arrière-grand-père de soutenir son projet. Il avait besoin que quelqu'un d'influent intervienne en sa faveur auprès du conseil.

— Ce qui était le cas de ton arrière-grand-père, vu qu'il était maire.

— Faisant confiance à la parole de leur maire, le conseil municipal a signé l'accord et autorisé les Camden à construire leurs usines.

— Mais une fois que les Camden ont obtenu ce qu'ils voulaient, ils n'ont pas financé la seconde partie de l'accord.

— Et mon arrière-grand-père a dû en assumer la responsabilité.

— Avec toutes les humiliations et les épreuves que cela a entraînées pour ta famille sur plusieurs générations, jusqu'à ce que tu hérites finalement des conséquences. Tu as toutes les raisons de leur en vouloir, effectivement. Alors, dis-moi, à quoi réfléchissais-tu cette nuit ? Au meilleur moyen d'obtenir ta revanche ?

— Non, plutôt à toutes les raisons que j'ai de les détester, répondit-il sans préciser à son ami qu'il avait ressenti le besoin de se concentrer sur sa colère pour empêcher ses pensées de revenir sans cesse à January Camden elle-même.

La première chose qu'il avait remarquée, c'était la couleur café de ses cheveux illuminés par le soleil, qui tombaient en cascade sur ses épaules et encadraient une peau de lait d'une blancheur parfaite. Cette image hantait son esprit et semblait curieusement atténuer sa colère.

Tout comme le souvenir de ses pommettes hautes et de son nez fin et parfaitement proportionné, qui était juste assez long pour donner une touche d'exotisme à ses traits. Ses lèvres pleines et adorables semblaient faites pour être embrassées. Et ses yeux bleus, si intensément bleus, avec des reflets myrtille, l'avaient sidéré avant même qu'il ait descendu les dernières marches pour la rejoindre.

Et voilà qu'il recommençait à se perdre dans ce souvenir qui l'avait déjà tenu éveillé une nuit entière.

— Non, déclara-t-il en secouant la tête, je ne pensais pas à prendre ma revanche, ce n'est pas comme si les Camden m'obsédaient en permanence. Mais je ne souhaite pas non plus partager leur lit.

D'où lui était venue cette métaphore idiote et pourquoi l'image de January s'était-elle superposée à cette pensée ?

Ce n'est qu'une figure de style. Il n'y a là aucun sens caché.

Pourtant la température de son corps avait augmenté de quelques degrés et il ressentit le besoin de gigoter sur sa chaise pour évacuer une sorte de tension.

— Je sais bien que tu ne « partagerais pas ton lit » avec eux, répliqua Jack en souriant. Mais est-ce vraiment le cas quand il s'agit d'une donation ?

— Je ne sais pas, répondit Gideon en soupirant. Mais j'aime bien l'idée de mettre le nom de mon arrière-grand-père sur une réalisation qui apporterait une valeur à Lakeview. Et il est certain que Lakeview appartient aux Camden…

— Donc tu ferais d'une pierre deux coups ?

— Sauf que la pierre appartient aux Camden et que l'on ne peut pas leur faire confiance. L'histoire de ma famille le prouve assez, ajouta-t-il en révélant malgré lui à quel point il se sentait ambivalent.

— Tu penses qu'il s'agit d'une sorte de piège ? l'interrogea Jack en terminant son café.

— Je sais que je ne les laisserai pas faire. Et puis elle m'a affirmé que je pourrais poser mes conditions.

— Et s'ils étaient vraiment honnêtes ? suggéra Jack. Peut-être qu'ils veulent réellement se racheter pour ce qu'H.J. a fait ?

Gideon haussa les épaules : il n'en croyait rien.

— Les Camden sont connus pour leurs donations conséquentes aux œuvres de charité et ont bien meilleure réputation désormais, lui fit remarquer Jack. Ils ont financé des hôpitaux, des bibliothèques, des laboratoires de recherche et même des refuges pour animaux. Et les montants ont été parfois si importants qu'ils ont eu droit aux honneurs de la presse nationale. En fait, leur nom est rattaché à presque tous les projets intéressants de ces dernières années. Tu crois que la nouvelle génération de Camden est meilleure que la précédente ?

— Nouvelle et meilleure ? Je ne cherche peut-être pas à me venger, mais je ne suis pas non plus naïf à ce point. Souviens-toi qu'H.J. Camden est un loup qui est entré dans une bergerie en se déguisant en mouton.

— C'est indéniable, mais tu es forcément soupçonneux quand tu penses à eux. Pourtant, si leur donation bénéficie effectivement à la communauté à laquelle ils doivent tant et que ton arrière-grand-père reçoit un hommage mérité au passage, ce ne serait pas une mauvaise chose, tu ne crois pas ?

— Je dois y réfléchir.

La serveuse les interrompit pour savoir s'ils désiraient un dessert. Jack reprit un café et Gideon demanda l'addition.

— Je t'invite pour me faire pardonner mon retard, dit-il à son ami. Mais je vais devoir t'abandonner car j'ai une réunion avec le comité des parcs et jardins de Lakeview.

— Oh ! c'est vrai ! J'avais oublié. Rendez-vous plus tard au bureau, dans ce cas.

Après avoir payé et laissé un pourboire généreux, Gideon se tourna vers Jack.

— Ne te fais pas trop de souci pour Sammy. C'est la période la plus difficile, mais ce petit est ton fils, et personne ne pourra te le voler. Tout finira par s'arranger, tu verras.

— Ouais, sans doute, répondit Jack d'un ton maussade. Mais ce ne sera jamais plus comme avant.

Il était bien placé pour savoir que son ami avait raison et il n'essaya même pas de le contredire. Et puis les épreuves que Jack traversait réveillaient son propre chagrin.

Cette impression douloureuse perdura jusqu'à ce qu'il se mette au volant de son SUV et qu'il prenne la route de Lakeview. Et cette ville lui rappela January Camden et sa proposition, qui lui permirent d'échapper enfin à ses sombres pensées.

Si jamais il décidait d'accepter son offre et qu'il soit contraint d'être en contact régulier avec un Camden, au moins ce dernier aurait-il l'avantage d'être agréable à regarder. Ils avaient choisi un messager qui forçait son attention. Il devait leur reconnaître cette habileté.

Elle avait affronté sa tempête de reproches avec un sang-froid et une dignité qui l'avaient impressionné. Et du style, ça aussi, elle en possédait. Sang-froid, dignité, style, beauté…

O.K., January Camden n'était pas n'importe qui, admit-il à contrecœur.

Mais c'était quand même une Camden.

D'ailleurs, bien qu'il ne se souvienne pas d'avoir vu une alliance à son doigt, elle devait être une Camden mariée. Le livre qu'elle avait laissé tomber ne laissait aucun doute sur le fait qu'elle était à l'aube de fonder une famille. L'ancienne douleur refit surface et lui noua la gorge quand cette pensée atteignit son esprit. Une famille, des bébés… Et tout à coup ce ne fut plus l'image de January Camden qui le hanta, mais celle d'une petite fille qui avait été la sienne. Seulement pour quelque temps…

Jillie.

Sa petite Jillie.

Cela faisait si longtemps et pourtant il avait toujours l'impression de recevoir un coup de poing dans la mâchoire.

Et il s'aperçut qu'il préférait de beaucoup penser à January Camden qu'à Jillie. Et même à tous les Camden ! Il était bien moins difficile d'être fou de rage que de chagrin.

Pense à la donation !

Mais uniquement à la donation et à ce clan de Camden fourbes et sans honneur.

Pas à January Camden en particulier.

Ni à ses yeux bleus, intensément bleus.

Ni à ce qui pouvait bien se passer dans sa vie.

Juste à cette donation dont ce clan fourbe et sans honneur souhaitait gratifier Lakeview.

Et demande-toi si tu vas l'accepter ou non.

— Vous ne déjeunez pas avec Gigi et moi ? demanda Jani à Margareth et Louie en utilisant le surnom de sa grand-mère.

Elle avait espéré être seule avec sa grand-mère quand elle s'était rendue dans sa demeure, mais Louie et Margareth étaient bien plus que du personnel de maison, ils étaient des membres à part entière de la famille et avaient aidé Gigi à élever ses petits-enfants. Ils vivaient et travaillaient toujours dans la propriété et tous les Camden leur étaient attachés.

Comme ils étaient dans la cuisine avec Gigi quand elle était arrivée, elle avait cru qu'ils déjeuneraient ensemble et qu'elle devrait attendre pour parler en privé avec sa grand-mère. Mais après qu'ils eurent échangé quelques plaisanteries, Louie avait annoncé qu'ils devaient y aller.

— Je suis invitée à déjeuner ! avait renchéri Margareth d'un air ravi. J'aurais pu croire que Louie devenait romantique avec l'âge, mais je pense plutôt que ta grand-mère l'a sermonné parce qu'il avait oublié notre anniversaire !

— Pas du tout, c'était mon idée ! protesta l'intéressé.

— Fais en sorte que le déjeuner soit agréable et ajoute une virée shopping si tu espères dormir ailleurs que dans la niche du chien, ajouta Gigi en riant.

La camaraderie qui liait ces trois-là sautait aux yeux. Ils étaient des amis véritables et indispensables les uns aux autres.

— Oui ! Du shopping, excellente idée, renchérit Margareth bien que Jani se demande ce qui pourrait faire plaisir à quelqu'un qui ne portait que des pantalons à taille élastique et des T-shirts ou sweat-shirts frappés d'inscriptions variées.

Le couple âgé s'esquiva et elle s'installa avec sa grand-mère à la table du petit déjeuner qui pouvait accueillir quinze personnes. Gigi avait préparé ses sandwichs spéciaux, grillés au fromage, et une soupe de tomate au basilic. Mais Jani attendit d'avoir entendu la porte d'entrée se refermer avant d'aborder un sujet qui ne pouvait être partagé en dehors du cercle de Gigi et de ses petits-enfants. Même avec Margareth et Louie.

Quels que soient les méfaits commis par H.J., sa

famille savait qu'il était impératif de ne pas les ébruiter. Leur fortune et leur célébrité faisaient d'eux des cibles faciles et ils ne souhaitaient pas aller au-devant des ennuis.

— Donc, je te disais au téléphone que j'avais finalement réussi à parler avec Gideon Thatcher.

— Comment cela s'est-il passé ? l'interrogea la vieille dame.

— Mal, il nous déteste, répondit-elle sans tourner autour du pot. Deux générations et des décennies depuis que les engagements d'H.J. pour Lakeview ont tourné court, et rien n'a changé. Ce type nous hait autant que si c'était lui qu'H.J. avait manipulé pour faire construire ses usines.

— Nous cherchons justement ceux qui ont tout perdu à cause d'H.J., répondit calmement Gigi.

— Certes, mais peut-être ne suis-je pas la mieux placée pour m'occuper de cette affaire quand je viens juste de commencer mes rendez-vous avec l'endocrinologue et que tous les éléments semblent enfin réunis pour que je puisse avoir un bébé.

Elle pouvait voir sur le visage de sa grand-mère, où persistaient les signes de sa beauté d'antan, qu'elle désapprouvait sa démarche.

— Tu as été très claire sur tes intentions, quoi que tu doives affronter. Mais je regrette que tu te précipites autant. Je sais bien que, quand tu as été opérée de l'appendicite à dix-sept ans, les médecins ont découvert que tu n'avais qu'un ovaire…

— Un ovaire particulièrement petit, lui rappela-t-elle. Ce qui signifie que mes chances de pouvoir fonder une famille sont extrêmement minces.

— Je pourrais difficilement l'oublier puisque tu as aussitôt développé une peur panique de ne jamais pouvoir avoir d'enfant.

— Parce que les médecins ont insisté sur les risques d'attendre trop longtemps. « Le plus tôt sera le mieux ! », voilà ce qu'ils n'ont cessé de me répéter. Je viens d'avoir trente ans. Trente ans ! Et toutes ces années perdues aux côtés de Reggie. Je ne peux plus me permettre d'attendre, Gigi.

— Goûte les sandwichs et dis-moi s'il y a assez d'ail dans la mayonnaise, répondit cette dernière.

Jani savait parfaitement qu'il s'agissait d'une diversion pour l'inciter à retrouver son calme. Mais comment rester calme face à une telle situation ? Jusqu'à présent, elle avait suivi la voie traditionnelle. Elle avait essayé de trouver le bon compagnon, de se marier et puis de fonder une famille. La voie que sa grand-mère approuvait.

Mais cette voie l'avait menée à une route sans issue et lui avait fait perdre un temps précieux. Désormais, elle ne pouvait plus se permettre d'en gâcher. Aussi avait-elle décidé de sauter les étapes consistant à trouver quelqu'un, puis à laisser passer les mois pour apprendre à se connaître : elle allait faire un enfant seule. Sans attendre et sans mari. C'était ce qu'elle avait décidé et ce qu'elle allait mettre à exécution. Même si sa grand-mère de soixante-quinze ans le trouvait peu conventionnel, pour ne pas dire scandaleux.

— Ce que j'essaie de te dire, reprit-elle, c'est qu'il serait sans doute plus approprié de confier cette mission spécifique à quelqu'un d'autre, car presque toute mon énergie sera consacrée à tomber enceinte.

Alors pourquoi l'idée que Gigi confie cette tâche à une autre de ses cousines éveillait-elle sa jalousie ? Elle n'en savait rien. Mais ce fut ce sentiment qui l'amena à ajouter :

— Peut-être que l'un des garçons pourrait mieux s'en tirer ?

Gigi secoua la tête.

— Si je regarde les choses de ton point de vue, disons que tu pourrais tomber enceinte…

— Je vais tomber enceinte ! Il le faut ! C'est ma dernière chance.

— Très bien, reprit Gigi avec un petit sourire. Quand tu seras enceinte et que tu devras te débrouiller seule, sans époux à tes côtés, cela ne sera certainement pas le moment de te confier une mission, n'est-ce pas ? Ensuite, tu auras un bébé, seule, insista la vieille dame. Je n'imagine pas te demander de délaisser ton enfant à ce moment-là, pour apprendre à connaître l'une des victimes d'H.J. et découvrir ce qu'il a subi avant de lui apporter une compensation…

Gigi avait toujours une longueur d'avance quand elle négociait avec ses petits-enfants et son âge n'y avait rien changé. Jani s'en rendait compte à présent et, de toute évidence, sa grand-mère avait anticipé leur conversation et affûté ses arguments.

— Donc, conclut la vieille dame, maintenant est le meilleur moment pour que tu mènes à bien cette tâche. C'est sans doute la seule occasion que tu auras jamais de le faire.

Jani rit légèrement de sa défaite. Sa grand-mère avait raison. Une fois qu'elle serait enceinte, puis maman, elle ne pourrait plus se permettre ce genre de choses.

Alors, plutôt que de continuer à se battre, elle rendit les armes.

Au moins Gigi n'essayait-elle pas de la convaincre de renoncer à avoir un enfant seule, même si d'évidence elle pensait que c'était une très mauvaise idée.

Jani espérait juste que sa grand-mère ne voyait pas dans ce projet avec Gideon Thatcher un moyen de l'empêcher de mener à bien ses projets de maternité. Car ce ne serait pas le cas. Elle organiserait simplement ses rendez-vous médicaux en fonction de ce qu'elle aurait à faire avec Monsieur-trop-beau-garçon qui la regardait comme une ennemie. Elle n'annulerait, ni ne reculerait rien !

— Très bien. Tu as gagné, concéda-t-elle en portant une cuillerée de soupe à sa bouche. Mais ce Thatcher ne se satisfera pas d'un simple parc. Il m'a clairement fait comprendre que, s'il nous laissait entreprendre quelque chose, ce serait beaucoup plus important…

— Fort bien, dit Gigi en haussant les épaules. Débrouille-toi pour découvrir les conséquences des décisions d'H.J. et, si nous pouvons mieux dédommager les Thatcher, nous le ferons. Quoi que souhaite ce Gideon.

— Ce qu'il veut, c'est la tête d'un Camden sur un plateau !

Gigi se leva pour remplir son verre et, en passant, elle prit le menton de Jani dans sa main comme elle le faisait autrefois, quand elle était encore une petite fille.

— Je ne crois pas qu'un homme voudrait te mettre en pièces. Tu rends une vieille femme jalouse, ma chérie.

— Gigi ! la gronda-t-elle en riant, tandis que sa grand-mère ouvrait le réfrigérateur. Tu as toujours dit que tu te sentais parfaitement bien comme tu étais. Et que tu préférais être heureuse, plutôt que de passer ton temps à te pomponner. Tu as changé d'avis ? Serait-ce à cause de ton nouvel-ancien-petit-ami ?

Au cours du premier projet visant à réparer les erreurs du passé, Cade, son frère aîné, avait remis en contact leur grand-mère avec son premier amour, Jonah Morrison. Tous deux s'étaient fréquentés durant leurs années de collège à Northbridge dans le Montana, mais le jeune couple s'était séparé juste après leur baccalauréat et Gigi n'avait pas tardé à rencontrer Hank Camden et à l'épouser.

Maintenant que Gigi et Jonah étaient tous les deux veufs et vivaient par coïncidence dans le même Etat, ils avaient recommencé à se voir. Ou plutôt à flirter, même si Gigi prétendait qu'elle était trop âgée pour que cette expression puisse s'appliquer à son cas.

— Mon nouvel-ancien-petit-ami ? répéta sa grand-mère en riant. C'est comme cela que vous appelez Jonah ?

— C'est bien ce qu'il est, non ?

— Je ne pense pas qu'un homme de son âge puisse être appelé un petit ami.

— Que penserais-tu de ton ancien soupirant dans ce cas ?

— Nous nous occupons de ceux qui nous sont destinés, voilà tout. Ne perds pas ton temps à trouver un nom pour cela.

— Tu t'occupes peut-être de Jonah, mais moi, je ne m'occupe plus d'aucun homme. Sauf bien sûr du belliqueux Gideon Thatcher, répliqua-t-elle avant de se corriger. Enfin, je me contente de faire ce que tu attends de moi et d'essayer de le connaître suffisamment pour savoir ce que nous pourrions entreprendre en faveur de sa famille. Je n'ai aucune raison personnelle de m'occuper de lui.

— Est-il aussi séduisant en vrai que le laissait penser sa photo dans le journal ? l'interrogea Gigi en retournant s'asseoir. Cet immense chapeau m'empêchait de voir s'il n'était pas chauve ou avec un crâne bosselé.

— Non, il a des cheveux, répondit-elle en voyant aussitôt le visage de Gideon apparaître dans son esprit.

Cela arrivait d'ailleurs fréquemment depuis qu'elle l'avait laissé au beau milieu de la rue.

— Il a même de très beaux cheveux, continua-t-elle. En fait, cette photo ne lui rend pas justice. Pas plus que celles qu'on voit sur son site. Il a des cheveux superbes, châtains avec des reflets plus clairs…

— Et sa coupe, est-elle soignée ou négligée comme celle de Reggie qui semblait toujours avoir besoin d'une petite visite chez le coiffeur ?

— Soignée, mais sans rien d'exagéré.

— Rasé ou une barbe de quelques jours ?

— Rasé de près, répondit-elle en visualisant la mâchoire volontaire et la fossette si sexy au milieu du menton de Gideon.

Son visage était juste assez rude et masculin pour que Gigi ne puisse le considérer comme un « joli garçon », expression condescendante qu'elle avait toujours appliquée à Reggie.

— Est-il grand ? Il en avait l'air sur cette photo. En tout cas bien plus que l'homme à qui il serrait la main.

— Très grand, avec des épaules impressionnantes,

dit-elle avant de rectifier en pensées : « Incroyablement impressionnantes, même. »

— Trapu ou élancé ?

— Elancé, et il n'a pas un gramme de graisse.

— Aussi maigre que Reggie ?

— Non, pas du tout maigre. En fait, j'ai plutôt eu l'impression qu'il était tout en muscles, sous son grand manteau.

— Et ses yeux ? De quelle couleur sont-ils ?

— D'un vert incroyable ! Scintillant comme celui de l'océan.

Mais, tout à coup, elle se rendit compte que les questions de sa grand-mère étaient tout à fait hors de propos et que celle-ci lui avait tendu un piège dans lequel elle s'était jetée en s'extasiant sur le physique avantageux de Gideon Thatcher. D'ailleurs Gigi la fixait désormais en souriant.

— Bien que je me moque éperdument de son apparence, reprit-elle alors, pour limiter les dégâts. Il pourrait être un troll que cela ne changerait rien au problème ! C'est juste un être avec lequel je dois régler une affaire, mâle, femelle, séduisant ou pas, c'est la même chose pour moi.

Gigi continuait de la dévisager d'un air entendu.

— Oh, bien sûr, ironisa-t-elle. Cela ne fait aucune différence qu'il soit encore plus attirant que sur cette photo. J'étais simplement curieuse.

— Il nous hait, Gigi ! répéta Jani en accentuant chaque mot pour lui faire comprendre qu'elle faisait fausse route.

— C'est précisément ce que nous voulons changer, conclut la vieille dame avec un sourire malicieux.

— Sa secrétaire m'a appelée ce matin pour me proposer de le rencontrer ce soir, afin que nous buvions un café, après son travail. Comment suis-je supposée réagir s'il refuse notre proposition et ne souhaite plus avoir le moindre contact avec moi ?

— Il n'aurait pas eu besoin de te dire une chose pareille autour d'un café. Il pouvait laisser sa secrétaire nous envoyer paître. S'il veut te revoir, c'est qu'il y a un espoir.

Qu'espérait exactement sa grand-mère ? s'interrogea-t-elle.

— J'imagine, concéda-elle. Mais peut-être qu'il veut juste récupérer un chèque de notre part et ne plus jamais avoir affaire à moi. Quelle démarche devrai-je adopter alors ?

— Persuade-le du contraire, répondit Gigi en pouffant.

— Facile à dire, grommela-t-elle en roulant des yeux.

Mais elle n'ajouta rien. Elle devait retourner à son bureau. Aussi se leva-t-elle pour débarrasser la table.

Tout en portant les assiettes, elle se mit à penser à son rendez-vous avec Gideon et se demanda si elle aurait assez de temps pour passer chez elle se changer. Car, quand elle s'était habillée ce matin, elle ignorait qu'elle allait le revoir, mais maintenant elle aurait voulu porter son pantalon préféré, celui qui avantageait ses fesses. Et aussi sa nouvelle chemise pourpre avec un décolleté vertigineux.

Elle ne se serait jamais vêtue ainsi au travail, mais, puisqu'il s'agissait de Gideon Thatcher, elle devait utiliser toutes les armes à sa disposition.

Dans le seul but de réussir sa mission.

Et certainement pas parce qu'elle accordait de l'importance à son apparence à l'heure de le rencontrer.

- 3 -

Gideon Thatcher était en retard et les pieds de Jani lui faisaient souffrir le martyre.

Elle ne s'était pas contentée de changer de vêtements quand elle était rentrée, elle avait aussi mis des talons de dix centimètres aussi pointus qu'une aiguille. Tout comme sa chemise pourpre, ce n'était pas des chaussures de travail, mais elles étaient absolument fabuleuses. Aussi avait-elle opté pour la souffrance.

Dieu merci, le café que Gideon Thatcher avait choisi disposait d'un parking privé et elle n'eut pas à marcher longtemps pour le rejoindre. Sauf qu'il n'était pas là quand elle était arrivée, parfaitement à l'heure. Et, depuis, elle l'attendait devant l'entrée.

Sur ses talons aiguilles.

Depuis vingt-cinq minutes.

Elle commençait à penser qu'il ne viendrait jamais et se demandait sil ne valait pas mieux rebrousser chemin quand une voiture de sport extrêmement voyante se gara à côté de la sienne, et Gideon apparut.

La faire attendre était-il un petit jeu de pouvoir ? Ou juste une manière de lui indiquer qu'il comptait lui compliquer la tâche ?

Elle s'en moquait. Elle saurait s'en débrouiller, car cela faisait partie de son travail. Mais ignorer son charme allait être beaucoup plus délicat.

Il portait un costume gris foncé, fait sur mesure, qui accentuait la puissance de ses épaules et une cravate charbon, serrée autour du col de sa chemise anthracite. S'il voulait mener un petit jeu de pouvoir, il était parfaitement habillé pour cela, car quand il entra dans le café il irradiait de force.

Pourtant il la surprit en commençant par lui présenter des excuses dénuées de toute arrogance ou de satisfaction.

— Je suis navré d'être en retard. J'avais un rendez-vous avec l'une des conseillères municipales de Lakeview et elle n'était pas pressée d'y mettre fin.

Sans doute savourait-elle la vue ?

Pour sa part, elle était bien incapable de s'en abstenir, malgré ses résolutions.

— Ce n'est rien, répondit-elle en appréciant que son retard ne soit pas volontaire.

Elle nota toutefois que l'attitude de Gideon continuait à être froide et distante.

— L'addition sera pour le retardataire, déclara-t-il sans la moindre chaleur, en s'approchant du bar pour commander.

Elle prit un cappuccino et lui commanda un espresso. Puis elle ôta son manteau en laine et, quand elle releva les yeux, elle surprit Gideon en train de la fixer avec intensité. Leurs regards se croisèrent et il lui sembla qu'il avait légèrement frémi.

Elle vérifia par réflexe que les boutons de sa chemise étaient bien fermés. Rien ne semblait clocher de ce côté-là, aussi se demanda-t-elle ce qui avait pu le mettre mal à l'aise.

Elle espéra que son apparence ne donnait pas l'impression d'en avoir trop fait. Ou pire, qu'elle tentait de le séduire avec son décolleté suggestif et ses talons interminables. Peut-être devrait-elle remettre son manteau ? Mais cela semblerait trop curieux. Aussi décida-t-elle de supporter sans broncher ses réactions inexplicables.

Quand leurs boissons furent prêtes, ils allèrent s'asseoir à une table de bistro, dans un coin de la salle.

— J'étais heureuse que vous me rappeliez, déclara-t-elle d'un ton volontairement amical. Mais j'aurais pu vous rencontrer pendant vos heures de travail. Je ne voudrais pas vous tenir loin de votre épouse et de votre famille.

D'accord, elle partait à la pêche aux informations. Il ne portait pas d'alliance, mais cela ne signifiait pas forcément qu'il n'était pas marié ou qu'il n'avait pas d'enfant. Et n'était-ce pas la raison de sa présence — apprendre à mieux le connaître ? Ce n'était en aucun cas de la curiosité personnelle.

— Je suis divorcé, répondit-il sèchement, sans lui en dire plus. Mais, de votre côté, j'imagine que vous n'aimez pas laisser votre époux seul à la maison ?

Est-ce qu'il cherchait à en savoir plus, lui aussi ? Car l'absence d'alliance chez une femme était une indication bien plus fiable. Ou ne l'avait-il simplement pas remarqué ?

Elle leva sa main et agita les doigts.

— Je ne suis pas mariée, répondit-elle.

Puis elle se souvint de son sac renversé sur le trottoir.

Evidemment, le livre de grossesse avait dû lui faire penser qu'il y avait un mari dans le paysage.

— Oh ! vous me dites ça à cause du livre ? reprit-elle. Non pas de mari, ni même de petit ami. Mais cela ne m'empêchera pas d'avoir un enfant.

Non, non, non, tu n'as tout de même pas dit cela ?!

Ses pensées secrètes lui avaient échappé une fois de plus, et c'était toujours une erreur.

Elle n'avait jamais prévu de cacher sa volonté d'avoir un bébé seule. Elle s'était même juré d'en être fière, comme on se devait de l'être de toute grossesse.

Mais elle parlait à Gideon Thatcher, autrement dit à un parfait étranger, qui détestait les Camden par-dessus le marché. Ce n'était vraiment pas la personne la plus propice pour partager ses envies de maternité.

D'ailleurs, on ne pouvait pas dire que Gideon Thatcher souhaitait obtenir plus d'informations sur le sujet. Il fixait sa tasse de café en silence, sans faire le moindre commentaire.

Puis il changea de sujet.

— J'ai réfléchi longuement à l'idée que les Camden fassent quelque chose pour Lakeview au nom de mon arrière-grand-père.

Il revenait aux affaires. Parfait. Soulagée, elle leva les sourcils d'un air interrogateur pour l'inciter à continuer plutôt que de prendre le risque d'en dire trop une seconde fois.

— Cela fait longtemps que je pense à un centre communautaire, reprit-il. Un endroit qui proposerait des activités, une garderie abordable, une maternelle et un centre de formation pour adultes à destination de ceux qui souhaiteraient échapper aux usines Camden, ou au moins les aider à monter en grade. Mais ce n'est pas dans le budget qu'on m'a accordé, et je n'ai pas réussi à rassembler d'autres fonds.

— Cela semblerait être un projet bénéfique pour Lakeview et susceptible d'honorer votre arrière-grand-père, en effet.

— C'est bien plus qu'un simple parc, insista-t-il en soulevant un sourcil en signe de défi.

— Certes, mais cela en vaut la peine. Quelque chose de vraiment utile à la collectivité.

Et quelque chose qui va coûter très cher…

Il sembla se détendre légèrement et desserra sa cravate avant de défaire le premier bouton de sa chemise. Puis il étira son cou et tourna la tête de gauche à droite. Pour une raison inconnue, elle observa toute la scène au ralenti, savourant chaque seconde et trouvant chaque détail séduisant. Et, tout à coup, elle ressentit un trouble étrange.

Etait-ce ce qui était arrivé à Gideon quand elle avait ôté son manteau ? Etait-il possible que lui aussi ait apprécié ce qu'il voyait ? Qu'il se sente attiré par elle ?

Sans doute pas. Elle ne devait pas se faire d'illusions, surtout pas avec cet homme et à un moment aussi crucial de sa vie.

Pourtant tout ce qu'il était, jusqu'au plus simple de ses gestes, la séduisait et lui laissait penser qu'il en allait de même pour lui. Or le moindre élément susceptible de l'aider à croire qu'il ne lui portait pas que du mépris était un plus, lui permettait de se sentir sur un pied d'égalité avec lui. Et elle était prête à saisir la moindre miette.

— Puisque cela en vaut la peine, les Camden

pourraient-ils être d'accord pour financer ce projet ? demanda-t-il en reprenant les mots qu'elle avait employés, avec une pointe d'insolence. Ainsi que le salaire du personnel et les coûts d'exploitation, le temps que le centre devienne autonome ?

Il y avait toujours la même lueur de défi dans son regard.

Elle fit semblant de réfléchir à sa déclaration bien qu'elle ait pour instruction d'accepter tout ce qu'il demanderait. Car il demandait beaucoup, après tout. Elle fixa sa propre tasse de café et laissa le silence s'installer en buvant lentement une gorgée de cappuccino, avant de le regarder droit dans les yeux.

— Bien sûr, je vais devoir discuter du coût avec le reste de ma famille, mais je pense qu'un centre communautaire est une merveilleuse idée et qu'ils seront du même avis que moi.

— Au nom de mon arrière-grand-père ? Sans condition et sans que les Camden en tirent un quelconque profit à l'avenir ?

— Marché conclu, répondit-elle sans ciller.

— Cela va coûter dix fois plus qu'un simple parc, la prévint-il sans nécessité.

— L'argent n'est pas un problème, répondit-elle sincèrement. Nous souhaitons simplement faire quelque chose pour cette communauté et qui honore votre arrière-grand-père par la même occasion.

Gideon resta silencieux à son tour et la dévisagea longuement.

— Les Camden doivent avoir un sacré poids sur la conscience, déclara-t-il finalement.

Elle soutint son regard.

— Je sais que vous pensez pis que pendre de nous, mais il y a un autre aspect à cette histoire que vous ignorez et que je vous raconterai peut-être, le jour où vous serez prêt à l'entendre.

— Vraiment ?

— Oui, vraiment, répondit-elle calmement mais avec conviction.

Il continua à l'observer, braquant toujours ses yeux verts sur elle. Et elle comprit qu'il continuait à essayer de la jauger et de deviner si elle ne cachait pas une sorte de piège ou de conspiration. Mais elle s'aperçut aussi qu'il ne la voyait plus uniquement comme une Camden, mais comme une personne à part entière.

Cela dit, rien dans son visage ne lui permit de deviner à quelle conclusion il était arrivé.

— Je pense que nous pourrions commencer par visiter le bâtiment, afin que vous vous fassiez une idée de ce à quoi vous vous engagez.

Rêvait-elle, ou bien le ton de Gideon était-il réellement devenu microscopiquement moins hostile ? Elle devait prendre ses désirs pour des réalités.

— Dites-moi simplement où et quand.

— Quelle impatience… ? murmura-t-il en reprenant un air suspicieux.

— J'essaie simplement d'être coopérative, le corrigea-t-elle.

Il ne répondit rien mais continua à la fixer comme pour lui signifier qu'il en serait seul juge. Mais, selon elle, les actes pesaient bien plus que les mots et il ne pourrait pas la prendre en faute, vu qu'elle était honnête.

— Donc vous n'êtes pas mariée ? lui demanda-t-il tout à coup.

— Non, et je ne l'ai jamais été.

— Mais cela, pas plus que de ne pas avoir de petit ami, ne vous empêchera pas de fonder une famille ?

— Plus maintenant.

— C'est un projet audacieux.

O.K., il essaie vraiment de te jauger…

— C'est ce que je me dis encore parfois, reconnut-elle. Mais je viens juste d'entamer la procédure. Je n'ai rencontré mon médecin que brièvement et je gravis une marche à la fois.

C'était en tout cas ce qu'elle se répétait quand la perspective d'une insémination artificielle, d'une grossesse puis d'un accouchement l'intimidait trop.

Une marche à la fois. Grimpe une marche à la fois et tu y arriveras…

En fait, c'était un conseil que Gigi avait inlassablement répété à ses petits-enfants, chaque fois qu'ils pensaient se trouver face à une difficulté insurmontable, et cela avait toujours réussi à Jani.

— J'imagine qu'en tant que Camden vous n'aurez pas besoin d'un soutien financier. Mais même comme cela, vous n'envisagez pas de père dans ce paysage ? dit-il avant de se redresser et de lever les mains en l'air. Pardon, cela ne me regarde en rien.

— Ce n'est pas grave, répondit-elle en pensant que si elle voulait qu'il se dévoile un peu, elle devrait sans doute faire le premier pas. Il n'y aura aucun père, seulement mon bébé et moi.

Il la dévisagea encore plus intensément tandis que ses sourcils se fronçaient légèrement.

— Vous croyez vraiment que la présence d'un père

est un détail insignifiant dans la vie d'un enfant ? l'interrogea-t-il comme si cela l'atteignait personnellement.

— Non, pas du tout ! J'ai aimé mon père de tout mon cœur. J'étais même une vraie fille à papa. Et malgré ce que vous pensez d'H.J., je l'ai aimé, lui aussi. Il a été l'un des hommes les plus importants de ma vie. Tout comme un autre, du nom de Louie, qui a été une sorte de substitut paternel quand j'en avais besoin. C'est juste que…

Elle souhaitait être sincère avec lui, mais il était cependant inutile de lui donner trop de détails.

— … c'est ce que j'ai décidé. J'ai toujours voulu un bébé et je n'attendrai pas plus longtemps. Les enfants grandissent dans toutes sortes d'environnements, et beaucoup n'ont qu'un seul parent. Et quand je tomberai enceinte, j'aimerai ce bébé aussi fort que si nous étions deux.

Le pli entre les sourcils de Gideon se creusa davantage et lui rappela la manière dont Gigi réagissait à son projet.

— J'ai conscience que tout le monde n'approuve pas ma démarche. Ma grand-mère préférerait que je renonce, lui avoua-t-elle. Mais les choses ne se passent pas toujours comme on le souhaiterait.

— C'est indéniable.

— Alors parfois nous devons faire ce qu'il faut pour obtenir ce que nous voulons.

— La philosophie des Camden, sans doute ? déclara Gideon d'un air provocateur.

Si j'avais voulu lui tendre un bâton pour me battre…

— La famille comptait beaucoup pour mon arrière-grand-père, répliqua-t-elle en faisant semblant de ne pas avoir compris ses mots blessants. Et construire la mienne est très importante pour moi. Voilà pourquoi je ne veux pas attendre plus longtemps et m'en remettre au destin.

— Je ne peux pas dire que compter sur ma bonne fortune ait vraiment fonctionné pour moi, en effet, dit-il avant de hausser les épaules. Alors, bonne chance, j'imagine…

— Merci, répondit-elle comme si ses encouragements avaient été sincères.

Sur ces entrefaites, il lui demanda si elle voulait un second cappuccino, et, comme elle déclina, il reprit :

— Je devrais sans doute y aller. J'ai encore de la paperasse à finir ce soir.

Pourquoi semblait-il ne pas avoir envie de mettre fin à leur rendez-vous ? Ce n'était pas comme s'il donnait l'impression de s'amuser en sa compagnie. Peut-être n'avait-il simplement pas envie de retourner travailler ?

Il se leva et alla jeter leurs tasses à la poubelle, lui confirmant que, contre toute attente, il était un homme prévenant.

Et qu'il possédait des fessiers à se damner : elle en eut un rapide aperçu quand il se pencha pour ramasser une pile de serviettes qu'une jeune employée trop chargée avait fait tomber. Mais s'extasier devant le postérieur de Gideon Thatcher était plus que déplacé et, quand elle en prit conscience, elle se leva vivement à son tour et entreprit d'enfiler son manteau.

Toutefois son regard ne quitta pas Gideon pour autant, même après qu'il se fut redressé. Et, tandis qu'elle admirait la coupe de son manteau qui mettait ses épaules puissantes en valeur, elle manqua l'emmanchure du sien et y était toujours empêtrée quand il vint la rejoindre. Aussitôt, il s'approcha et l'aida en soutenant son manteau.

— Merci, dit-elle, une seconde fois bien trop consciente de ses bras musclés autour de ses épaules.

Ce n'est pas comme s'il t'enlaçait, pourtant !

Mais telle était l'impression qu'elle en retirait

Et elle sentit un frisson de plaisir la traverser. *Déplacé, de nouveau.*

Pourtant une chaleur réconfortante l'envahit. Ce qui n'avait aucun sens.

Puis il ôta son bras, et ce fut encore plus déroutant de se sentir aussi désolée.

— Donc une visite du centre communautaire ? dit-elle pour ramener ses pensées à la vraie raison de sa présence ici.

— Oui, répondit-il sans manifester que leur contact l'avait troublé d'une quelconque manière. Je serai à Lakeview toute la journée de demain. Nous pourrions nous rencontrer devant le bâtiment auquel je pense à disons… 16 h 30 ? Je ne crois pas pouvoir être là plus tôt sans risquer de vous faire attendre de nouveau.

— Je n'ai pas trop de travail demain. Je devrais pouvoir vous rejoindre sans problème. Envoyez-moi simplement l'adresse.

— Je n'y manquerai pas, répondit-il en l'accompagnant vers la sortie.

— Merci pour le cappuccino, murmura-t-elle en passant devant lui tandis qu'il lui tenait la porte. Et je suis vraiment heureuse que vous nous laissiez faire quelque chose pour Lakeview et votre arrière-grand-père.

Et, de nouveau, un froncement apparut entre ses

sourcils, comme s'il ne la voyait plus que comme une ennemie et elle regretta de le lui avoir rappelé.

Elle n'obtint d'ailleurs qu'un simple mouvement de menton en guise de réponse, tandis qu'il lui emboîtait le pas.

Elle sentit alors qu'il avait envie de la raccompagner à sa voiture au moment où il hésita à se diriger vers la sienne. Mais il dut visiblement y renoncer car, quand elle atteignit sa berline, il continua à marcher et s'adossa à sa Corvette pour la regarder.

— A demain, lui dit-elle par-dessus le toit.

— Oui, à demain, confirma-t-il en attendant qu'elle démarre.

Assise dans son fauteuil, elle eut de nouveau une vue imprenable sur ses fessiers tandis qu'il se penchait pour déverrouiller sa portière. Elle détourna vivement les yeux de peur qu'il la surprenne, mais quand elle eut démarré et roulé quelques mètres, elle regarda dans son rétroviseur afin qu'il ne sache pas qu'elle l'espionnait. Elle ne pouvait tout simplement pas s'empêcher de le dévorer des yeux.

L'idée qu'ils doivent se revoir le lendemain la rendit impatiente.

Très impatiente, même.

Et elle se demanda si elle oserait mettre sa robe fuchsia qu'elle avait toujours trouvée trop ajustée et bien, bien trop courte pour être portée au travail.

- 4 -

Le bâtiment auquel Gideon songeait était l'ancienne mairie de Lakeview. Il s'agissait d'un immeuble de trois étages dont la plupart des fenêtres étaient barrées par des planches. Le jardin qui l'entourait était devenu un champ de mauvaises herbes et le parking une suite de crevasses.

Jani n'eut aucun problème pour le trouver car l'endroit était sur le chemin des usines Camden. Elle avait même dû passer devant de nombreuses fois en se rendant aux entrepôts. Sans toutefois l'avoir jamais remarqué.

Ce qui la frappa immédiatement, ce fut que Gideon n'avait pas exagéré quand il lui avait dit que le bâtiment nécessitait de nombreuses rénovations. Puis elle aperçut Gideon lui-même, sur le parking, et toutes ses autres pensées s'envolèrent.

Il portait un pantalon brun clair et une veste en cuir sur un T-shirt cacao. Il était à demi assis sur le capot de sa voiture, ses longues jambes étendues devant lui, bras croisés contre son torse et les cheveux légèrement ébouriffés par le vent.

Si l'arrière-plan avait été plus agréable, cette image aurait pu faire la couverture d'un magazine masculin.

Gideon était tout bonnement éblouissant, avec un petit air rebelle qui le rendait irrésistible.

C'était cette photo qu'il devrait afficher sur son site web. Elle se gara à côté de lui tandis que son rythme cardiaque s'accélérait. Elle se sermonna pour garder à l'esprit que c'était un rendez-vous professionnel. Qu'il la méprisait, ainsi que toute sa famille et qu'elle avait des enjeux personnels bien trop importants devant elle pour se laisser distraire par Gideon Thatcher. Aussi prit-elle une longue inspiration pour se calmer avant de couper le moteur.

— Je suis en retard ? demanda-t-elle en sortant de sa voiture tout en enfilant sa veste.

— Non, je voulais juste arriver avant vous, afin de remettre l'électricité et le chauffage et de vérifier qu'il n'y avait rien de dangereux, répondit-il avant que son regard ne s'immobilise à hauteur de l'ourlet de sa robe fuchsia. Et, apparemment, j'ai eu une bonne idée car vous auriez pu mourir de froid…

Cela sonnait comme s'il avait voulu être critique, mais qu'il avait raté son effet. Sans doute parce que ses yeux n'avaient pas quitté ses jambes et qu'elle savait reconnaître un regard flatteur quand elle en voyait un.

— J'aime autant vous prévenir que l'intérieur est plus que délabré. Il semblerait que des adolescents aient réussi à s'y introduire pour y faire la fête, et il y a aussi des traces de passages de nombreux animaux, souris et ratons laveurs entre autres. J'ai même trouvé un écureuil mort au troisième. Je l'ai recouvert de papier journal, mais vous feriez mieux de ne toucher à rien.

Elle leva ses paumes au ciel avant de les enfoncer au fond de ses poches.

— Compris ! répondit-elle.

Puis il fit un signe de tête en direction de ses talons de huit centimètres.

— Et faites attention à l'endroit où vous mettez les pieds. Il y a des crevasses un peu partout dans le ciment.

Une fois encore, ses paroles auraient pu sembler désagréables, si quelque chose dans l'insistance de son regard ne révélait qu'il n'avait rien contre ses escarpins en daim noir qui mettaient ses chevilles et ses mollets en valeur.

— Ne vous en faites pas. J'ai tellement l'habitude des talons que je pourrais escalader l'Everest avec !

Mais, juste à cet instant, son pied droit se coinça dans une fissure et elle se serait écroulée s'il ne l'avait rattrapée d'une main ferme.

— Enfin, peut-être pas, reconnut-elle avec un petit rire gêné, en se haïssant de paraître aussi maladroite devant un homme tel que lui.

— Vous ne vous êtes pas fait mal ?

— Non, répondit-elle en essayant d'ignorer le plaisir qu'elle ressentait au contact de la paume de Gideon sur sa peau nue et sa déception quand il la retira. Je vais être plus prudente.

En regardant où tu poses les pieds plutôt qu'en le dévisageant, lui, par exemple.

Mais il ne devait pas lui accorder une grande confiance car il resta tout près d'elle tandis qu'ils commençaient à gravir l'escalier, sans doute pour être à même de la rattraper si elle trébuchait de nouveau.

Il pense vraiment que je suis empotée.

Quand ils atteignirent la porte d'entrée à doubles battants, Gideon ouvrit l'un d'eux et la laissa passer.

Il faisait à peine plus chaud à l'intérieur et les rares plafonniers poussiéreux distillaient une lumière blafarde. Mais, après un coup d'œil rapide, elle se dit que c'était sans doute une chance qu'elle ne puisse pas apercevoir trop de détails.

Gideon se transforma en guide, pointant les bonnes et les mauvaises surprises et lui détaillant ses projets, pièce après pièce.

Elle se rendit compte que les lieux étaient même un peu effrayants et que, sans la présence de Gideon, elle se serait sans doute sentie terrorisée par les immenses toiles d'araignées et les formes non identifiables qui jonchaient les sols du vieux bâtiment envahi de moisissures. Mais quelque chose en lui l'amenait à se sentir plus forte.

L'ancienne salle d'audience de Lakeview, au troisième étage, était devenue une immense pièce vide. Quand ils y pénétrèrent, Gideon la conduisit vers l'une des rares fenêtres qui n'étaient pas condamnées. Les vitres étaient sales et fêlées, mais depuis cette hauteur il y avait une vue sur tous les alentours. Il lui montra alors du doigt les deux emplacements qui lui semblaient idéaux pour construire le stade et l'aire de jeux destinée aux enfants.

Elle lui posa quelques questions, se laissant surtout bercer par sa voix chaude qui perdait toute agressivité dès qu'il parlait de son travail.

Quand ils eurent achevé la visite, il lui fit un résumé tandis qu'ils descendaient l'escalier pour revenir à leur point de départ. Mais elle perdit rapidement le fil quand il entreprit de lui donner le détail de tout ce qui devrait être mis aux normes.

— Vous êtes certain qu'il ne serait pas plus facile et moins coûteux de bâtir un nouvel immeuble ? demanda-t-elle au moment où ils atteignaient la dernière marche et qu'un morceau de marbre se détachait du sol derrière eux.

— Dans ce cas, il y aurait des frais de démolition et de construction que nous n'avons pas dans le cas de figure que je suggère, lui expliqua-t-il. Et puis ce bâtiment appartient à l'histoire de Lakeview...

— Le Conseil municipal de Lakeview..., marmonna-t-elle en ayant l'impression que l'endroit avait une signification spéciale pour lui. Etait-ce ici que votre arrière-grand-père avait son bureau quand il était maire ?

— Oui. Et c'était quelque chose dont il était fier. Il avait l'impression d'être le roi de la colline.

— Alors vous avez raison. C'est cet immeuble qui doit porter son nom.

— A ce propos, reprit-il comme s'il attendait qu'elle aborde le sujet, je vais d'abord devoir blanchir ce nom avant que la municipalité accepte de l'inscrire où que ce soit.

C'était un problème que Jani n'avait pas anticipé. Mais il reprit avant qu'elle ait trouvé quoi que ce soit à lui répondre.

— Attendez-moi ici un instant, je dois aller éteindre le chauffage et l'électricité, expliqua-t-il en faisant volte-face.

Au lieu de profiter de ce moment pour trouver une idée qui lui permettrait de régler ce pépin, elle se surprit à le regarder marcher, et plus particulièrement ses fessiers que sa veste ne cachait pas, contrairement à son manteau de la veille.

Toute cette affaire aurait été bien plus facile si son interlocuteur n'avait pas été aussi attirant. Bientôt, toutes les lumières s'éteignirent et le silence devint oppressant jusqu'à ce que les pas de Gideon n'annoncent son retour et qu'il franchisse de nouveau la porte.

— Cela sent définitivement meilleur à l'extérieur, constata-t-elle.

— L'odeur vient du magasin de donuts, juste en face, répondit-il. La plupart des employés de vos usines s'y arrêtent, à l'aller et au retour. Je m'y suis rendu hier et le propriétaire est plutôt loquace. Il m'a expliqué qu'il faisait deux fournées, une tôt le matin et une autre en fin d'après-midi, et qu'il avait fait construire un drive-in afin que ses clients n'aient pas à quitter leur voiture pour se fournir. Regardez déjà la file d'attente qu'il y a à cette heure-ci. Mais il faut dire que ses donuts sont fantastiques.

— Puisque vous m'avez invitée hier, me laisseriez-vous vous offrir un donut aujourd'hui ? Et vous pourriez m'expliquer ce que vous souhaitez entreprendre pour redorer la réputation de votre arrière-grand-père, lui suggéra-t-elle afin de régler ce problème au plus vite.

— Volontiers, répondit-il du tac au tac. A pied ou en voiture ?

— C'est juste en face ! Si je me concentre, je devrais pouvoir y arriver sans m'écrouler, plaisanta-t-elle.

Et Gideon Thatcher sourit du coin des lèvres ! Ce qui la troubla bien plus que cela n'aurait dû. Et aussi insensé que cela puisse paraître, elle se dit que finalement renverser son sac, s'emmêler dans son manteau et manquer de s'affaler sur le parking en valait la peine.

— Alors tentons l'expérience, reprit-il, laissant

penser qu'il doutait vraiment de la voir traverser la route de ciment fissuré.

Ils parvinrent jusqu'au magasin sans incident et le propriétaire accueillit Gideon comme s'il s'agissait d'un vieil ami, déclarant qu'il leur offrait cafés et donuts. Dès qu'il leur eut tendu un plateau, il les laissa s'installer dans l'un des boxes en fond de salle.

Au moment où elle ôtait sa veste, elle remarqua que Gideon fixait sa robe fuchsia qui la moulait étroitement. Et, à moins qu'elle ne se trompe, il semblait avoir du mal à la quitter des yeux.

Il y parvint toutefois en se concentrant visiblement sur son café.

Aussi fut-elle ravie d'avoir finalement choisi cette robe et ces escarpins, mais elle se retint de sourire avant de mordre dans son donut.

Il était croquant à l'extérieur et moelleux à l'intérieur, et glacé avec une pointe d'orange. Il lui suffit d'une bouchée pour soupirer de plaisir. Gideon répéta qu'ils étaient incroyables avant de commencer à reparler de leur problème.

— Lakeview a son propre journal mensuel et ils ont prévu d'y publier un article sur mon arrière-grand-père et sur moi, de relier le passé au présent en quelque sorte. Cela était prévu bien avant notre rencontre et j'ai déjà parlé avec le reporter à plusieurs occasions. La partie concernant mon arrière-grand-père doit établir que les promesses faites à la ville de Lakeview étaient de bonne foi et qu'il ne s'est jamais vendu à H.J. Camden.

— Est-ce que cet article contiendra quoi que ce soit d'injurieux envers H.J. ?

— Non, ce n'est pas du tout le projet. Et le journal

ne souhaite surtout pas être poursuivi en justice par les Camden. Car même si personne ne se réjouit de voir l'économie de Lakeview dépendre de vos usines, c'est un fait incontournable. Qui mordrait la main qui le nourrit ? Par contre, l'article dira clairement que Franklin Thatcher était persuadé que les promesses faites à ses concitoyens seraient tenues. Qu'il avait rencontré les entrepreneurs qu'H.J. devait engager et qu'ils lui avaient même fait voir les plans. Et qu'il avait toujours cru qu'en échange des autorisations pour la construction des usines et des entrepôts, les Camden honoreraient leur part du contrat. Autrement dit, il sera démontré que, si tout est tombé à l'eau, cela ne relevait en aucun cas de sa responsabilité.

— D'accord, répondit-elle avec réserve en se demandant s'il se contentait de l'en informer ou s'il attendait quelque chose de sa part.

Et elle comprit soudain.

— Mais je me disais que si vous témoigniez que toutes les décisions de mon arrière-grand-père ont été prises de bonne foi, cela aiderait énormément à l'exonérer de la responsabilité de ce désastre. Car qui mieux qu'un Camden pourrait le savoir ?

— Sauf que tous ceux qui ont participé à cette négociation sont morts depuis une décennie. Ce ne pourra donc être qu'un témoignage indirect.

— Certes, mais cela donnera du crédit à l'article. Surtout si c'est un Camden qui confirme qu'H.J. avait réellement promis à Franklin que la construction des autres infrastructures de Lakeview aurait dû commencer dès les usines achevées.

— Je peux confirmer cela, puisque c'est la stricte vérité, répondit-elle sans hésitation.

Et une fois encore les yeux verts de Gideon se remplirent de suspicion.

— Vous admettriez qu'H.J. a dupé mon arrière-grand-père ?

Elle secoua la tête.

— Votre arrière-grand-père pensait que ces investissements seraient faits, car c'était bel et bien les plans d'H.J.

— Oh ! Et donc quand je serai prêt à l'entendre vous allez m'expliquer ce qui s'est réellement passé ? dit-il d'un ton cynique en répétant les mots qu'elle avait prononcés la veille.

— Oui, répondit-elle en comprenant qu'il était encore loin d'être assez réceptif.

— Il ne s'agit en aucun cas d'une opportunité pour que vous fassiez l'éloge de votre arrière-grand-père, l'avertit-il. Le journaliste est l'un de mes amis et si vous essayez de dire quoi que ce soit pour épargner H.J. et faire porter une partie de la faute sur Franklin…

— Ce ne sera pas le cas. Je serai très claire sur le fait que Franklin Thatcher était absolument honnête.

Il la fixa avec le même air que d'habitude, comme s'il essayait de deviner quel piège elle préparait. Et elle soutint son regard sans broncher, comme elle l'avait fait chaque fois.

Au moins semblait-il mettre moins de temps à accepter qu'elle était sincère. Et elle espéra qu'elle venait de franchir une première étape.

— Dès que le nom de mon arrière-grand-père sera blanchi et que tout le monde saura qui il était réellement, à savoir un homme qui aimait Lakeview et souhaitait lui offrir le meilleur, alors seulement nous pourrons baptiser cet immeuble à son nom. Car, pour l'instant, pourquoi la communauté souhaiterait honorer un homme qu'elle avait chassé hors de la ville ?

Grand Dieu ! Franklin avait été chassé hors de Lakeview ?

— Vous avez raison, répondit-elle en comprenant que ni elle ni Gigi n'avaient pensé qu'il faudrait avant tout restaurer la réputation des Thatcher. Je suis vraiment désolée. Nous ne connaissions que le point de vue d'H.J. et nous ignorions ce qui était arrivé à votre arrière-grand-père après que le mien n'a pas tenu ses promesses. Nous ne sommes d'ailleurs pas plus au courant de ce qui est arrivé au reste de votre famille.

Elle vit la mâchoire de Gideon se serrer à ces mots, mais il resta silencieux. D'évidence, il allait être difficile de lui faire raconter les événements, car c'était quelque chose qui le mettait en colère. Mais, pour la première fois, il semblait faire des efforts pour se contenir. Aussi se dit-elle qu'elle avait fait un petit progrès.

Elle renonça à essayer de lui soutirer plus d'informations pour l'instant et choisit un sujet moins délicat.

— Quelle ligne suivra la partie de l'article qui vous concerne ?

— Les entretiens ont surtout tourné autour du groupe Thatcher et de sa création, répondit-il en buvant son café.

— Et comment a-t-il été créé ?

Il semblait toujours se battre avec sa colère. Et tandis qu'il fixait la table en silence, elle crut même qu'il ne lui ferait pas l'honneur d'une réponse.

— J'ai obtenu mon diplôme d'architecte…

— Où cela ?

— A l'université du Colorado à Denver. J'ai dû payer moi-même tous mes frais de scolarité et je ne pouvais donc pas me permettre de vivre sur le campus.

— Vous avez tout payé seul ? Sans bourse ni emprunts ?

— J'ai reçu quelques aides, mais j'ai évité les emprunts autant que possible. Je me suis débrouillé en restant en stage avec un petit salaire chez un architecte du centre-ville, qui était un ancien élève de mon université et avait dû lui aussi se débrouiller seul. C'était un vieux renard, mais il a toujours engagé et payé un stagiaire pour aider les autres à sa manière. Je n'aurais jamais pu m'en sortir sans ce coup de pouce, aussi ai-je fondé un programme qui offre les mêmes avantages aux étudiants sans ressources.

— Nous pourrions tout à fait y contribuer, vous savez ? proposa-t-elle en pensant avoir trouvé un autre moyen de lui offrir une compensation.

— Non, c'est une fondation qui appartient au groupe Thatcher et nous n'acceptons pas de donation.

De toute façon, elle sentit que, même si cela avait été le cas, il n'aurait pas voulu de l'argent des Camden et qu'il ne faisait une exception que pour le centre communautaire. Elle n'insista donc pas et reprit le cours de leur conversation.

— Avez-vous travaillé pour le vieux renard après avoir obtenu votre diplôme ?

— Oui, quelque temps. Mais mon but était de créer ma propre entreprise, si bien que travailler pour Mathias m'a surtout permis de consolider mon expérience et de faire des économies.

— Combien de temps cela a-t-il duré ?

— Cinq ans. Juste assez pour comprendre que je ne voulais pas que ma compagnie se limite à l'architecture.

— Vous n'aimiez pas faire ce à quoi vous destinait votre diplôme ?

— Si, bien sûr. D'ailleurs je continue à dessiner la plupart des immeubles que nous construisons. Mais je voulais pouvoir faire plus que cela. Je voulais pouvoir toucher une base de clients bien plus large et concevoir des ensembles plus importants. Me concentrer sur le développement urbain, et pas sur un seul bâtiment.

— Vous vouliez devenir urbaniste, donc ?

— Exactement. C'est comme pour le centre communautaire, dit-il en faisant un signe de la tête vers l'ancienne mairie. Je pourrais tout détruire et concevoir quelque chose de neuf, mais cet immeuble appartient à l'histoire de Lakeview depuis des générations. Et je veux respecter cet héritage et réconcilier le passé et le présent. Je veux faire plus qu'ériger un simple immeuble. Ce que je souhaite, c'est concevoir des ensembles qui répondent à tous les besoins de ceux qui y vivent sans effacer leur histoire afin qu'ils puisent dedans pour continuer à les faire évoluer.

Il s'interrompit et grimaça.

— Je ne voulais pas paraître aussi pompeux et…

— Et passionné par ce que vous faites ? finit-elle à sa place.

— C'est vrai, j'adore mon métier, conclut-il comme s'il voulait éviter de trop se dévoiler.

— Et vous y avez rencontré le succès. Si j'en crois votre site, vous avez réalisé des projets aux quatre coins du monde.

— Nous nous débrouillons bien, répondit-il sobrement. Et cela me permet aujourd'hui de rendre à Lakeview ce dont il a été privé. Cela est très important pour moi.

— En fait, après avoir vu tout ce que vous avez construit sur votre site et lu quelques articles concernant votre groupe, j'ai été surprise que vous vous occupiez d'un chantier aussi modeste. Ils ont beaucoup de chance de vous avoir. Vous avez bâti tant d'ensembles dix fois plus ambitieux et réputés.

— Et c'est justement notre réputation qui nous a permis d'obtenir ce projet, alors que mon nom seul suffisait pour que le conseil municipal de Lakeview repousse notre candidature. Et, même comme cela, j'ai dû m'aligner sur l'offre la plus basse et trouver des fonds par moi-même pour qu'ils nous engagent.

— J'imagine que cela ne vous arrive pas tous les jours.

— Non, jamais même. Mais quand j'ai entendu parler du projet de réhabilitation de Lakeview, j'ai tout de suite su que c'était ma chance de terminer ce que mon arrière-grand-père avait voulu accomplir. Et aussi de redonner ses lettres d'honneur à notre nom…

— Etait-ce déjà aussi important pour quelqu'un d'autre de votre famille avant vous ? demanda-t-elle par curiosité, mais tendue à l'idée qu'il le prenne mal.

— C'était important pour tout le monde avant moi ! Mais je suis le premier à être en mesure de réaliser quelque chose.

— Est-ce ce qui vous a motivé pour passer votre diplôme d'architecte ? L'espoir lointain de réparer ce qui était arrivé à Lakeview ? Vous n'auriez pas préféré être un danseur de ballet ou autre chose, si vous aviez eu le choix ?

Encore ce petit sourire. Ce n'était pourtant rien, mais c'était suffisant pour qu'elle ressente un frisson de plaisir.

— Danseur de ballet ? répéta-t-il. Entre mille métiers possibles, vous vous demandez si j'aurais voulu être cela ?

— Eh bien, reprit-elle en souriant à son tour pour la première fois, si vous étiez devenu médecin, dentiste ou avocat, vous auriez pu ouvrir un cabinet à Lakeview et aider les gens et l'économie locale d'une autre manière. Mais à moins que Lakeview ait une troupe de danseurs dont je n'ai pas entendu parler…

— Ils n'en ont pas. Et non, je ne suis pas devenu architecte uniquement pour réaliser le rêve de mon arrière-grand-père. C'était ce qui m'intéressait et c'est un hasard si cela m'a donné la possibilité de réparer les erreurs du passé.

— Je pense vraiment qu'ils ont beaucoup de chance de vous avoir, dit-elle doucement en craignant soudain qu'il voie dans ses propos une tentative de flatterie.

Mais elle ne perçut aucun des signes de son agacement habituel, même s'il semblait mal à l'aise devant ses compliments.

— Et vous ? Vous avez fait des études ou bien vous êtes tout de suite entrée dans la compagnie familiale ? demanda-t-il en la surprenant par son intérêt.

— J'ai fait mes études à l'université de Californie à Los Angeles. Ils offraient le diplôme le plus coté en matière de relations publiques. Et c'était la Californie, le soleil, la plage et les célébrités. Cela semblait être le bon endroit pour s'amuser…

— Vraiment ?

Il avait dû lutter seul pour finir le lycée et entrer à l'université alors que tout avait été si facile pour elle. Elle se sentit soudain coupable.

— C'était amusant. Mais mon grand frère Cade avait failli rater son diplôme à cause de ses fêtes successives et j'ai compris que ma grand-mère ne pourrait pas le supporter une seconde fois. Alors j'ai travaillé le plus sérieusement possible et je me suis tenue à l'écart des tentations.

— Et vous avez obtenu votre licence ?

— Oui, une licence en relations publiques et un master de marketing.

— Le tout pour pouvoir intégrer le groupe Camden.

— Oui, admit-elle. H.J. a aidé ma grand-mère à nous élever, mes trois frères, mes six cousins et moi. Et il nous a toujours parlé du jour où nous devrions reprendre la compagnie familiale. Nous avons tous grandi en sachant que nous devrions un jour travailler pour *Camden Incorporated*. Gigi…

— Gigi ?

— Pardon, Georgianna Camden, ma grand-mère, a elle aussi toujours insisté pour que nous comprenions que beaucoup de gens dépendaient de nous pour gagner leur vie et que c'était une vraie responsabilité que de continuer à faire vivre l'entreprise familiale.

— Et vous auriez préféré être une danseuse de ballet ? demanda-t-il avec ce sourire presque invisible qui lui donnait l'envie irrésistible de voir sa version grand format.

— Vous avez déjà eu l'occasion de constater à quel point je suis gracieuse, plaisanta-t-elle à ses propres dépens.

Les lèvres de Gideon s'incurvèrent un peu plus, bien que ce soit encore loin du grand sourire qu'elle espérait. Néanmoins, un petit pas de plus avait été franchi.

— Donc pas danseuse. Mais y a-t-il un autre métier que vous auriez aimé faire, si vous n'aviez pas été destinée à travailler pour l'entreprise familiale ?

— Même si nous avons tous été élevés dans la perspective d'y travailler un jour, nous avons toujours eu une totale liberté de choisir ce qui nous attirait. Par exemple, si j'avais voulu être architecte, cela n'aurait posé aucun problème. J'aurais construit nos supermarchés et nos bureaux. Ce que chacun d'entre nous souhaitait faire, il l'a fait, mais au sein de *Camden Incorporated*. J'aimais les relations publiques et le marketing, voilà tout.

— Et qui dirige la société, à ce jour ?

— Nous sommes dix petits-enfants et nous dirigeons le conseil d'administration à parts égales. Mon frère Cade a le titre de président, mais dans les faits il n'a pas plus de pouvoir que nous. H.J. avait organisé les choses en ce sens, et jusqu'à aujourd'hui cela a toujours fonctionné. J'imagine que le fait que nous soyons tous très proches aide beaucoup. Nous nous entendons bien et on nous a appris à toujours coopérer. Et puis, nous nous aimons…

— Je suis enfant unique. Je n'ai aucune idée de ce que cela peut représenter.

Tandis qu'ils discutaient, le magasin de donuts s'était rempli, et des clients attendaient qu'une table se libère.

— J'ai peur que nous devions reprendre des donuts ou partir, dit-elle alors qu'elle n'avait aucune envie de mettre fin à ce qui était leur première conversation un tant soit peu normale.

Elle espéra que Gideon voudrait un second beignet, mais il jeta un coup d'œil circulaire à la salle comme s'il prenait tout juste conscience qu'ils n'étaient pas seuls et commença à rassembler leurs affaires.

— Oui, nous sommes restés plus longtemps que nous n'aurions dû, dit-il en se levant.

Tandis qu'il débarrassait leur plateau, elle enfila sa veste et attendit qu'il la rejoigne près de la sortie.

— Si vous êtes toujours partante pour cette histoire de centre communautaire, lui dit-il tandis qu'ils traversaient de nouveau la route, je vais faire préparer les premières estimations pour vendredi. Nous pourrions les revoir ensemble avant de les soumettre à votre famille. Et s'ils sont d'accord pour investir, je lancerai le chantier.

— Nous le ferons, lui assura-t-elle tandis qu'il la raccompagnait à sa voiture. Quand souhaitez-vous que nous examinions ces devis ? ajouta-t-elle. Je vais être un peu débordée vendredi, mais nous pourrions peut-être dîner ensemble, si vous êtes libre ?

Elle n'avait pas vraiment réfléchi au fait qu'un vendredi soir n'était pas l'occasion la plus classique pour un repas d'affaires. Sa bouche avait parlé toute seule tandis que son cerveau était occupé à se demander quand elle aurait l'occasion de le revoir, en espérant que ce soit le plus tôt possible. Puis elle se rendit compte qu'elle venait presque de l'inviter à sortir avec elle, même si elle avait dissimulé son invitation derrière le prétexte de documents à valider.

— Je suis libre vendredi soir, répondit-il sans hésiter.

Très bien dans ce cas. Voilà qui était surprenant, tout de même.

— Il y a un grill texan, vraiment agréable près du centre commercial de Cherry Cr…

Il termina le nom à sa place et confirma qu'il trouvait l'endroit parfait pour leur rendez-vous.

— Quelle heure ? demanda-t-il.

— Vers 19 h 30 ?

Elle aurait préféré 20 heures pour avoir plus de temps pour se préparer après le travail, mais il lui avait semblé que 19 h 30 faisait un peu plus dîner d'affaires.

— J'y serai.

— Parfait.

Pourquoi eut-elle soudainement l'impression qu'ils terminaient un rendez-vous galant ? Elle n'en savait rien. Mais tandis qu'elle se tenait debout devant lui dans le parking, elle se vit l'embrasser comme si cela avait été le cas.

L'embrasser ?

Quelle idée absurde !

Puis son regard se fixa sur les lèvres de Gideon, et son imagination s'emballa. Elle ne pouvait simplement pas s'en empêcher.

Alors elle se demanda s'il embrassait bien. Mais il allait de soi qu'elle ne le saurait jamais. Et une petite part d'elle se sentit terriblement déçue.

Ce qui était ridicule !

— A plus tard dans ce cas, dit-elle en s'apercevant qu'il la fixait aussi.

Mais sans certainement rêver de l'embrasser.

Il te méprise…

Bien que ce ne soit pas ce qu'elle lisait dans son regard. Mais, de toute manière, tout cela n'avait aucun sens.

— A vendredi, donc, conclut-elle.

— J'apporterai les devis, répondit-il d'une voix légèrement plus rauque et apaisée que d'ordinaire. A bientôt, ajouta-t-il en faisant le tour de sa voiture de sport.

Mais il attendit qu'elle soit montée dans la sienne pour se mettre au volant.

Elle lui adressa un signe de la main, consciente qu'elle n'avait plus d'excuses pour continuer à le regarder et mit son moteur en route.

Pourtant, elle ne put s'empêcher de lui jeter un ultime regard et elle le surprit en train de faire de même. C'était décidément le bon moment pour passer la première et filer.

Pourtant, tandis qu'elle affrontait les embouteillages pour retourner à Denver, son esprit était loin d'être attentif à la circulation.

Il était toujours fixé sur Gideon Thatcher.

Et sur sa manière d'embrasser.

- 5 -

— C'est un dîner d'affaires, pas un rendez-vous galant ! Et je compte bien le faire figurer sur mes notes de frais, insista Jani auprès de ses cousines.

Livi et Lindie s'étaient arrêtées chez elle sur le chemin de leur cinéma du vendredi soir, afin de savoir comment s'était passé son rendez-vous de l'après-midi chez son médecin.

Mais elles étaient arrivées alors que Jani se préparait pour son dîner de 19 h 30 avec Gideon et l'avaient accusée de se pomponner pour un rencard.

— Les canettes de soupe disent que tu mens ! déclara Livi en pointant les petits containers en métal sur lesquels elle avait enroulé ses cheveux après avoir pris une douche rapide.

— Les seules fois où nous t'avons vue faire cela, c'était le jour du bal de clôture de ta première et celui de ta dernière année d'université, ajouta Lindie. Ce sont les deux uniques occasions où tu t'es donné la peine d'utiliser ces boîtes de soupe pour donner plus de volume à tes cheveux et les rendre plus doux et…

— « Plus sexy », comme tu disais à l'époque, termina

Livi à la place de sa sœur. Pourquoi voudrais-tu te coiffer comme cela pour un simple rendez-vous d'affaires ?

— Tout bêtement parce que j'ai envie de changement, sans abîmer mes cheveux avec la chaleur du séchoir. Et je me suis rappelé le truc des boîtes, voilà tout. Je vais vous dire la même chose qu'à Gigi et aux garçons : Gideon Thatcher fait partie des gens qui détestent notre famille. De plus, je me suis retirée du jeu et je ne cherche plus personne. Donc, tout ce qu'il y a, c'est un dîner professionnel, d'accord ?

Un dîner qu'elle attendait impatiemment, mais un simple dîner. C'était en tout cas ce qu'elle s'était répété depuis qu'ils en avaient arrêté la date et l'heure.

— Gigi nous a dit qu'il avait les yeux verts, continua Livi. Reggie aussi avait les yeux verts. Cela a toujours été ta faiblesse.

— J'ai une faiblesse pour les bébés. Reggie m'a guérie définitivement de toutes mes autres inclinations.

— J'ai un ami qui l'a aperçu en train d'embarquer sur un vol pour Las Vegas, lui annonça Lindie d'un ton qui laissait penser qu'elle hésitait à lui donner cette information. Juste au cas où tu douterais d'avoir fait le bon choix…

— Crois-moi, au bout de quatre ans de frustration et la plus grande terreur de ma vie par sa faute, je n'ai aucun regret de l'avoir quitté. Et la dernière chose dont j'ai envie, c'est de recommencer une histoire avec quelqu'un d'autre, en repoussant encore ce que je désire le plus. Donc, je vous le répète, cette soirée n'est qu'un dîner d'affaires !

— Alors, y aura-t-il un bébé ? reprit Livi en lui

accordant le bénéfice du doute et en revenant à la raison de leur visite.

— Si la chance est de mon côté, oui. Tous mes résultats sont positifs et mes tests sanguins parfaits. La prochaine étape consistera à choisir un donneur, puis je commencerai le traitement hormonal et…

— Nous pourrons avoir un bébé d'ici l'année prochaine ! termina Lindie à sa place.

— Croisons les doigts, répondit Jani, reconnaissante à ses cousines de leur soutien.

Lindie, Livi et leur frère Lang étaient les triplés Camden. Ils étaient nés la même année que Jani et étaient, comme elle, les plus jeunes de la famille. Ils avaient tous vécu ensemble chez Gigi, depuis qu'ils avaient six ans. Et, même si les dix cousins étaient aussi proches que des frères et sœurs, Jani, Livi et Lindie avaient noué un lien spécial qui leur permettait de se comprendre instantanément : elles étaient en effet les seules filles de la troupe. Or Livi et Lindie approuvaient la démarche de Jani.

— Comment choisit-on un donneur ? Tu vas devoir trouver une banque de sperme ou quelque chose comme cela ?

— Mon médecin est associé avec une clinique en laquelle il a toute confiance. Et ce, tant à cause du choix des donneurs que de la qualité de leur procédure médicale. Il dit que les chances de réussite dépendent de ce genre de choses. Donc, oui, cela vient d'une banque de sperme, mais je n'aurai qu'à consulter des profils dans le cabinet de mon médecin, mercredi prochain, et à me décider.

— Cela semble si étrange, dit Livi avant d'ouvrir

de grands yeux. Oh ! pardon, je ne voulais surtout pas paraître critique !

Jani ne se vexa pas. Elle savait qu'elle avançait en territoire inconnu, tant pour elle que pour sa famille. Aussi ne lui en tint-elle pas rigueur, et elle passa à un autre sujet en leur montrant deux de ses tenues.

— La robe bleue ou le pantalon et le pull ?

— La robe bleue si c'est un rencard, le pantalon si ce n'est qu'un dîner, répondit Lindie.

— Ce sera donc le pantalon, conclut Jani en regrettant de ne pas avoir passé la robe sans rien demander.

— Gigi nous a dit que ce type te menait la vie dure, hasarda Lindie tandis que Jani enfilait son pull blanc en angora et son pantalon en velours gris clair.

— Cela allait un tout petit peu mieux quand nous nous sommes revus mercredi. Mais comme je vous l'ai dit il appartient clairement au camp des anti Camden.

Elle s'était déjà maquillée, et il ne lui restait plus qu'à retirer délicatement les canettes de ses cheveux. Après les avoir brossés, ils retombèrent en vagues souples sur ses épaules et elle fut ravie de voir que son ancienne technique avait fonctionné.

— Ouaouh, le truc des boîtes, ça marche vraiment ! s'émerveilla Livi.

Tous les petits enfants Camden se ressemblaient, mais c'était encore plus vrai pour les trois filles. A tel point que leurs camarades de collège avaient toujours eu du mal à croire que c'était Lang le dernier triplé et pas Jani.

— Je peux te les emprunter ? demanda Livi. J'ai une sorte de rendez-vous arrangé pour demain soir.

— Bien sûr, répondit Jani en pensant que, si elle

devait revoir Gideon après cette soirée, elle aurait autant préféré les garder.

Mais elle ne pouvait pas l'avouer.

— Nous devrions y aller. Nous allons rater notre séance, déclara Livi.

— Attends, je vais te donner un sac pour les boîtes, dit Jani tandis qu'elles sortaient toutes les trois de sa chambre.

— Tu es vraiment superbe, la complimenta Lindie. Tu devrais mettre ces nouveaux escarpins noirs que nous avons achetés ensemble, pour couronner le tout. A moins que ce type ne soit petit ? Cela risque de l'intimider.

— Il n'est ni petit, ni timide. Croyez-moi.

— Il n'est pas petit et il a les yeux verts, reprit Livi comme si quelque chose dans le ton de sa cousine l'avait ramenée à ses premiers soupçons. Serait-il possible que même s'il appartient au club de ceux qui détestent les Camden, toi, tu ne le détestes pas ?

— Pourquoi le détesterais-je ? répliqua-t-elle d'un ton trop véhément.

— Donc tu l'aimes bien ? insista sa cousine d'un air suspicieux.

— Je n'ai aucune opinion sur lui. C'est juste mon tour d'assumer l'une des missions de Gigi. Et j'essaie d'en finir au plus vite afin de pouvoir me concentrer sur le bébé. Je ne laisserai plus personne m'empêcher de réaliser mon rêve, même s'il est grand et qu'il a les yeux verts !

— Et tu as raison ! la soutint Livi.

— J'ai tellement hâte de pouvoir acheter des vêtements de bébé, déclara sa sœur.

— Et de décorer sa chambre ! continua Livi.

— Pourquoi aurions-nous besoin d'un homme ? ajouta Lindie. Les hommes, c'est comme les bijoux, c'est décoratif mais pas nécessaire.

Jani mit les boîtes dans un sac sans répondre, sachant parfaitement que ses cousines ne pensaient pas un mot de ce qu'elles disaient et essayaient simplement de la soutenir à leur manière.

D'ailleurs ce n'était pas comme si elle ne souhaitait plus jamais avoir d'homme dans sa vie ou qu'elle pensait la gent masculine inutile. Mais elle avait fait tout ce qui était humainement possible pour que sa relation avec Reggie fonctionne et qu'ils puissent un jour se marier et avoir des enfants.

Pourtant tout s'était écroulé.

Et, désormais, elle ne pouvait plus attendre si elle voulait garder une chance d'avoir un enfant à elle. Alors, non. Pas d'homme. Bien sûr, elle aurait préféré pouvoir construire sa famille d'une manière plus traditionnelle.

Et ce n'était pas parce que le visage de Gideon Thatcher s'imposait à son esprit à cet instant que cela avait le moindre lien. Elle saurait parfaitement ignorer ce que son traître de cerveau lui suggérait, car elle était lasse d'entretenir des illusions.

Or c'était exactement ce dont il s'agissait. Car même si elle avait eu le temps d'attendre qu'ils apprennent à se connaître, Gideon Thatcher n'accepterait jamais d'être le père d'un bébé Camden.

— Oh ! Il y a une distribution gratuite ?

Après qu'ils eurent terminé leur incroyable plat de

lasagnes et relu les documents, Jani s'était absentée un instant pour se rendre aux toilettes.

Elle y était entrée avec un simple sac à main et en était ressortie, un bébé garçon lové au creux de ses bras.

Juste après, la mère du bébé était apparue à son tour en portant une enfant de trois ans en pleine crise de larmes. Et Jani lui adressa un petit signe.

— Je ne fais que rendre service, dit-elle à Gideon en attendant que la femme la rejoigne et qu'elle puisse la raccompagner jusqu'à sa table.

Dès qu'elle eut confié le bébé à son père, elle revint s'asseoir à côté de lui.

— Tandis que la mère changeait la couche du petit, la plus grande a essayé d'escalader le lavabo pour se laver les mains et elle a perdu l'équilibre. Elle a affirmé qu'elle s'était fait trop mal pour marcher mais la maman ne pouvait pas porter les deux enfants, alors je lui ai donné un coup de main. Donc, non, ils ne distribuent malheureusement pas de bébés. Sinon, j'en aurais pris deux ou trois…

— Dites-moi, vous en voulez réellement, des enfants, constata Gideon tandis que le serveur revenait avec la pochette en cuir contenant l'addition et la carte de crédit de Gideon.

— J'étais supposée vous inviter ! protesta-t-elle quand il fut évident qu'il avait déjà réglé.

— Vous pourrez m'inviter au centre communautaire, répondit-il en rangeant son portefeuille. J'ai envie de marcher un peu, ça vous tente ?

Cela la surprit vraiment. Car, comme à son habitude, il s'était montré froid et distant au début de leur repas, puis strict et précis tandis qu'il lui soumettait ses devis et ses propositions. Cela n'avait vraiment rien été de plus que le dîner d'affaires qu'elle avait présenté à ses cousines.

Mais une ballade n'avait rien de professionnel, en revanche.

— Il ne fait pas très froid, mais une neige légère commence tout juste à tomber, lui dit-il en pointant la fenêtre. Le temps parfait pour une promenade hivernale, en fait. Mais si cela ne vous tente pas…

Bien sûr qu'elle était tentée !

— Non, ce serait agréable, répondit-elle, aussitôt ravie d'avoir finalement opté pour un pantalon et des talons moins hauts que d'ordinaire.

Tandis qu'elle rangeait les devis dans son sac, Gideon enfila sa veste. Puis il prit le grand manteau en laine rouge de Jani et le tint ouvert afin qu'elle se glisse à l'intérieur.

Ce faisant, elle ressentit toute la puissance masculine de l'homme qui se tenait auprès d'elle. Et elle se vit en train de s'appuyer contre ce torse tandis que ses bras l'enveloppaient à la place de son manteau.

Mais qu'est-ce qui lui prenait ?

Elle se dégagea un peu trop brusquement, murmura un simple « merci » et s'éloigna pour boutonner son manteau en intimant à son esprit inconstant de bien se tenir.

Elle enroula deux fois son écharpe en angora autour de son cou, s'étranglant presque pour se punir, puis enfila ses gants.

Quand ils sortirent de l'établissement, Gideon devait sans doute savoir où il voulait aller car il descendit sans hésiter le long de l'avenue Milwaukee et tourna à droite.

Ils longèrent de nombreuses boutiques fermées à cette heure, puis quelques bars et restaurants avant d'entrer dans une partie moins huppée et moins fréquentée de la ville.

Quand ils aperçurent le boulevard Colorado, Gideon s'arrêta et pointa du doigt le carrefour qui le terminait.

— Vous voyez l'établissement juste au coin ?

— Vous voulez dire le bouge qui porte le nom de bar ? demanda Jani en observant la devanture délabrée du minuscule bâtiment.

— Oui. C'est là que mon arrière-grand-père a fini après avoir été chassé de Lakeview.

Apparemment, il s'agissait donc d'autre chose que d'une balade digestive…

Même à cette distance, elle savait déjà que ce bar n'était pas un endroit qu'elle aurait fréquenté.

— Vous m'aviez dit que le conseil de Lakeview avait destitué votre aïeul, mais pas expliqué comment.

— Il a été traité en paria dès qu'il est devenu évident que les engagements qu'il avait pris en faisant confiance aux promesses d'H.J. ne seraient pas honorés. Et à cette époque, même s'il était le maire, il ne disposait que d'une seule voix, à l'instar des autres membres du conseil.

— Tout comme le directoire des Camden.

— Exactement. Le maire présidait le conseil, avait quelques autres responsabilités mineures et en était le représentant à toutes les cérémonies de la ville, mais il n'était pas difficile de le mettre à l'écart.

— C'est ce qui est arrivé ?

— Oui. Plus aucun membre du conseil ne lui a adressé la parole ou n'a écouté ce qu'il avait à dire.

Puis il lui a été signifié de ne plus apparaître dans la moindre cérémonie officielle. Et il est devenu une sorte de maire fantôme jusqu'à ce qu'il soit poussé à la démission sans avoir pu laver son honneur.

— C'est terrible. Et c'est après cela qu'il est arrivé dans ce bar ? L'a-t-il acheté ou y travaillait-il ? répondit-elle en redoutant qu'il soit devenu alcoolique.

— Tandis qu'il luttait en tant que maire invisible pour faire comprendre à ses concitoyens qu'il n'avait touché aucun pot-de-vin de la part d'H.J., son entreprise a commencé à décliner.

— Dans quel secteur travaillait-il ? l'interrogea-t-elle, bouleversée par ce qu'elle apprenait, même si Gideon lui racontait cette histoire sans son animosité habituelle.

— Il possédait les *Assurances Thatcher* et avait créé cette compagnie de toutes pièces, après ses études. Elle a été florissante, car il était un homme d'affaires brillant, ce qui était l'une des principales raisons de son élection. Mais la plupart de ses clients étaient de Lakeview et quand ils ont compris qu'il n'y aurait rien d'autre que des usines et des entrepôts dans leur ville, ils ont boycotté sa société. Alors l'agence a fait faillite, puis sa maison a été incendiée…

— Non ! s'exclama-t-elle, atterrée, avant d'enfoncer son menton dans son écharpe comme s'il faisait plus froid.

— Si. Quelqu'un a mis le feu à sa maison. Au moins a-t-il pris la peine de vérifier que mes arrière-grands-parents n'étaient pas là, mais ils ont perdu tout ce qu'ils possédaient. Il ne leur restait plus que les vêtements qu'ils avaient sur le dos et une voiture cabossée à coups de batte de base-ball par des vandales, deux jours auparavant. Et, bien entendu, la police n'a pas exactement fait de gros efforts pour retrouver les coupables.

— Gideon, mais c'est affreux ! laissa-t-elle échapper dans un élan de sympathie.

— C'est à ce moment qu'ils sont arrivés ici. Mon arrière-grand-père a été engagé pour s'occuper du ménage et de la maintenance tandis que mon arrière-grand-mère préparait des sandwichs et des œufs mimosa pour les clients du bar. En échange, le propriétaire les laissait vivre dans le deux pièces au-dessus de l'établissement.

C'était de pire en pire ! Elle aurait voulu disparaître à l'intérieur de son manteau autant à cause du froid que de la honte.

Mais quand Gideon le remarqua, il dut penser qu'elle était simplement gelée car il lui proposa de rentrer.

— Donc votre grand-père a été élevé dans ce deux pièces ? l'interrogea-t-elle, même si elle aurait préféré ne pas en apprendre plus.

Pourtant, elle n'avait pas le choix, d'une part parce que Gideon était d'humeur à parler, et d'autre part parce que c'était le but de sa mission. Par ailleurs, il ne semblait plus l'associer directement à tout cela et lui parlait sans la moindre hostilité.

— Au début, il n'y est resté que quatre ans. Il avait douze ans quand ils ont quitté Lakeview et cela a été très dur. Tous ses amis lui ont tourné le dos, quand ils ne lui ont pas jeté des pierres ou ne l'ont pas roué de coups. Les enfants se vengeaient de la frustration de leurs parents sur le fils de celui qu'ils pensaient responsable de les avoir trompés. Mon grand-père ne s'est jamais adapté à sa nouvelle école et n'a pas essayé de se faire de nouveaux amis. Et, à seize ans, il a tout arrêté et menti sur son âge pour entrer dans l'armée.

— Et cela lui a fait du bien ? demanda-t-elle en espérant une réponse positive sans vraiment y croire.

— Non, il n'a jamais gravi les échelons. Il ne maîtrisait pas son caractère et a reçu un certain nombre d'avertissements pour insubordination.

— Il était sans doute trop en colère, devina-t-elle. Et il en avait toutes les raisons…

Mais cette fois-ci Gideon ne sauta pas sur la perche qu'elle venait de lui tendre comme il l'avait fait au cours de leur précédent rendez-vous. Il lui confirma qu'effectivement son grand-père avait été toute sa vie un homme en colère.

— Quand il a terminé son service, il est rentré au bar. Il y est devenu barman, j'imagine que c'était un progrès…

— Et il n'en est jamais parti ?

— Non, ma famille a toujours eu du mal à quitter cet endroit. C'est comme si ce bar les retenait. Ou peut-être qu'après ce qui s'était passé à Lakeview, ils n'avaient plus le courage de sortir du trou où ils s'étaient cachés. La colère et la haine qui avaient chassé mes arrière-grands-parents de Lakeview les avaient, certes, poursuivis quelques années, mais ils ont continué à se sentir écrasés bien après que le nom des Thatcher n'évoque plus rien à personne.

— Et vous avez connu vos arrière-grands-parents ?

— Très peu. Je me rappelle juste deux vieillards fragiles et craintifs. Mon grand-père, en revanche, était toujours furieux contre tout, et l'est resté jusqu'à sa mort. Il se sentait si humilié par ce qui lui était arrivé dans son enfance qu'il a fini par communiquer son attitude défaitiste à mon père.

— Votre père a aussi été élevé dans ce bar ?

— Oui, ma grand-mère en était la gérante, c'est même comme cela qu'elle a rencontré mon grand-père. Mais ils étaient loin d'être un couple uni. Mon grand-père l'avait épousée alors qu'elle était enceinte, et avant que mon père ait atteint deux ans elle s'était enfuie avec un autre type. Mon arrière-grand-mère était morte, il ne restait donc plus que mon arrière-grand-père, mon grand-père, mon père et le bar.

— Et ils vivaient tous dans le petit appartement ? demanda-t-elle en ayant peur de la réponse.

— Oui, mes arrière-grands-parents ne l'ont jamais quitté. Mon père et mon grand-père en sont parfois partis, mais le manque d'argent les a toujours forcés à y revenir.

— Est-ce que votre père a pu faire des études ?

— Il a eu son bac. Mais cela n'avait pas d'importance car il avait commencé à boire bien avant. Il est devenu barman dès qu'il a été majeur et son unique ambition ainsi que celle de mon grand-père était de pouvoir acheter un jour ce maudit endroit.

— Ils y ont réussi ?

— Non, ils ne sont jamais parvenus à rassembler assez d'argent. Mon père est resté derrière ce bar toute sa vie, se servant un verre chaque fois qu'on lui en commandait un, comme son propre père. Mais ce dernier a mieux résisté à l'alcool que son fils : il a atteint la soixantaine avant que la cirrhose ne l'emporte tandis que mon père n'a pas dépassé les quarante-sept ans.

Et tout cela à cause de ce qu'a fait H.J.

— Je suis vraiment désolée, dit-elle du fond du cœur.

Puis elle rassembla son courage et lui posa la question qui lui brûlait les lèvres.

— Et vous ? Vous avez grandi ici aussi ?

— Au début seulement, répondit-il sans entrer dans les détails. Je me suis simplement dit que comme nous étions juste à côté, c'était l'occasion de vous montrer ce qui était arrivé aux Thatcher après le scandale de Lakeview.

Ils étaient de nouveau entrés dans la partie huppée de la ville, bien qu'ils soient encore à mi-chemin du restaurant. Ils passèrent alors devant un chariot qui vendait des chocolats chauds sous un paravent garni de lampes chauffantes. Et cette nuit d'hiver glaciale ainsi qu'une bonne part de culpabilité poussèrent Jani à lui proposer un arrêt.

— Que diriez-vous d'un chocolat chaud puisque vous ne m'avez pas laissée vous inviter à dîner ?

Il ne refusa pas et ils se serrèrent tous les deux sous l'une des lampes tandis qu'on leur préparait un mélange de chocolat fondu et de crème.

Ils reprirent leur chemin une fois leurs boissons prêtes, et elle essaya de le pousser dans ses retranchements.

— Donc vous y avez vécu, mais peu de temps, c'est cela ?

— Mes parents s'y sont rencontrés aussi. Ma mère était aide-soignante au centre médical qui se trouvait encore au bout du boulevard Colorado, à cette époque. Un soir où elle avait terminé son service au milieu de la nuit, sa voiture est tombée en panne juste devant le bar.

— Et votre père y travaillait déjà…

— Oui, cela faisait à peine un an et ma mère m'a

dit qu'à cette époque il n'était pas encore réellement alcoolique. Il lui a offert un verre, fait du charme jusqu'à la fermeture, puis l'a raccompagnée à sa voiture pour voir ce qu'elle avait. Ils se sont mariés au bout de six mois et je suis né dix mois plus tard.

— Et ils se sont installés dans l'appartement tandis qu'elle travaillait à l'hôpital ?

— Oui, répondit-il d'un air accablé. Ma mère était très jeune et elle venait d'un milieu modeste, alors cela ne l'a pas trop effrayée au début.

— Est-ce que votre arrière-grand-père et votre grand-père y vivaient encore ? demanda-t-elle en ayant du mal à croire qu'il soit possible qu'une jeune mariée soit heureuse de vivre au-dessus d'un bar miteux.

— Non, ils leur ont laissé l'appartement et ont loué une chambre dans une pension, à quelques pas du bar.

— Donc ils avaient au moins un endroit à eux, conclut Jani en essayant de voir le bon côté des choses.

— Oui, mon père avait dit à ma mère qu'un jour ils pourraient acheter le bar et que, dans ce but, il leur suffirait de vivre au-dessus assez longtemps pour économiser l'argent. Je devais avoir quatre ans quand elle a fini par comprendre qu'il s'agissait d'un rêve d'alcoolique qui ne se réaliserait jamais.

— Et elle l'a quitté ?

— Non, mais elle a tout fait pour l'éloigner du bar. Il a refusé de quitter son emploi et continuait de répéter qu'un jour il l'achèterait et que c'était son destin. Mais elle a quand même réussi à le faire déménager et lui a dit qu'il ne pouvait plus aller là-bas que pour travailler.

— Il a accepté ?

— Oui, mais il n'a pas tenu parole. Ils ont loué un

petit appartement, à quelques pâtés de maisons, et mon arrière-grand-père et mon grand-père sont revenus dans le deux pièces. Mais mon père a continué à passer son temps libre accoudé au bar, si bien que mes parents ont fini par divorcer quand j'avais six ans. Et c'est à ce moment que ma mère et moi, nous avons été contraints de vivre chez ma grand-mère maternelle.

Gideon fronça les sourcils quand il prononça ces mots et elle en déduisit que cela n'avait pas été une expérience agréable.

— Vous n'aimiez pas votre grand-mère ?

— Si, bien sûr, mais depuis la mort de son époux elle n'allait pas très bien. Il s'agissait plus d'un échange de services que d'autre chose. Cela nous épargnait un loyer, ma grand-mère recevait les soins dont elle avait besoin et il y avait toujours un adulte avec moi quand ma mère travaillait de nuit. Mais c'était très difficile pour maman. Quand elle terminait son service d'aide-soignante, elle rentrait s'occuper de ma grand-mère, de moi et de tout le reste. Et comme l'appartement de ma grand-mère n'avait que trois pièces, j'ai grandi en dormant sur un canapé.

— Durant toute votre enfance, vous n'avez pas eu de chambre à vous ?

— Pas même un lit.

— C'était un canapé-lit ?

— Non. Je posais mes draps et mon oreiller dessus chaque soir.

— Oh ! ce n'était même pas un canapé-lit ! se désola Jani. Et à quel âge avez-vous eu un lit à vous ?

— A la mort de ma grand-mère, quand j'ai eu seize

ans. Ma mère a pris sa chambre et moi la sienne. Et un matelas neuf, ce qui était une vraie folie.

— Mais vous avez tout de même dormi six ans sur un canapé ! Les finances allaient si mal que cela ?

— J'adorais mon père. C'était un homme de cœur, mais il buvait tout ce qu'il gagnait. Et ma mère avait un tout petit salaire, en tant qu'aide-soignante, alors non, les finances n'étaient pas mirobolantes. J'ai cumulé tous les petits boulots imaginables, pour rapporter quelques dollars à la maison, jusqu'à ce que je sois en âge d'avoir un vrai travail. Mais c'était uniquement après l'école et le week-end. J'en avais assez vu pour savoir que je ferais des études quoi qu'il m'en coûte.

— Et vous l'avez fait ! Collège, lycée et un diplôme universitaire ! conclut-elle en sentant son admiration pour lui décupler autant que sa culpabilité. Est-ce que votre mère est toujours ici ? demanda-t-elle en espérant que cette dernière avait pu profiter du succès de son fils.

— Non, elle est morte d'un infarctus massif, trois semaines avant que j'obtienne mon diplôme. Six mois seulement après la disparition de mon père. Et, à vingt-deux ans, je suis devenu le dernier représentant des Thatcher et des Wadells, le nom de jeune fille de ma mère.

Elle ferma les yeux et secoua la tête tandis qu'ils traversaient la Première Avenue pour retourner au parking du restaurant. Elle était reconnaissante à Gideon de ne pas avoir montré la moindre agressivité à son égard tandis qu'il lui racontait l'histoire de sa famille. Mais elle était aussi intriguée par le fait qu'il ne se soit jamais apitoyé un instant sur ce qu'il avait vécu.

Il était impossible de ne pas être impressionné par cet

homme. Et pas seulement parce qu'il était grand, musclé et terriblement séduisant ou à cause de son évidente confiance en lui. Elle ne pouvait pas le regarder sans penser à tout ce qu'il avait dû affronter pour en arriver là où il en était aujourd'hui. Pour devenir l'homme incroyable qu'il semblait être. Un homme qui voulait restaurer l'honneur et la dignité de son nom. Lesquels lui avaient été volés par son propre arrière-grand-père.

— Il est difficile de ne pas se demander à quel point tout aurait été différent si Franklin était resté le maire de Lakeview et si sa compagnie d'assurances n'avait pas fait faillite, n'est-ce pas ?

— C'est certain, et je l'ai fait de nombreuses fois après avoir entendu tant d'histoires sur les années de gloire de ma famille, quand mon grand-père était le roi de la colline parce que son père était le maire de la ville. J'ai imaginé tant de possibilités…

— Lesquelles ? demanda-t-elle en espérant que les Camden puissent encore rendre l'un de ces rêves réel.

— J'imaginais que je vivais dans une banlieue chic construite par mon arrière-grand-père. Et que j'étais quelqu'un d'important parce que j'étais un Thatcher, l'arrière-petit-fils du maire, dit-il en souriant. Que mon grand-père était devenu un homme d'affaires respecté qui avait repris l'entreprise familiale. J'imaginais aussi que mon père n'était plus esclave de sa bouteille et que ma mère et lui vivaient toujours ensemble dans une jolie maison…

— Et je suis sûre que vous imaginiez avoir votre propre chambre et un lit à vous, dit-elle d'une voix douce en sentant son cœur se serrer pour le jeune homme qu'il avait été. Vous avez votre propre lit, maintenant ?

Il éclata de rire à ces mots tout en prenant appui contre sa voiture à elle.

Il était si près d'elle désormais qu'elle pouvait sentir la chaleur irradier de son corps et deviner les nuances de son eau de Cologne, qui l'envoûta aussitôt.

— Vous allez me faire culpabiliser, déclara-t-il.

— Moi, je vous fais culpabiliser ? répéta-t-elle, ébahie.

— Vous ressemblez à un faon que j'aurais paralysé en l'illuminant avec mes phares. Vous n'aviez vraiment aucune idée de ce qu'H.J. avait provoqué, n'est-ce pas ?

— Jusqu'à très récemment, tout ce que nous savions, c'était que nous possédions des usines et des entrepôts qui avaient été bâtis dans les années 1950.

— Vous plaisantez ? déclara-t-il en haussant les sourcils.

— Pas du tout. Les affaires et la famille étaient deux territoires complètement séparés pour H.J., comme pour mon père et mon grand-père d'ailleurs. Mais depuis que ma génération a repris les rênes, nous avons décidé de mener nos affaires de manière honnête et transparente. Mais quant à ce qui s'était passé dans le secret des bureaux de *Camden Incorporated* avant nous, nous n'en savions rien. Même ma grand-mère ignorait tout.

— Jusqu'à très récemment, répéta-t-il.

Elle haussa à peine les épaules. Elle ne pouvait en aucun cas lui parler du journal d'H.J. et de tout ce qu'il leur avait révélé.

— Donc vous étiez réellement tenus à l'écart de…

— Tout ce qui concernait l'entreprise familiale

jusqu'à ce que nous soyons devenus adultes, oui. Et ce qui s'était passé auparavant…

— N'était que des vieilles histoires pour vous.

— Oui, mais ces histoires ont eu un effet dévastateur sur votre vie à vous.

— Et c'est pourquoi j'ai le droit de vous en vouloir et de vous tenir pour responsable. Alors vous ne devriez pas paraître aussi choquée quand je le fais. Disons que cela sera notre règle numéro un, conclut-il en riant de nouveau.

Il plaisantait. Il riait. Gideon Thatcher avait donc le sens de l'humour. Un sens de l'humour qu'elle appréciait d'autant plus que, quand il riait, son visage devenait encore plus séduisant et ses yeux pétillaient, illuminant davantage son regard aux couleurs d'océan.

— Je vous prie de m'excuser pour avoir paru choquée, répondit-elle. La prochaine fois j'essaierai d'être impitoyable.

— Et vous me répondrez : « Ravalez votre fierté, Thatcher ! Que je puisse savonner un peu plus votre chemin en gardant ma bonne conscience, plutôt que de me sentir coupable d'avoir provoqué votre malheur ! »

— Je ne suis pas sûre de pouvoir être assez impitoyable pour vous dire cela. Après tout, vous avez dû dormir sur le canapé de votre grand-mère pendant dix ans, plaisanta-t-elle avant de reprendre plus sérieusement : Mais je suis réellement désolée pour ce que votre famille a dû subir à cause des agissements d'H.J.

Il plongea son regard dans le sien avec une intensité qu'il n'avait jamais eue auparavant et ce qu'il y vit dut le convaincre de sa sincérité car il hocha imperceptiblement la tête pour signifier qu'il acceptait ses excuses.

— Et un jour, vous me raconterez votre version de l'histoire, lui rappela-t-il sans paraître sur la défensive comme s'il lui entrebâillait enfin la porte.

— Un jour…, répondit-elle avec bien moins de conviction que les fois précédentes.

Car les arguments qu'elle possédait pour la défense d'H.J. lui semblaient bien moins fondés qu'avant.

Et tandis qu'ils se dévisageaient en silence, quelque chose changea entre eux. Elle n'était pas certaine de savoir ce que c'était, mais la tension qui avait toujours sous-tendu leurs rapports venait de s'évanouir. Tout à coup, ils n'étaient plus que deux personnes se disant au revoir devant leurs voitures, après un dîner amical.

Il sourit de nouveau, lui offrant un sourire bien plus franc qu'il n'en avait l'habitude, et teinté d'une pointe de malice.

— Si vous êtes vraiment désolée, vous pourriez faire une chose pour Lakeview…

— En plus du centre communautaire ?

— Si vous souhaitez réellement réparer les erreurs du passé, venez m'aider à tenir l'un des stands de la brocante demain. Nous récoltons des fonds pour le développement de Lakeview et je suis chargé du stand des livres. A moins que ce ne soit trop populaire pour vous ou plus que vous ne vouliez faire ?

Il la provoquait de nouveau, mais cette fois-ci cela ressemblait bien plus à un jeu qu'à autre chose.

— Croyez-moi, je me sens si coupable que je serais prête à construire les stands de mes propres mains avant d'acheter tous les livres.

— Hum, de la culpabilité ! Cela me va parfaitement,

répondit-il comme si ce constat lui donnait des idées. Est-ce que cela signifie que je peux compter sur vous ?

— Dites-moi simplement où et quand.

— Nous allons envahir une bonne partie du parc, vous n'aurez aucun mal à nous trouver. Et mon stand est le plus proche de la bibliothèque, histoire de ne pas avoir à transporter les cartons de livres pendant des heures. La brocante ouvre à 9 heures. Rendez-vous à 8 heures, en vêtements de travail. Pas de talons !

Ils baissèrent tous les deux les yeux sur les chaussures de Jani et, quand ils se regardèrent de nouveau, elle eut l'impression qu'ils étaient encore un peu plus proches.

— Je possède des chaussures plates, figurez-vous.

— Alors, portez-les ! Car nous allons rester debout toute la journée.

— Oui, chef ! répondit-elle d'un ton ironique qui le fit sourire de nouveau.

Comme elle aimait ce sourire !

Et elle se rendit compte que, malgré l'émotion qu'elle avait ressentie en écoutant ses révélations, elle avait tout de même passé une bonne soirée. Et peut-être que cela n'avait pas été trop désagréable pour lui non plus, car il la fixait avec une nouvelle expression, bien plus douce, qui lui confirma que cette maudite tension avait disparu. En tout cas pour le moment.

Alors Gideon se pencha et l'embrassa, la prenant bien plus au dépourvu que ne l'avait fait le récit de l'histoire tragique de sa famille.

Il posa à peine ses lèvres sur les siennes et c'était déjà fini avant même qu'elle ait pu relever la tête. Mais ce n'en était pas moins un baiser. Sur les lèvres.

Il recula comme s'il avait été surpris, lui aussi.

Puis il sembla se reprendre et agit comme s'il ne s'était rien passé.

Peut-être parce qu'il le regrettait ?

— Donc, rendez-vous au parc demain matin, si vous osez, reprit-il en commençant à marcher vers sa voiture.

— Merci pour le dîner, répondit-elle après un instant d'hésitation.

— Et merci pour le chocolat, ajouta-t-il de dos comme s'il tenait à avoir le dernier mot, alors que le spectacle de sa démarche sexy la pétrifiait au point qu'elle ne se décidait pas à ouvrir sa porte pour se mettre au volant.

Sur le trajet du retour, elle se sentit accablée de honte pour toute la douleur que sa famille avait causée à la sienne. Mais, doucement, son esprit se tourna vers l'homme incroyable qui était né des cendres de ce désastre. Et ses pensées s'éloignèrent de plus en plus du passé pour se focaliser sur le présent.

Et ce baiser.

Gideon Thatcher l'avait embrassée…

Et même si ça n'avait été presque rien, cela avait été une expérience incroyable pour elle.

Une expérience qu'elle était prête à recommencer.

- 6 -

— Attention, garçon ! Cela doit faire vraiment mal !

Jani leva les yeux de la caisse du stand où elle rangeait l'argent, juste à temps pour voir un petit garçon chuter tête la première sur le sol juste devant eux, provoquant le commentaire de Gideon.

C'était Thorpe Armbruster, le fils de quatre ans de la conseillère municipale Amanda Armbruster, qui s'occupait du stand de pop-corn de la brocante.

Il n'aurait pas pu rêver d'une journée de janvier plus agréable, le ciel était d'un bleu radieux et la température frôlait les 12 degrés. Thorpe avait passé l'essentiel de la journée à visiter les stands sous l'œil protecteur de sa mère, mais il semblait être particulièrement attiré par Gideon, car depuis le déjeuner il n'avait presque pas quitté le stand des livres.

— Ze voulais t'apporter du po-corn, dit le petit garçon en essayant de retenir ses larmes. Et c'est tout renversé…

— Ne t'en fais pas. Les écureuils et les oiseaux vont s'en occuper.

Après avoir vérifié que le petit bonhomme n'était pas blessé, Gideon appela sa mère.

— Tout va bien, il n'a rien, cria-t-il avant de se pencher de nouveau vers Thorpe. J'ai connu une petite fille qui avait besoin d'un livre très spécial pour dormir ou quand elle s'était fait mal, comme toi maintenant. Tu veux que je te le montre ou tu préfères aller voir ta maman ?

— Ze veux voir le livre, dit l'enfant en refoulant ses sanglots.

— Ça parle d'une famille d'ours. Je suis sûr que tu vas l'aimer.

Le livre des ours...

Jani était arrivée à la brocante à 8 heures pile au moment où il sortait de sa voiture. Et il n'avait pas caché sa surprise qu'elle soit réellement venue lui donner un coup de main.

Les stands de toutes tailles, dont certains étaient pourvus d'auvents, avaient déjà été montés quand ils arrivèrent, mais ils étaient allés chercher ensemble les cartons de livres à la bibliothèque et travaillaient côte à côte depuis ce moment.

Jani l'avait vu se figer devant le livre des ours quand ils avaient défait les cartons et elle s'était dit que cela devait être l'un de ses livres d'enfance. Mais, apparemment, ce n'était pas le cas et sa curiosité s'emballa.

— Le voilà ! s'écria Gideon en apercevant le livre dans le coin réservé aux enfants.

Elle observa la manière dont il parvint à intéresser l'enfant au récit, et il lui suffit de quelques instants pour que le petit garçon aux lunettes épaisses oublie complètement sa chute. Elle nota la technique pour l'utiliser quand elle aurait un enfant dont elle devrait s'occuper seule.

Mais ce n'était pas la première fois depuis le début de la journée qu'elle remarquait à quel point Gideon savait s'occuper naturellement des enfants. Et cela la surprit autant que son arrivée avait étonné Gideon. Il ne changeait rien à son attitude tandis qu'il discutait avec Thorpe et ne lui parlait pas d'une façon mièvre. Il n'essayait pas non plus de le flatter ou de faire l'idiot pour l'amuser, il s'adressait à lui comme à tous ses interlocuteurs, répondant patiemment à chacune de ses questions et écoutant ce que l'enfant avait à dire. Et tout cela, comme s'il s'était occupé d'enfants pendant des années.

— Est-ce que je peux prendre ce livre ? demanda le garçonnet.

— Bien sûr, si ta mère est d'accord. Va lui montrer et dis-lui que c'est un cadeau de ma part. Mais ne cours pas.

Le petit prit l'album et marcha tout doucement jusqu'au stand de pop-corn.

Après avoir écouté son fils, la conseillère adressa un signe de remerciement à Gideon qui sortit son portefeuille de la poche arrière de son jean et en tira un dollar qu'il rangea dans la caisse.

— S'il te plaît, dis-moi que la personne à qui tu lisais cette histoire tous les soirs n'était pas ta dernière petite amie ? plaisanta-t-elle dans l'espoir de lui soutirer des renseignements.

Au cours de la journée, leur relation s'était détendue et elle s'était aperçue que Gideon avait vraiment un côté amusant. Il était même plutôt blagueur et espiègle et bien plus léger qu'elle ne l'aurait imaginé lors de leurs premières rencontres. Sans mentionner son côté charmeur…

La journée était passée d'autant plus vite, même si elle ne cessait de se répéter que flirter avec lui n'était certainement pas une bonne idée.

Cela étant, malgré le côté ouvertement blagueur de son commentaire, le sourire qu'il lui adressa comme seule réponse ne fut pas aussi amusé et franc que celui qu'elle attendait. En fait, il était même forcé et elle comprit aussitôt qu'elle venait encore de toucher une corde sensible.

— C'est à ma fille que j'ai lu et relu le livre des ours, finit-il par dire avec un air sombre.

Elle manqua de faire tomber le carnet sur lequel elle notait le titre et le prix des livres qu'ils avaient vendus.

Sa fille ?

— Tu m'avais dit que tu étais divorcé, mais je n'avais pas compris que tu avais des enfants.

— Je n'en ai pas, répondit-il d'un ton sec qui attisa encore plus sa curiosité.

— Tu lisais le livre des ours à ta fille, mais tu n'as pas d'enfants…, répéta-t-elle en essayant de comprendre ce paradoxe.

Mais il se comporta comme s'il ne l'avait pas entendue et fit quelques pas pour aller ranger les piles de livres les plus éloignées d'elle.

Que s'était-il passé de si terrible ?

Mais avant qu'elle ait eu le temps de décider si elle pouvait se permettre de lui demander des explications, elle crut entendre la voix de sa grand-mère.

— La voilà ! Juste derrière ce stand !

Elle détourna son regard du dos musclé de Gideon et jeta un coup d'œil circulaire à la foule de passants qui grouillaient autour des stands. Elle espéra sincèrement que ses oreilles l'avaient trompée, mais ce n'était pas le cas. Gigi était réellement en train de marcher dans sa direction.

Elle avait eu une longue discussion avec sa grand-mère, la veille au soir, et lui avait raconté tout ce qu'elle avait appris sur les Thatcher. Elle avait aussi raconté à Gigi qu'elle avait accepté d'aider Gideon pour la brocante. Mais la vieille dame n'avait rien dit qui laisse entendre qu'elle comptait passer.

Et voilà que, tout à coup, elle apparaissait au bras de l'homme qui était devenu son compagnon depuis que les deux ex-amoureux du lycée s'étaient retrouvés en octobre dernier.

— Bonjour, ma chérie ! lui lança sa grand-mère quand ils furent parvenus devant elle.

A soixante-quinze ans, ils étaient encore tous les deux dans une excellente condition physique, bien qu'ils aient pris un peu de poids. Les yeux bleus de Gigi pétillaient toujours et ses cheveux courts poivre et sel lui conféraient un air dynamique. Quant à Jonah, ses épais cheveux blancs, ses joues rubicondes et son éternel sourire le faisaient ressembler à un Père Noël qui aurait perdu sa barbe.

— Gigi ! s'exclama Jani. Je ne savais pas que tu passerais.

Pas plus qu'elle ne savait comment Gideon allait réagir à la présence de sa grand-mère alors qu'il traversait l'une de ses phases sombres.

Sans parler du fait que chaque fois que Gideon l'avait

présentée à l'une de ses connaissances au cours de la journée, il avait toujours volontairement omis de préciser son nom de famille. Personne ne savait qu'elle était une Camden et il devait préférer qu'il en soit ainsi. Sans doute ne voulait-il surtout pas que son nom soit associé au sien et plus particulièrement à Lakeview.

Jani commençait à peine à l'accepter que Gigi risquait de jeter un pavé dans la mare.

— Nous avons passé la journée ensemble, Jonah et moi, et nous retournons à Arden pour dîner dans sa maison. Mais, comme le parc était sur notre chemin, je lui ai demandé de faire une pause.

Son frère Cade avait rencontré sa fiancée Nati en accomplissant une des missions de compensation de Gigi et, par le plus grand des hasards, Jonah était le grand-père de Nati. Les deux vieux amoureux n'avaient pas tardé à retrouver leur complicité d'antan si bien que, désormais, Gigi passait de plus en plus de temps à Arden, une banlieue chic coincée entre Denver et Lakeview.

— Bonjour ! Vous devez être Gideon Thatcher ? Je suis la grand-mère de Jani, cria-t-elle presque par-dessus l'épaule de sa petite-fille à l'homme qui ne semblait pas pressé de les rejoindre.

Jani était soulagée que sa grand-mère n'ait pas révélé leur nom de famille, mais sa tension fut tout de même extrême pendant qu'elle attendait la réaction de Gideon. Car si ce dernier se montrait impoli ou brutal avec Gigi, de quelque manière que ce soit, elle savait qu'elle ne lui pardonnerait jamais.

Mais, après un moment d'hésitation, Gideon les rejoignit.

— Bonjour, répondit-il d'un ton courtois malgré son malaise évident.

— Je vous présente mon ami Jonah Morrison, déclara Gigi qui prit en charge les présentations.

— Jonah, voici Gideon Thatcher. Et, monsieur Thatcher, appelez-moi Gigi, je vous en prie, tout le monde le fait.

— Enchanté, Gideon, répondit-il pour la forme, en serrant la main de Jonah.

— Ma petite-fille m'a dit le plus grand bien de vous, Gideon, reprit Gigi.

— Vraiment ? répondit-il en haussant un sourcil dubitatif.

— Enfin, peut-être pas après votre première rencontre, admit la vieille dame en pouffant.

Et Jani sentit aussitôt la panique l'envahir.

— J'ai cru comprendre que vos débuts avaient été difficiles. Mais cela ne signifie pas que cela doive toujours durer, continua sa grand-mère en adressant un clin d'œil complice à son compagnon.

— Oh non, souvent les plus belles choses de la vie se trouvent au bout d'une route rocailleuse, renchérit Jonah en rendant son œillade à Gigi.

Jani croisa le regard de Gideon et lui adressa une mimique de désespoir, avant de hausser les épaules en signe d'impuissance.

— Quoi qu'il en soit, je voulais simplement passer vous dire à quel point j'étais heureuse que vous nous laissiez honorer le nom de Franklin Thatcher, reprit Gigi en parlant presque à l'oreille de Gideon, de manière à ce que personne ne les entende.

Jani se rendit alors compte que sa grand-mère était

parfaitement consciente de la situation délicate dans laquelle se trouvait Gideon. Elle faisait ainsi en sorte de rester discrète.

Gideon leva à peine le menton en guise de réponse et Jani vit sa mâchoire se serrer, signe qu'il était loin d'apprécier la remarque de sa grand-mère.

— Ce matin, j'ai demandé à tout le monde d'examiner les propositions et les devis que vous avez donnés à Jani. Personne n'y a trouvé quoi que ce soit à redire, alors je suis passée vous donner notre accord. Vous aimez le rôti ?

— Est-ce que j'aime le rôti ? répéta-t-il comme s'il avait mal compris.

— Le rôti avec des pommes de terre sautées, des carottes, de la sauce et de la salade. La recette classique, quoi.

— Oui, répondit-il, d'évidence perturbé par la direction que prenait la discussion.

Mais Jani, elle, commençait à comprendre et son inquiétude redoubla.

— J'organise tous les dimanches soir un dîner de famille auquel peuvent assister tous les amis qui le souhaitent, reprit Gigi, très enthousiaste. Et justement, demain, j'ai prévu de servir un rôti. Venez manger avec nous et j'en profiterai pour vous remettre le chèque afin que vous puissiez lancer le projet sans attendre.

— Je ne sais pas si…

— Non, non, non. Je n'accepte jamais qu'on refuse mes invitations du dimanche soir. Vous serez l'invité spécial de ma Jani et vous repartirez le ventre plein et le chèque en main, pour que cela en vaille la peine, répliqua-t-elle avant de pointer son doigt vers sa petite-fille. Et toi, ne le laisse pas annuler ! Je vous attends tous les deux, demain. Au revoir, Gideon, ce fut un plaisir de vous rencontrer.

Et elle leur tourna le dos en prenant le bras de Jonah qui eut à peine le temps de leur faire un signe de la main.

— Donc… C'était ma grand-mère, marmonna Jani tandis qu'ils regardaient le vieux couple s'éloigner. Elle peut parfois donner l'impression d'une tornade. Alors merci d'être resté aimable, même si elle ne t'a pas vraiment laissé une chance de parler.

— C'est le genre de femme qui ne fait pas de prisonniers, répondit Gideon sans la moindre animosité, ce dont elle lui fut reconnaissante.

— C'est une force de la nature. Mais nous l'aimons tous profondément. Et même si tu risques de ne pas être d'accord, vu la façon dont elle vient de t'embobiner, sa volonté est toujours au service du bien-être d'autrui.

Il leva les sourcils de nouveau et elle comprit qu'il demeurait sceptique.

— Je t'assure, insista-t-elle. Sans sa volonté farouche, cette famille serait tombée en morceaux et je ne sais vraiment pas comment nous aurions fini.

— Pourquoi cela ? Je n'ai pas suivi de près les aventures de la famille Camden ces dernières années, mais je croyais que c'était H.J. le capitaine.

— Il l'était pour tout ce qui concernait les affaires. Mais dès qu'il s'agissait de la famille, Gigi tenait seule la barre. Elle a même installé H.J. chez elle, après sa crise cardiaque, pour prendre soin de lui quand il s'est enfin résolu à partir à la retraite. Et c'est toujours elle qui s'est occupée de lui quand il s'est brisé le dos alors que le reste de ma famille avait été emporté par un accident d'avion.

— Un accident d'avion, répéta Gideon comme s'il cherchait quelque chose. Je n'étais qu'un enfant, mais je me rappelle cette histoire, maintenant.

— Je ne doute pas que votre famille faisait partie de ceux qui ont pensé que c'était un sort bien mérité, lança-t-elle en imaginant la satisfaction des Thatcher quand ils avaient appris la tragédie qui avait frappé les Camden.

Gideon ne le nia pas.

— Les miens avaient parié que l'explosion de cet avion était due à une manœuvre criminelle, c'est pour cela que je m'en souviens. Cela ressemblait à un film, pas à la vraie vie.

— Il y a toujours eu des soupçons à ce sujet, en effet. Mais il ne restait pas assez de débris pour étayer cette thèse, lui confirma-t-elle.

— Et qui est mort dans ce crash ?

— Tout le monde, à part Gigi, H.J. et nous, leurs dix petits-enfants.

— Je ne m'étais pas rendu compte… Alors vous étiez orphelins ? dit-il sans cacher sa surprise.

— Et Gigi veuve. Mes parents, mon oncle et ma tante et mon grand-père se trouvaient aussi dans l'avion. Ils partaient tous ensemble passer des vacances en famille, et Gigi et H.J. avaient raté l'avion, à cause de ses problèmes de dos.

Une ombre passa sur le visage de Gideon.

— C'est donc pour ça que tu m'avais dit qu'H.J. avait aidé ta grand-mère à vous élever. Je croyais juste qu'ils étaient venus prêter main-forte à tes parents. Une coutume familiale, en quelque sorte. Mais en fait H.J. et Gigi t'ont réellement élevée, c'est bien cela ?

— Oui, depuis mes six ans. Et les triplés, mes cousins, avaient six ans aussi. Nous étions les plus jeunes de la famille. Le plus âgé avait onze ans.

— Elle a recueilli dix enfants, dont le plus vieux avait onze ans ?

— Oui ! Avec l'aide d'H.J. et de Louie et Margareth. Louie et sa femme travaillaient depuis toujours au service de ma grand-mère, en tout cas depuis assez longtemps pour être considérés comme des membres de la famille. Et quand nous avons emménagé tous les dix, il était clair que nous leur devions respect et obéissance, au même titre qu'à Gigi et H.J.

— Tu n'avais que six ans… Comment as-tu supporté tout cela ? J'imagine que tu te fichais bien d'être une Camden et d'avoir le monde à tes pieds, alors que tu ne devais être qu'une petite fille terrifiée ?

— Oui, soupira-t-elle. Toute cette époque reste un peu floue pour moi. Je me rappelle qu'on m'a emmenée chez Gigi avec mes frères et que tous mes cousins étaient là aussi. Et que quelque chose ne semblait pas normal, même si nous avions l'habitude d'aller fréquemment chez Gigi. Je me souviens aussi d'H.J. effondré dans son fauteuil, il avait l'air si vieux et malade, ce soir-là.

— Son dos le faisait certainement souffrir.

— Sans doute, mais je l'ai vu souffrir de ses vertèbres de nombreuses fois par la suite et son attitude était très différente. Margareth et Louie étaient là, eux aussi, et ils restaient tout près de Gigi, pour la soutenir, sans aucun doute. Mais, sur le moment, je me suis demandé pourquoi Margareth tenait les mains de ma grand-mère.

Et ce que faisait cette boîte de mouchoirs posée sur la table. Nous étions dans le salon et je n'y avais jamais vu le moindre mouchoir auparavant…

Elle rit tristement.

— C'est curieux ces petits détails qui vous marquent. Puis Gigi nous a raconté ce qui s'était passé. Et elle a dû nous expliquer à moi et aux triplés ce que cela signifiait et que nous ne reverrions jamais nos parents.

— A six ans vous ne deviez pas pouvoir vraiment comprendre le concept de la mort.

— Non. Puis Gigi a fait ce qu'elle pouvait pour nous donner du courage et nous a dit que, désormais, nous allions tous vivre chez elle, que nous étions toujours une famille, et que Louie et Margareth seraient là pour nous aider. Puis il y a eu les funérailles et après, au bout de quelque temps, toutes nos affaires sont arrivées. J'ai emménagé dans une chambre avec mes deux cousines, Lindie et Livi, qui font partie des triplés. Partager ma chambre était quelque chose de nouveau pour moi, j'avais toujours eu la mienne avant l'accident. Les sept garçons se sont partagés deux autres pièces et, dès lors, nous avons tous vécu ensemble.

— Vous étiez heureux ?

— Nous étions comme toutes les autres familles. Au début cela a été compliqué et je n'étais pas la moins problématique.

— Que faisais-tu ?

— Je sais que tout le monde n'est pas d'accord avec moi, mais je reste persuadée que je suis celle qui a eu le plus de mal à s'adapter. Lindie et Livi étaient là l'une pour l'autre et puis, elles avaient toujours partagé leur chambre. Elles avaient l'habitude de se soutenir si bien que moi j'avais l'impression d'être la cinquième roue du carrosse. Quant aux garçons, mes frères et mes cousins, ils étaient… des garçons. Ils faisaient de leur mieux pour avoir l'air courageux, n'exprimaient presque jamais leurs sentiments et me grondaient en me disant que je me comportais comme un bébé quand j'allais mal. Alors je me sentais très seule, aussi curieux que cela puisse paraître quand on vit avec neuf autres enfants et quatre adultes.

— Oui, mais tu n'avais que six ans et tu étais la seule sans allié, résuma-t-il.

— D'autant que je devais gérer la perte des deux personnes les plus importantes de ma vie. Je faisais des cauchemars et mes cris réveillaient tout le monde. Et puis j'ai commencé à marcher en dormant…

— Tu es somnambule ?

— Plus depuis mes huit ans. Mais avant, me coucher dans mon lit ne garantissait pas qu'on m'y retrouverait au réveil.

Son sourire était à la fois triste et compréhensif et aussi légèrement amusé.

— Et où te réveillais-tu ?

— Dans la baignoire, sous un lit, dans le grenier ou même dans le jardin. L'endroit le plus curieux a été le sèche-linge. Margareth m'y a retrouvée un matin. C'était une machine de taille industrielle et, par chance, jc n'avais pas rcfcrmé lc hublot, sinon j'imaginc quc je me serais étouffée. Pauvre Gigi, cette fois-là elle a vraiment eu très peur ! Elle ne savait plus quoi faire de moi. Pour tous les autres enfants, parler à un thérapeute n'était qu'optionnel. Mais, pour moi, ça a été une obligation et je détestais ça.

— Mais ça t'a aidée.

— Ça a surtout aidé Gigi à croire qu'elle faisait quelque chose quand elle ne trouvait plus de solution pour me sortir de ma tristesse. Et, après l'incident du sèche-linge, elle a fait poser une alarme sur la porte de notre chambre, qui ne sonnait que dans sa propre chambre afin que les autres puissent continuer à dormir. Comme ça, elle savait que je m'étais levée et elle me raccompagnait doucement dans mon lit avant que je ne me mette en danger.

— Intelligent.

— Elle l'est aussi, répondit fièrement Jani.

— Et quand est-ce que tout s'est calmé ? Si cela a été le cas, bien sûr…

— Oui, tout a fini par redevenir aussi calme qu'une maison abritant dix enfants puisse l'être. Mais ça a bien pris deux ans. Avant cela, il y avait des bons et des mauvais jours. Pour nous tous d'ailleurs, même si je persiste à penser que je suis celle qui a eu le plus de difficultés, finit-elle avant de rire de son égocentrisme.

— Et à partir de quel âge H.J. a-t-il commencé à vous faire comprendre que vous auriez la responsabilité de reprendre la société ? Quand vous étiez encore tout petits ou… ?

— Très rapidement, après que nous avons emménagé chez Gigi. Il avait dû mettre un terme à sa retraite et retourner diriger le groupe après l'accident, car tous ceux qui s'en occupaient pour lui avaient disparu. Mais il avait quatre-vingt-huit ans…

— Ouaouh ! Il était toujours capable de diriger le groupe ?

— Son esprit était resté aussi affûté qu'à ses vingt

ans jusqu'à quelques jours avant sa mort. Ce n'était donc pas un problème. Physiquement, cela a été beaucoup plus difficile. Alors il s'est entouré des rares personnes en qui il avait confiance pour les envoyer là où ses jambes ne pouvaient plus le porter. Et il avait aussi désigné ces mêmes personnes pour s'occuper de l'entreprise et nous former au cas où il disparaîtrait avant que nous soyons en âge de reprendre les rênes.

— Vous a-t-on laissé le choix ?

Il y avait une forme de critique dans le ton de Gideon qu'H.J. ne méritait pas, et elle était décidée à défendre son arrière-grand-père.

— Cela n'avait rien de facile pour lui non plus. Il venait de perdre son fils unique et ses deux petits-fils. Et ils n'étaient pas uniquement sa famille la plus proche, ils étaient aussi ceux à qui il avait transmis son groupe. Gigi et lui ont simplement fait ce qu'ils jugeaient nécessaire. Alors peut-être avons-nous dû porter plus de responsabilités que nous en aurions eu à cause de la manière dont les choses se sont passées. Mais il a fait son devoir, répondit-elle d'un ton tranchant.

Quand elle leva les yeux vers Gideon, elle s'aperçut qu'il la regardait d'un air troublé. Comme s'il venait de découvrir quelque chose de nouveau chez elle, qu'il n'avait pas envie de voir et qui le laissait perplexe.

— J'imagine que la peine, la souffrance et la perte sont les mêmes pour tous, quelles que soient nos origines.

— Effectivement, ce n'est facile pour personne de prendre congé de sa famille qui part en vacances et de ne plus jamais la revoir.

— Oui, c'est évident. Pardon…

— Mais nous avons eu aussi la chance d'être là les

uns pour les autres, reprit-elle. D'avoir un endroit où nous avons tous pu vivre ensemble. Et surtout d'avoir eu une grand-mère qui soit prête à assumer dix enfants alors qu'elle faisait en même temps le deuil de son époux et qu'elle devait prendre soin de son beau-père.

— Dix enfants…, s'émerveilla Gideon. Je ne peux même pas l'imaginer. Un seul représente déjà tellement plus de travail et d'engagement que ce que l'on croit.

— Gigi a une grande maison, mais oui, dix enfants, c'est un peu beaucoup…

— Et tu as toujours eu l'impression d'être en dehors du groupe ?

— Non, nous avons tous fini par y trouver notre place. Nous sommes même devenus une famille très unie. Lindie, Livi et moi, nous sommes comme des sœurs maintenant. Et pour le meilleur comme pour le pire, je considère aussi mes cousins comme des frères. J'en ai donc sept plutôt que trois.

— Cela fait beaucoup, là aussi.

— Oh oui ! Et tu n'as jamais vraiment connu la torture tant que l'on ne t'a pas maintenu la tête enfoncée dans le sac renfermant les chaussettes sales de sept garçons !

— Mince, ce ne doit pas sentir la rose ! admit Gideon en riant.

A cet instant, les employés de la bibliothèque arrivèrent pour les aider à rapporter les invendus dans les sous-sols du bâtiment. Ils avaient été tellement pris par leur discussion qu'ils ne s'étaient pas aperçus que l'après-midi touchait à sa fin. La foule s'était éclaircie et la plupart de leurs voisins avaient déjà commencé à débarrasser leurs stands.

Quand ils eurent terminé de tout plier et de tout ranger, Gideon la raccompagna à sa voiture.

— Tu es occupée ce soir ? demanda-t-il d'un ton neutre.

— Juste à me débarrasser de la poussière des vieux livres, pourquoi ?

— Que dirais-tu de venir dîner chez moi, quand ce sera fait ?

Elle n'en revenait pas. Ils avaient atteint sa voiture et elle savait que sa surprise se lisait sur son visage quand elle leva les yeux sur Gideon, pour voir s'il plaisantait.

— Tu m'invites à dîner chez toi ? Dans ton appartement ?

Il sourit comme s'il avait toujours su comment elle allait réagir.

— En effet, confirma-t-il. Tu as travaillé dur aujourd'hui. En fait, tu as travaillé dur chaque fois que tu as dû affronter ma rancune et je pense que tu mérites un petit quelque chose en retour. Et puis de t'avoir imaginé à six ans, somnambule et endormie dans un sèche-linge… J'ai conscience que je n'ai cessé de critiquer les tiens et tu as tout supporté comme un brave petit soldat, alors que la vie ne t'a pas vraiment épargnée non plus. Je crois que je vais lever le pied sur les critiques et t'offrir un petit moment de pause.

Une concession…

— Ouaouh, répondit Jani.

— Ne pense pas pour autant que je pardonne quoi que ce soit à ton arrière-grand-père. Parce que ce n'est pas le cas, la prévint-il avec une pointe de rancœur qui disparut presque aussitôt qu'elle avait réapparu. Mais je vais essayer de faire de mon mieux pour ne pas vous mettre dans le même sac.

Juste essayer…

Mais c'était toujours mieux que rien, et elle était femme à se contenter de ce qu'on lui offrait.

Comme se rendre chez lui. Voir la façon dont il vivait faisait en quelque sorte partie de sa mission.

De plus, elle ne détestait pas l'idée de se faire belle et de passer le reste de la soirée en sa compagnie.

— Tu sais cuisiner ?

— Rien d'extraordinaire. Mais je suis capable de préparer quelque chose de comestible.

Elle fit semblant de réfléchir un instant à sa proposition.

— D'accord. Où habites-tu ?

— Je t'enverrai l'adresse sur ton portable. C'est juste à la sortie de la ville, dans les lofts qui ont vue sur la vallée.

— Ce ne sera pas trop difficile, j'ai une maison sur Cherry Creek.

— Disons 20 heures, histoire que je puisse prendre une douche et préparer le dîner ?

— Très bien.

Un coup de vent glacé les enveloppa à cet instant rabattant les cheveux de Jani sur son visage. Elle leva la main pour les repousser, mais il la devança et lui caressa légèrement la joue en les repoussant de son index.

Ce contact pourtant si léger la fit frémir des pieds à la tête.

Et quand elle leva les yeux vers lui, elle eut l'impression qu'ils étaient devenus plus proches.

— Merci, lui dit-elle.

Comment avait-il pu travailler debout, à l'extérieur, toute la journée et paraître toujours aussi impeccable ? Il était simplement beau naturellement, d'une beauté un peu sauvage, avec juste ce qu'il fallait de barbe naissante pour le rendre sexy.

Et, au moment où elle s'y attendait le moins, il se pencha et l'embrassa de nouveau.

Comme par magie.

Mais, contrairement à la veille, ce baiser-ci ne se termina pas juste après avoir commencé. Il se prolongea. Et même si leurs bouches s'effleuraient à peine, elle eut le temps d'en profiter, d'apprendre que ses lèvres étaient chaudes et douces. Et très habiles. Comme elles étaient légèrement entrouvertes, elle leur répondit en levant le menton et en lui rendant son baiser.

Il sembla avoir du mal à y mettre fin et ne releva la tête que tout doucement comme s'il sortait d'un nuage de brume.

— J'ai vraiment apprécié que tu viennes m'aider aujourd'hui, dit-il, donnant à son baiser une allure de remerciement.

— Je t'en prie, répondit-elle d'une voix rêveuse toujours bercée par la douceur de ses lèvres.

— Et je suis désolé que tu aies perdu tes parents alors que tu n'étais encore qu'une toute petite fille. Je ne te l'avais pas encore dit, mais j'y tiens. Tu as eu ta part de malheur.

Elle haussa à peine les épaules tandis que les yeux verts de Gideon plongeaient dans les siens, lui donnant l'impression qu'ils se connaissaient depuis toujours.

Puis il recula d'un pas et elle se retrouva face à l'homme d'affaires.

— A 20 heures, donc ?

— Je peux apporter quelque chose ?

— Du vin, si tu en as sous la main. Mais ne t'embête pas à aller en acheter si ce n'est pas le cas.

— Du vin, répéta-t-elle pour s'en souvenir.

— Et ne te mets pas sur ton trente et un. Ce n'est rien de spécial.

Ce n'est pas un rendez-vous galant. Etait-ce ce qu'il avait voulu dire ? Non, bien sûr que ce n'en était pas un, sinon elle aurait dû refuser.

— Pas de chichi, rien de spécial. Compris ! répondit-elle.

— Alors à tout à l'heure.

— Oui, à 20 heures, répéta-t-elle tandis que Gideon partait rejoindre sa voiture.

Elle s'assit au volant de sa berline et se mit à rêver.

Dîner à 20 heures, pas de chichis, rien de spécial…

Et certainement pas un rendez-vous galant.

Pourtant il l'avait embrassée. Une seconde fois.

Un baiser qui n'avait rien à voir avec leurs affaires.

Et elle n'arrivait pas à comprendre pourquoi il avait fait cela.

Deux fois.

Et pourquoi aujourd'hui lui avait-elle rendu son baiser, quand elle aurait au contraire dû y mettre fin ?

Pourtant elle n'éprouvait pas le moindre remords.

Au contraire la seule chose qu'elle ressentait vraiment, c'était une envie urgente qu'il recommence.

Alors même que tout son être lui criait qu'il ne fallait pas.

- 7 -

Ce n'est pas un rendez-vous galant...
Ce n'est pas un rendez-vous galant...
Ce n'est pas un rendez-vous galant...

Elle avait prêté attention à chaque petit détail, s'était douchée, lavé les cheveux et habillée pour son dîner chez Gideon. Et désormais, après s'être dépêchée de s'y rendre, elle attendait, garée dans le parking des visiteurs devant chez lui. Il était 19 h 55, et elle devait résister à son envie de se précipiter vers l'ascenseur, se répétant sans cesse que ce n'était pas un rendez-vous galant.

D'accord, elle portait les vêtements qu'elle aurait choisis si cela avait été le cas. Elle avait mis son jean préféré, celui qui lui avait coûté les yeux de la tête à Paris, car aucun n'avait jamais mis ses formes en valeur comme celui-ci. Et elle avait choisi le pull en cashmere que Lindie lui avait offert à Noël, juste assez moulant pour flatter sa poitrine avec son col roulé. Elle, Lindie et Livi s'accordaient à dire qu'il lui donnait un air de cambrioleuse, à la fois féline et sexy.

Elle avait pris particulièrement soin de ses cheveux, les laissant sécher à l'air libre, et les aérant toutes les vingt minutes, jusqu'à ce qu'ils retombent en vagues, exactement comme elle aimait. L'air frais l'avait dispensée de mettre du blush, mais elle avait ajouté un peu d'ombre à paupières en plus de son habituel mascara, sans omettre son nouveau gloss mauve pâle.

Et durant tout le temps où elle s'était faite belle, elle n'avait cessé de se répéter qu'elle avait un travail à accomplir et que c'était l'unique raison pour laquelle elle avait accepté cette invitation.

Mais elle avait parfaitement conscience qu'entre tous ces rappels, elle pensait aussi à d'incroyables yeux verts, à des traits ciselés, à des épaules puissantes, à des mains immenses et à des lèvres qui l'avaient embrassée avec une immense douceur.

Car il l'avait embrassée.

Et elle avait adoré.

— Ce n'est pas un rendez-vous galant ! dit-elle à voix haute dans le silence de l'habitacle de sa voiture. Tout cela n'ira nulle part. J'ai un travail à accomplir, voilà tout. Et quand ce sera terminé, ce type n'existera plus pour moi.

La réalité.

Mais cela ne l'aida pas.

Son estomac persistait à être rempli de papillons et elle aurait voulu courir jusqu'à l'ascenseur qui l'emmènerait dans le loft où elle pourrait enfin le revoir.

Oublie ces bêtises !

Et elle utilisa son arme secrète.

Elle ferma les yeux, pensa très fort à la chambre du bébé qu'elle allait aménager. Alors elle s'imagina en train de le tenir dans ses bras et elle ressentit tout l'amour qu'elle était déjà prête à lui porter. Fille ou garçon, cela n'avait pas d'importance. Puis elle se vit au square, regardant les enfants jouer en sachant que l'un d'eux était le sien. Elle se vit mère, la mère qu'elle avait toujours voulu être plus que tout.

Mais cela ne l'aida pas.

Elle se sentait un peu plus attirée par Gideon à chaque minute qu'ils passaient ensemble. Et il semblait que lui aussi ressentait la même chose, malgré l'écharde dans le pied que représentaient son nom et l'histoire de leurs deux familles.

Mais tout cela était secondaire. Un bref bip sur l'écran du radar qui s'effacerait aussi rapidement qu'il était apparu. Et quand elle aurait accompli sa mission, leurs routes se sépareraient de nouveau.

D'ailleurs, même si la glace s'était brisée entre eux et que cela rendait les choses plus faciles, cela ne voulait pas dire qu'il y avait quoi que ce soit d'autre.

La nuit précédente, elle avait accumulé de nombreux renseignements sur la famille de Gideon et les conséquences des actes d'H.J. C'étaient des documents inestimables pour apprendre à mieux cerner Gideon et ce qui pourrait lui être offert comme compensation au titre de dernier héritier de Franklin Thatcher. Et le fait qu'elle ne déteste pas travailler en sa compagnie était simplement un plus.

Tout cela ne changerait rien aux grands projets qu'elle avait pour sa vie.

Aussi devait-elle au contraire s'assurer que sa relation avec Gideon ne deviendrait pas plus intime qu'elle ne l'était déjà.

Ce qui signifiait qu'elle ne devait plus l'embrasser.

Mais maintenant qu'elle savait que la première fois

n'avait pas été un hasard, et qu'il n'avait rien contre l'idée de recommencer, elle devait être sur ses gardes afin de ne plus laisser ce genre de choses se reproduire.

Ce n'est pas un rendez-vous galant. Pas de baiser. Reste simple. Fais ce que tu dois faire et passe à autre chose…

Règle numéro un.

Elle prit une longue inspiration, expira doucement afin de ralentir sa respiration et se concentra sur ce qui devait être accompli et pas sur l'homme.

Puis elle sortit de sa voiture et se dirigea vers l'ascenseur qui l'emmènerait au septième et dernier étage de l'immeuble où se nichait le loft de Gideon.

Elle se sentait toujours impatiente à l'idée de le revoir. Beaucoup, beaucoup plus qu'elle ne l'aurait voulu. Mais elle était tout de même fermement décidée à s'accrocher à ses bonnes résolutions.

— Mon steak était cuit à la perfection, je raffole des pommes de terre vapeur recouvertes d'herbes et, si j'avais encore pu avaler une bouchée, j'aurais repris de ta salade à la sauce Gideon, déclara Jani en se levant pour aider son hôte à débarrasser.

— Et je suis ravi que ce soit le cas, car je dois t'avouer que j'ai renoncé à trouver un dessert. Je me suis arrêté devant mon pâtissier préféré, mais il avait fermé plus tôt pour une raison quelconque et je n'avais aucun plan de secours.

C'était d'autant mieux, pensa Jani, que les desserts avaient un côté romantique et que, après un agréable dîner à papoter de la brocante, elle avait déjà assez de mal à se rappeler que ce n'était pas un rendez-vous amoureux.

Alors, pour paraître naturelle, après qu'ils avaient terminé de ranger la vaisselle et qu'il leur eut servi un second verre de vin, elle commença à examiner le reste du loft.

On ne pouvait y déceler la moindre trace des épreuves que Gideon avait dû affronter, passées ou présentes. Il n'y avait que trois pièces, qui occupaient l'intégralité du dernier étage de l'immeuble. Aussi tout paraissait grand et spacieux. La cuisine s'intégrait naturellement dans le salon qui s'ouvrait lui-même sur un espace où Gideon s'était organisé un second bureau de travail. Le loft possédait des plafonds hauts, la décoration était moderne, épurée et meublée uniquement d'éléments de cuir blanc, chrome et verre.

— C'est un endroit magnifique, commenta-t-elle.

— Merci, je l'ai acheté, il y a à peine six mois. Je n'ai que deux chambres, la mienne et celle des invités, mais cela me suffit parfaitement et chacune possède sa propre salle de bains.

Il y avait aussi un cabinet de toilette qu'elle avait utilisé pour se laver les mains avant le dîner.

Elle traversa lentement l'immense pièce jusqu'à la baie vitrée qui surplombait Denver.

— Et quelle vue ! ajouta-t-elle tandis qu'il la rejoignait.

— Oui, c'est magnifique, acquiesça-t-il en laissant son regard glisser sur les lumières scintillantes de la ville alors que celui de Jani ne quittait plus son reflet dans la vitre.

Ce n'était pas la première fois qu'elle remarquait à quel point le jean lui allait à la perfection. Mais elle avait l'impression de ne pas pouvoir empêcher ses yeux de se fixer sur ses fesses musclées.

Ce n'était pas non plus la première fois qu'elle s'apercevait que son pull bleu marine en tweed rendait ses épaules et son torse encore plus impressionnants. Ou qu'il y avait quelque chose de particulièrement sexy dans la manière dont il avait remonté ses manches à mi-bras.

Pour la énième fois aussi, elle notait que ses cheveux étaient brillants et parfaitement coiffés, ses joues fraîchement rasées. Et aussi qu'il sentait divinement bon.

Mais c'était la première fois qu'elle contemplait sa beauté sauvage et masculine se refléter dans la vitre comme s'il y avait deux Gideon.

Donc deux fois plus de plaisir.

— En plus, je ne suis qu'à dix minutes de mon bureau et du centre-ville, continua-t-il sans deviner qu'elle songeait à tout autre chose.

Alors qu'elle s'était pourtant formellement interdit d'y penser.

Elle rassembla ses esprits.

— J'habite à dix minutes de mon bureau, moi aussi, répondit-elle, et j'ai aussi acheté mon chez moi il y a six mois. Mais c'est une maison juste à côté du boulevard Spear.

— J'avais une maison avant.

— Tu ne l'aimais plus ?

— Si, mais j'ai été contraint de la vendre.

— Contraint ? répéta-t-elle, inquiète que ce soit à cause de problèmes financiers.

Apparemment, il lut dans ses pensées.

— Ce n'était pas parce qu'elle me coûtait trop cher, c'était simplement nécessaire.

— Divorce ? devina-t-elle en se demandant si quoi que ce soit dans l'échec de son mariage pouvait être relié aux actes d'H.J. et aux longues conséquences qu'ils avaient eues sur la famille de Gideon.

— Oui, un divorce, confirma-t-il en s'éloignant de la baie vitrée comme pour lui indiquer qu'il ne souhaitait pas s'étendre sur le sujet.

Elle se tourna à son tour et lui emboîta le pas.

— Assieds-toi, je t'en prie, lui dit-il alors.

Elle obtempéra, choisissant un coin de l'immense canapé en cuir blanc sans pour autant prendre appui sur l'accoudoir.

Et, au lieu de s'installer dans l'un des deux fauteuils coordonnés, il la rejoignit sur le canapé.

Alors elle pivota dans sa direction, rétrécissant sans le vouloir la distance qui les séparait. Mais elle fit de son mieux pour contenir son trouble et reprit la parole :

— Puisque tu aimais ta maison, pourquoi n'en as-tu pas repris une autre ?

S'il avait pu s'acheter un endroit comme celui-ci, il aurait très bien pu financer une nouvelle maison, même pour lui seul.

— Je traversais de grands bouleversements et, comme je devais trouver un nouvel endroit pour vivre, j'ai décidé de jouer la carte du changement jusqu'au bout.

Elle ne savait pas si elle devait le pousser à se confier davantage. Mais elle décida de se montrer prudente et revint à leur premier sujet de discussion.

— En tout cas, c'est un endroit merveilleux.

— Et toi tu as acheté une maison ?

— Oui. J’ai pensé que c’était plus approprié pour un enfant.

— C’était déjà ta priorité ? demanda-t-il comme s’il trouvait cela curieux.

Et, bien sûr, cela devait lui paraître étrange puisqu’elle n’avait pas encore d’enfant. Elle pesa le pour et le contre, afin de savoir si elle devait lui en dire plus sur sa volonté farouche de fonder une famille. S’il s’était agi d’un rendez-vous galant, elle aurait pu considérer Gideon comme un père potentiel, et elle n’aurait rien dit de peur que cela l’effraie. Mais ce n’était pas un rendez-vous, aussi opta-t-elle pour l’honnêteté.

— Oui, trouver un environnement épanouissant pour un enfant était déjà la première de mes priorités, reconnut-elle. Même dans les plus infimes détails… J’ai acheté une maison de style ranch, afin qu’il n’y ait pas d’escaliers. C’est grand, mais confortable et familial. Je me suis assurée que les deux chambres soient proches pour que je puisse entendre le bébé quand il pleurera la nuit. La chambre d’enfant est assez lumineuse et spacieuse pour accueillir tout le matériel dont a besoin un nouveau-né. Et puis il y a une grande cuisine où nous pourrons préparer les repas en famille, comme nous le faisions quand nous habitions tous chez Gigi. En plus, d’immenses portes vitrées s’ouvrent sur un patio, d’où je pourrai surveiller mon enfant en train de faire du tricycle, ainsi qu’un jardin qui pourra contenir toutes les balançoires et jeux imaginables. Mais je suis aussi juste à côté de trois parcs et à cinq minutes du zoo.

— Et tu es loin des rues les plus encombrées, mais proche des meilleures écoles ?

Cela ressemblait à la voix de l’expérience.

— Oui, ce sont aussi deux critères que j'ai pris en compte.

— D'accord, tes priorités sont claires, répondit-il avec un demi-sourire. Donc tu es prête à faire le grand saut ?

— Je le suis. Je n'en peux plus d'attendre.

— Tu devrais peut-être être plus prudente dans tes choix, reprit-il avec un air stoïque.

— Tu rends cela presque inquiétant, répliqua-t-elle en riant.

Il haussa les épaules.

— Ton enfant va te voler ton cœur bien au-delà de ce que tu imagines. C'est même un peu terrifiant. Et en ce qui me concerne, plus jamais !

A cause de sa fille ? Celle à qui il lisait le livre des ours et qui ne faisait plus partie de sa vie ?

Au début, elle avait cru qu'il n'avait pas obtenu de droit de garde pendant la procédure de divorce et que c'était la seule raison pour laquelle il ne la voyait plus. Mais, désormais, elle se demandait si ce n'était pas un événement terrible qui les avait séparés. Un événement qui lui avait peut-être aussi coûté son mariage.

Elle devait savoir. Elle avait besoin de savoir au cas où cela aurait un rapport avec le bar où sa famille s'était enterrée. Ou si cela était lié au passé, aux erreurs des Camden qu'ils essayaient de racheter des décennies plus tard. Mais elle sentit qu'elle était trop impliquée et que sa curiosité devenait déplacée, aussi décida-t-elle d'attendre qu'il se confie de lui-même.

Et elle sut qu'elle avait pris la bonne décision quand il déclara :

— Tu es vraiment obsédée par les enfants. J'aurais

cru que tu avais eu ton compte de la vie familiale après avoir vécu entourée de tant de gens.

— C'est tout le contraire. Une fois que je me suis habituée à être l'un des membres d'une grande famille, c'est devenu nécessaire pour moi. Et…

Elle n'allait quand même pas lui raconter qu'elle n'avait qu'un seul ovaire et qu'il était anormalement petit… Alors elle choisit de rester évasive.

— Quand j'ai eu dix-sept ans, j'ai appris que j'avais moins de chances que la plupart des femmes de pouvoir avoir des enfants. Et c'est devenu beaucoup plus important.

— Oh ! Je m'étais dit que tu avais peut-être décidé d'avoir un bébé seule parce que tu étais lasse d'attendre la bonne personne. Ou que ton dernier petit ami t'avait convaincue de ne plus perdre de temps avec les hommes.

Il a réfléchi à ma situation.

Cela la fit sourire et elle décida de continuer à se montrer honnête.

— Deuxième choix, répondit-elle.

— Donc une relation avortée avec le mauvais type t'a convaincue de ne plus t'embarrasser d'un époux ?

— C'est un résumé un peu dur et cela donne l'impression que je suis une sorte de mangeuse d'hommes, ce que je ne suis pas. En fait, c'est bien plus un problème de temps, et le mien est en train de m'échapper. Je ne peux plus me permettre de reprendre la chasse au mari et d'attendre que notre relation se fortifie assez pour qu'il me demande peut-être un jour de l'épouser et qu'il me mène peut-être à l'autel.

— La mauvaise personne a mis un temps fou à

te demander en mariage et n'a pas tenu sa parole ? l'interrogea-t-il.

— C'était plus compliqué que cela.

— Et cela ne me regarde pas.

Une nouvelle fois, elle pensa que se montrer honnête était la meilleure façon d'amener Gideon à s'ouvrir et à se confier à son tour, aussi continua-t-elle.

— Non, cela ne me dérange pas. Je n'ai aucun regret. J'ai juste perdu quatre années à croire en quelqu'un qui m'a déçue. D'ailleurs, il n'a pas mis très longtemps à faire sa demande. Il l'a faite au bout d'un an…

— Mais l'autel ?

— Ce n'est jamais arrivé. A la place, nous avons continué les hauts et les bas durant trois ans. Et, après beaucoup de moments difficiles, j'étais de moins en moins pressée de me rendre à l'autel. Puis la terreur est venue s'ajouter à tout le reste et je me suis juste sentie soulagée d'être sortie en un seul morceau de cette relation.

Les sourcils de Gideon se froncèrent.

— La terreur ? répéta-t-il en posant son verre à moitié vide sur la table.

— Reggie, c'était son nom. Reginald Oron, troisième du nom, reprit-elle avec un sourire affectueux et amusé en repensant au ton ironique que prenait Reggie en récitant son nom complet.

— Tu ne sembles pas le détester pour autant ?

— Non, admit-elle, même s'il y avait une ombre de pitié dans son regard. J'aime beaucoup Reggie et je ne lui souhaite que du bien.

— Malgré la terreur ?

— Oui, malgré cela. Ce n'était pas quelqu'un de

mauvais, mais il avait un problème de jeu. Un très sérieux problème.

Elle avait assez bu elle aussi, et elle posa son verre à côté de celui de Gideon.

— Tu t'en étais aperçue avant de t'engager avec lui ?

— Non. Bien que je l'aie rencontré au cours d'une soirée casino au country club.

— Cela aurait dû te mettre la puce à l'oreille.

— Moins que tu ne le penses. Il n'était là qu'en tant qu'invité d'un des membres et il ne faisait rien de plus que tous les gens présents ce soir-là. Et après que nous avons été présentés, il m'a porté bien plus d'attention qu'aux tables de jeu. Donc, non, je ne me doutais pas qu'il était un joueur compulsif. On m'avait dit qu'il aimait s'amuser, mais parfois c'est à cela que ressemble une drogue tant qu'on ne regarde qu'à la surface. Je ne l'ai vraiment compris qu'au bout d'un an et demi.

— Et tu étais déjà fiancée.

— Fiancée, en pleine organisation du mariage et prête à fonder une famille.

— Tout ce dont tu avais toujours rêvé.

— Oui, tout ce dont j'avais toujours rêvé, répéta-t-elle en tentant de repousser la vague de tristesse qui l'envahissait.

— Mais son problème de jeu était assez grave pour que tu te sentes… terrifiée ?

— A cause de ses conséquences, oui, admit-elle en sentant un frisson glacé la parcourir, avant de chasser définitivement la nostalgie du passé. Reggie n'était pas quelqu'un de mauvais, se sentit-elle obligée d'insister pour ne pas le faire passer pour le méchant.

C'était même un homme très doux, drôle, charmant et attentionné.

— Tu vas me donner des complexes, plaisanta Gideon.

Se sentait-il en compétition avec son ex-fiancé ?

— Ne t'inquiète pas. Reggie aurait été bien incapable de préparer le dîner que tu m'as offert, répondit-elle en songeant que l'air de petit garçon sage de Reggie et sa constitution fragile ne pouvaient pas être comparés un seul instant à la beauté purement masculine de Gideon.

Mais cela, elle ne le lui dit pas.

— En fait, toute l'énergie de Reggie était consacrée soit au jeu, soit à cacher son problème.

— Rien ne pouvait l'en détourner ?

Elle haussa les épaules.

— Je pense qu'il a vraiment essayé d'arrêter une fois. En tout cas, il a tenté de me le faire croire. C'était juste après que je me suis rendu compte qu'il était malade. J'ai appris tout ce que je pouvais sur ces formes d'addiction. J'ai même participé à des groupes de soutien. J'ai engagé un conseiller pour qu'il me dise comment l'aider. Je voulais le sauver de lui-même, j'imagine…

— Mais, parfois, on ne peut pas combattre les démons des autres. Qu'il s'agisse de drogue, d'alcool, de jeu ou d'infidélités, intervint Gideon.

Elle se demanda s'il parlait d'expérience et resta silencieuse dans l'espoir qu'il se confie.

Mais rien ne vint et il reprit au contraire le fil de leur discussion.

— Et tu penses que Reggie voulait être aidé ?

— Je n'en sais rien. Il plaçait des paris sur tout ce qui était possible, même des enjeux que je n'aurais jamais imaginés. Mais il m'a affirmé qu'il voulait s'en sortir. Et, comme je te l'ai déjà dit, il m'a fait croire qu'il essayait, même s'il continuait en cachette. Je ne suis vraiment sûre de rien. Tout ce dont je suis certaine, c'est qu'au cours des deux années qui ont suivi ma découverte de son problème, j'ai parfois cru qu'il avait vraiment arrêté. Il y avait des mois où il n'y avait plus aucun signe qu'il jouait. Et j'ai préféré m'imaginer que tout cela était derrière nous. Alors j'ai recommencé à organiser notre mariage, mais…

— Mais ?

— Mais j'ai de nouveau remarqué des petites choses qui m'ont rendue soupçonneuse. Je découvrais une preuve qui l'impliquait, ou bien je le surprenais au milieu d'un coup de fil curieux dont il refusait obstinément de me parler. Ou alors j'apprenais qu'il n'était pas à l'endroit où il m'avait dit se rendre. Je l'ai même surpris en train de prendre du liquide dans mon sac à main…

— Il te volait de l'argent ?

— Un petit peu, admit-elle, embarrassée. Mais juste quelques billets. Quand j'ai compris qu'il avait le couteau sous la gorge, j'ai fait en sorte qu'il ne puisse pas avoir accès à mes comptes bancaires. Mais, oui, il me volait de l'argent.

— Et est-ce qu'il travaillait pour vivre ?

— Il venait tout juste de commencer à vendre des voitures de luxe quand nous nous sommes rencontrés. Il m'avait dit que c'était uniquement pour s'occuper. Je savais que sa famille avait de l'argent et qu'il avait toujours vécu de ses rentes. Mais la vérité, c'était qu'il avait déjà perdu toutes ses actions au jeu et qu'il était complètement fauché.

— Et menteur…

— Cela fait partie des symptômes de l'addiction, répondit-elle d'un ton fataliste.

— Et sa famille fortunée, que faisait-elle quand il te volait ?

— Cela aussi, je ne l'avais pas compris au début. Il m'avait dit qu'il était en froid avec eux, mais il en parlait comme s'il s'agissait d'une petite dispute familiale. Et il ne m'a plus jamais tenue au courant. C'est bien plus tard que j'ai appris que les siens ne voulaient plus rembourser ses dettes. Toutefois ils ont repris de vagues rapports avec lui après que nous nous sommes fiancés.

— Parce qu'ils pensaient que les coffres de Camden étaient assez remplis pour financer ses folies ?

— La possibilité que nous puissions nous marier l'avait remis dans leurs bonnes grâces. Mais j'ai mis un certain temps à saisir qu'ils pensaient pouvoir redevenir une famille et se dégager de toutes responsabilités à son égard parce qu'il allait épouser une Camden qui pourrait s'acquitter de ses dettes.

— Et, en échange, tu aurais eu le bébé que tu désirais tant…

Elle soupira en se sentant de nouveau gênée de devoir lui avouer la vérité.

— C'est vrai, j'y ai pensé. Mais j'aimais vraiment Reggie, et je savais qu'il m'aimait aussi. Il était si doux et il adorait les enfants. Il comprenait à quel point c'était important pour moi et il était prêt à se lancer dans l'aventure. Alors j'ai souvent pesé le pour et le contre en me demandant si je ne devais pas accepter qu'il ait un problème et tenter quand même de construire un avenir avec lui.

— Ta famille ne t'aurait pas laissée faire une chose pareille, n'est-ce pas ?

— Personne n'était enthousiaste, une fois que son addiction a été connue. Et ils m'ont fait comprendre qu'ils étaient inquiets. Mais nous ne sommes pas le genre de famille à tourner le dos à l'un des nôtres parce qu'il fait quelque chose que nous n'approuvons pas. Nous gardons notre libre arbitre et les autres se tiennent prêts à ramasser les morceaux si cela tourne mal. Toutefois, si j'avais continué ma relation avec Reggie, je ne crois pas que les miens auraient réussi à fermer les yeux plus longtemps.

— Et qu'en est-il de cette histoire de terreur ?

— C'est arrivé au printemps dernier. Reggie et moi nous entendions plutôt bien, mais il continuait à jouer sans que je le sache. J'étais seule dans la maison où nous vivions ensemble quand deux colosses ont littéralement défoncé ma porte et ont fait irruption dans le salon.

Ce souvenir la fit trembler.

— En effet, cela a dû être réellement terrifiant, dit Gideon, choqué. Est-ce qu'ils t'ont fait du mal ?

— Non, mais il y a eu… un contact physique et des menaces précises.

Elle frémit de nouveau en se rappelant la manière dont le premier homme lui avait maintenu les mains derrière le dos tandis que l'autre levait son poing vers son visage.

— Ils m'ont sauté dessus, reprit-elle sans donner plus de détails. Puis ils m'ont dit qu'ils savaient qui j'étais et que j'avais les moyens de leur rembourser les dix mille dollars que Reggie leur devait pour un pari sur une équipe de base-ball.

— Ne me dis pas qu'il leur avait donné ton nom en garantie ?

— Je n'en sais rien. Ils ont peut-être pensé seuls que sa relation avec l'une des héritières Camden suffisait à le rendre solvable. Je sais juste qu'ils voulaient dix mille dollars et sans attendre.

— C'est horrible, reprit Gideon, les yeux emplis de colère.

— J'étais terrifiée. Je ne pensais qu'à trouver un moyen de leur donner ce qu'ils souhaitaient pour sauver ma vie, quand mon frère Cade et deux de mes cousins sont entrés chez moi, tout à fait par hasard. Ils venaient m'apporter un fauteuil que Gigi m'avait donné et j'ai eu une chance incroyable qu'ils arrivent juste au bon moment. D'évidence, intimider une femme seule était plus amusant que d'affronter trois autres hommes, et les deux brutes se sont enfuies sans demander leur reste. Puis Cade et mes cousins m'ont ramenée chez Gigi.

— Et ils ne t'ont pas dit de laisser tomber ce pauvre type immédiatement ?

— Non, apparemment ils ne pensaient pas devoir m'imposer leurs avis, car ils sont restés extrêmement calmes. Ils m'ont simplement mise en sécurité avant de prévenir Gigi au cas où les deux colosses tenteraient de venir là aussi.

— Tu as prévenu la police ?

— Nous les avons appelés avec ma grand-mère, mais j'ignorais qui étaient ces hommes. Ce n'est pas comme s'ils m'avaient laissé leurs cartes. J'ai donné leurs descriptions, ainsi que les coordonnés de Reggie, aux officiers afin qu'ils le retrouvent et qu'ils identifient ces hommes. Mais je savais qu'il ne dirait rien. Je n'imagine pas ce que des types pareils lui auraient fait s'il les avait dénoncés.

— Et après ?

— J'ai mis un terme à ma relation avec Reggie. Fais-moi confiance : si deux géants menaçants enfonçaient ta porte d'entrée et t'aboyaient dessus, tu saurais ce que c'est que d'avoir vraiment peur. Je continue à me demander ce qui aurait pu se passer si j'avais eu un bébé ou des enfants quand ils sont entrés. Jusque-là, je n'avais jamais pensé qu'il y avait un autre danger que de perdre de l'argent avec Reggie, mais après l'agression… Jamais je n'aurais pris le risque que mes enfants se retrouvent dans une telle situation. Je n'ai d'ailleurs pas fait que rompre avec Reggie, je lui ai aussi interdit d'essayer de m'approcher, moi et tous les membres de ma famille. Il a quitté la ville peu de temps après. J'ai entendu dire qu'il avait déménagé à Las Vegas. Mais j'espère que ce n'est pas vrai, car il n'existe pas d'endroit plus dangereux pour lui.

— Et c'est après cela que tu as décidé que tu ne perdrais pas plus de temps à chercher un homme bien ? conclut Gideon en revenant à l'origine de leur conversation.

— Cela m'a brisé le cœur de devoir admettre que Reggie et moi, nous ne construirions pas notre futur ensemble. Et l'idée de tout devoir recommencer du début avec un autre me rendait presque aussi triste… J'ai eu trente ans le mois dernier, et j'ai laissé passer quatre années que je ne pouvais pas me permettre de perdre. Alors j'ai compris que je n'avais plus de temps devant moi si je voulais vraiment fonder une famille.

— Et tu le veux vraiment…

— Plus que jamais. J'ai donc décidé de me jeter à l'eau toute seule.

Il acquiesça en signe de compréhension.

— Tu sais que tu arrives presque à me faire douter de mes certitudes ?

— Vraiment ? répondit-elle, perplexe.

Il allongea doucement son bras et repoussa une mèche de ses longs cheveux du bout de son index.

— Pour moi, les Camden ont toujours été de gros bonnets que les problèmes de la vie ne pouvaient pas atteindre, comme si vous étiez faits de verre et que tout glissait sur vous…

— J'aurais bien aimé, l'interrompit-elle. Mais tout le monde a des problèmes, Gideon, cela n'a rien à voir avec l'argent.

— Oui, et tu ne cesses de me le prouver. Tes parents ont disparu quand tu n'étais qu'une toute petite fille et on t'a arrachée à tout ce que tu connaissais, ton école, ta chambre, tout ce qui représente la sécurité pour une enfant. Tu dois affronter l'idée que tu n'auras peut-être jamais ce que tu veux le plus, à savoir une famille. Autrement dit une chose simple à laquelle tout le monde pense avoir droit. Tu es restée aux côtés d'un homme qui t'a utilisée, fait perdre un temps précieux et mis ta vie en danger par-dessus le marché. Le destin ne t'a pas épargnée… Et pourtant, on dirait que tu arrives à voler au-dessus de tout cela. Tu n'as aucune amertume et tu es toujours solide, positive et prête à voir le bon côté des choses. Qu'est-ce qui te passe donc par la tête ?

— Pardon ? dit-elle, amusée.

— Je voudrais ne pas t'apprécier, tu le sais ? dit-il d'un ton posé. Mais tu te débrouilles pour que je puisse y parvenir…

— Je pourrais renverser mon vin rouge sur ta moquette blanche interdite aux enfants, si cela peut t'aider ? offrit-elle.

Il éclata de rire et des paillettes d'or scintillèrent dans ses yeux.

— Ce n'est qu'une moquette. Cela ne fonctionnera sans doute pas.

— Essayons. Après tout, nous ne pouvons pas te laisser apprécier une Camden.

Elle fit alors semblant de vouloir prendre son verre mais il lui saisit le poignet. Sa main était grande et forte et elle sentit toute sa puissance tandis qu'il maintenait la sienne à plat sur le cuir du canapé.

— D'ailleurs tu n'es pas censée être mignonne et drôle non plus.

Il y avait une chaleur dans son regard qui lui donna l'impression que tout disparaissait autour d'eux.

Que se passait-il entre eux ? se demanda-t-elle. Elle ne devrait pourtant pas se sentir aussi détendue en sa compagnie, ni avoir cette envie irrépressible qu'il l'embrasse de nouveau comme il l'avait fait dans le parc. En sachant qu'elle n'était pas censée penser et ressentir les choses qu'elle pensait et qu'elle ressentait.

Mais il plongea bientôt ses yeux dans les siens, l'attira à lui en tirant doucement sur son poignet, se pencha et l'embrassa.

Elle fut incapable de trouver une once de force pour

résister. Tout ce que son corps accepta, ce fut de fermer les yeux et de lui rendre son baiser.

Il se rapprocha encore, et son autre main caressa sa joue si doucement qu'elle aurait voulu pouvoir se nicher dans sa paume et ronronner de plaisir. Mais, au même instant, les lèvres de Gideon s'entrouvrirent et elle se laissa emporter par un baiser d'une intimité qu'ils n'avaient encore jamais partagée.

Bon sang, cet homme savait embrasser. Il avait une sorte de talent pur, presque sauvage, primaire et si sensuel qu'il lui donnait l'impression de fondre sous son ardeur.

Il continua à l'embrasser et, sans qu'elle sache comment, ils se rapprochèrent encore un peu plus. Assez pour qu'elle pose une main sur son torse dur et qu'elle laisse l'autre s'enrouler dans les mèches sombres de sa nuque quand il libéra son poignet pour l'enlacer.

Il avait fait ce geste avec un naturel incroyable. La manière dont il la tenait était ferme et autoritaire, et en même temps délicate et attentionnée. C'était comme si elle avait été projetée dans ses bras mais dans un cocon de douceur.

Leurs lèvres s'écartèrent davantage et sa langue commença à caresser la sienne juste à l'instant où elle ressentit l'envie de plus.

Elle ne se déroba pas, bien au contraire, son habileté la révélait à elle-même. Elle prenait plaisir à tous ses jeux et ses petites provocations lui faisaient perdre ses défenses l'une après l'autre.

Il ne lui avait pas fait visiter les chambres et elle ne s'en était pas inquiétée. Mais, désormais, elle ne pouvait plus contenir sa curiosité sur l'aspect de sa chambre à lui. Sur le lit dans lequel il dormait. Et à ce qu'elle ressentirait s'il l'y emmenait.

Mais quand elle se rendit compte de la tournure que prenaient ses pensées, elle ressentit comme un choc électrique. Elle ne devait pas songer à sa chambre ni à son lit. Qu'est-ce qu'il lui arrivait ?

Et elle se rappela tout à coup le leitmotiv qu'elle s'était répété tout l'après-midi. Qu'elle ne devait en aucun cas l'embrasser de nouveau et qu'elle avait d'excellentes raisons pour cela !

Règle numéro un ! s'intima-t-elle. *Calme le jeu et tiens-t'en à ce que tu as décidé.*

Ce qui aurait été bien plus aisé à faire si elle en avait été effectivement persuadée. Mais l'embrasser était si merveilleusement divin.

Pourtant, elle savait qu'elle devait arrêter. Elle ne pouvait pas laisser les choses aller encore plus loin. Pas dans la direction à laquelle elle ne pouvait s'empêcher de penser.

Alors, elle appuya fermement sur son torse, empêchant ses doigts de s'y accrocher, et retira sa langue pour lui envoyer un signal.

Qu'il comprit.

Leur baiser devint plus chaste, puis se termina. Pour être aussitôt suivi d'un autre, comme si Gideon avait besoin d'un peu de temps pour parvenir à s'arrêter.

Au bout du compte, il soupira longuement et se redressa en secouant la tête.

— Nous venons de milieux très différents et nous avons suivi des routes presque opposées, dit-il d'une voix si basse et rauque qu'elle se demanda s'il ne se parlait pas à lui-même. Alors pourquoi cela ne nous sépare-t-il pas comme je l'aurais pensé ?

— Je ne sais pas, répondit-elle d'un air aussi sidéré que le sien.

— Je t'aime beaucoup alors que ce ne devrait pas être le cas. Cela ne m'aide pas vraiment, reprit-il en plaisantant à moitié.

— Du vin sur la moquette ? proposa-t-elle de nouveau.

Il rit.

— Je crois que cela ne changerait rien, même si tu me le jetais au visage.

— Si c'est vraiment ce que tu veux, le provoqua-t-elle en levant la main.

Et, de nouveau, il lui prit le poignet.

Et il l'embrassa. Mais plus légèrement.

Et, comme la première fois, elle aurait voulu que ce baiser ne prenne jamais fin, malgré tout ce qu'elle s'était répété.

Sauf que, cette fois-ci, sa volonté eut un sursaut.

Et apparemment celle de Gideon aussi, car il abandonna ses lèvres.

— Il faut que je rentre, déclara-t-elle avant qu'il ait pu dire quoi que ce soit.

Elle ne s'accordait plus aucune confiance, et le peu de volonté qu'elle avait retrouvé commençait déjà à s'évanouir.

Il s'avoua vaincu d'un signe de la tête et se leva pour aller chercher le manteau de Jani dans le placard tandis qu'elle ramassait son sac et marchait vers l'entrée.

— Je vais t'accompagner au parking, lui dit-il.

Et il y aurait alors de nouvelles occasions pour l'embrasser. Dans l'ascenseur, devant sa voiture…

— Non, ne te dérange pas. Ton immeuble est surveillé par un gardien, des caméras, et je suis presque garée devant la porte. Tout ira bien, insista-t-elle.

Il lui apporta son manteau et le tint ouvert afin qu'elle l'enfile. Et elle se rendit compte qu'il avait autant de mal qu'elle à faire bonne figure quand ses mains glissèrent sur ses épaules tandis qu'elle fermait ses boutons.

Mais il finit par la laisser partir et elle se retourna vers lui pour lui rappeler quelque chose qui allait aussitôt refroidir l'ambiance.

— Dîner dimanche soir, donc ? dit-elle en sachant qu'il comprendrait qu'elle lui demandait s'il avait toujours l'intention de venir.

— Chez ta grand-mère… Pour réceptionner le chèque de financement du centre communautaire, répondit-il d'un ton pincé qui ne cachait pas son manque d'enthousiasme.

— Nous ne sommes pas des ogres, tu sais.

— C'est pourtant ce dont j'aurais besoin. Que tu te laisses pousser une énorme tête toute verte. Le feras-tu ?

— D'ici demain ? Je vais essayer, mais je ne peux rien te promettre.

Il la dévisageait avec une intensité incroyable et elle sut qu'il s'en voulait d'avoir accepté ce dîner. Elle comprit alors qu'elle seule expliquait pourquoi il n'avait pas catégoriquement refusé.

— Tu es mon invité spécial, tu te souviens ?

Il éclata de rire, retournant d'évidence le sens des mots qu'avait employés Gigi. Et elle lui fut reconnaissante d'avoir compris qu'elle plaisantait.

— Allons, reprit-elle sans malice. Viens, et si tu

détestes tout le monde, tu me le diras à l'oreille. J'irai chercher le chèque et tu pourras te sauver.

Il n'en avait vraiment pas envie. Cela sautait aux yeux.

Pourtant, il soupira de nouveau et répondit « d'accord » d'un air toujours réticent.

Elle avait obtenu la réponse qu'elle désirait et elle se dit qu'elle ferait bien de s'éclipser avant qu'il ne change d'avis.

— Je t'enverrai un message avec mon adresse. Passe me prendre à 16 heures et nous irons ensemble.

Il acquiesça et elle pensa qu'elle avait suffisamment refroidi l'atmosphère pour empêcher tout débordement à venir.

Mais elle avait à peine fini de se rassurer quand il la prit dans ses bras et déposa sur ses lèvres le plus doux des baisers.

Puis il desserra son étreinte et lui tint la porte ouverte.

— Une énorme tête verte, dès demain ! lui ordonna-t-il tandis qu'elle marchait dans le couloir.

— Je ferai de mon mieux, assura-t-elle à l'instant où les portes de l'ascenseur s'ouvraient.

Elle entra et, quand elle se retourna, elle vit Gideon qui la dévisageait comme si rien d'autre qu'elle n'existait plus, comme s'il aurait fait n'importe quoi pour que cette soirée ne prenne jamais fin.

Mais les portes commencèrent à se refermer et elle eut juste le temps de crier :

— Bonne nuit ! Et merci pour le dîner.

Et tandis que l'ascenseur descendait, elle dut lutter de toutes ses forces pour ne pas appuyer sur le bouton qui la ramènerait à son étage pour se jeter dans ses bras.

— Règle numéro un, murmura-t-elle quand l'ascenseur

s'arrêta au rez-de-chaussée et que les portes s'ouvrirent devant un homme qui attendait pour monter.

Et ce fut à cet instant qu'elle se rendit compte que son doigt était posé sur le bouton du septième étage.

Elle ôta vivement sa main, prit une longue inspiration et, sans vraiment savoir comment, parvint à rentrer chez elle.

- 8 -

— Je ne comprends pas ce qui m'arrive, confessa Gideon à Jack le lendemain matin tandis qu'ils prenaient leur petit déjeuner dans un café juste en bas de son loft.

Mais il n'obtint qu'un rire ironique en guise de réponse.

— Après avoir passé la journée à me battre au téléphone avec Tiffany en entendant Sammy pleurer parce qu'elle me hurlait dessus, je t'avoue qu'une partie de moi ne comprend pas non plus ce qui t'arrive. Cette partie ne comprend même pas pourquoi tu ne prends pas tes jambes à ton cou pour fuir loin de toutes les femmes de cette planète. Mais malheureusement il y a une autre partie…

— Qui a vu Jani sortir de l'ascenseur quand tu es venu à la maison hier soir, devina Gideon.

Jack était passé à l'improviste quelques minutes après le départ de Jani et il avait espéré que les coups sur sa porte signifiaient qu'elle avait changé d'avis. Mais il s'était retrouvé face à son vieil ami en pleine crise d'angoisse. Et comme il était évident que Gideon avait espéré un autre visiteur, Jack lui avait expliqué la situation.

Après cela, ils avaient uniquement parlé des problèmes de Jack et s'étaient donné rendez-vous pour le lendemain matin. Puis Jack était parti, le laissant retourner à ses rêveries sur Jani. Sur le fait qu'il aurait voulu que ce soit elle derrière la porte. A revivre leurs baisers. A son désir insurmontable de l'embrasser de nouveau. Et même beaucoup plus…

C'était la raison pour laquelle ils discutaient de ses démons ce matin et pas de ceux de Jack.

— Oui, malheureusement cette autre partie de moi a aperçu January Camden hier soir, confirma Jack. Et je ne risque pas de l'oublier. Comment l'avais-tu appelée déjà ? Un joli petit lot ? C'est un sacré euphémisme ! Elle m'a presque aveuglé.

Il fut contrarié d'entendre son ami répéter la description qu'il avait faite de Jani après leur première rencontre. Cela semblait irrespectueux et avilissant. Mais qu'aurait-il pu lui répondre ? Que son opinion et ses sentiments avaient changé à son égard ? Cela reviendrait à admettre qu'il avait des sentiments pour elle. Pour Jani…

Et il refusait d'y songer un instant, alors l'admettre ?

— Etre aveuglé n'est jamais une bonne chose, se contenta-t-il de répondre. Je ne peux pas me permettre d'oublier…

— Qu'elle est une Camden, je sais. Mais, bon sang, elle est magnifique. Ses cheveux incroyables et ses yeux… Je crois que ce sont les plus beaux que j'aie jamais vus.

L'admiration de son ami lui donna un pincement de jalousie qui ne fit que renforcer le tumulte de ses sentiments.

— Tout cela n'a aucun sens, se dit-il plus à lui-même qu'à l'intention de Jack. C'est une maudite Camden et elle ne pense qu'à avoir un bébé. Mille fois plus qu'aucune autre femme sur cette planète ! C'est comme si le destin s'amusait à me torturer. Elle n'est pas seulement un membre de la famille qui a détruit la mienne, elle est aussi complètement obsédée par les enfants. Les seules choses qui sont un poison pour moi et elle combine les deux !

— Donc tu voudrais qu'elle te répugne ?

— Mais chaque fois que nous sommes ensemble, j'oublie aussitôt son nom et à quelle famille elle appartient. J'oublie même ses histoires de bébés tant qu'elle n'en parle pas.

— Et tu la désires plus que tout, résuma Jack en reprenant les mots de Gideon. Le syndrome du fruit interdit ?

Perdu, il se contenta de hausser les épaules.

— Juste par curiosité, reprit prudemment son ami. Si elle n'était pas une Camden, tu céderais sur l'histoire du bébé ? Tu es vraiment sérieux quand tu dis que tu ne voudras plus jamais d'enfant ?

— Très sérieux, répondit-il sans hésiter. Tu sais à quel point on peut aimer un enfant au-delà de tout ce qu'on aurait pu imaginer.

— Je le sais. Et je n'en reviens toujours pas.

— Et tu sais aussi ce que l'on ressent quand on vous le prend.

Jack ne répondit rien, mais le regard noir qu'il lança à son jus de fruits était assez éloquent.

— Je ne laisserai plus jamais ce genre de choses m'arriver. Jamais.

— Très bien, alors tu as raison. January Camden est une source de problèmes pour toi. Mais tu ne peux quand même pas t'empêcher de vouloir être avec elle, malgré cela.

Cette fois-ci ce furent les yeux de Gideon qui lancèrent des poignards à son verre.

— Raison pour laquelle je ne me comprends plus.

Jack laissa échapper un autre rire amer.

— Il n'y a rien d'étrange à cela. Tu n'es qu'un homme américain en pleine santé face au plus joli morceau de…

— Ne l'appelle pas comme cela ! s'insurgea-t-il avant que Jack ait pu terminer sa phrase.

Il ne pouvait plus laisser personne rabaisser Jani de cette façon.

— Il n'y a rien qui ne va pas avec toi, reprit Jack plus doucement. Ce serait plutôt le cas si tu n'étais pas attiré par une femme comme elle. Je suis au milieu d'un divorce meurtrier, l'idée d'une nouvelle relation me glace le sang et, pourtant, j'ai été incapable de la quitter des yeux jusqu'à ce qu'elle soit entrée dans sa voiture quand je l'ai croisée hier soir.

De nouveau resurgit cette jalousie qu'il ne comprenait pas.

— Savoir si c'est normal ou pas ne m'aide pas beaucoup, maugréa-t-il. Et maintenant, me voilà obligé d'aller dîner ce soir avec toute la clique Camden !

— Aïe, ça va être vraiment bizarre, le plaignit Jack. Aller dans leur maison ? Leur parler à tous ? Je suis surpris que tu aies accepté…

— Je sais, je suis pathétique, reconnut-il en soupirant.

Jack rit de bon cœur mais avec une sympathie évidente.

— Ce n'est qu'un dîner et tu en reviendras avec le chèque de financement du centre communautaire. Contente-toi de voir les choses de cette manière.

— Aucun problème, c'est ce que je vais faire, répondit-il d'un ton sarcastique.

— Si c'est comme cela, tu vas devoir trouver un moyen de chasser cette femme de ton esprit.

— Me désintoxiquer ? Tu crois qu'il existe des centres pour apprendre à contrôler une addiction à un Camden ?

— Il est parfois nécessaire de plonger dans la piscine, plutôt que de rester devant, si l'on veut traverser de l'autre côté.

Il ne répondit pas.

Il avait bien trop peur que son ami ait raison.

Et que, d'une façon ou d'une autre, il ne puisse s'empêcher de plonger, s'agissant de Jani.

Il espérait juste qu'il pourrait traverser sans se noyer.

Et sans les coups et cicatrices que les Camden lui avaient déjà infligés auparavant.

D'habitude Jani adorait les dîners du dimanche de Gigi. C'était une grande réunion de famille où chacun était libre de venir avec le nombre d'invités de son choix.

Seth, le plus âgé des petits-enfants Camden, vivait à Northbridge dans le Montana et il ne pouvait donc venir que lorsqu'il était de passage en ville. Mais les neuf autres n'avaient encore jamais raté un seul dîner. Et maintenant que Cade s'était fiancé, Nati Morrison était aussi là chaque semaine avec son grand-père, Jonah, le compagnon de Gigi.

Ce soir, la plupart des cousins de Jani étaient venus

accompagnés et même Nati avait invité sa meilleure amie Holly. Donc, avec Margareth et Louie, cela faisait une sacrée tablée. En tout cas, assez importante pour que Jani se dise que, à part elle, personne n'avait dû remarquer la réserve de Gideon.

Car il était extrêmement réservé.

Pourtant, quand quelqu'un l'approchait, il se montrait aimable et amical et, quand on lui parlait, il prenait un air intéressé. Jani l'avait même vu rire tandis qu'il discutait de sport avec ses frères qui ne ménageaient pas leurs efforts pour apprendre à le connaître et le mettre à l'aise. Il était poli et cordial avec Gigi et avait même supporté, en se raidissant, l'accolade que la vieille dame avait tenu à lui donner. Et il avait eu une longue discussion avec Jonah.

Mais maintenant que Jani le connaissait quand il était détendu, elle voyait bien que son attitude et ses expressions étaient tout de même formelles et distantes. Elle l'avait remarqué tout au long du dîner et encore maintenant, alors qu'elle revenait de la cuisine, les bras chargés de boîtes des restes que Gigi avait emballés pour eux. Elle était même persuadée qu'il n'avait pas eu une seule seconde de détente depuis leur arrivée.

Il se tenait littéralement le dos au mur, et même s'il était toujours dans le salon avec les autres convives, il était aussi près de la porte qu'il était possible, comme s'il prévoyait de s'enfuir dès qu'il en aurait l'occasion.

Une sorte de dureté raidissait ses traits, le rendant encore plus férocement masculin.

Et cela n'ôtait rien à sa beauté, bien au contraire.

Après qu'il lui avait envoyé un texto pour savoir comment il devait s'habiller, il était passé la chercher, vêtu d'un pull gris foncé à col camionneur qu'il avait laissé ouvert et qui accentuait la puissance de sa mâchoire et le rendait encore plus époustouflant.

Il avait assorti à son pull un pantalon charbon qui moulait ses fessiers si parfaitement qu'elle avait surpris plus d'une des femmes présentes en train de le regarder en douce.

Mais quelle que soit la perfection de son apparence, il avait surtout l'air de quelqu'un qui avait besoin d'être délivré avant qu'il ne décide de s'échapper de son propre chef.

— Nous sommes prêts, vint-elle lui annoncer. Ma grand-mère voudrait juste te saluer, puis nous pourrons y aller.

Gideon acquiesça de la tête comme s'il ne voulait pas paraître mal élevé et montra un soulagement bien trop évident à l'idée de partir d'ici.

Aussi Jani fut-elle reconnaissante à sa grand-mère de les rejoindre à cet instant dans l'entrée.

— Je vais chercher nos manteaux, déclara-t-elle, laissant Gideon seul avec Gigi, qui lui avait déjà remis le chèque sans la moindre fanfaronnade, un peu avant le dîner, afin que sa contribution reste discrète.

Le vestiaire était tout proche et elle put entendre les salutations polies qu'ils échangeaient. Gideon disait exactement ce qu'il fallait, complimentant Gigi sur son dîner, et la remerciant pour son invitation et pour le chèque. Elle entendit aussi sa grand-mère lui dire qu'elle avait été ravie qu'il soit venu et qu'il n'hésite jamais à revenir. Quand elle les rejoignit, Gigi tenait le bras de Gideon et dit à Jani qu'elles se parleraient demain, avant de retourner à ses invités.

Jani posa les boîtes sur le guéridon de l'entrée, en dessous du plafonnier en cristal. Puis elle tendit son manteau à Gideon, qui lui tint le sien juste après, pour qu'elle puisse l'enfiler aisément.

Ce soir, elle s'était vêtue d'un pantalon noir très moulant et d'un pull que Margareth lui avait tricoté pour Noël. Il était d'un rouge éclatant avec un col en biais qui dénudait l'une de ses épaules et retombait en drapé sur les rondeurs de son corsage. Le tricot avait une épaisseur suffisante pour rendre tout soutien-gorge inutile, aussi s'en était-elle passée.

Elle glissa les bras dans les manches de son manteau en laine noire et Gideon le lui fit remonter sur les épaules en effleurant sa peau nue. Des myriades d'étincelles électriques parcoururent aussitôt son corps et elle sentit la pointe de ses seins se durcir. Elle fit de son mieux pour cacher l'effet produit par un geste aussi innocent, car la dernière chose qu'elle aurait souhaitée, c'était qu'il s'aperçoive que ce minuscule contact suffisait à la rendre folle de désir. Alors elle prit un air détendu, dégagea ses longs cheveux de son col, et s'empara des boîtes qu'elle garda devant elle, comme s'il s'agissait d'un bouclier.

— Nous pouvons y aller, déclara-t-elle en essayant toujours de gérer le trouble qui la possédait.

Trouble qui s'aggrava quand elle le regarda faire glisser son blouson en cuir sur ses épaules musclées.

Aussi fut-elle soulagée de sentir l'air glacé l'envelopper et refroidir ses ardeurs quand ils franchirent l'immense porte de bois sculpté.

Gideon était passé la prendre chez elle, mais il avait insisté pour conduire. Sa voiture était garée assez loin dans la file des véhicules qui encerclaient la fontaine et descendaient presque en bas de la route privée qui donnait accès à la rue Gaylord.

Aucun d'eux ne prononça le moindre mot tandis qu'ils marchaient et elle finit par murmurer un simple « merci » quand il lui ouvrit sa portière. Il ne répondit rien et contourna sa Corvette avant de se mettre au volant et de démarrer.

— Ce n'était pas si mal ? lui demanda-t-elle une fois qu'ils furent sortis de la propriété.

— Non, répondit-il sans conviction.

— Ah ? Alors c'était horrible ? Tu as passé une mauvaise soirée et la nourriture était immangeable ?

— Rien de tout cela, dit-il sans pouvoir s'empêcher de sourire.

— C'est donc la tête que tu fais quand tu t'amuses comme un fou ?

Il garda ses yeux braqués sur la route.

— Ta famille n'aurait pas pu être plus accueillante et aimable. Et ce n'était pas du tout bizarre, comme je l'avais craint. Ils m'ont vraiment donné l'impression que j'étais l'un des vôtres. J'étais inquiet que ta grand-mère fasse toute une cérémonie autour du chèque, mais elle s'en est tirée de la manière la plus délicate. Elle, et toute ta famille, vous êtes effectivement des gens comme tous les autres et proches des réalités de ce monde.

— Parce que nous ne venons pas de Mars, plaisanta-t-elle.

Il ne répondit rien.

— Le dîner était vraiment délicieux, continua-t-il, et il y en a encore assez pour déjeuner demain.

Comment pourrais-je m'en plaindre ? Et cette maison… est vraiment incroyable.

Il laissa le silence s'installer un court instant avant de reprendre d'une voix solennelle :

— Je n'ai pas cessé d'observer votre maison, si spacieuse, et votre famille, si unie, sans pouvoir m'empêcher de les comparer au bar sombre et triste et au minuscule appartement attenant qui était le centre de la mienne. Et à ce qui est arrivé aux miens…

Aïe…

— Tu vis aussi dans un endroit superbe désormais, lui rappela-t-elle d'un ton qu'elle espérait diplomatique.

— Oui, mais je n'en ai pas hérité, répondit-il doucement avant de hausser les épaules. Je crois juste que j'ai eu du mal à séparer les choses ce soir. A ne pas me sentir coupable et déloyal d'être chez vous et de ne pas passer une mauvaise soirée. Enfin, tu sais de ne pas pouvoir vous haïr…

Donc il n'a pas détesté ma famille et ce dîner en leur compagnie et il s'accable pour cela.

Elle comprenait le dilemme qui le déchirait, mais elle ne savait pas quoi lui dire. Si elle devait s'en excuser ou pas.

Ils arrivèrent chez elle et, quand il se gara dans son allée, elle se dit que c'était peut-être le bon moment pour lui donner sa version de l'histoire. Peut-être cela l'aiderait-il.

De plus, ils avaient beau avoir passé les dernières heures ensemble, ils avaient été tellement entourés qu'elle avait l'impression de l'avoir à peine croisé et elle ne se sentait pas prête à ce que cette soirée se termine. D'autant plus que Gideon ne semblait pas dans son assiette.

— Entre un moment si tu veux.

— Je ne devrais sans doute pas.

— Viens tout de même. Je ne sais pas si cela fera la moindre différence et peut-être que ce sera encore pire, même si j'espère que non. Mais je voudrais te parler de ce qui s'est passé à Lakeview.

Il émit un son qui ne ressemblait que de loin à un rire.

— Ah ! La fameuse version de l'histoire depuis un autre point de vue ?

— Allez, dit-elle en lui faisant les yeux doux. Je t'ai déjà fait visiter ma maison quand tu es venu me chercher, mais je peux te préparer un café ou un thé, ou même ouvrir une bouteille de vin et nous parlerons un petit peu.

Il tourna lentement la tête vers elle, et elle eut l'impression que, si elle avait été quelqu'un d'autre, il n'aurait jamais accepté.

Mais il lui sourit d'une manière un peu forcée et acquiesça.

Elle se sentit si heureuse qu'elle sortit de la voiture sans même attendre qu'il ait coupé le moteur. Et elle avait déjà déverrouillé et ouvert sa porte avant qu'il ait pu la rejoindre.

— Qu'est-ce qui te ferait plaisir ? l'interrogea-t-elle tandis qu'ils se débarrassaient de leurs manteaux.

Cette fois-ci, il rit de bon cœur avant de déclarer qu'il avait bien assez bu et mangé chez sa grand-mère.

— Alors, asseyons-nous, proposa-t-elle en le conduisant vers le salon.

Elle alluma les deux lampes posées sur les tables qui

entouraient le canapé. Sa maison était décorée dans un style cottage campagnard qui la rendait chaleureuse et accueillante. Et elle était toujours heureuse d'y revenir.

Gideon lui sembla bien plus détendu qu'il ne l'avait été chez Gigi quand il alla s'asseoir sur le canapé en cuir crème outrageusement rembourré.

Elle alluma un feu dans la cheminée à gaz avant de le rejoindre, puis ôta ses chaussures et se cala au coin du canapé, glissant ses pieds sous elle.

Il était assis, un bras allongé sur les coussins en cuir, et même s'il s'était tourné dans sa direction, l'un de ses pieds touchait toujours le sol, l'autre reposant sur ses genoux comme s'il voulait garder ses distances.

— Très bien, allons-y, dit-il. Le point de vue des Camden sur cette histoire…

— H.J. et ton arrière-grand-père étaient vraiment amis, tu sais, commença-t-elle, sentant le besoin de lui rappeler cette information, même si elle la lui avait déjà communiquée. Ils se sont rencontrés peu de temps après qu'H.J. est arrivé à Denver. Ils appartenaient tous les deux au même club d'hommes d'affaires et H.J. a toujours considéré que Franklin avait été son premier ami au Colorado.

Elle vit que Gideon se retenait de faire une remarque acide, en sachant que si cela avait été leur première rencontre il ne se serait pas gêné pour objecter que, avec des amis comme cela, on n'avait pas besoin d'ennemis.

— H.J. s'est réellement engagé dans le projet Lakeview avec l'intention d'aider Franklin…

— Il souhaitait surtout trouver un endroit proche de Denver et peu onéreux pour implanter ses usines et ses entrepôts.

— Je n'ai jamais prétendu qu'il n'y trouvait aucun avantage. Je dis juste qu'il voyait cela comme un échange de bons procédés entre amis. La situation de Lakeview en faisait l'endroit idéal pour ses usines, mais il avait besoin d'obtenir des autorisations particulières pour les construire à cet endroit. Or Lakeview était à cette époque une communauté de fermiers vieillissants qui devait trouver un moyen de revivifier son économie. Et, en tant que maire, Franklin désirait attirer des investisseurs, des commerces, et créer de nouveaux logements afin de transformer une petite ville en pleine récession en banlieue prospère.

— Ce qu'H.J. lui avait promis en échange des permis de construire. Et mon arrière-grand-père a d'ailleurs repris ces promesses à son compte afin de convaincre ses électeurs et le conseil municipal de délivrer les autorisations requises.

— Mais ce n'étaient pas des promesses en l'air, insista-t-elle. H.J. possédait déjà une douzaine de supermarchés à l'époque. Et il avait compris que s'il voulait se développer autant qu'il le souhaitait, en continuant d'offrir les prix les plus bas à ses clients, il devait essayer de produire sur place la plupart de ses produits et pouvoir stocker le reste des marchandises qu'il achetait en gros.

— C'est pour cela qu'il a construit autant d'usines que d'entrepôts.

— Tout à fait, mais il voulait aussi vraiment que Lakeview en bénéficie et que le mérite en revienne à Franklin, afin qu'il devienne le maire qui avait sauvé Lakeview de la faillite. Et ce n'étaient pas des paroles en l'air. Il avait déjà engagé un promoteur, un entrepreneur et un architecte qui lui avaient remis les plans du nouveau Lakeview. Une banlieue aérée et abordable, avec de petites maisons familiales, des écoles, des parcs, des commerces de proximité et de grands immeubles pour accueillir les entreprises.

— Dont aucun n'a jamais vu le jour.

— Parce que tout le monde s'est retourné contre H.J., lui répondit-elle calmement.

— Le promoteur, l'entrepreneur et l'architecte s'en sont pris à ton arrière-grand-père ? l'interrogea-t-il d'un air dubitatif.

— Ils se sont ligués pour lui extorquer un quart de million de dollars. Soit il les payait, soit ils iraient réaliser ce projet ailleurs.

Gideon la dévisageait sans un mot et elle pouvait deviner les rouages de son esprit tourner à toute vitesse. Mais nécessairement en sa faveur…

Puis il reprit la parole sans s'être départi de son air sceptique.

— Ils étaient tous associés pour faire des profits en réalisant ce projet. Pourquoi auraient-ils essayé de coincer ton arrière-grand-père ?

— Parce que, à l'époque déjà, le nom des Camden éveillait l'avidité de certaines personnes. Comme je te l'ai dit, H.J. possédait alors une chaîne renommée de supermarchés et s'était fait un nom.

— Et une fortune.

— Et une fortune… C'était bien le problème, d'ailleurs. Lui demander ce bonus leur semblait l'occasion rêvée de se remplir les poches. Comme ils savaient parfaitement que ton arrière-grand-père et H.J. étaient amis, et que Franklin avait pris de gros risques en engageant sa réputation sur des promesses, ils étaient persuadés qu'il allait payer.

— Mais il ne l'a pas fait.

— Même si sa société était déjà florissante en dollars des années 1950, cela l'aurait ruiné. Et H.J. espérait qu'ils bluffaient. Il pensait qu'il y avait assez d'opportunités pour eux à Lakeview et que, même s'il refusait leur chantage, ils ne voudraient pas perdre le chantier.

— Mais ils ne se sont pas laissé faire.

— Non, ils ont bien réalisé le projet, mais au nord de Denver.

— Alors plutôt que de payer le bonus que les gens qu'il avait lui-même engagés lui réclamaient, ou de trouver une nouvelle équipe pour tenir les promesses qu'il avait faites, H.J. a laissé tomber Franklin, car il avait déjà obtenu ce qu'il voulait.

— Il a essayé de former une nouvelle équipe, l'interrompit-elle. Mais tout ce qui devait être entrepris pour le développement de Lakeview était en train d'être réalisé au nord de Denver. Et tous les promoteurs étaient convaincus que c'était là que les gens iraient.

— Parce que tout ce qu'il y avait à Lakeview, c'étaient des usines et des entrepôts à côté desquels personne ne voudrait vivre. Parce que H.J. Camden avait obtenu ce dont il avait besoin.

Elle ne pouvait nier que c'était une partie de la réalité et elle voulait être honnête avec lui.

— C'est vrai, admit-elle. Mais H.J. regrettait que Franklin soit tenu pour responsable. Il est allé le voir et a fait de son mieux pour le persuader de venir travailler chez *Camden Incorporated* à un poste de direction.

Il lui a aussi proposé de l'aider à s'installer ailleurs qu'à Lakeview, mais ton arrière-grand-père a refusé.

— Parce que, s'il avait accepté, tout le monde aurait cru qu'il s'était vendu à H.J. pour tromper le conseil municipal et tous ceux qui lui avaient fait confiance. Comme il voulait rester fidèle à Lakeview, il s'est senti obligé de garder son poste afin d'essayer de réaliser au moins une partie des promesses qu'H.J. avait faites.

— Mais si H.J. Camden n'y était pas parvenu…

— Oui, il était certain que mon arrière-grand-père ne pouvait pas y arriver. D'autant plus qu'il était sans cesse attaqué par les personnes qu'il essayait d'aider. Des personnes qui ne lui faisaient plus confiance et pensaient que toutes ses paroles étaient des mensonges. Qui voulaient le faire payer pour ce qui était arrivé.

— Alors pourquoi Franklin n'est-il pas parti ? lui demanda-t-elle. Pourquoi a-t-il attendu que l'on brûle sa maison et qu'on le chasse de la ville ? Pourquoi n'est-il pas allé travailler avec H.J. ? Ou pourquoi ne l'a-t-il pas traîné en justice ?

— Parce qu'il n'était pas complètement certain qu'H.J. ait voulu l'utiliser. Et même s'il lui accordait le bénéfice du doute, il était persuadé que, s'il acceptait un poste dans son entreprise, cela convaincrait tout le monde de sa culpabilité. Et cela, il ne le supportait pas. Pendant toutes les années qu'il a passées à nettoyer le sol de ce maudit bar, il a toujours gardé l'espoir qu'un jour il pourrait laver son honneur. Même si je ne vois vraiment pas comment il aurait pu. Bref, il était le genre d'homme qui aurait été incapable de se regarder en face s'il avait accepté de s'en sortir en abandonnant au bord de la route ceux qui lui avaient fait confiance.

— Il a préféré se punir et se sacrifier à leur place. Tout en sacrifiant sa famille par la même occasion.

— Ne rends pas mon arrière-grand-père responsable de tous nos malheurs, répondit-il d'un ton sévère. Il ne s'est jamais remis d'avoir déçu ceux qui croyaient en lui. Ni que la communauté dont il était responsable se soit fait voler par sa faute. Cela l'a brisé.

— Je suis vraiment désolée, dit-elle. Mais tu dois pouvoir comprendre la position d'H.J. malgré tout. Tu es un homme d'affaires. Que ferais-tu si ton équipe exigeait que tu les paies plus qu'il n'était prévu, simplement parce qu'ils pensent que tu as le couteau sous la gorge ? Alors oui, H.J. aurait pu construire une usine et un entrepôt de moins et payer le bonus, mais tu sais comme lui que ces types auraient recommencé chaque fois.

Gideon secoua la tête.

— Je ne les aurais pas laissés m'extorquer de l'argent. Mais j'aurais fait tout ce qui était en mon pouvoir pour tenir mes engagements.

Elle savait qu'il disait vrai. Et un homme comme lui était sans doute incapable de pardonner à H.J. de ne pas s'être battu.

— La vérité, c'est que quand H.J. a dû choisir entre ses intérêts et ceux de mon arrière-grand-père et de Lakeview…

— Il a choisi ses intérêts, concéda-t-elle car elle savait qu'H.J. était loin d'être innocent. Je ne suis pas en train de cautionner ses choix. Ni surtout qu'il n'ait rien entrepris du tout pour aider Lakeview quand tout est tombé à l'eau. Je veux juste que tu voies les choses de son point de vue. Essaie d'accepter que ses intentions étaient honnêtes et qu'il n'a jamais essayé d'utiliser ton arrière-grand-père parce qu'il était maire. H.J. croyait vraiment en ce projet, et il était persuadé que ce serait un tournant dans la carrière politique de Franklin, et qu'il pourrait même tenter de se faire élire gouverneur…

— Oui, je connais cette partie de l'histoire, admit Gideon. Franklin pensait que si H.J. et lui s'associaient, ils pourraient faire de grandes choses pour ce pays. Mais il ajoutait que la plaisanterie s'était retournée contre lui.

— J'en suis navrée, dit-elle en posant une main sur celle de Gideon pour lui faire comprendre qu'elle le pensait sincèrement.

Il resta un long moment à ruminer en silence, fixant le sol, avant de lui prendre la main à son tour et de la regarder au fond des yeux.

Il prit une longue inspiration et expira doucement comme s'il essayait de chasser une partie du ressentiment qui avait hanté son existence. Puis il prit la parole :

— Tu n'as rien à voir avec tout cela, de toute façon.

— Pas plus que toi, lui fit-elle remarquer. En plus, tu es en train de te battre pour Lakeview.

— Et avec un peu de chance, l'article lavera l'honneur de mon arrière-grand-père, et le centre communautaire pourra vraiment porter son nom.

— Je tenais simplement à ce que tu saches qu'il n'y avait eu aucun complot pour vous nuire. H.J. n'était pas malveillant, et pensait bien faire, même si tout s'est mal terminé. Alors peut-être que tu n'as pas besoin de nous regarder comme si nous étions les descendants du diable.

— Oui, et si mon arrière-grand-père avait été moins intègre, peut-être que nos deux familles seraient devenues les meilleures amies du monde, répondit-il d'un ton légèrement ironique.

Elle était tout de même heureuse qu'il tente de plaisanter.

— Je ne sais pas quoi répondre à cela. Oui, sans doute. Mais, quoi qu'il en soit, mes frères, mes cousins et moi, nous souhaitons faire tout notre possible pour réparer les erreurs du passé.

Il la dévisagea longuement, plongeant son regard dans le sien avant de lui serrer de nouveau la main.

— Ne t'en fais pas. Je n'étais pas au courant de la tentative d'extorsion avant que tu m'en parles. Et oui, je comprends mieux l'attitude d'H.J. désormais. Cela ne change rien à ce que ma famille a subi, mais j'imagine que je suis soulagé de savoir qu'il n'a jamais voulu utiliser mon arrière-grand-père.

— H.J. aimait et respectait profondément Franklin, et il a vraiment souffert d'avoir perdu son amitié. Il l'a écrit dans son journal.

— Il serait donc heureux de me savoir ici, en train de tenir la main de son arrière-petite-fille ? lui demanda Gideon en haussant un sourcil tout en lui adressant un sourire de voyou.

— Cela, j'en suis moins sûre, répondit-elle en pouffant. Lindie, Livi et moi, nous avions quatorze ans quand il nous a quittés. Nous ne sortions donc pas encore vraiment avec des garçons, mais ils commençaient à nous remarquer. Et, crois-moi, cela n'avait pas du tout l'air d'amuser H.J. Une fois, il m'a surprise en train d'embrasser un des amis de mes cousins dans le jardin et il l'a poursuivi avec un râteau ! J'avais treize ans et c'était mon premier baiser.

— Cela devait être un baiser particulièrement torride, alors ?

— Pas vraiment. C'était le premier, donc c'était étrange et maladroit. Après quoi mon amoureux a été chassé à coups de râteau par un vieil homme en rage.

— Alors je devrais me sentir deux fois reconnaissant, répondit-il d'un ton amusé.

— Deux fois ?

La tension qu'avait créée leur discussion sur Lakeview semblait s'être magiquement évaporée et Gideon tira sur sa main pour l'attirer à lui.

— Que ton arrière-grand-père ne soit pas là pour me pourchasser et que tu aies eu du temps pour t'entraîner à embrasser. Parce que tu ne t'en tires pas trop mal, finalement…

— Pas trop mal ? répéta-t-elle en feignant de se sentir insultée même s'il était évident qu'il la provoquait.

— Tu as juste besoin d'un peu d'entraînement, marmonna-t-il avant de se pencher et de poser ses lèvres sur les siennes.

Toute tension avait réellement disparu, elle ne ressentit aucune colère ou frustration dans ses gestes. C'était un baiser doux, posé, apaisant. Comme s'ils étaient enfin revenus sur un territoire qui leur convenait bien mieux.

Gideon écarta les lèvres, la poussant à s'abandonner dès les premières secondes de leur étreinte, et elle laissa échapper un soupir de satisfaction avant de caresser sa langue du bout de la sienne.

Elle savait qu'elle n'aurait pas dû se sentir aussi heureuse de se retrouver de nouveau dans cette situation sans issue. Et qu'après le dîner, la remise du chèque et leur discussion sur les motivations d'H.J., elle aurait dû le renvoyer chez lui.

Mais elle aimait tant l'embrasser.

Et quand il souleva ses cheveux pour poser une main sur sa nuque, elle posa la sienne sur son torse et toutes ses résistances s'évanouirent.

C'était comme si le monde avait disparu autour d'eux et qu'ils étaient possédés par quelque chose de fondamental et de purement sensuel. Elle avait l'impression de fondre dans ses bras et sous ses baisers. Sa langue lui rendait chaque caresse et chaque provocation, et tout son être semblait attiré par le sien comme s'ils étaient deux aimants.

Elle caressa son torse malgré la barrière de son pull et découvrit à quel point ses pectoraux étaient musclés. Durs et saillants. Les voir aurait impliqué d'arrêter de l'embrasser, mais, malgré l'envie qu'elle en avait, c'était tout simplement impossible.

Il libéra sa seconde main et enlaça sa taille pour la coller à lui. Et son bras à elle en fit autant, s'enroulant naturellement autour de lui tandis qu'ils n'étaient plus séparés que par l'épaisseur de la main qu'elle avait gardée sur sa poitrine.

Ses tétons s'étaient durcis et pointaient légèrement, malgré le drapé du col de son pull.

Elle laissa sa main glisser de ses pectoraux à son dos afin que plus rien ne l'empêche de la serrer fort contre lui, comme s'il pouvait deviner à quel point elle le désirait.

Ses tétons se durcirent plus encore, deux pointes de diamants qui pressaient contre son torse tandis que ses baisers devenaient plus impatients et impétueux. Son besoin d'être contre lui devint si impérieux que la barrière de leurs pulls lui sembla un supplice. Alors elle se cambra et écrasa ses seins contre les muscles fermes de sa poitrine.

Sentir sa peau sous la sienne ne soulagea en rien son impatience, mais elle reprit espoir quand Gideon passa les bras sous son pull et posa les mains sur son dos.

Elle pouvait sentir ses doigts longs et chauds chercher en vain l'endroit où aurait dû se trouver la fermeture de son soutien-gorge si elle en avait porté un.

Allait-il penser qu'elle avait tout planifié quand il comprendrait qu'elle n'en portait pas ? Mais la douceur de ses caresses sur sa peau nue lui fit oublier toute inquiétude tandis qu'elle soupirait en attendant l'instant divin où ses mains saisiraient enfin ses seins.

Leurs langues continuaient à jouer un jeu qui s'intensifiait en même temps que son désir. Puis Gideon fit lentement glisser sa bouche le long de son cou, et s'arrêta quand il atteignit les premières rondeurs de sa poitrine, comme s'il attendait qu'elle l'arrête.

Mais c'était la dernière chose qu'elle souhaitait. Alors elle prit une profonde inspiration et gonfla ses poumons en se cambrant pour l'inviter à continuer son voyage.

Elle n'eut pas à insister. Les mains de Gideon s'aventurèrent aussitôt à la recherche de ses tétons qui se redressèrent au contact de ses paumes.

Elle n'avait jamais été aussi heureuse de ne pas porter de soutien-gorge. Et jamais rien ne lui avait paru aussi bon. Ses mains semblaient avoir été conçues pour ses formes à elle, qui gémissait à chacune de leurs caresses, à chaque frôlement. On aurait dit qu'il était un sculpteur de génie et qu'elle était faite d'argile. Et tandis qu'il la soumettait à la plus divine des tortures, elle sentit que toute prudence s'effaçait irrémédiablement de son esprit.

Pourtant, alors qu'elle commençait à espérer que sa bouche atteigne l'endroit où se trouvaient ses mains et qu'il devance ses désirs en descendant bien plus bas, ses doutes reprirent le dessus.

Aussi sublime que soit ce moment, — et il l'était —, ce ne serait jamais que quelques instants volés. Ce n'était pas cela qui les avait réunis et il n'y avait aucune chance que cela les mène à autre chose.

Or s'il n'y avait rien à espérer de plus, alors ce ne devait rien être du tout. Même pas des instants volés.

Aussi, malgré son peu d'envie d'écouter les raisonnements de son esprit, elle comprit à contrecœur qu'elle ne devait pas continuer. Avec un gémissement de frustration elle arrêta la course de ses mains qui frôlaient désormais sa ceinture et les prit dans les siennes.

— Nous ne pouvons pas, parvint-elle à murmurer en rompant leur baiser torride avant d'enfouir son visage dans sa nuque.

Gideon ne dit rien, mais elle pouvait sentir son cœur cogner sous sa paume et elle sut que ce n'était pas moins terrible pour lui de devoir s'arrêter.

Pourtant il baissa doucement son visage vers le sien et lui embrassa délicatement la tempe. Ils restèrent immobiles un long moment, lovés l'un contre l'autre, tandis que leurs respirations s'apaisaient.

Puis Jani l'entendit soupirer.

— Je ferais mieux d'y aller, dit-il d'une voix rendue rauque par le désir.

Car, s'il restait, il serait incapable de respecter les limites qu'elle lui imposait. Il ne l'énonça pas, mais elle le devina sans peine.

Elle acquiesça en silence, toujours prisonnière de ses bras et mourant d'envie de l'embrasser de nouveau, de sentir ses mains chaudes sur ses seins nus. Et ne voulant surtout pas qu'il cesse de la tenir serrée tout contre lui.

— C'est si simple et si bon, quand il ne s'agit que de toi et moi, lui susurra-t-il à l'oreille comme si cela le désespérait.

Il embrassa sa tempe une dernière fois et elle s'obligea à se redresser afin qu'il puisse se relever.

Elle ne l'imita qu'au bout de quelques secondes, car elle n'était pas certaine que ses jambes puissent la porter. Mais elle parvint finalement à le rejoindre dans l'entrée, quand il eut terminé de rassembler ses affaires et d'enfiler son manteau.

Et pour ne pas se jeter dans ses bras, elle garda les mains enfouies au fond de ses poches, les coudes serrés, et s'approcha d'un pas raide.

La voix de Gideon, bien que plus posée, était toujours empreinte de désir quand il déclara :

— D'ici la fin de la semaine, je devrais pouvoir te présenter une version finale des plans et des devis.

— D'accord, répondit-elle d'un ton trop enthousiaste en comprenant qu'elle aurait rapidement une occasion de le revoir.

— Restons en contact…

Comme elle détestait le manque de certitude qu'impliquait cette phrase !

Mais elle se contenta d'acquiescer de nouveau.

Qu'aurait-elle pu faire d'autre ? Lui demander de l'engager comme assistante personnelle afin qu'ils passent toutes leurs journées ensemble ?

— Je t'appellerai.

Encore une formule évasive qu'elle n'avait jamais autant haïe qu'aujourd'hui. Alors qu'elle ne voulait plus qu'il parte. Et que si cela devait vraiment arriver, elle tenait au moins à savoir exactement quand ils se reverraient.

Mais ce n'était pas ce qui allait se passer et elle n'y pouvait rien.

Il glissa un bras autour de sa taille et l'attira à lui, juste assez près pour pouvoir se pencher et poser ses lèvres légèrement entrouvertes sur les siennes. Et aussitôt un volcan de chaleur sembla bouillonner entre leurs deux corps et elle dut puiser au plus profond de son courage pour ne pas se jeter à son cou.

Puis il la libéra, franchit la porte et la referma derrière lui, tandis qu'elle restait incapable du moindre geste au milieu de son entrée.

- 9 -

— Vous êtes toujours en train de chercher ?

— Toujours, répondit Jani à l'infirmière qui venait de passer la tête par la porte.

— Je ne veux pas vous presser, mais je dois vous prévenir que nous fermons à 17 heures. Nous aurons certainement encore quelques patients après cette heure et n'hésitez pas à rester jusqu'à ce que nous ayons fini. Mais cela ne durera plus très longtemps. En plus, c'est la première fois que vous consultez le livre des donneurs. Vous devriez prendre des notes et vous donner le temps d'y réfléchir. Vous n'avez pas à vous décider maintenant.

— Merci, lui répondit-elle avec un sourire forcé.

Et, quand l'infirmière ferma la porte, elle eut l'impression d'être complètement perdue.

Elle était dans le cabinet de son endocrinologue depuis qu'elle avait quitté son bureau à 14 heures et il était déjà 16 h 30. Et, non, elle n'arrivait pas à choisir un donneur alors qu'elle avait espéré accomplir cette tâche aujourd'hui. Car, dès qu'elle l'aurait fait, ils pourraient enfin commencer l'insémination artificielle.

Mais elle n'était pas plus avancée que quand elle

était arrivée. Pourtant elle avait déjà parcouru deux fois les trois grands classeurs.

En fait, aucun ne lui avait même fait penser « peut-être ».

Et ce ne fut qu'en relisant la fiche du dernier profil qu'elle comprit pourquoi.

Si le donneur n'avait pas les yeux verts, elle cessait de lire.

S'il ne faisait pas au moins un mètre quatre-vingts et qu'il n'avait pas un corps d'athlète, elle cessait de lire.

Si ses cheveux n'avaient pas la couleur du sable, elle cessait de lire.

Et s'il y avait une photographie sur la fiche, ce qui était presque toujours le cas, elle tournait aussitôt la page.

Car aucune d'elles ne ressemblait à Gideon. Et, d'une façon ou d'une autre, ce manque de similitudes l'avait amenée à éliminer tous les candidats.

Et, quand elle le comprit, elle se demanda si elle avait perdu l'esprit.

Il y avait à peine quelques jours, elle ne connaissait même pas cet homme ! Et elle n'était pas assez insensée pour croire qu'il serait volontaire. Aussi, la dernière chose quelle devait faire, c'était d'éliminer de vraies possibilités parce qu'elles ne soutenaient pas la comparaison avec lui d'une manière ou d'une autre.

D'ailleurs, il n'y avait pas la moindre raison pour que Gideon influence cette procédure !

Après se l'être répété un nombre incalculable de fois, elle reprit le premier classeur et recommença du début, déterminée à ce qu'aucune des caractéristiques de Gideon n'influe sur son jugement.

Mais sa volonté n'y suffit pas et elle atteignit la dernière page sans avoir retenu la moindre candidature.

C'est vraiment ridicule !

Car, malgré l'incroyable alchimie qu'il existait entre eux, elle ne se faisait aucune illusion. Il n'arrivait pas à dépasser le fait qu'elle était une Camden. Et, même si elle ignorerait sans doute toujours pourquoi, il avait été très clair sur son refus d'avoir des enfants.

Pas de Camden.

Pas d'enfants.

La philosophie de Gideon Thatcher résumée en deux mots.

Et personne ne changeait pour se plier aux désirs et aux besoins de quelqu'un d'autre. Même si c'était essentiel pour cette personne.

Vouloir que quelqu'un soit différent ne le rendait pas différent pour autant. Elle avait appris la leçon avec Reggie.

Et ce, même si elle regrettait qu'un homme qui s'occupe aussi bien des enfants refuse aussi obstinément d'en avoir. Elle ne pouvait pas le forcer à le vouloir, pas plus qu'elle n'était parvenue à obliger Reggie à arrêter de jouer.

Alors pourquoi le visage de Gideon ne cessait-il d'interférer avec la mission qu'elle devait accomplir aujourd'hui ?

Pourtant cela n'aurait pas dû la surprendre autant puisque son image avait été présente à son esprit quoi qu'elle fasse depuis une semaine.

On était mercredi, et elle n'avait pas eu de ses nouvelles depuis qu'il avait quitté sa maison, dimanche soir. Pourtant, il ne s'était pas passé une minute sans qu'elle pense à lui. Il n'y avait pas eu un seul coup de fil dont elle n'avait cru qu'il s'agisse de lui. Et jamais elle n'avait choisi une tenue sans espérer qu'il la verrait dedans, ni passer une seule nuit sans rêver de lui et de ses baisers. Elle fermait les yeux et elle tentait de revivre leur soirée, de sentir sa manière de la caresser quand elle l'avait désiré si fort au point d'en devenir insupportable.

Mais où tout cela la mènerait-il ? se demanda-t-elle, assise dans la minuscule pièce dépourvue de fenêtre.

Cela ne lui donnerait pas un bébé.

Et c'était ce qu'elle souhaitait par-dessus tout.

Tout comme le besoin de jouer chez Reggie et la volonté de mépriser les Camden chez Gideon n'allaient pas changer, son désir d'une famille non plus.

C'était ce qu'elle avait toujours voulu. Quelque chose pour lequel elle était prête à tout. Quelque chose sans lequel elle ne pourrait jamais être heureuse ou comblée.

Ce qui signifiait qu'elle ne pouvait laisser quoi que ce soit ou qui que ce soit l'en empêcher plus longtemps.

Tout en fixant le classeur, elle s'en voulut d'avoir laissé ce genre de pensées interférer avec un jour si important. Elle n'était pas parvenue à sélectionner un donneur et c'était entièrement sa faute.

Et elle se jura que cela ne se reproduirait pas.

Elle ne pouvait pas se décider à la va-vite pour faire un choix aussi important, maintenant que l'après-midi était presque terminé et qu'elle était enfin parvenue à recouvrer ses esprits. Elle avait perdu la journée, et toutes celles qui lui faudrait attendre pour obtenir un second rendez-vous. Mais elle reviendrait consulter les profils aussi vite qu'elle le pourrait avec des yeux frais et des pensées claires.

Et sans que Gideon soit un facteur à prendre en compte.

Car il ne l'était pas.

Il n'était qu'un type très, très mignon, qu'elle n'arrivait pas à s'empêcher de désirer malgré les obstacles qui les séparaient.

Des obstacles insurmontables pourtant.

Quoi qu'il arrive entre elle et Gideon, ce n'était qu'une passade qu'elle oublierait rapidement.

Elle n'avait pas le choix.

Et elle s'en remettrait d'autant plus facilement qu'elle ne supportait pas l'idée de ne jamais avoir de famille à elle.

Elle voulait un bébé et elle l'aurait avant que ce ne soit plus possible.

Elle ne s'en remettrait plus au destin comme elle l'avait déjà fait.

Donc, la prochaine fois qu'elle consulterait les classeurs, elle chercherait quelqu'un qui ait la même couleur d'yeux qu'elle, la même couleur de cheveux et ses caractéristiques.

Parce que ce serait son bébé !

Pourtant, quand elle se leva dans l'intention de reprendre un rendez-vous, elle savait que sa rencontre avec Gideon avait jeté une ombre sur son projet.

Et tout ce qu'elle pouvait espérer, c'était d'être assez forte pour parvenir à s'en libérer.

Après avoir quitté le cabinet de son médecin, Jani passa voir sa grand-mère. Elle voulait discuter avec elle de son idée de faire plus pour Gideon afin de compenser les torts que lui avait causés H.J. et de lui offrir de créer le design des nouveaux supermarchés Camden.

— D'après ce que j'ai compris, le groupe Thatcher s'occupe plus d'urbanisme que de construire un immeuble après l'autre, mais peut-être que notre chaîne est assez importante pour que notre offre l'intéresse ? Ce serait une bonne manière de lui offrir une réparation. Et je sais que tu tiens à ce que nous fassions le maximum possible. A part cela, je n'ai aucune autre idée. Sa vie semble être exactement celle qu'il souhaite. Son entreprise est prospère et il possède un loft magnifique. Et il est le seul membre de la famille Thatcher à être parvenu à renaître des cendres sous lesquelles H.J. les avait enterrés. Il n'y a donc plus personne d'autre à qui offrir réparation. De plus, je ne pense pas qu'il veuille nous fréquenter plus que cela. Il a accepté que nous financions le centre pour honorer Franklin et pour le bien de Lakeview, mais, dès que cela le concerne directement, il refuse toute association, conclut-elle en se disant qu'elle ferait bien de garder cela à l'esprit.

Pourtant, comme Gigi tenait vraiment à faire tout ce qui était possible, elle demanda à Jani de lui proposer de s'occuper de la chaîne des supermarchés. S'il refusait, ils considéreraient alors que le centre communautaire était sa compensation et ils passeraient à quelqu'un d'autre.

Elle déclina l'invitation de sa grand-mère à dîner et partit dépitée de ne pas avoir trouvé plus de prétextes pour revoir Gideon.

Quand elle arriva chez elle, elle se débarrassa de

ses vêtements de travail et se glissa dans un pyjama en flanelle rose et dans un T-shirt blanc à manches longues. Elle se brossa les cheveux et s'apprêtait à les nouer en queue-de-cheval quand on frappa à sa porte.

Elle n'attendait personne.

L'image de Gideon lui vint aussitôt à l'esprit, comme cela lui arrivait toutes les dix minutes depuis qu'ils s'étaient quittés et elle se précipita dans l'entrée en se traitant d'idiote.

Mais, même transportée par l'espoir, elle se souvint de son aventure avec Reggie et regarda par le judas avant d'ouvrir : pour la première fois en trois jours, ses espérances ne furent pas déçues. Gideon se tenait bel et bien debout, auréolé par la lumière du porche.

Son cœur bondit dans sa poitrine et son esprit se mit à tourner, tandis qu'elle se répétait de rester calme. Mais elle ne put s'empêcher de déverrouiller ses trois serrures à toute vitesse et de l'accueillir avec un sourire bien trop enthousiaste.

— Salut ! dit-elle en essayant de paraître surprise.

— Tu as le droit de me dire de partir et de cesser de t'embêter si tu le veux, déclara-t-il avec un sourire aussi large que le sien. Mais j'ai une pizza !

— Une pizza qui sent merveilleusement bon par-dessus le marché, répondit-elle comme si c'était cette odeur qui la rendait aussi accueillante. Je me demandais justement ce que j'allais faire à dîner.

— Je suis réputé pour mes timings parfaits, dit-il en levant un sourcil de manière terriblement exagérée.

Elle rit et s'écarta de la porte.

— Entre, je t'en prie. Mais comme tu peux le constater, je ne suis pas vraiment habillée pour recevoir, déclara-t-elle, néanmoins heureuse d'avoir enfilé ce T-shirt épais, car une fois encore elle ne portait pas de soutien-gorge.

— Je ne suis pas exactement un exemple d'élégance non plus. J'ai travaillé depuis mon appartement toute la journée et, quand je n'ai plus supporté l'idée d'être enfermé, j'ai décidé d'aller prendre un peu l'air et d'acheter une pizza à emporter. Mais ensuite j'ai détesté l'idée de rentrer chez moi pour manger seul et, comme je cherchais un moyen de te remercier, je me suis dit que je pourrais le faire avec une spécialité italienne. Elle vient de chez Kaos, sur l'avenue Pearl. Tu les as déjà essayées ?

— Je les adore ! s'exclama-t-elle en refermant la porte derrière lui.

Kaos était un minuscule restaurant éclectique qui faisait des pizzas avec une pâte particulièrement fine et craquante.

— Sauce aux tomates fraîches, mozzarella maison et aussi tout ce qui m'a semblé appétissant, dit-il en posant le carton. Tu as le droit de retirer ce que tu n'aimes pas.

— J'aime tout, répondit-elle en songeant que ce qu'elle aimait le plus, c'était lui, et qu'elle se sentait transportée par sa présence.

Il sourit devant son accueil enthousiaste.

— Je vais même participer en allant chercher du vin, reprit-elle en se rappelant la bouteille qu'elle avait achetée pour se faire un dernier plaisir avant d'être enceinte. Pourquoi n'apporterais-tu pas la pizza sur la table basse pendant que je vais chercher le vin ? Comme ça, nous pourrons nous installer confortablement et sans manière.

Elle courut plus qu'elle ne marcha jusque dans la cuisine, s'empara de la bouteille, des verres et des serviettes et revint juste à l'instant où Gideon retirait son blouson en cuir.

Il avait raison, il n'était pas habillé pour sortir. Il portait un vieux jean délavé qui montrait de nombreuses traces d'usure et un pull blanc à col V sur une sorte de T-shirt crème.

Elle se sentit soulagée de ne pas être la seule en tenue négligée, même s'il n'en était pas moins intimidant et attirant que d'habitude. Et, apparemment, il s'était donné la peine de se raser pour aller commander une pizza. Il avait aussi mis cette eau de Cologne qui l'envoûtait et qui lui donnait envie de se coller contre lui, de fermer les yeux et de respirer son odeur.

Mais elle parvint à se retenir.

Ils s'assirent par terre, chacun à un bout de la table basse, la boîte de pizza au centre. Puis Gideon ouvrit le couvercle, et Jani contempla la garniture décadente qu'il avait choisie.

— Ouaouh, je meurs de faim ! dit-elle.

Ils prirent tous les deux une part, mordirent la pointe et s'extasièrent sur les arômes et la fraîcheur des ingrédients. Puis ils parlèrent du vin quelques instants avant de profiter simplement de leur repas.

Gideon attendit d'avoir terminé pour reprendre la parole.

— Le journaliste du *Lakeview Monthly* m'a envoyé son article par mail. Apparemment tu lui as parlé, hier ?

— En effet.

— J'ai lu ce qu'il avait écrit et je tenais à te remercier. Tu as… Tu as vraiment blanchi la réputation de mon arrière-grand-père.

— Je n'ai dit que la vérité, répondit-elle entre deux bouchées.

— Plus que je ne l'avais espéré.

Elle n'en avait pas pour autant accablé son propre arrière-grand-père. Elle avait expliqué au journaliste que les raisons pour lesquelles le plan de développement de Lakeview n'avait jamais vu le jour n'avaient rien à voir avec Franklin Thatcher. Que cela avait été le résultat d'un conflit entre H.J. Camden et l'équipe qu'il avait formée pour suivre ce projet.

— Tu as dit quelque chose à propos de Franklin qui aurait été écrasé par les roues de la machine Camden, continua-t-il. Je ne pense pas que je voulais qu'il passe pour une victime, mais…

— Mais il en était une. Une victime qui a injustement dû porter le chapeau !

— Ce sur quoi tu as aussi insisté dans l'article, dit-il avant de réfléchir un instant. Je ne sais pas comment cela est possible, ça me semble même insensé, mais depuis que j'ai lu ce que tu avais dit, j'ai l'impression que le dossier est clos et qu'un immense poids a disparu de mes épaules.

Elle ne referma pas ses lèvres sur le morceau de pizza qu'elle tenait et le dévisagea.

— Mais ce n'était presque rien.

— Je ne peux pas l'expliquer. C'est juste que de voir ces mots, et savoir que tout le monde va les lire, imprimés noir sur blanc, sur internet, enfin partout. Ceux qui associent encore le nom de Franklin au mensonge et à la manipulation sauront que rien n'était fondé… C'est comme si mon arrière-grand-père avait finalement reçu le pardon du gouverneur. Et cela m'a soulagé bien plus profondément que je ne l'aurais cru.

Puis il leva son verre pour porter un toast.

— Merci, Jani.

— Ce n'est rien, répondit-elle doucement.

Tous les petits-enfants Camden étaient tombés d'accord avec Gigi quand la vieille dame avait dit qu'elle souhaitait faire amende honorable auprès de ceux à qui H.J. avait fait du tort dans ses affaires. Mais avant aujourd'hui, elle ne s'était pas vraiment rendu compte à quel point c'était important. Et gratifiant…

Mais ce qu'elle ressentait n'entrait pas en jeu. Elle devait accepter les remerciements de Gideon sans en faire toute une histoire. Aussi recommença-t-elle à s'extasier sur la qualité de la pizza, même si elle ne pouvait plus en avaler une bouchée.

Gideon déclara qu'il était lui aussi rassasié et après en avoir proposé une dernière part à Jani, il se leva pour jeter le carton et remplir une seconde fois leurs verres avant de regagner le salon.

Cette fois-ci, ils s'assirent face à face, au centre du canapé.

— Cette pizza était une merveille. J'ai horreur d'en commander quand je suis seule et je ne le fais quasiment jamais.

— Les tristes conséquences du célibat ! répondit-il d'un ton mélodramatique.

— C'est la seule chose qui te pèse ? plaisanta-t-elle en espérant que cela l'amènerait aussi à révéler un peu plus ses attentes. Ton divorce a donc fait de toi un célibataire endurci ?

— Non, répondit-il sans la moindre hésitation. J'adorerais me remarier.

— Vraiment ?

— Qu'est-ce qui te choque tant ? demanda-t-il, amusé.

— Je pensais que… Je ne sais pas, mais tu semblais tellement hostile à l'idée d'avoir des enfants. Et l'un va rarement sans l'autre.

— Peut-être mais cela n'a rien d'obligatoire. N'est-ce pas ce que prouvent tes propres choix ?

— Si, bien sûr, répondit-elle de plus en plus curieuse. Donc tu étais heureux d'être marié, mais pas d'avoir des enfants ?

Son rire lui sembla plus désabusé cette fois-ci.

— Si, j'ai aimé les deux.

— Tu me rends confuse. Tu adorais être marié et avoir un enfant, et tu voudrais te remarier, mais il est hors de question que tu aies d'autres enfants, c'est cela ?

— C'est un bon résumé.

— Alors, j'aurais besoin d'entendre l'histoire qui l'accompagne, dit-elle spontanément en regrettant aussitôt ses paroles. Mais si tu n'as pas envie d'en parler…

Il resta silencieux un instant, puis haussa les épaules.

— Je n'ai aucune raison de ne pas vouloir en parler, c'est juste que… Enfin, mon divorce n'est pas vraiment le moment le plus exaltant de mon existence.

— Pire que d'avoir deux armoires à glace dans ton salon en train de te menacer ?

Il étendit son bras pour caresser sa joue d'un air réconfortant.

— Il y a aussi quelqu'un qui s'est montré malhonnête avec moi, mais non, je n'ai jamais reçu de menaces physiques.

— Alors, raconte-moi, le pressa-t-elle.

Il hésita un instant et but une gorgée de vin avant de commencer son récit.

— J'ai retrouvé mon premier amour de lycée quand je suis allé à la réunion des anciens élèves. Elle venait tout juste de mettre fin à un mariage chaotique avec un pauvre type.

— Un pauvre type malhonnête ?

— Absolument, répondit-il en éclatant de rire. Dont elle avait divorcé une semaine avant la réunion. J'ai donc pensé que tout était terminé entre eux et que nous pouvions reprendre là où nous en étions restés avant de partir dans des universités différentes.

— Votre relation était déjà sérieuse à l'époque ?

— Oui, plutôt. Mais pas assez pour que je sacrifie mes études en me mariant à dix-huit ans. Je n'aurais jamais pris le risque de finir dans ce maudit bar comme mon père et mon grand-père. Quoi qu'il en soit, après que Shelly a quitté le Colorado pour rejoindre son université, nous sommes restés en contact quelque temps, mais tu sais comme ce genre de relation s'essouffle vite…

— Et dix ans plus tard, vous vous êtes retrouvés.

— Tout est allé très vite. C'est ce qui se passe quand on se connaît et qu'on tient déjà à l'autre. Tout est même allé si vite que nous étions déjà fiancés quand elle s'est aperçue qu'elle était enceinte de Trent.

— Oh !

— Oui, rien n'est jamais simple, n'est-ce pas ? dit-il d'un air sombre. Et son ex était un menteur et un coureur qui l'avait déjà quittée trois fois pour d'autres femmes. Alors, quand elle m'a affirmé qu'il n'y avait plus rien entre eux et que même un bébé ne la ferait pas changer d'avis, je l'ai crue. Et j'avais très envie d'être le père de cet enfant.

— Vraiment ?

— Oui. J'aimais réellement Shelly et ce bébé… Je ne sais plus. Cela faisait déjà un mois que nous vivions ensemble quand elle a réalisé que ce n'était pas à cause du stress qu'elle ratait des cycles. C'est ce qu'elle avait cru après avoir fait un test de grossesse qui s'était révélé négatif. Nous n'avons donc compris que tardivement qu'elle était enceinte et, du coup, j'avais presque l'impression que ce bébé était le mien. Alors je n'ai pas hésité…

Elle se sentit désolée de ne pas l'avoir rencontré quand il était encore dans cet état d'esprit.

— Et le père biologique ?

— Nous lui avons annoncé qu'elle était enceinte et montré le rapport du médecin prouvant qu'il s'agissait de son enfant. Mais il nous a répondu que cela ne le regardait pas et que c'était le problème de Shelly. Laquelle m'a juré que cela lui allait très bien. En fait, elle paraissait même soulagée de ne pas avoir à partager la garde ou à subir les visites de ce sale type. J'ai donc pensé que tout se finissait pour le mieux et nous nous sommes mariés. Shelly était enceinte de cinq mois quand nous sommes passés devant le maire. Le bébé et elle allaient être à moi pour toujours.

— Rien que de très simple en effet.

— C'est ce que j'ai cru. Et, quatre mois plus tard,

quand nous avons eu une petite fille, Jillie, mon bonheur était parfait.

Quelque chose dans son expression empêcha Jani de le croire complètement.

— Mais ce n'était pas le cas ?

— Non, pas vraiment. Comme je te l'ai dit, j'aimais être marié et être père…

Il s'interrompit et fixa la table basse, comme si une partie de lui-même revivait ces événements douloureux. Son si beau visage s'assombrit.

— Je n'avais jamais pensé à devenir père. Je suis un homme, alors les bébés, quel intérêt ? J'imaginais bien que je finirais par en avoir un jour, mais je n'avais pas réfléchi à ce que signifiait être père.

— Beaucoup de travail.

— C'est certain. Mais cela ne m'impressionnait pas particulièrement. Ce que je n'avais pas deviné, c'était ce que j'allais éprouver pour cette enfant.

Et de nouveau il fixa la table comme si son passé le rattrapait.

— Je l'ai immédiatement aimée, au-delà de tout ce que j'aurais cru possible, lui avoua-t-il. Quand elle se couchait avec le nez bouché, je me relevais au milieu de la nuit pour vérifier qu'elle n'était pas malade. Quand j'entendais aux informations que quelque chose de grave était arrivé à un enfant, je ne pouvais pas m'empêcher d'aller fermer la porte à double tour. Et je ne faisais jamais de projets pour le futur sans qu'elle en soit le centre et que je sois certain que c'était ce qu'il y aurait de mieux pour elle. Je lui ai même ouvert un compte épargne pour financer ses études quand elle avait six mois. Nous ne prenions nos vacances qu'à des endroits où elle pouvait nous accompagner, car je n'aurais pas supporté de partir sans elle. Je l'emmenais au square et je la surveillais comme si j'étais un père loup.

— Cela ressemble à l'idée que je me fais d'un père.

— Moi, je ne m'y étais pas attendu. Mais, effectivement, je vivais et je respirais bel et bien pour cet enfant.

Elle pouvait voir qu'il avait endossé son rôle de père avec tout l'amour dont il était capable et elle craignit de nouveau que quelque chose de terrible soit arrivé.

— Jillie avait trois ans quand l'ex de Shelly est réapparu. Il a dit qu'il avait changé d'avis et qu'il était incapable d'oublier qu'il avait un enfant. Puis il a juré à Shelly qu'il lui resterait toujours fidèle si elle lui donnait une autre chance, car il les voulait toutes les deux.

— Trois ans plus tard ? répéta-t-elle d'un air incrédule.

— Oui, moi aussi cela m'avait semblé bien trop ridicule pour que je m'en inquiète.

— Mais tu aurais dû ?

Le froncement de ses sourcils était déjà une réponse suffisante.

— Elle est partie le rejoindre, reprit-il d'un ton étrangement neutre. Elle m'a dit que c'était son devoir, que Jillie devait vivre avec son vrai père et que son ex et elle constituaient sa vraie famille. Mais, la vérité, c'était que ce type était une sorte de drogue pour elle. Comme l'alcoolisme de mon père ou l'addiction au jeu de ton ex.

— Et l'on ne peut pas se battre contre les démons des autres, constata-t-elle en se rappelant les paroles de Gideon quand elle lui avait raconté son histoire.

— Shelly n'arrêtait pas de pleurer et de s'excuser. Et

je sais qu'elle se sentait réellement coupable. Elle m'a dit qu'elle avait vraiment cru qu'elle s'était désintoxiquée et qu'elle pouvait vivre sans lui, mais…

— Mais qu'elle ne pouvait pas s'en empêcher, termina-t-elle en utilisant les mots que Reggie lui avait dits tant de fois.

— Quand elle est partie, elle a emmené Jillie.

C'était donc l'origine de sa peine, elle pouvait le voir dans chacun de ses gestes et dans chaque parole.

— Comme je n'étais pas le père biologique, je n'avais aucun droit. Cela ne faisait pas la moindre différence que j'aie été celui qui avait coupé son cordon, qui avait changé ses couches ou qui lui avait appris à tenir une cuillère. Cela ne comptait pas que je lui aie lu une histoire toutes ces maudites nuits avant qu'elle ne s'endorme…

— Le livre des ours, dit-elle à haute voix.

— Cela ne faisait aucune différence qu'elle soit à moi à quatre-vingt-dix-neuf pour cent. A cause de ce un pour cent qui faisait que, biologiquement, ce n'était pas ma fille, j'étais mis à la porte et Trent faisait sa grande entrée. C'était aussi facile que cela pour lui et sans que je puisse me battre ou opposer le moindre argument. Puis Shelly et Trent ont décidé d'aller s'installer en Arkansas et je n'ai plus jamais revu Jillie.

Cela expliquait enfin pourquoi il lui avait déclaré qu'il n'avait pas d'enfant, même s'il en avait eu un.

— Et cela m'a suffi, continua-t-il en essayant de prendre un ton plus léger. J'aimais Shelly, mais cela n'avait rien à voir avec ce que j'éprouvais pour Jillie. L'amour que nous portons à nos enfants est inconditionnel. Ils prennent notre cœur en otage d'une manière que je n'aurais jamais pu imaginer.

— Et tu ne veux plus ressentir cette émotion ? l'interrogea-t-elle en ayant du mal à croire qu'il puisse avoir autant aimé un enfant et ne pas en vouloir un autre.

— Quand un mariage se termine, c'est toujours dur. Cela fait mal, mais on sait que l'on s'en remettra un jour. En revanche, perdre un enfant que l'on a aimé, un enfant qui n'était que joie et bonheur ? Il n'y a aucune consolation possible.

— Mais pourquoi refuserais-tu d'avoir un enfant qui soit vraiment le tien ?

Il secoua la tête d'un air catégorique.

— Il n'y a aucun « mais » pour moi. J'ai vu tant de mes amis être arrachés à leurs enfants et devoir se contenter d'un droit de visite ou d'une relation à longue distance… Mon meilleur ami est justement en train d'affronter cela en ce moment, et, si tu penses qu'il s'en sort mieux que moi, tu fais erreur. Quels que soient ses droits, il est quand même en train de perdre son fils. Et je ne prendrai jamais le risque que cela puisse m'arriver de nouveau. Pas d'enfant signifie qu'on ne pourra plus m'arracher le cœur. Alors, oui, j'aimerais me remarier. Mais il ne sera plus question d'enfant. Jamais.

Et, de nouveau, il fut évident qu'ils avaient choisi de suivre des routes diamétralement opposées.

Mais, pour une raison étrange, ce ne fut pas la manière dont elle le ressentit. Surtout quand il repoussa une de ses mèches de cheveux et lui adressa un tendre sourire.

— Voilà, tu sais tout. Et au moins, cette fois-ci, tu

sais que cette ombre dans ma vie n'a rien à voir avec H.J., s'amusa-t-il.

Il essayait vraiment de prendre sur lui pour alléger l'atmosphère, et elle devait le soutenir. Aussi continua-t-elle la plaisanterie.

— En fait, c'est tout de même sa faute. Certes d'une manière détournée, mais, sans lui, tu n'aurais jamais été aussi déterminé à obtenir tes diplômes. Tu pourrais au moins lui accorder cela.

La réponse de Gideon fut très différente de celle qu'il lui aurait faite le jour de leur rencontre : cette fois-ci, il rit de bon cœur.

— Je te l'accorde, mais uniquement parce que tu as restauré la réputation de mon arrière-grand-père.

— Je n'ai dit que la vérité.

— D'accord, mais d'une manière détournée et pas très honorable, je veux bien admettre qu'H.J. ait participé à forger mon caractère.

— Cela me convient parfaitement, décréta-t-elle.

La tension créée par leur discussion sur son divorce commençait à s'estomper et, pendant quelques instants, ils restèrent silencieux, laissant leurs émotions s'apaiser.

Elle eut alors envie de remplir de nouveau leurs verres. Ils étaient si bien, assis l'un à côté de l'autre, et elle ne voulait pas prendre le risque de briser cette magie.

Mais, juste au moment où elle saisissait la bouteille, Gideon reprit :

— Je devrais sans doute y aller et te laisser retourner à ce que tu avais prévu pour ta soirée.

Et elle qui avait eu peur de rompre le charme…

— Ou nous pourrions boire un autre verre de vin…

— Nous pourrions, répondit-il comme si cela ne l'intéressait pas le moins du monde.

Car ce qui semblait attirer son attention se trouvait apparemment au fond de ses yeux à elle. Et quand il caressa sa joue du bout de l'index avec une légèreté si exquise, elle n'osa plus parler de peur qu'il cesse.

— J'étais passé ce soir pour te remercier pour l'article, mais… J'avais aussi vraiment besoin de te voir.

— Il y a un problème avec le centre communautaire ?

— Non, c'est moi qui ai un problème. Je ne pouvais simplement pas tenir plus longtemps. J'ai l'impression que des mois ont passé depuis dimanche dernier et je n'arrive plus à me concentrer sur mon travail. Je n'arrive plus à dormir, je… Je pense à toi tout le temps.

— Je comprends, soupira-t-elle. Tu me poses le même problème.

Elle fut incapable de deviner si cet aveu avait fait plaisir à Gideon et elle s'en moquait. Elle était bien trop occupée à le regarder et à plonger au fond de ses yeux d'un vert presque incandescent.

Et, à cet instant, il se passa quelque chose entre eux de si évident et de si irrésistible qu'elle décida de cesser de lutter.

Alors, quand il se rapprocha, elle fit de même.

Et, quand il l'embrassa, elle lui rendit son baiser avec toute la passion qu'elle ressentait, car il était indéniable qu'ils étaient destinés à…

Leur baiser s'enflamma aussitôt quand elle entrouvrit ses lèvres et que la langue de Gideon commença à caresser la sienne.

Il prit son visage entre ses paumes, la caressant tout en continuant à l'embrasser, ce dont elle s'aperçut à peine, tant elle était occupée à laisser ses propres mains explorer les muscles durs de son torse.

Sans retenir sa sensualité.

Elle savait qu'il y avait une sorte de folie dans tout cela. Elle le comprit quand son désir redevint en un instant aussi intense qu'il l'avait été dimanche soir. Elle le sentait dans la tension de sa poitrine et dans son envie presque insupportable de sentir enfin sa peau nue contre la sienne.

Mais elle n'y attachait plus d'importance. Peut-être que ces trois jours de frustration et de manque lui avaient fait perdre sa prudence. Peu importait, elle était si heureuse d'être avec lui, qu'il l'embrasse de nouveau comme seul il savait le faire que plus rien d'autre n'importait.

Elle se rappela vaguement la manière dont elle l'avait repoussé la dernière fois, quand elle avait pensé que ces moments fugitifs étaient les seuls qu'ils pourraient jamais se permettre. Et, que si rien d'autre n'était possible, alors elle devait tout arrêter pour ne pas se mettre en danger. Mais désormais, tandis qu'elle lui rendait ses baisers avec une légèreté dont elle ne se serait pas crue capable, elle sut que c'était sans doute sa dernière occasion de vivre encore des moments de passion avant d'être enceinte et de devenir une mère célibataire.

Quoi qu'il se passe entre eux ce soir, c'était son unique chance de se sentir libre et désirée.

Et elle était avec Gideon, sans doute pour cette seule fois.

Avec cet homme qu'elle voulait plus que tout autre.

Cela semblait bien plus fou de le refuser.

Et elle ne le ferait pas, elle se donnerait à lui.

Elle le devait. Et même s'ils ne faisaient encore que s'embrasser, elle avait décidé d'aller jusqu'au bout…

Alors elle laissa glisser les mains jusqu'à l'ourlet de son pull et commença à lui enlever.

Mais il cessa aussitôt de l'embrasser.

— Tu…, dit-il avec un regard perplexe et interrogatif.

Elle rit puis sourit.

— J'ai pensé que tu aurais… chaud.

— J'ai chaud, c'est le moins qu'on puisse dire, répondit-il avec un rire si tendu qu'elle comprit immédiatement qu'il ne parlait pas de température. Mais n'était-ce pas toi qui affirmais que nous ne devions pas ?

— Peut-être que maintenant nous pouvons, lui chuchota-t-elle au creux de l'oreille.

— Peut-être ?

Elle prit à peine le temps de lui sourire avant de recommencer à l'embrasser et de prendre les choses en main.

Mais il ne la laissa faire que quelques instants avant de lui agripper les épaules et de la tenir à distance.

— Pas de peut-être ! Soit nous pouvons, soit pas !

— Alors, moi je peux, lui dit-elle d'un air malicieux qui le fit éclater de rire avant que son visage ne devienne bien plus sérieux.

— Oh ! fais-moi confiance, je peux aussi. Je veux juste m'assurer que tu ne changeras pas d'avis à la dernière minute. Ou que tu me détesteras demain matin…

— Je ne changerai pas d'avis et je ne peux pas imaginer te détester un jour.

Il la fixa longuement et elle comprit qu'une partie

de lui ne pouvait pas s'empêcher de se demander si elle lui tendait un piège.

Puis il lui sourit, et poussa un grognement sauvage avant de l'attirer à lui pour lui donner le plus torride des baisers.

La tension ne cessait pas de monter, et quels que soient les obstacles ayant existé entre eux, ils avaient définitivement disparu. La seule pause qu'ils s'accordèrent, ce fut quand elle termina de lui ôter son pull et son T-shirt, puis il recommença aussitôt à la couvrir de baisers.

Et quand elle posa les paumes sur sa peau chaude, elle perdit conscience de tout ce qui les entourait et s'abandonna complètement aux sensations qui remontaient le long de ses bras. Au grain de sa peau nue, à la rondeur de ses biceps, à la largeur incroyable de ses épaules et de son dos où elle laissait courir ses mains.

Il avait des muscles à tous les endroits requis. Et quand elle entreprit de caresser ses pectoraux, ses tétons devinrent aussi durs que les siens.

Qui étaient dressés et cherchaient ses caresses.

Pourtant, il prenait tout son temps, la couvrant de baisers et la serrant dans ses bras qui auraient pu facilement l'écraser, mais l'enlaçait pourtant d'une douce chaleur, laissant ses seins désespérer d'impatience et de frustration.

Il n'allait toujours pas plus loin. En tout cas pas là où elle s'y attendait.

Alors elle pensa prendre sa main pour la placer d'autorité sur sa poitrine, mais il arrêta de l'embrasser et entreprit au même instant de lui ôter son T-shirt.

Et il la surprit soudain. Car il interrompit son geste

alors que ses poignets étaient toujours prisonniers de ses manches bien au-dessus de sa tête, et recommença à l'embrasser. Sauf que, cette fois-ci, ce fut sur la pointe de ses seins que se posèrent ses lèvres. Il les lécha, les titilla avant d'en prendre un téton entièrement dans sa bouche alors qu'elle parvenait enfin à se libérer de son T-shirt.

Elle ne put pas s'empêcher de gémir doucement, laissant ses bras explorer de nouveau la douceur de sa peau. Puis sa langue suivit les contours de sa poitrine et remonta vers les pointes pour les agacer de ses dents et elle eut l'impression qu'une myriade d'étincelles explosait à la surface de son corps.

Etendue sur le canapé, elle était incapable de se rappeler comment elle s'était retrouvée dans cette position. Mais Gideon se tenait au-dessus d'elle, son corps pesant sur le sien, ce qui lui donna encore plus envie de lui.

Si urgemment qu'elle se dit qu'ils ne devraient plus attendre, qu'ils devraient éteindre les lumières… Elle n'aurait alors plus rien d'autre à faire que frémir et s'abandonner aux délices qu'il lui infligeait.

Il se redressa sur ses genoux et elle se dit que, finalement, ce n'était pas si mal que les lumières soient restées allumées. Elle pouvait en effet voir son torse nu au-dessus d'elle pour la première fois. Et ce fut encore plus impressionnant que quand elle l'avait découvert avec ses mains. Musclé et ciselé, son corps était une œuvre d'art.

Malheureusement encore voilée en partie. Elle allait devoir y remédier au plus vite.

Sans cesser de le manger des yeux un instant, elle

défit le bouton de son jean et n'hésita pas une seconde à descendre la fermeture Eclair qui menaçait de toute façon d'exploser.

Mais il se leva avant qu'elle ait pu aller plus loin et éteignit l'une des deux lampes, baignant ainsi la pièce dans une lumière bien plus intime, qu'elle apprécia.

Il prit son portefeuille dans la poche arrière de son pantalon et en sortit un préservatif dont la vue lui fit ressentir une seconde de déception.

Mais avoir un enfant n'était pas exactement leur préoccupation principale, pour le moment. Chassant aussitôt cette pensée, elle continua à profiter du spectacle qu'il lui offrait en ôtant son jean et ce qu'il portait en dessous.

Ouaouuh !

Son corps était définitivement une œuvre d'art.

En tout point.

Une icône parfaite de la beauté masculine à l'âge de la force.

Il revint sur le canapé et reprit sa position, un genou de chaque côté de ses hanches, avant de lui ôter ce qu'il lui restait de vêtements.

Et constater le désir immense qui brûlait dans ses yeux la fit presque rougir avant qu'il ne grogne de satisfaction et ne s'étende sur elle.

Il l'embrassa de nouveau, doucement mais avec une intensité incroyable. Sa passion était décuplée par ce que ses mains immenses faisaient à ses seins et un désir d'une force jamais éprouvée la submergea.

Elle se tourna très légèrement, inséra l'un de ses genoux entre les siens et remonta doucement avant d'enserrer sa virilité entre ses cuisses, le faisant gémir et accentuer ses caresses sur ses seins.

Leurs coups de langues devinrent frénétiques et il abandonna ses lèvres pour laisser sa bouche glisser de plus en plus bas. Elle se cabra involontairement quand il frôla ses seins. Il les avait tant comblés de plaisir qu'ils semblaient reliés au cœur de sa féminité si bien qu'elle pourrait fort atteindre la jouissance plus tôt qu'elle n'était supposée le faire.

Mais il s'arrêta tout à coup et se leva pour prendre le préservatif. Et, quand il revint, il la retourna sur le dos, se glissa entre ses cuisses et entra en elle d'un seul et long coup de reins.

Immense et dur, il la remplissait d'une manière si parfaite et incroyable qu'elle se demanda s'il n'avait pas été créé pour elle. Et quand il commença son va-et-vient, elle accompagna aussitôt chacun de ses mouvements avec un tel naturel que, de nouveau, elle se dit qu'ils avaient toujours été destinés à faire l'amour.

Elle n'avait plus conscience que de leurs deux corps, de ce qu'il lui faisait et elle chevauchait les vagues, les mains agrippées à son dos. C'était une torture divine quand il se retirait et un plaisir chaque fois plus intense quand il entrait de nouveau.

De plus en plus fort.

Elle sentait que quelque chose en elle, impossible à maîtriser, était en train de gagner du pouvoir et qu'elle était au bord d'un précipice inconnu. Et elle perdit la capacité de respirer comme si tout son être venait d'imploser, l'obligeant à se cambrer et à se figer en silence jusqu'à ce qu'un gémissement s'échappe de ses lèvres et que ses poumons se remettent à fonctionner.

Elle s'accrocha alors à lui, tandis que son corps se remettait à peine de l'orgasme inouï qu'elle venait de vivre. Puis elle sentit qu'il plongeait en elle encore plus profondément qu'elle ne l'aurait cru possible.

Il tendit ses avant-bras, se cambra à son tour et resta tétanisé tandis qu'elle ressentait à l'intérieur de son corps les vibrations qui l'emportaient à son tour vers les cimes du plaisir.

Elle s'allongea contre lui, épuisée et se sentant merveilleusement bien. Et quand il reprit ses esprits, quelques secondes plus tard, il se coucha sur elle et l'embrassa d'une manière qui semblait les unir complètement. Puis, tout à coup, il la prit par la taille et roula sur lui-même de manière à ce qu'elle le chevauche. Leurs corps étaient toujours imbriqués l'un dans l'autre.

Alors elle se pencha et nicha naturellement son visage au creux de son cou avant de descendre pour se reposer sur son torse. Elle entendit les battements saccadés de son cœur et ses bras puissants se refermèrent sur elle avant de l'enlacer tendrement.

— Ouaouh ! murmura-t-elle plus pour elle qu'à l'intention de Gideon.

— Je n'avais jamais rien ressenti d'aussi fort, ajouta-t-il.

Il avait l'air si troublé qu'elle s'inquiéta.

— Ce n'était pas bien ?

Il éclata de rire.

— Pas bien ? Tu veux rire ! Pourquoi cette question ? C'était le cas pour toi ?

Maintenant c'était lui qui était inquiet et elle ne put s'empêcher de rire légèrement.

— Non ! répondit-elle sans hésitation. Moi non plus, je n'avais jamais rien ressenti de pareil. Tu ne crois pas que c'est un coup de chance extraordinaire, et qu'en réalité aucun de nous deux n'avait jamais complètement fait l'amour auparavant ?

Un sourire se dessina sur le visage de Gideon.

— Peut-être. Mais j'ai peur à la perspective de ne plus jamais pouvoir le ressentir de nouveau.

Elle n'y avait pas pensé.

— Je ferais sans doute mieux de rester encore un peu pour vérifier, suggéra-t-il.

S'il mettait son projet à exécution, elle n'aurait pas à se contenter de cette unique fois. Elle aurait toute une nuit…

Elle parvint toutefois à cacher partiellement son bonheur.

— Oui, tu devrais peut-être, répondit-elle calmement. Mais uniquement au nom de la science.

Il se redressa et embrassa son front.

— Au nom de la science, alors ! répondit-il.

— Absolument, confirma-t-elle en le sentant durcir de nouveau en elle.

Il roula sur le côté de manière à lui faire face, la coinçant entre son torse et les coussins du canapé.

— Même si tu dois te priver de sommeil ? lui demanda-t-il en la couvrant de baisers légers.

— Il faut savoir faire des sacrifices.

Il posa alors une main sur son sein et creusa les reins avant de la regarder au fond des yeux.

— Oui, nous devrions sans doute faire un dernier

sacrifice, avant que tu ne me montres où se trouve la chambre dans cette maison.

Elle faillit répondre « déjà ? », mais la bouche de Gideon prit possession de la sienne et parler ne lui sembla plus nécessaire.

- 10 -

Jani aurait mieux fait de passer toute la journée du mardi au lit avec Gideon. Ils avaient tous deux été tentés de le faire. Et puisqu'elle n'était pas parvenue à accomplir le moindre travail alors que l'après-midi touchait à sa fin, elle se maudit d'avoir répondu à l'appel du devoir.

Après une nuit entière où elle n'avait fait que somnoler entre les rares instants où ils ne faisaient pas l'amour, et Gideon qui n'avait quitté son appartement qu'à 9 h 30, elle n'était pas arrivée à son bureau avant 11 heures. Où elle avait été totalement incapable de se concentrer sur quoi que ce soit à part lui et la nuit qu'ils venaient de passer.

Et, désormais, elle pensait qu'elle ne pourrait pas supporter que ce soit la seule nuit qu'ils puissent réellement partager.

Elle n'avait cessé de se répéter que faire l'amour avec Gideon était supposé être une sorte de baroud d'honneur. Quelques instants de plaisir volés à la vie avant qu'elle ne tombe enceinte et devienne une mère célibataire. Un souvenir qu'elle pourrait conserver à jamais.

Mais ce n'était pas supposé être davantage.

Pourtant, aujourd'hui, elle n'arrivait pas à l'accepter.

Les sentiments qu'elle éprouvait pour Gideon l'en rendaient incapable.

Elle ne voulait pas mettre de mots sur ce qu'elle ressentait, mais au fond d'elle-même elle savait parfaitement ce qui lui arrivait. Et elle savait aussi que ses sentiments étaient bien plus forts que ceux qu'elle avait éprouvés pour Reggie.

Elle voulait cet homme.

Elle voulait cet homme et tout le reste aussi : une longue vie de bonheur à ses côtés, des enfants de lui, faire l'amour avec lui chaque nuit, voir son visage en se réveillant chaque matin et vieillir avec lui.

Elle voulait que ce soit lui au point d'en redouter son rendez-vous de vendredi à la clinique où elle était supposée arrêter son choix sur le donneur.

Car elle savait qu'il n'y avait personne dans ces classeurs dont elle aurait voulu pour être le père de son bébé. Elle voulait que ce soit lui. Maintenant qu'ils s'étaient rencontrés et qu'ils avaient appris à se connaître, elle n'arrivait plus à imaginer se faire inséminer et vivre uniquement avec son enfant.

Pourtant, il y avait une petite voix dans sa tête qui lui répétait qu'elle allait tomber dans le piège qu'elle s'était juré d'éviter. Avoir un enfant seule était la solution pour que son plus grand espoir ne repose pas sur la bonne volonté d'un homme. Le seul chemin certain pour obtenir ce qu'elle souhaitait le plus au monde avant qu'il ne soit trop tard.

Mais cette voix n'était pas assez forte pour contrer les pensées qui accaparaient son esprit.

Gideon était un homme tellement meilleur que ne l'avait été Reggie. Il était honnête, intègre, loyal, doté d'une forte confiance en lui ainsi que d'un vrai sens des responsabilités. Il était intelligent, ambitieux et fidèle à ses valeurs.

Et si cela n'avait pas été suffisant, il était aussi drôle et incroyablement séduisant. Jamais elle ne s'était sentie liée à quelqu'un d'une manière aussi absolue que cela lui était arrivé avec Gideon, dans et en dehors d'un lit.

Ils étaient parfaitement bien ensemble. C'était en tout cas ce que lui répétait la voix la plus forte qui la hantait. Il était exactement le genre d'hommes avec qui elle aurait voulu un enfant. Et, tout à coup, son rêve secret qu'il puisse y avoir une chance pour eux de construire un futur commun devint un besoin si évident qu'elle sut qu'elle allait faire tout ce qu'elle pouvait pour la saisir.

Est-ce que je ne suis pas désespérément stupide et naïve ? D'abord Reggie et ses problèmes de jeu et maintenant Gideon qui déteste les Camden et ne veut plus d'enfant.

Car elle devait bien admettre qu'entretenir l'espoir de former un jour un couple avec Gideon était désespérément stupide et naïf. Ridiculement, irréellement stupide, même.

Parce que souhaiter que quelqu'un soit différent, espérer qu'il change, essayer de l'influencer pour qu'il devienne un autre, comme elle avait tenté de le faire avec Reggie, ne fonctionnait jamais. Dieu sait qu'elle avait appris la leçon.

Et pourtant…

Cette voix si forte s'obstinait à lui dire que le besoin

de jouer de Reggie était une addiction, une compulsion irrépressible. Une vraie partie de son identité et du personnage qu'il s'était composé. Et que cela n'avait rien à voir avec ce qui se passait pour Gideon.

Son ressentiment envers les Camden était profondément ancré au fond de lui-même, mais ce n'était pas une partie intrinsèque de sa personnalité ou de son caractère. Sa famille et lui détestaient les Camden uniquement à cause des forfaits de H.J. Et c'était quelque chose qui avait une forte influence sur lui.

Mais peut-être que, désormais, elle aussi.

Car elle ne s'était pas contentée de faire amende honorable en finançant le centre communautaire, il avait dit lui-même que la manière dont elle avait dédouané son arrière-grand-père du scandale de Lakeview lui avait ôté un poids des épaules. Et qu'il l'en remerciait.

Ce n'était sans doute pas un pardon total, mais cela l'avait au moins mis sur la voie de la guérison des blessures qui se dressaient entre eux.

C'était très différent du problème de jeu de Reggie qui ne pouvait pas être guéri.

Et même si elle se faisait peut-être des illusions, il lui semblait que le refus de Gideon d'avoir d'autres enfants n'était pas forcément définitif non plus.

Il avait beaucoup souffert qu'on l'arrache à cette petite fille qu'il pensait être la sienne. Et il avait juré de ne plus jamais se mettre en position de vulnérabilité.

Mais un homme comme lui, qui avait la capacité d'offrir tant d'amour à un enfant, qui serait un père si merveilleux et lui avait dit lui-même qu'il avait adoré l'être, était précisément le type d'homme qui devrait avoir des enfants.

Elle espérait qu'il en viendrait un jour à cette conclusion. Et que, quand cette unique et terrible blessure aurait eu le temps de se refermer, il souhaiterait de nouveau connaître ce bonheur.

Elle en était vraiment venue à penser que ce n'était qu'une question de temps.

Or, de temps, elle n'en avait pas.

Mais peut-être que si elle parvenait à lui parler, à le raisonner, à le…

Réparer ?

D'accord, la voix de la raison reprenait un peu le dessus. Car ce qu'elle était en train d'imaginer, c'était de recommencer à vouloir changer quelqu'un comme elle l'avait essayé avec Reggie. Or il n'y avait rien à réparer chez Gideon, elle devait juste s'attaquer aux problèmes qui les séparaient.

Et elle avait conscience que, si elle ne trouvait pas de solution pour abattre ces obstacles, alors elle n'obtiendrait jamais ce qu'elle voulait. Elle allait se retrouver dans cette minuscule pièce sans lumière à devoir choisir un père pour le bébé qu'elle aurait dû avoir avec Gideon.

Et élever avec Gideon.

Alors elle sut qu'elle devait aller le trouver et jouer cartes sur table.

Elle devait prendre ce risque.

Elle le devait car elle imaginait parfaitement la vie incroyable qu'ils mèneraient ensemble.

Les enfants si beaux qu'ils pourraient avoir.

Et c'étaient ces enfants-là qu'elle voulait et de cette manière-là, en partageant chaque moment avec Gideon.

Elle ne pouvait pas laisser une chance pareille lui filer entre les doigts sans rien tenter.

— Jani ?

Gideon fut stupéfait de la trouver endormie devant sa porte quand il rentra chez lui à 20 heures.

Apparemment, il n'avait pas parlé assez fort pour la réveiller car elle continuait à dormir à poings fermés.

Et il resta silencieux, debout, à la regarder.

Dieu, qu'elle était belle !

Ses cheveux sombres entouraient la peau d'albâtre de son visage qui avait dû être créé par un sculpteur de génie. Elle avait enlevé son manteau, et la petite robe en laine bleue qu'elle portait soulignait les formes de ce corps que ses mains réclamaient.

Son manteau était plié sur ses genoux, mais cela ne l'empêchait pas de voir ses jambes et il n'y avait aucun doute, c'étaient les plus belles qu'il ait jamais vues. Longues, minces avec des chevilles fines et délicates au-dessus de ses hauts talons qu'elle portait comme aucune autre femme.

Après une journée d'absolue confusion, il n'avait pourtant plus qu'une envie : la prendre dans ses bras et la porter jusqu'à son lit afin de recommencer la nuit qu'ils venaient de passer.

Mais il s'était tellement torturé à son sujet qu'il s'en sentit incapable. Alors il s'accroupit et, après avoir repoussé les mèches qui cachaient son visage, il l'appela d'une voix plus ferme.

— Jani ?

Elle tressaillit légèrement, ouvrit les yeux et se redressa.

Il pouvait lire dans ses magnifiques yeux bleus à quel point elle était désorientée et semblait totalement ignorer où elle se trouvait. Mais après quelques secondes d'égarement, le regard de Jani se fixa sur lui et elle lui fit un sourire un peu endormi qu'il avait déjà contemplé de nombreuses fois la nuit dernière. Un sourire suffisant pour le rendre fou de désir en un instant.

Mais il résista et resta immobile.

— Salut, dit-il.

— Quelle heure est-il ? demanda-t-elle.

— Dans les environs de 20 heures.

— Tu as travaillé tard.

— J'ai surtout commencé tard, lui rappela-t-il sans pouvoir s'empêcher de sourire.

— Moi aussi, répondit-elle avec la même étincelle amusée au fond des yeux. Mais j'étais bien trop déconcentrée pour avancer dans mes tâches, alors je suis partie à la même heure que d'habitude.

Il recula et lui tendit la main pour l'aider à se relever, essayant de ne pas noter à quel point sa peau était douce, à quel point sa main semblait fragile et délicate dans la sienne et à quel point il aimait la toucher. Mais il n'y parvint pas.

Alors, dès qu'elle fut debout, il lâcha sa main et se tourna pour déverrouiller sa porte.

— Déconcentrée, vraiment ? dit-il en l'invitant à entrer.

Et même s'il avait passé la journée à se torturer à propos de ce qui était déjà arrivé et dont il savait que cela ne devait pas se reproduire, il était déjà en train de chercher une excuse pour pouvoir passer une autre nuit avec elle.

Il commença pourtant à en douter dès qu'elle prit la parole.

— Comme je n'arrivais pas à travailler, j'ai beaucoup réfléchi à nous deux et il faut que je te parle.

Il ôta son manteau et le plia sur une chaise. Puis il vint s'écrouler sur le canapé. Il ne voulait pas paraître si nonchalant, mais la vérité, c'était qu'il voulait s'ancrer quelque part afin de ne pas sauter sur Jani pour l'embrasser.

Elle se tenait toujours debout devant la porte d'entrée qu'il avait refermée derrière eux. Il voyait bien qu'elle aussi essayait de garder ses distances et il se dit que ce n'était pas de bon augure.

— Eh bien, de quoi voulais-tu parler ?

— Je…, dit-elle avant de s'interrompre comme si elle n'avait pas envie de prononcer ces mots. La nuit dernière a été très importante pour moi. En fait, tout ce qui te concerne depuis notre rencontre est très important pour moi.

Il n'était pas sûr de ce que cela signifiait, mais il n'eut pas à s'en inquiéter longtemps, car elle continua à lui parler de ses sentiments, de son souhait d'avoir un futur avec lui. Et aussi qu'elle voulait porter son enfant…

— Je sais ce que tu ressens, ajouta-t-elle quand elle eut terminé.

Sans doute avait-elle utilisé cette expression parce que son visage à lui devait refléter le signal d'alarme qui avait fait vibrer son corps à ces mots.

Pourtant elle fit un pas en avant, comme si cela ne l'effrayait pas.

— Je sais que tu as l'impression de trahir les tiens en nous fréquentant, ma famille et moi. Et je comprends que ton désespoir quand on t'a repris cette petite fille est encore trop récent pour que tu envisages d'avoir d'autres enfants. Mais si tu pouvais juste faire abstraction de tout cela un instant et te concentrer sur ce que nous partageons… Je crois que nous avons trop à partager pour laisser quoi que ce soit nous arrêter.

— Jani…

— Je sais, l'interrompit-elle. Cela t'a choqué de te « réveiller au lit avec une Camden »…

Il lui avait dit cela sur le ton de la plaisanterie. Mais cette blague n'en cachait pas moins une réelle culpabilité.

— Je sais que tout cela est compliqué, continua-t-elle. Et j'ai conscience que tu n'aurais sans doute jamais souhaité devenir un jour un membre de notre famille. Or je ne peux pas te promettre de renoncer à eux ou de leur tourner le dos. Je me rends bien compte que ce que je te demande, c'est…

— De passer du côté obscur de la Force ? demanda-t-il facétieusement.

— Oui, j'ai compris que c'était ce que tu avais toujours pensé de nous. Mais tu as vu par toi-même qui nous sommes désormais. Et tu sais à quel point nous regrettons ce qui est arrivé à ta famille à cause de H.J. et que nous faisons tout notre possible pour nous rattraper. D'ailleurs, Gigi m'a demandé de te proposer de t'occuper du design et de la construction de nos nouveaux supermarchés, si cela t'intéresse… Même si ce n'est pas pour cela que je suis venue ce soir.

— Tu es venue me parler de choses qui te dépassent, répondit-il.

Même s'il mourait d'envie de la prendre dans ses bras et de dire « oui » à tout ce qu'elle demandait, il sentait aussi que des poids le retenaient et l'empêchaient d'aller de l'avant.

— Je ne crois pas, Gideon, insista-t-elle. Pas de Camden, pas d'enfant. Je suis sûre que tu penses que ces deux règles sont gravées dans le marbre et que ce sont des lois incontournables. Mais, moi, je crois que ce sont les défenses que tu as construites pour ne plus avoir à revivre les mêmes blessures, les anciennes comme les plus récentes. La nuit dernière, tu m'as dit que tu avais l'impression qu'un poids avait disparu de tes épaules parce que j'avais rendu son honneur à ton arrière-grand-père. Et cela me fait penser que tu es sur le chemin de la guérison.

— Cela m'a aidé, admit-il.

— Et, bientôt, le centre communautaire sera érigé au nom de Franklin. Tu pourras le regarder sans penser que tu es un traître, mais celui qui a obtenu justice pour les Thatcher.

— Obtenu justice ? ne put-il s'empêcher de répéter, choqué. Rien de ce que nous pourrons faire désormais ne rendra jamais une vie décente à mon arrière-grand-père, à mon grand-père et à mon père.

— Mais dois-tu leur sacrifier la tienne pour autant ? Tu ne peux vraiment pas laisser le passé derrière toi ?

— Je ne sais pas, répondit-il honnêtement.

— Alors tu pourrais être celui qui nous pardonne en leur nom, suggéra-t-elle. Ce n'est pas parce que ton arrière-grand-père n'a pas pu, ni ton père ni ton grand-père, que toi, tu ne peux pas le faire…

— Ce n'est pas à moi de pardonner pour ce qu'ils ont subi.

— Mais tu pourrais pardonner pour les conséquences qui t'ont rattrapé, toi aussi. Tu pourrais faire abstraction du passé, insista-t-elle d'une voix si sincère qu'elle lui brisa le cœur.

Rien n'avait changé cependant. Et même si elle avait allégé son fardeau, il n'imaginait pas pouvoir passer définitivement du côté de l'ennemi. Sans parler du problème des enfants…

Et celui-là ne concernait que lui.

— Et pour ce qui est des enfants, reprit-elle comme si elle pouvait lire dans ses pensées, j'ai vu dans tes yeux l'horreur de ce que tu avais subi quand on t'a enlevé ta fille. Et je sais que ce doit être récent, puisque tu as acheté ce loft il y a six mois.

— Cela fait à peu près un an.

— Et cela n'a pas suffi pour que tu te remettes de quelque chose d'aussi douloureux. Alors je comprends que tu veuilles être certain de ne jamais avoir à revivre des moments aussi abominables, mais…

Elle continua à parler de son don pour s'occuper des enfants et d'un tas d'autres choses qu'il n'entendit pas, car ses pensées étaient accaparées par des images de Jillie, par sa douleur, par sa frustration, et par son sentiment d'impuissance de ne pas avoir pu empêcher Shelly de l'emporter loin de lui.

Il pensait à toutes ces journées vides et aux nuits affreuses qui s'en étaient suivies.

A toutes ces fois où il avait cru entendre Jillie en train de jouer dans sa chambre avant d'avoir l'impression de prendre un coup de bâton sur la tête quand il se rendait compte que c'était impossible.

A toutes les inquiétudes qu'il avait encore de ne pas savoir si l'on s'occupait d'elle comme elle le méritait, si elle était heureuse ou triste. Si elle pleurait après lui ou le réclamait alors qu'il ne pouvait plus être là.

Et tandis que Jani continuait de lui expliquer qu'elle savait qu'un jour il voudrait de nouveau des enfants, il ne put s'empêcher de penser qu'il s'agirait d'un enfant à moitié Camden. Et que, même si contrairement à Jillie, celui-là lui appartiendrait à moitié, la fortune et le pouvoir des Camden mettraient Jani en position d'obtenir la garde et de disparaître avec son bébé comme l'avait fait Shelly.

D'une façon ou d'une autre, il serait toujours perdant.

Et il ne le supporterait pas une seconde fois.

— Arrête, Jani. S'il te plaît, arrête !

— Non, je refuse, protesta-t-elle.

— Si tu crois que cela ne me déchire pas en deux, tu te trompes, protesta-t-il tandis que son émotion le submergeait. Mais je ne peux pas, Jani. Même si nous parvenions à mettre de côté l'histoire de nos deux familles, je ne voudrais jamais, vraiment jamais avoir un autre enfant. Et cela te briserait le cœur.

Alors, elle s'arrêta. Complètement. Elle restait devant lui, immobile, en le dévisageant. Elle était si belle qu'il avait du mal à en croire ses yeux. Et il pouvait voir qu'il l'avait réduite en miettes, même si elle essayait de ne pas le montrer.

— Je suis donc juste une imbécile d'avoir cru qu'il y avait plus entre nous que ce qu'il existe réellement ?

Il eut peur de comprendre ce à quoi elle pensait.

— Non, répondit-il sans hésiter. Il y a beaucoup. Et je n'ai pas fait l'amour avec toi pour me venger ou quelque chose d'aussi minable. Je ressens la même chose que ce que tu dis éprouver pour moi. Je… Je suis fou de toi. Et je n'ai jamais rien fait de plus difficile que de m'empêcher de te prendre dans mes bras en ce moment. Mais…

— Mais rien ! Rien ne peut avoir de l'importance par rapport à cela.

— Peut-être que ce n'est rien pour toi, mais pas pour moi, répondit-il en secouant la tête.

Sa voix était rauque, triste et basse, mais il ne parvenait plus à s'exprimer d'une autre façon.

— Pas de Camden, pas d'enfant. Tu avais raison depuis le début. Surtout pas d'enfant…, marmonna-t-il.

— Surtout pas d'enfant Camden, reprit-elle d'une voix brisée.

Il ne répondit pas, car sur le moment c'était bien ce qu'il ressentait, « surtout pas d'enfant Camden ». Mais l'avouer serait un coup bas qu'il refusait de porter.

Même comme cela, il vit ses yeux se remplir de larmes qu'elle s'efforçait de ne pas laisser couler. Elle continuait à lui faire face, la tête haute et le dos droit, et il eut l'impression que garder cette façade intacte utilisait toute l'énergie qui lui restait.

Il ne savait plus quoi dire, alors il en revint à leurs affaires.

— Je comprendrais parfaitement que tu ne veuilles plus financer le centre. Je renverrai le chèque à ta grand-mère si tu le souhaites.

Elle secoua la tête.

— Cela n'a rien à voir. Nous voulons tous que ce centre voie le jour. Pour Franklin Thatcher et pour Lakeview, dit-elle, la gorge visiblement nouée par l'émotion. Je vais juste m'arranger pour que tu travailles avec quelqu'un d'autre à partir de maintenant. Peut-être Cade…

Elle n'avait jamais cessé de tenir son manteau et, désormais, elle l'enfilait sans plus lui jeter le moindre regard.

Puis elle se tourna vers la porte et s'immobilisa.

La main sur la poignée, de dos et des sanglots dans la voix.

— Tu fais une erreur, tu sais. Tu veux te cacher derrière tes blessures et ta rancune ? Peut-être que cela te protégera, mais il n'y aura personne avec qui ouvrir tes cadeaux, le matin de Noël, et personne ne te fera des dessins idiots à accrocher sur ton réfrigérateur. Tu en souffriras plus que de ce que tu essaies de fuir…

Puis elle sortit et referma la porte derrière elle, laissant Gideon en proie à une douleur qui ressemblait à s'y méprendre à celle qu'il avait ressentie quand Shelly avait emporté Jillie.

- 11 -

— Donc… J'ai choisi lundi pour donner mon déjeuner du repentir. J'ai fait en sorte d'organiser un barbecue pour tout le monde, dit Gideon à Jack quand il passa devant son bureau, ce vendredi sur le chemin de la sortie.

— Ton déjeuner du repentir ? répéta Jack, intrigué.

— Oui, tu sais bien, pour avoir été le plus désagréable des patrons depuis une semaine.

Jack éclata de rire. Et Gideon apprécia que son ami soit parvenu à conserver son humour malgré la mauvaise humeur qu'il avait imposée à tous ses collègues depuis qu'il s'était séparé de Jani.

Il n'avait pas pour habitude de passer ses nerfs sur les autres et il n'en aurait pas voulu à Jack ou à qui que ce soit s'il lui avait répondu qu'il pouvait aller se faire voir avec son déjeuner.

— Tu vas mieux ?

Il y avait une vraie sollicitude dans le ton de son ami.

— Non, mais la tirade que je vous ai imposée à cause des documents perdus qui étaient posés en plein milieu de mon bureau m'a réveillé. J'ai envoyé un message électronique d'excuse à tout le monde avec une invitation à déjeuner et la promesse de garder ma mauvaise humeur pour moi-même.

— C'était ça ou tu risquais en effet une mutinerie, plaisanta Jack.

— Je sais, je me suis conduit comme un abruti.

— Cela ne te rappelle pas une autre époque ? l'interrogea Jack en attrapant son manteau pour l'accompagner.

— Si, j'ai conscience que cela n'a pas dû non plus être facile de travailler avec moi après le départ de Jillie et Shelly.

— Je dois conduire jusqu'à Colorado Spring pour récupérer Sammy. Sinon je t'aurais emmené dans un bar et je t'aurais payé quelques bières. Comme ça, tu aurais su ce que je pense de tout cela. Mais puisque je ne peux pas, je vais aller droit au but. Quand Shelly s'est montrée assez insensée pour rompre avec toi et emmener Jillie, tu n'as pas eu le choix. Mais, aujourd'hui, c'est toi qui te rends malheureux tout seul ! Tu pourrais avoir Jani, mais tu t'obstines à la repousser. Et même si je connais tes raisons, je pense que tu devrais les reconsidérer si tu ne veux pas t'enfermer dans la voie misérable où tu t'es jeté, la tête la première.

Il aurait voulu argumenter, mais d'une part Jack n'avait pas le temps, et d'autre part il avait raison.

— Oui, j'en suis conscient, grommela-t-il.

— Pas de Camden, pas d'enfant. J'ai bien compris tes règles. Mais à quoi bon ? Oublie tout cela et laisse-toi porter par ce que le destin t'apporte. Voilà mon conseil.

— Un conseil que tu suivrais toi-même ?

Jack éclata de rire.

— Peut-être pas dans l'immédiat, admit-il. Mais j'espère bien que la chance tournera en ma faveur et que je retrouverai une relation qui me rendra heureux. C'est peut-être ce qui est en train de t'arriver. Et tout ce que tu as à faire, c'est de dire « oui ».

Il ne répondit rien et se contenta de souhaiter un bon voyage à son ami.

— Conduis prudemment. Si jamais la mutinerie éclate au bureau, j'aurai besoin de toi pour défendre mes arrières.

— Je serai toujours là, lui assura son ami avant de le quitter.

On était vendredi soir. Le second vendredi soir depuis qu'il s'était séparé de Jani. Il avait passé le dernier à écumer les bars avec Jack pour se consoler. Le samedi, ils étaient allés faire du squash puis de nouveau la tournée des bars, et le dimanche, du tennis et une séance de cinéma. Tout cela uniquement pour se distraire et s'empêcher de penser.

Mais, ce week-end, Jack gardait son fils.

Et lui se retrouvait seul.

Et après avoir affronté l'une des pires semaines de sa vie, il se retrouvait à l'aube de deux longues journées face à lui-même et à sa mauvaise humeur.

Il se mit au volant de sa Corvette et alluma le moteur. Deux jours sans personne d'autre que sa triste compagnie.

Ou alors, il pourrait rentrer chez lui, se doucher et aller chercher Jani pour l'emmener au restaurant et ne plus la quitter avant lundi matin.

Il pourrait même y aller tout de suite !

Sauf que c'était une Camden.

Qui voulait des enfants à tout prix.

Ce qui signifiait que, s'il la voulait, cela impliquerait avoir d'autres enfants. Des enfants qu'il pourrait éventuellement perdre et qui, en plus, seraient à moitié Camden. Ce qui l'obligerait à fréquenter le reste de cette famille jusqu'à la fin de sa vie. Pour les anniversaires, les vacances, les soirées, les pique-niques, les cérémonies et les dîners du dimanche soir. A chacune de ces occasions, il serait entouré de Camden.

« De Camden », répéta-t-il à voix haute.

Et il sut que quelque chose était arrivé quand il ne parvint pas à ressentir son habituel mépris en pensant à leur clan. Quand l'idée de participer à l'un des dîners de Gigi lui sembla même attirante.

Peut-être qu'il était réellement un traître ? pensa-t-il en se garant devant son loft.

Mais son ancienne loyauté lui sembla un piètre réconfort.

Il sortit de sa voiture et marcha jusqu'à l'ascenseur en ayant toujours le même espoir ridicule qu'il avait eu chaque fois qu'il avait appuyé sur le bouton depuis deux semaines. Quand les portes s'ouvriraient au dernier étage, Jani serait là, en train de l'attendre.

Mais ce soir, comme tous les précédents, le couloir était désert.

Il se sentit déçu et accablé. Puis il repensa aux paroles de Jack en déverrouillant sa porte d'entrée.

C'est toi seul qui te rends malheureux !

Si tu ne veux pas t'enfermer dans la voie misérable où tu t'es jeté…

Il lui avait aussi dit de reconsidérer les raisons qui le conduisaient à repousser Jani.

Mais il ne voulait pas. Plus il pensait à tout cela — et il ne faisait rien d'autre depuis huit jours quand il n'était pas en train de s'en prendre à quelqu'un —, plus ses raisons lui semblaient sans fondement.

Il partit d'un petit rire triste en le comprenant avant de jeter négligemment son manteau sur le bar.

Tu évites de te regarder en face parce que tu sais que tes arguments ne tiennent pas la route.

Mais ce n'étaient pas ses arguments qui n'étaient pas valides. Bien au contraire, ils étaient justifiés. C'était simplement que Jani s'était ajoutée à l'équation.

Et que cela changeait tout.

Il avait l'impression que ses raisons s'affaiblissaient par rapport aux sentiments qu'il ressentait pour elle, tandis que ces derniers ne cessaient de se renforcer.

D'accord, il ne l'avait pas encore admis, mais tandis qu'il se rendait dans sa chambre pour ôter son costume de travail, il cessa d'ignorer ce que lui criait son cœur.

La force de ce qu'il éprouvait pour Jani était si incroyable qu'il ne pouvait plus faire semblant de douter. Ce dilemme allait finir par le tuer.

Il tira sur son nœud de cravate et, alors qu'il marchait vers son placard pour ranger la bande de soie italienne, il aperçut la photo qu'il gardait sur son bureau.

C'était une photo de son arrière-grand-père, de son grand-père et de son père qui avait tout juste vingt et un ans. Tous trois se tenaient debout sur le trottoir, devant le bar qui avait été le centre de leur vie.

Il prit le cadre dans ses mains et alla s'asseoir au coin de son lit pour laisser ses souvenirs affluer.

Sur cette image, son père et son arrière-grand-père, qui semblaient si usés par le travail, souriaient. Mais son grand-père paraissait beaucoup plus sombre. Gideon savait qu'à l'époque où cette photo avait été prise,

Franklin Thatcher avait perdu tout espoir de retrouver son honneur et la vie que la débâcle de Lakeview lui avait volés.

— Je fais de mon mieux, papi, dit-il en fixant son arrière-grand-père. J'aide Lakeview à se transformer comme tu l'avais souhaité. Il y aura un centre communautaire qui portera ton nom, le Centre Franklin Thatcher. Et j'ai fait publier un article dans le journal de Lakeview, qui te blanchit de tout ce dont on t'avait accusé. Je suis sûr que cela te rendrait heureux.

Même si des décennies s'étaient écoulées depuis ce drame, Gideon savait ce que cette reconnaissance publique aurait signifié pour le vieil homme qu'il avait connu quand il était tout petit.

Et s'il était trop tard pour qu'il en profite, ça n'en était pas moins important.

Pourtant, la question qui torturait Gideon était tout autre.

Est-ce que ce qu'il avait fait par fidélité à sa famille, et ce qu'il faisait encore aujourd'hui lui avait jamais apporté quelque chose ?

Une tape sur l'épaule. La reconnaissance de son arrière-grand-père. La fierté de sa famille, cela il l'aurait certainement eu.

Mais l'autorisation de fréquenter les Camden ? Un passe-droit pour aller chercher Jani ?

Jamais on ne les lui aurait accordés. Il n'avait aucun doute à ce sujet. Il avait assez entendu ce que les générations qui l'avaient précédé pensaient des Camden. Pour son arrière-grand-père, son grand-père et son père, ils resteraient toujours une bande de chiens galeux qui avaient détruit leur famille.

Mais penser à Jani comme à un chien galeux était tout simplement ridicule.

En fait, il trouvait même que cela ne ressemblait en rien aux Camden qu'il avait pu rencontrer.

Ils n'étaient pas cela à ses yeux.

Après tout, il n'était pas son arrière-grand-père, son grand-père, ni son père.

Et il eut l'impression que la foudre venait de le frapper.

Il ne ressemblait pas aux hommes Thatcher qui l'avaient précédé. Il s'était tué au travail pour ne pas finir dans ce bar comme eux et s'élever au-dessus de ce que la vie leur avait laissé. Il avait appris de leurs erreurs. Il était une nouvelle sorte de Thatcher.

Et si lui était une nouvelle espèce, ne pouvait-il pas considérer que Jani et sa génération étaient aussi une nouvelle race de Camden ? Qu'ils puissent tous être comme Jani, décents, honnêtes et honorables ?

C'était leur réputation désormais, malgré quelques stigmates du passé.

Alors pouvait-il vraiment les tenir pour coupables des actes des générations précédentes ?

Lui ne se sentait aucune responsabilité pour ce que les siens avaient pu faire avant lui. Et les nouveaux Camden n'essayaient pas moins que lui de réparer les erreurs commises à Lakeview, alors qu'ils n'étaient même pas nés à cette époque.

Est-ce que, d'une manière ou d'une autre, ils n'étaient pas tous en train d'essayer de poursuivre le même but, à savoir panser les blessures du passé ?

Et peut-être que suivre la suggestion de Jani en reléguant le passé derrière lui faisait partie de ce processus.

Car, sur le moment, être pieds et poings liés à cause de vieilles histoires lui semblait profondément injuste.

Mais il restait toujours le problème du bébé.

Jani pensait qu'il finirait par se remettre de la tragédie qui l'avait frappé. Que le temps guérirait la blessure causée par la perte de Jillie.

Il n'avait plus vraiment réfléchi à ce sujet depuis qu'il avait décidé de ne plus avoir d'enfant. Mais aussi difficile que cela soit, il se força à s'imaginer redevenir père.

D'accord, il avait vraiment adoré l'être.

Et il aimait beaucoup les enfants.

Mais un bébé avec Jani ?

Il ferma les yeux et prit une longue inspiration.

Oui, il pourrait en avoir envie. Que Dieu lui vienne en aide, en fait, il en mourait d'envie.

Et, tout à coup, ce sentiment devint bien plus puissant et présent que celui de la perte de Jillie.

Il n'aurait jamais pu imaginer que quelque chose puisse atténuer sa douleur.

A cet instant, il sut qu'il ne désirait pas seulement Jani avec chaque fibre de son corps, il voulait aussi passer chaque seconde de sa vie avec elle. Et il comprit qu'il refusait qu'elle ait un enfant de la manière dont elle l'avait prévu. Ou pire, avec un autre homme. Il ne voulait pas qu'elle ait un enfant sans lui.

Cette pensée le terrifiait. Mais, tout au fond de son cœur, il sentait battre son désir d'être le père de son bébé.

Un bébé Camden.

Un bébé que la puissance des Camden pourrait lui voler si jamais les choses tournaient mal entre Jani et lui.

Il était déchiré.

Mais certains couples ne se séparent pas.

Il ignorait d'où lui était venue cette pensée, mais il ne la repoussa pas. Il avait l'impression que toute son existence allait se jouer sur un coup de poker.

Pourtant c'était vrai. Certaines personnes ne se quittaient jamais et élevaient leurs enfants ensemble. Ils faisaient ce que Jani disait désirer le plus au monde : construire un futur à deux, vieillir à deux en regardant leurs enfants et leurs petits-enfants grandir.

Et s'il pouvait vraiment connaître cela ? Pouvait-il avoir Jani et construire une famille avec elle qu'il ne perdrait jamais ? Si c'était le cas, alors oui, bien sûr, c'était ce qu'il souhaitait.

Même si elle était une Camden.

Il le voulait tellement, il la voulait tellement qu'il sut qu'il devait cesser de lutter.

Car s'il faisait abstraction de sa famille, de ce qui lui était arrivé avec Shelly et se concentrait sur la possibilité de perdre Jani, alors toutes ces vieilles rancunes semblaient terriblement absurdes.

Il se redressa et regarda de nouveau le cadre qu'il avait posé sur le lit.

— Je suis désolé, dit-il à l'homme sur la photo, à la famille qui l'avait précédé et avait tant souffert des actes de celle de Jani. Mais il faut que je l'aie.

Il secoua la tête, puis fixa le mur d'un air résolu.

— Je dois l'avoir…

— Ce n'est qu'un dîner, Jani ! Lindie et moi, nous passerons te chercher, puis nous irons dans un endroit calme et réconfortant. Et nous parlerons de lui ou pas, ou de tout ce que tu voudras…

Jani appréciait l'attention de ses cousines, mais elle avait passé une semaine affreuse et interminable, sans parler du week-end précédent… En fait, elle n'avait fait que penser à Gideon depuis huit jours. Elle savait que toute sa famille n'allait plus pouvoir supporter longtemps de l'entendre ne parler que de lui. Elle-même n'en pouvait plus.

— Merci, mais je me suis déjà lavé les cheveux et mise en pyjama. Je crois que je vais simplement me coucher tôt et rattraper mon retard de sommeil, répondit-elle à Livi.

— Tu ne vas pas te mettre au lit à 19 heures ? insista sa cousine. Nous pourrions venir, commander quelque chose à manger et pleurer en regardant un film sentimental…

Elle ne pensait pas pouvoir verser une larme de plus.

— … ou une comédie, reprit Livi en prenant conscience de son erreur.

Mais rien ne pourrait lui tirer le moindre rire.

— Non, vraiment Liv'. Tout va bien. Rendez-vous demain pour dévaliser les magasins de chaussures. Mais, ce soir, je vais me contenter d'un sandwich et d'une longue nuit de sommeil.

— Et si nous dormions chez toi ? continua Livi comme si elle venait d'avoir une idée de génie.

— Non, vraiment Liv'. Je dois te quitter, quelqu'un frappe à ma porte.

— Garde-moi en ligne, le temps de savoir qui est là !

— D'accord, répondit-elle en comprenant que sa famille s'inquiète après ce qu'il lui était arrivé avec Reggie.

— C'est lui ! murmura-t-elle en voyant Gideon faire les cent pas sur son perron par le judas.

— Lui, Gideon ? Ou lui, le sale type ? l'interrogea Livi d'un ton paniqué.

— Gideon.

— Et tu as envie de le voir ?

Plus qu'elle ne souhaitait respirer.

— Oui. Peut-être qu'il vient me parler du centre communautaire ou de cet article, dit-elle pour ne pas attiser le moindre espoir.

— Tu ne veux pas que je vienne afin que tu ne sois pas seule avec lui ?

Mais être seule avec Gideon était justement ce qu'elle désirait le plus. Elle n'était simplement pas certaine de supporter qu'il soit uniquement venu pour affaires.

Mais il était là. Et rien ne pourrait l'empêcher d'en découvrir la raison.

— Non, c'est inutile. Il n'y a rien à craindre.

— Très bien. Alors rappelle-moi quand il sera parti. D'accord ?

Elle raccrocha, et quand elle ouvrit la porte son cœur se mit à battre si fort qu'elle se demanda s'il n'allait pas sortir de sa poitrine. Mais elle prit sur elle et parvint à afficher une sorte de légère surprise.

— Salut, dit-il, un peu gêné.

— Salut, répéta-t-elle.

— Tu es occupée ? Tu dois sortir ? Tu attends quelqu'un ?

— Rien de tout cela, répondit-elle simplement.

— Pouvons-nous parler ?

Elle faillit lui demander de quoi il voulait discuter afin de savoir ce qu'elle allait devoir affronter. Mais elle n'aurait de toute façon pas pu lui fermer la porte au nez ni lui tourner le dos. Aussi fit-elle un pas de côté.

— Entre, je t'en prie.

Il avait l'air fatigué, bien qu'il se soit rasé de frais et qu'il sente le savon et l'eau de Cologne. Et, même s'il montrait les signes d'une semaine visiblement aussi difficile que la sienne, il n'en était pas moins séduisant comme jamais.

Mais elle essaya de ne pas s'en délecter. Pas plus qu'elle ne laissa son espoir refleurir.

— Tu veux t'asseoir ? demanda-t-elle en refermant la porte.

Il ne répondit pas, fit quelques pas vers le salon et resta planté debout au centre de la pièce, les mains enfoncées dans les poches de son manteau.

Sans s'asseoir elle non plus, elle le rejoignit et prit appui sur la première chaise qu'elle trouva afin de garder ses distances.

— Est-ce qu'il est trop tard ? l'interrogea-t-il.

Elle avait eu les pensées si embrouillées, ces derniers jours, qu'elle crut avoir oublié quelque chose. Une invitation, peut-être ? Elle n'avait pas la moindre idée de quoi il parlait.

— Trop tard pour quoi ?

— Tu sais bien, le bébé… Est-ce que tu as terminé le protocole d'insémination ?

Pour une raison étrange, cela lui sembla trop personnel pour en parler avec lui.

— Non, pas encore.

Ce qu'elle ne lui tut pas, c'était que leur histoire l'avait tellement bouleversée qu'elle avait repoussé toute la procédure d'un mois. Car même si son temps était précieux, elle était pour l'instant incapable d'imaginer que quelqu'un d'autre puisse être le père de son bébé. Et elle ne voulait pas concevoir un enfant quand elle se sentait aussi abominablement triste.

— Alors tu n'es pas enceinte ! Super ! s'exclama-t-il en soupirant de soulagement.

Cela avait l'air de le rendre si heureux qu'elle faillit se mettre à pleurer, pour la millième fois depuis qu'il l'avait repoussée. Est-ce que le destin prenait plaisir à la torturer en la faisant tomber éperdument amoureuse de la personne la plus hostile à la perspective d'avoir un enfant qu'elle ait jamais rencontrée ? Et maintenant quoi ? Il avait décidé qu'il pourrait supporter qu'elle soit une Camden si elle renonçait à devenir maman ?

Ne me demande pas de faire ce choix…

— Non, je ne suis pas enceinte, finit-elle par répondre.

— Alors je ne suis pas arrivé trop tard.

— Parce que tu es venu m'en empêcher ? l'interrogea-t-elle en craignant le pire.

— Je suis venu te dire que je ne voulais plus passer une seule journée, ni même une minute sans toi.

Il raconta à quel point sa semaine avait été un calvaire de chaque instant, lui décrivant un désespoir en tout point semblable à celui qui l'avait accablée de son côté.

Puis il lui parla de sa journée et de sa soirée, et de la manière dont il avait analysé les obstacles qui les séparaient.

— C'est toujours compliqué, Jani. Mais tu avais raison à propos de beaucoup de choses. Et j'ai compris que je ne pouvais pas laisser le passé m'empêcher de construire le futur que je voulais avec toi.

— Un futur avec une Camden ? Ne disais-tu pas que ce serait comme passer du côté obscure de la Force ?

— Si, un peu, répondit-il sans hésitation. Je ne te cacherai pas que je me sens toujours coupable. Et je ne peux pas te promettre que j'arriverai à oublier qu'une partie de la fortune de ta famille a été construite au prix du bonheur de la mienne, quand je regarderai tout ce que possèdent les tiens. Mais cela restera entre toi et moi, dit-il en souriant. C'est si bon de ne rien laisser se mettre en travers de notre chemin. Et tant pis pour ce qui s'est passé entre H.J. et Franklin. Tans pis pour les conséquences qui ont traversé les générations. La seule chose qui compte aujourd'hui, c'est que je t'aime, Jani. Je suis plus amoureux de toi que je ne l'ai jamais été de personne. Et je ne pourrai plus supporter de passer un seul jour sans toi.

Elle l'observa, émue et heureuse, mais ayant tout de même peur de ce qu'il allait dire ensuite. Espérait-il qu'elle abandonne son désir d'avoir un enfant contre son amour ?

— Je veux des enfants, murmura-t-elle en tremblant presque.

Il se rapprocha, posa une main sur son épaule et l'obligea à le regarder dans les yeux.

— Je sais, répondit-il. Et même si je ne peux pas encore te dire que cela ne me fait plus peur, je sais que je t'aime. Je t'aime tellement que c'en est presque douloureux. Et quand je t'imagine avoir un enfant, je ne supporte pas l'idée qu'il ne soit pas de moi.

— Ce n'est pas la même chose que de vouloir un enfant, lui fit-elle remarquer.

— Alors, c'est que je m'exprime mal. Parce qu'il y

a cela aussi : je veux avoir un enfant avec toi. Tu avais raison. J'ai adoré être père et je sais maintenant que je voudrais le redevenir un jour.

— Mais, avec moi, un jour signifie tout de suite.

— Je sais cela aussi, reprit-il avec un petit rire nerveux. C'est pour cette raison que tu dois accepter de m'épouser au plus vite. Parce que je veux tout ce que tu as à m'offrir. Je veux que nous liions nos destins et que nous ne laissions jamais rien nous séparer.

Il reprit son souffle et elle vit sur son visage que son inquiétude le rattrapait.

— Jure-moi que nous nous battrons toujours l'un pour l'autre.

C'était là sa vraie peur.

— Je ne t'abandonnerai jamais, répondit-elle doucement et sincèrement.

— J'espère que tu penses vraiment cela et que tu le penseras toujours, répliqua-t-il dans un souffle.

Elle vit alors toute sa vulnérabilité et comprit que rien ne pourrait jamais le rassurer complètement, que seul le temps serait en mesure de lui prouver ce qu'elle savait au fond de son cœur, à savoir qu'ils resteraient toujours ensemble.

Elle posa une main sur sa joue et se dressa sur la pointe des pieds pour l'embrasser.

— Je t'aime, Gideon. Plus que je n'ai jamais aimé personne et plus que je ne pourrai jamais aimer qui que ce soit. Je t'aime de la manière dont j'ai toujours imaginé que s'aimaient deux personnes faites pour vivre côte à côte toute leur vie. Et, si cela peut te rassurer, je suis prête à te signer un droit de garde, même si nous n'avons pas encore d'enfants. Car je suis certaine que tu n'auras jamais besoin d'y avoir recours.

— Au lieu d'un contrat prénuptial, tu me proposes un contrat prénatal, c'est bien cela ? s'esclaffa-t-il.

— Oui.

— J'y réfléchirai, lui répondit-il avec ce grand sourire qu'elle avait eu tant de mal à obtenir après leur première rencontre. Accepte juste de m'épouser et le reste…

— J'accepte, répondit-elle en retenant ses larmes de bonheur.

Le sourire de Gideon devint encore plus lumineux et il plongea son regard dans le sien comme s'il avait besoin d'un moment pour accepter le bonheur qu'il connaissait enfin.

Puis il l'embrassa avec passion, avant de reprendre d'un ton plein d'espoir :

— Peut-être que nous pourrions donner le nom de mon arrière-grand-père à quelque chose de plus important qu'un immeuble, à son premier arrière-arrière-petit-fils par exemple ?

— Ou à son arrière-arrière-petite-fille ! Nous pourrions l'appeler Frankie ?

— J'aime énormément, répondit-il en riant.

Et il l'embrassa de nouveau, d'une manière qui lui fit comprendre qu'elle ne rattraperait pas ses heures de sommeil cette nuit.

Pourtant, quand il ôta ses lèvres des siennes, il ne la conduisit pas dans sa chambre, mais l'enlaça en la tenant serrée contre lui, comme s'il avait besoin de se convaincre qu'elle était bien réelle.

Mais ils ne pouvaient pas rester ainsi bien longtemps sans que le désir ne s'en mêle et il lui susurra à l'oreille :

— Peut-être que nous pourrions tout de suite donner une chance à ce fameux arrière-arrière-petit Franky ?

— C'est même le jour J. J'aurais dû me rendre à la clinique aujourd'hui, mais je ne pouvais me résoudre à porter un enfant qui ne serait pas le tien.

Il embrassa son front et tenta de cacher son émotion.

— Alors nous ferions sans doute mieux de ne pas attendre.

Il la prit par la main et l'emmena vers la chambre où, elle était certaine, ils concevraient un enfant. Et peut-être même des enfants.

Car elle l'aimait bien trop pour croire que quelque chose pourrait l'empêcher d'avoir la famille qu'elle désirait, maintenant qu'elle l'avait, lui.

Découvrez un nouveau roman de Victoria Pade et retrouvez la famille Camden dès le mois de mai dans votre collection Passions *!*

Passions

Le 1er avril

Passions n°458

Le secret d'Amanda - Maureen Child

Laisser derrière elle Nathan Battle et leur amour passionné... C'est ce qu'Amanda a fait en quittant sa ville natale, il y a tant d'années. Mais maintenant qu'elle est revenue à Royal, la paix qu'elle avait retrouvée s'est évaporée à l'instant même où elle a posé les yeux sur lui, et que son cœur a chaviré. Malheureusement, si elle est tentée de rallumer la flamme qui brûlait entre eux, Nathan, lui, garde ses distances. Comme s'il n'avait pas oublié les amères circonstances de leur rupture...

Brûlante revanche - Andrea Laurence

Tori est furieuse. Pourquoi Wade Mitchell est-il revenu dans leur petite ville ? Et surtout, pourquoi veut-il racheter à tout prix le terrain sur lequel elle projette de faire construire la maison de ses rêves ? Décidément, cet homme est déterminé à détruire ce qu'elle a de plus précieux. Déjà, à l'époque, il avait failli ruiner sa carrière, et maintenant il se met de nouveau en travers de son chemin. Mais cette fois, pas question de se laisser faire ! Même si cela signifie ignorer le feu qui couve dans ses yeux verts, encore plus sombres et plus fascinants que dans son souvenir...

Passions n°459

Un défi bien trop troublant - Emily McKay

Série : «Le défi des frères Cain»

S'il veut retrouver sa sœur illégitime et garder le contrôle de l'empire familial, comme son père le lui demande, Dalton Cain n'a pas le choix : il devra s'entretenir avec leur ancienne gouvernante, qui, seule, pourrait avoir des informations. Même si suivre cette piste, la dernière qui lui reste, implique forcément de revoir la petite-fille de la gouvernante, Laney, son amour de jeunesse. Laney, qui l'avait rendu fou de désir, et qui pourrait bien lui faire perdre la tête de nouveau...

Celle qu'il attendait - Emily McKay

Dans son prestigieux bureau chez Cain Enterprises, Griffin Cain n'arrive pas à se concentrer. Ses pensées dérivent une fois de plus vers Sidney, sa séduisante assistante : envoûté par son regard et par son parfum, il sent le désir fondre sur lui. Or, il ne peut pas se permettre de céder à la tentation, encore moins de tomber amoureux. Car la mission que son père lui a confiée, retrouver sa sœur illégitime, doit être en ce moment sa seule priorité...

Passions n°460

Promesses au palais - Leanne Banks

Saga : «Destins princiers»

Pourquoi diable Sophie a-t-elle accepté de rejoindre Max Carter sur l'île de Chantaine, au palais des princes de Devereaux ? A peine a-t-elle donné sa réponse qu'elle le regrette déjà. Car la perspective de passer plusieurs semaines aux côtés de son patron l'alarme : comment pourra-t-elle se concentrer sur son travail, si près de Max, qui éveille en elle un désir brûlant et insensé, et qui, de tous les hommes, est celui qu'elle ne pourra jamais avoir ?

Rendez-vous avec son ennemi - Susan Crosby

Annie, bouleversée, se sent vaciller. Comment a-t-elle pu tomber dans ce piège ? Car Mitch, qu'elle a embauché pour remettre en état sa propriété, lui a caché sa véritable identité. Ce séduisant et mystérieux cow-boy n'est autre qu'un Ryder, la puissante famille qui veut l'expulser de son ranch ! Alors, elle n'a plus qu'une seule solution : lui demander de partir sur-le-champ, et se battre pour garder sa maison. Même si cela signifie oublier les sensations enivrantes qu'il a suscitées en elle...

Passions n°461

Retrouvailles chez les Fortune - Judy Duarte

Epouse-moi... Jamais Nicole n'aurait cru prononcer un jour ces mots, elle qui a toujours fait passer sa vie professionnelle avant sa vie amoureuse. Et d'ailleurs, si elle propose ce mariage à Miguel Mendoza, son ex petit ami, c'est uniquement pour pouvoir garder le contrôle de l'entreprise qu'elle dirige. Pourtant, pourquoi tremble-t-elle face au beau Miguel ? Serait-il possible que, au fond d'elle, et malgré les circonstances de leur rupture, elle rêve encore de raviver leur amour ?

Pour les yeux d'Amber - Amanda Berry

Maggie est abasourdie : elle vient d'apprendre que Brady Ward n'a jamais reçu la lettre dans laquelle elle lui annonçait qu'elle était enceinte, et ignore donc qu'il est le père d'une adorable fillette de huit ans. Et dire que, pendant toutes ces années, elle a cru que Brady ne voulait rien savoir d'Amber ! Du coup, il n'y a plus une minute à perdre : elle doit le trouver, lui parler, lui proposer une place dans la vie d'Amber, qu'elle aime plus que tout au monde. Et tant pis si cela doit bouleverser le fragile équilibre qu'elle s'est construit...

Passions n°462

Un printemps à Wolff Mountain - Janice Maynard

Dès qu'elle a croisé les yeux bleus de Larkin Wolff, Winnie a senti l'air s'embraser autour d'eux. Une sensation délicieuse, mais bien trop embarrassante, contre laquelle elle s'est promis de lutter. Car elle vient de l'embaucher pour assurer sa protection, et, entre eux, il n'y aura qu'une relation professionnelle, rien d'autre. Mais quand il lui propose de le suivre à Wolff Mountain, en lieu sûr, elle sent soudain sa détermination vaciller. Si près de lui, sera-t-elle encore capable de résister à l'attirance incroyable qui la pousse irrésistiblement entre ses bras ?

Le piège d'un baiser - Joan Hohl

Arrogant, riche et sûr de lui, Marsh Grainger, le propriétaire du ranch dans lequel elle vit et travaille , représente tout ce que Jen déteste. Et pourtant, bien malgré elle, son sourire ravageur la séduit chaque jour davantage. Aussi se laisse-t-elle tenter par son invitation à l'accompagner pour une balade, et quand il lui vole un baiser, la délicieuse vague d'émotions qui la submerge la fait trembler. Hélas, elle découvre aussitôt que ce baiser n'a rien de romantique pour Marsh, lorsque, un éclat froid dans les yeux, il lui annonce sa sulfureuse proposition : tout ce qu'il veut, c'est un héritier, et un mariage de convenance...

Passions n°463

Fantasmes interdits - Debbi Rawlins

Matt Gunderson est de retour en ville ! A cette nouvelle, Rachel McAllister sent son pouls s'accélérer, ses jambes faiblir et ses joues s'empourprer. Rien d'étonnant : ce sont les réactions qu'il a toujours éveillées en elle. Sauf qu'aujourd'hui, elle n'est plus une adolescente rougissante mais une femme. Une femme qui sait ce qu'elle veut : Matt, son corps athlétique, ses lèvres brûlantes sur les siennes, ses mains sur sa peau... Et qu'importe qu'il soit de notoriété publique que les Gunderson et les McAllister se détestent depuis toujours. Pendant les quelques jours que Matt doit passer en ville, Rachel fera tout pour réaliser – enfin – les délicieux fantasmes qu'il lui inspire.

Invitation au désir - Crystal Green

Lorsqu'elle apprend que sa meilleure amie n'aura pas les moyens de s'offrir le mariage dont elle a toujours rêvé, Margot n'hésite pas longtemps avant de mettre au point un audacieux stratagème : une vente aux enchères... très sexy. Chaque participante proposera une soirée inoubliable en sa compagnie. Ce qu'elle n'avait pas prévu, c'est que Clint Barrows dépenserait une fortune pour une soirée avec elle ! Clint, l'homme qu'elle a toutes les raisons de détester – ce séducteur invétéré n'a-t-il pas diffusé, dix ans plus tôt, les images de la soirée qu'ils ont passée ensemble ? – mais dont la simple présence allume en elle un désir brûlant et impérieux...

A paraître le 1er mars

Best-Sellers n°599 • historique

Le tourbillon des jours - Susan Wiggs

Londres, 1815

Rescapée d'un terrible incendie, Miranda a perdu la mémoire : pour tout souvenir du passé, il ne lui reste qu'un médaillon où est gravé son prénom. Perdue dans une Angleterre tout juste libérée de la menace napoléonienne, elle ne reconnaît ni le décor qui l'entoure, ni le visage des deux hommes qui prétendent tous deux être son fiancé. Auquel doit-elle faire confiance ? Et que signifient ces images fugitives et incompréhensibles qui surgissent parfois dans sa mémoire ? Résolue à comprendre ce qui lui est arrivé, et à retrouver son identité, Miranda se lance alors dans une quête éperdue qui va l'entraîner dans la plus folle – et inattendue – des aventures…

Best-Sellers n°600 • suspense

Un cri dans l'ombre - Heather Graham

Des corps en décomposition, cachés sous des branchages et de vieux emballages… Face à l'atrocité des clichés étalés devant elle, Kelsey O'Brien ne peut s'empêcher de pâlir. Des cadavres, elle en a pourtant vu des dizaines au cours de sa carrière d'agent fédéral. Mais la mise en scène sordide choisie par le tueur en série qui sévit depuis quelques mois à San Antonio fait naître en elle un puissant sentiment de dégoût et de révolte. Et puis, qui sont ces jeunes femmes qui ont été sauvagement assassinées, et dont personne n'a signalé la disparition ? Autant de questions qui obsèdent Kelsey et la poussent à accepter d'intégrer la célèbre équipe de l'inspecteur Jackson Crow, et de mettre à son service le don qu'elle a jusqu'ici toujours voulu garder secret : celui de communiquer avec les morts… Un don qui, elle le comprend bientôt, pourrait bien la rapprocher malgré elle de Logan Raintree, ce policier aussi introverti que taciturne avec lequel elle est obligée de collaborer...

Best-Sellers n°601 • suspense

Kidnappée - Brenda Novak

Un déchirement absolu, irréductible. C'est ce que ressent Zoé Duncan depuis que Samantha, sa fille adorée, a disparu. Déchirement, révolte aussi. Car elle refuse de croire un instant à une fugue, hypothèse que la police de Sacramento s'obstine pourtant à avancer. Certes, Sam traverse une crise d'adolescence difficile, mais elle ne serait jamais partie comme ça. Cela n'a pas le moindre sens.

Persuadée que quelque chose de grave est arrivé à sa fille, Zoé est prête à tout pour la retrouver. Même si elle doit pour cela perdre son nouveau fiancé, son travail, sa splendide maison de Rocklin. Même s'il lui faut revenir sur son passé douloureux et dévoiler ses secrets les plus intimes à Jonathan Stivers, le détective privé à la réputation hors du commun qu'elle a engagé. Jonathan, le seul homme qui a accepté de se lancer avec elle dans cette bataille éperdue pour sauver Sam – et où chaque minute qui passe joue contre eux.

Best-Sellers n°602 • thriller

La petite fille qui disparut deux fois - Andrea Kane

Il aurait suffi qu'elle tourne la tête… Elle aurait alors aperçu, dans une voiture, sa petite fille qui luttait pour échapper à son ravisseur. Mais Hope n'a rien vu de tout cela car elle ne pensait qu'à une chose : rentrer à la maison où, pensait-elle, l'attendait son petit ange.
La juge aux affaires familiales Hope Willis de White Plains n'a désormais plus qu'une raison de vivre : retrouver sa fille Krissy, cinq ans, qui vient d'être enlevée. Aussi, luttant contre le désespoir et refusant d'envisager le pire, elle décide de faire appel à la profileur Casey Woods et à son équipe peu conventionnelle de détectives, les Forensic Instincts – des enquêteurs privés réputés pour leur ténacité et leurs succès dans des affaires particulièrement délicates.
Très vite, alors que des secrets du passé refont surface, Hope comprend que le temps est compté et que le sort de Krissy se joue sans doute à très peu de choses. A un détail jusqu'alors passé inaperçu, au passé trouble de sa propre famille… Quoiqu'il en soit, elle va la retrouver, dût-elle pour cela tout perdre et affronter l'inconcevable.

Best-Sellers n°603 • roman

Rencontre à Seattle - Susan Andersen

Depuis qu'elle a croisé l'inspecteur Jason de Sanges, Poppy Calloway n'arrive pas à chasser cet homme de ses pensées. Il faut dire que dans le genre beau flic ténébreux et incorruptible, il est tout simplement irrésistible. Si bien que quelques mois plus tard, lorsqu'elle apprend qu'elle va devoir travailler avec lui à la réinsertion de jeunes de son quartier, elle sent un trouble intense l'envahir… avant de déchanter devant les manières glaciales de Jason. Loin d'être un héros chevaleresque, comme elle l'avait pensé, c'est un homme froid et cynique, dont le caractère est à l'exact opposé du sien ! Comment va-t-elle réussir à collaborer avec Jason, qui non seulement a le don de la mettre systématiquement hors d'elle, mais qui, en outre, semble pertinemment conscient de l'effet incroyable qu'il a sur elle ?

Best-Sellers n°604 • historique

La rose des Highlands - Juliette Miller

Ecosse, XIIIe siècle
Roses est révoltée. Comment le seigneur Ogilvie a-t-il osé utiliser la force pour tenter d'abuser d'elle ? Elle qui travaille depuis toujours au château est désormais contrainte à la fuite. Une fuite dans la lande glaciale au cours de laquelle elle aurait sans doute péri, si un mystérieux highlander ne lui avait porté secours et donné refuge… dans la forteresse qui appartient au clan ennemi de celui des Ogilvie.
Dès le début, Wilkie MacKenzie, qui possède toute l'autorité et la noblesse d'un grand seigneur, se conduit comme tel avec elle. Pourtant, Roses sent que sa présence dérange les autres membres du clan. Pire, qu'elle représente un danger pour eux : n'est-il pas évident que le seigneur Ogilvie va vouloir la récupérer, par les armes s'il le faut ? Mais si elle se sent la force de faire face à cette hostilité, et à cette menace, Roses ne sait si elle pourra cacher les sentiments brûlants que lui inspire Wilkie, alors que celui-ci va bientôt devoir se choisir une épouse de son rang…

Composé et édité par les
éditions HARLEQUIN
Achevé d'imprimer en Italie (Milan)
par Rotolito Lombarda
en février 2014

Dépôt légal en mars 2014